환단고기를 찾아서 2:
일본왕실의 만행과 음모

환단고기를 찾아서 2:
일본왕실의 만행과 음모

ⓒ신용우, 2013

1판 1쇄 인쇄__2013년 01월 20일
1판 1쇄 발행__2013년 01월 30일

지은이__신 용 우
펴낸이__양 정 섭

펴낸곳__작가와비평
            등 록__제2010-000013호
            주 소__경기도 광명시 소하동 1272번지 우림필유 101-212
            블로그__http://wekorea.tistory.com
            이메일__wekorea@paran.com

공급처__(주)글로벌콘텐츠출판그룹
            대 표__홍정표
            기획·마케팅__노경민 배정일
            편 집__배소정
            편집디자인__김미미
            경영지원__안선영
            주 소__서울특별시 강동구 길동 349-6 정일빌딩 401호
            전 화__02-488-3280
            팩 스__02-488-3281
            홈페이지__http://www.gcbook.co.kr

값 12,800원
ISBN 978-89-97190-53-9 03810

환단고기를 찾아서 2

일본왕실의 만행과 음모

신용우 장편소설

작가와비평

우리 역사의 진실은 우리 스스로 찾아야 한다

역사는 흐르는 것이다.

나를 중심으로 보기에 역사가 과거라서 뒤에 있는 것 같지만, 말 그대로 흐르는 것이기에 저 앞에 흐르는 것이 역사다. 지금 이 순간의 역사도 우리 삶보다 더 빨리 흘러가 있는지도 모른다. 그 흐름이 언젠가 우리와 다시 만나기에 우리는 역사가 반복된다고 한다. 어디서 어떤 모양으로 우리 눈에 보일지 모르니 바르고 진실 되게 전해져야 한다. 바르게 전해지지 않는다면 저 앞에서 마주쳤을 때 당황하게 되고 혼란을 초래한다. 인류가 혼란을 초래하면 서로를 불신하게 되어 평화는 깨진다.

우리는 역사가 바르게 흐르도록 해야 할 의무가 있다.

흐르는 물이 작은 조약돌만 만나도 본래의 길을 벗어나듯이 역사도 누군가가 손을 대면 왜곡되게 마련이다.

일본이라는 나라와 중국이라는 나라는 아주 중요한 사실을 놓치고 있다. 역사를 자신들 마음대로 왜곡해서 얻는 당장의 이익에 눈이 멀어 당연한 사람의 도리를 망각하고 있다. 역사를 왜곡하는 것은 인류가 살아 온 기본을 부정하는 것이다. 그들은 역사왜곡이 인류 전체를 파멸의 길로 몰아넣는 지름길이라는 진리를 망각하고 있다. 당장은 이익이 되는 것 같아도 머지않아 동반 파멸하는 날이 들이닥칠 것을 깨닫지 못하는 그들이 안쓰럽다.

누군가가 그들이 가져다 놓은 조약돌을 치워 역사가 제 갈 길로 가게 해야 한다. 손을 댄 그들도 나쁘지만 손을 댄 것을 알면서도 치우지 않으면 더 나쁜 사람이다.

지금 우리는 중국이나 일본과 무엇보다 중요한 영토문제에 직면해 있다.

더욱이 일본과는 영토문제 만큼이나 중요하고 우리 가슴을 찢어놓았기에 반드시 짚고 넘어가야 할 일이 있다.

2차 세계대전을 일으키면서 우리 가슴에 남긴 한이다.

우리의 젊은 남녀들을 전장으로 몰아 인간의 존엄성을 마구 짓밟았다. 일본은 수많은 이 나라의 아들들을 아무 의미 없는 피를 흘린 '총알받이도구'로, 이 땅의 딸들은 사람은커녕 동식물만한 대접도 받지 못한 '위안부'도 '성노예'도 아닌 '성매매도구'로 전락시켰다. 일본은 우리의 아들딸들을 전비를 보충하기 위한 도구로 활용했다.

그러고도 반성을 하기는커녕 엄연한 우리 땅 대마도를 깔고 앉아 반환할 생각은 안하고 독도문제를 일으키고 있다.

그렇다고 중국이 일본보다 낫다는 이야기가 아니다.

중국은 만주나 연해주라고 불리는 땅이 바로 고구려가 다스리던 구려벌이고 그것들이 우리 영토라는 것을 잘 알고 있다.

모택동이 김일성에게 그 땅들이 우리 땅이라고 솔직하게 고백

했던 실록이 있다. 중국 최고지도자가 인정한 우리 땅이다. 그럼에도 불구하고 그들은 동북공정이라는 묘한 짓을 고안해서 우리 역사를 자기네 역사로 하고 그 땅을 송두리째 삼키려한다.

어찌 보면 인간으로서의 짓은 일본이 더할지 몰라도 그 규모로 보아서는 중국이 일본 이상으로 우리에게 피해를 주고 있다.

일본과 중국이 벌이는 천인공노할 짓들을 폭로하면서 우리의 갈 길을 묻는다.

우리는 언제까지 이렇게 앉아서 당하고만 있을 것인가?

중국과 일본이 벌이는 역사왜곡 놀음의 꿈을 일시에 접게 해 줄 수는 없는가?

있다.

바로 일제가 강탈해간 우리 역사서 51종 20여만 권만 찾으면 된다. 그 역사서들만 찾으면 그 안에 진실이 모두 담겨 있으니 그들도 더 이상 말 못할 것이다.

그 역사서들을 찾아서 우리의 역사를 밝히고 우리의 영토를 되찾아 강국이 되는 그날.

중국은 동북공정이 얼마나 허무한 짓이며 자칫 잘못하면 인류를 자멸하게 할 수도 있었던 커다란 잘못이라는 것을 어떻게 시인할지 궁금하다. 일본은 우리의 아들딸들에게 저지른 천벌 받을 짓은 물론 우리 영토를 탐한 그 많은 죄를 어떻게 감당하려고 저러는지 정말 모를 일이다.

그날은 앉아서 기다리고만 있으면 절대 오지 않는다. 우리 스스로 찾아가야 한다.

정부는 물론 우리 백성들이, 만일 정부가 군이 나서지 않는다면 우리 백성들만이라도 팔 걷어 부치고 나서야 한다.

이미 영토문제는 소리 없는 총성과 함께 전쟁으로 이어지고 있다. 지금은 한중일 3국의 영토분쟁이 아니라 영토전쟁이다. 그 전쟁의 와중에 유독 우리만 팔짱끼고 앉아 있는데 이게 과연 옳은 것인지 묻고 싶다.

영토라는 것은 침략자나 지배층이 잠시 실효지배를 한다고 주인이 바뀌는 것이 아니다. 정말 주인은 그 영토에 근간을 이루고 살아온 백성들이 주인이다. 그 안에 살아 숨 쉬는 역사와 문화가 누구의 것인가를 가려 주인을 정하는 것이 가장 바른 해결 방식이고, 그 영토에 평화를 정착시킬 수 있다. 그래서 금세기를 문화전쟁의 시대라고 하는 것이다. 그렇다고 당장 눈에 보이는 문화가 전부는 아니다. 뿌리를 찾아서 그 뿌리 안에 귀속된 것을 찾아보자. 고구려가 지배했던 구려벌과 대마도에는 우리뿌리가 깊게 내려 우리문화가 만연하게 피어있다.

우리는 우리 것을 반드시 찾아내고 지켜야 한다. 그것이 우리 스스로는 물론 우리 후손들에게 얼굴 들고 떳떳이 살 수 있는 길임을 잊지 않았으면 좋겠다.

이 총성 없는 전쟁터에서 우리가 갈 길은 과연 어느 길인가?

항상 정의의 편에 서주시는 하느님께 감사드리며
개천 9209년 섣달, 아차산 자락에서
신용우

차 례

태영광 : 일본왕실 지하비밀서고에 숨도 못 쉬고 있는, 일제가 강탈해간 우리 역사서
를 반드시 찾으려는 사나이.
전편에서 하나꼬라는 여인의 도움으로 일본왕실 지하비밀서고에 있는 역사서의
사진을 촬영하는데 성공하지만 역사서의 노출을 저지하려는 일본의 극우 조직이
호텔 12층에서 떨어트려 죽이려 한다.
그러나 해야 할 일에 대한 의지로 죽을 고비를 극복하고 살아난다. 죽을 뻔 했으면
서도 누군가 해야 할 일이라면 자신이 해야 한다며 다시 일본으로 향한다. <조대
기>등 일제가 강탈해 간 역사서들의 존재를 밝혀야 <환단고기>에 엮어진 <태백
일사>등이 완전한 역사서로 인정받을 수 있다. 그 길만이 고조선 이래 고구려가
지배했던 우리 영토 구려벌과 대마도를 수복하고 우리문화와 역사를 지키는 동시
에 인류평화에 이바지하는 지름길이라는 것을 누구보다 잘 알고 있다.

박성규 : 자신의 전답을 팔아 독립자금을 대던 지주 부모사이에서 태어난 사나이.
일제에 의해 같은 날 부모를 잃고 13세 어린나이로 학도병으로 강제 징집된다.
유일한 혈육인 누나 역시 15세 어린나이로 같은 날 강제로 끌려가서 '성매매도구'
가 된다. 광복이 되어 고향인 황해도에 왔지만 독립군의 자금을 댄 사람의 아들이
아니라 지주의 아들로 낙인찍혀있었다. 일본이 2차 대전 전비를 벌어들이기 위해
만들어 낸 '성매매도구'가 되어 혹사당하던 누나도 이미 스스로 목숨을 끊고 난
뒤다. 공산당들의 눈을 피해 일본으로 밀항한다.
자신에게 일어나 모든 불행이 왜놈들 때문이라는 생각으로 복수를 하기 위해
일왕을 죽이기로 결심하지만 거의 불가능한 일이다. 결국 일왕을 죽이지 못하니
망신이라도 주겠다며 일본왕실 전문파파라치가 되어 60여년을 산다.
태영광의 끈질긴 설득 끝에 그의 뜻에 자신의 힘을 보태기로 한다.

박종일 : 유병권 박사의 살인사건을 계기로 태영광을 만나 우리 역사와 문화에 깊이
빠져든 대한민국 경찰의 경정. 전편에서 태영광이 죽을 고비를 맞을 때 그 광경을
지켜본 사람 중 하나.
태영광이 죽을 고비를 맞자 친구이자 동료인 최기봉과 합작해서 그의 목숨을
살려낸다. <환단고기>에 엮여있는 <태백일사>등을 실제 역사서로 믿고, 태영광
의 역사바로세우기 사업에 적극 동참하기 위해서 자신이 해직 당할 것을 각오하
고 그를 돕는다.

최기봉 : 박종일을 도와 태영광의 목숨을 살린 재일 한국대사관에 파견 근무하는
경정.
학창시절부터 우리 역사와 문화를 바로 세우는데 뜻이 있던 인물이다.
태영광과 박종일이 다시 일본으로 건너가자 최선을 다해 신분을 숨겨야 하는
그들을 도와 일을 성사시키기 위해 노력한다.

한지수 : 서울경찰청 경무관으로 박종일을 몹시 아끼는 상관.
처음에는 별 관심이 없던 우리나라 고대사에 새롭게 눈을 뜨면서 박종일과 태영
광의 든든한 후원자가 된다.

청장 : 서울경찰청장으로 원래 우리나라 고대사의 광활하고 웅대함을 항상 가슴속
에 간직하고 살던 사람.
태영광이 자신과 우리 백성들의 뜻을 대신 이뤄준다고 생각하고 적극 협조하는
인물.

핫도리 : 일본인 아버지와 한국인 어머니 사이에 태어난 사람.
40여 년을 함께 살던 일본인 아내에게 대한의 피가 섞였다는 이유로 참혹한 수모
를 당한 후 박성규 노인의 권고로 태영광을 돕는다.

그 외 다수.

죽고 싶어도 죽을 수 없는 사명

박종일과 장경애는 눈 앞 침대에 누여 있는 사내와 조간신문을 번갈아 본다. 사회면을 눈물로 덮으면서도 눈은 사내에게 집중하고 있다.

이불 밖으로 보이는 사내의 얼굴은 말짱한 채 자는 듯이 누워 있다. 사내의 얼굴은 누가 보아도 겉보기에만 말짱했지 자는 것이 아니다. 아무런 의식도 챙기지 못하고 산소 호흡기에 의지해 겨우 숨을 내뱉고 있는 중일뿐이다.

"더런 자식들.

숨겨진 역사의 진실을 밝혀 인류가 평화롭게 공존하길 바라는 사람을 치정에 의한 자살로 언론에 몰아 세워?

게다가 의식은 없다지만 아직 살았잖아? 사람 목숨까지 제 놈들 마음대로 죽이고 살리는 버릇을 언제 버릴지 모르지만 심판해 줄 그날이 반드시 올 거다.

하기야 내 나라 백성의 안위와 명예를 존중해줘야 할 대사라는 사람도 태 박사를 죽은 사람으로 만드는데 한 몫 거들었다니 더

할 말은 없다만."

박종일은 분을 삭이지 못해 두 주먹을 불끈 쥔 채 한 손으로 눈물을 훔치며, 한이 너무 두꺼워 목소리도 나오지 않는지 신음에 가까운 숨소리처럼 내뱉었다.

그때 대사관 직원이 조심스럽게 들어왔다.

"떠날 준비를 하셔야 할 것 같습니다.

방금 인천공항에서 특별의료기가 이륙했다고 연락이 왔습니다. 최고의 의료진이 함께 탑승했고 장비 역시 완벽하게 갖췄다고 합니다. 나리타공항에 가서 기다리더라도 한시라도 빨리 그 비행기에 탑승하는 것이 훨씬 나을 겁니다."

박종일이 어제 밤부터 시종일관 자신들과 함께 태영광을 지켜보던 대사관 보건의를 쳐다보았다.

"그렇게 하시죠. 제가 앰뷸런스로 동행하겠습니다.

이곳에 더 머물러봤자 어떻게 손 쓸 방도가 없습니다. 산소 호흡기에 의지해서 목숨을 연장하며 응급조치를 하는 것 이상은 이곳에서 무얼 더 해볼 사항이 아닙니다.

어제 일본 병원에서는 검사도 못하고 이곳으로 옮긴 후, 장비가 부족한 관계로 겨우 기초적인 검사만 했을 뿐이지만 크게 발견된 이상이 없다는 것에 위안을 삼으며 기대하는 수밖에요.

12층에서 추락을 했는데 이렇게 살아 있다면 누가 들어도 기적이라고 할 겁니다.

제 이야기는, 바람을 섞어서 말하자면, 쉽게 돌아가실 분이 아니라는 겁니다. 물론 전신에 대한 정밀검사와 뇌 검사 등 더 조사를 해봐야 알겠지만요."

"그런데 공항까지는 어떻게 안전하게 가지요? 이제 일본 경찰도 믿을 수가 없잖아요."

두 사람의 이야기를 듣던 장경애가 입을 열었다. 불안하다는 표현만으로는 지금 이 상황을 이야기할 수가 없다. 호텔 방 안에서 무슨 일이 있은 후에 추락한 것인지는 모르지만, 일본 경찰이나 모두가 한통속인데 누구를 믿는다는 말인가?

장경애를 비롯한 일행이 병원에서 본 장면은 일본 경찰을 더 믿을 수 없게 만들었다.

12층에서 추락을 했다지만 아직 죽지 않은 사람이 병원에 도착하자 의사들은 직업 본능으로 산소 호흡기를 착용시키고 응급실로 옮겼지만 그게 전부였다.

그들이 병원에 도착했을 때는 경찰들이 태영광 주변에 서서 아무도 접근을 못하게 했다. 누군가 반복해서 해를 입힐까 봐 경호를 하는 것이 아니라 의사는 물론 간호사까지 접근을 차단하고 있었다. 보는 눈만 없다면 산소 호흡기마저 빼 버리고 죽게 만들 심산이 틀림없었다. 차라리 일본 경찰이 더 못미덥고 태영광을 죽이는데 앞장설 것 같았다.

"장 기자님. 그 문제는 더 이상 걱정 하지 않으셔도 될 겁니다. 그들도 이 일이 공식적인 외교문제가 되기를 원하지 않기 때문에 더 이상은 테러를 저지르지 않을 겁니다.

만약을 대비해서 최기봉 경정 지휘하에 이곳에 근무하는 무관들 모두 중무장을 한 채 동행할 겁니다. 게다가 총영사님께서 앰뷸런스에 동행하실 거라는 사실을 일본 외무성을 통해 경찰과 공항 등 모든 관계기관에 연락해둔 상태입니다.

우리가 대사관을 나가는 순간에 경시청에서 호위를 할 겁니다. 일본 경찰의 일부 무리들과 태 박사를 해하려던 무리들이 한통속이 되었다고는 하지만 경시청에서 공식적으로 관여한 이상 믿어도 좋을 것 같습니다. 우리 외교부에서 공식적으로 요구된 사항이라 저들도 어쩌지 못할 겁니다.

그리고 이건 제 개인적인 생각이기는 합니다만, 일을 벌였던 일본인들 역시 태 박사가 이미 죽었거나 아니면 죽기만 바라고 있을 겁니다.

조간신문에 치정에 의한 자살로 언론 플레이를 해놓았으니 더 이상은 일본 땅에서 무슨 수를 벌이지는 못할 겁니다.

어제 병원에서 어떤 치료도 하지 않는 데 대해 항의 한 마디 하지 않고, 시설이 열악하다는 것을 알면서도 이곳 대사관 보건실로 옮겨온 이유도 그겁니다. 그곳에 머물다가는 일본 경찰의 묵계 아래 그들이 어떤 방법을 써서라도 태 박사를 죽였을 겁니다. 대사관으로 온 이상 그들이 더 이상 손을 쓸 수도 없었지만, 대사관 보건실이 간단한 환자를 처리하는 정도 이외의 시설을 갖추지 못하고 있으니 죽었다고 가정하겠지요. 아니 죽기를 바라고, 죽었다고 믿고 싶을 겁니다.

물론 언젠가는 알게 되어 다시 태 박사 뒤를 쫓을 수 있겠지만 오늘은 아닐 겁니다. 태 박사가 하나꼬에게서 받은 카메라를 지금까지 가지고 있다면 어떤 짓을 벌일 수도 있겠지만, 태 박사가 가진 것이 아무것도 없다는 것을 아는 이상 무리한 짓은 하지 않을 겁니다.

우리가 응급실에서 보았듯이 태 박사는 팬티까지 발가벗긴 채 환자복 하나만 입고 있었습니다. 태 박사 몸에 있는 모든 것을 그들이 거둬간 겁니다. 태 박사가 가진 것이 아무것도 없다는 것을 알면서 죽어가는 사람을 쫓아와서 죽이기야 하겠습니까?

12층에서 뛰어내린 사람이 즉사하지 않았더라도 정상으로 회복한다는 것이 힘든 일이라는 것을 알면서 공연히 국제 문제화시키지는 않겠지요.

그렇다고 태 박사가 어떻게 될 거란 이야기는 아닙니다. 일을 꾸민 일본 세력들이 섣부른 판단하에 그렇게 생각할 거라는 거죠.

제 판단이 잘못 되지 않은 이상 태 박사는 절대 죽지 않습니다. 이건 단순한 감이 아닙니다. 죽을 거라면 이미 죽었을 거라는 이야기죠.

생각해보십시오. 1~2층도 아니고 12층에서 떨어졌습니다. 아무리 만국기를 계양한 튼튼한 나일론 줄에 튕기고 또 나무에 한 번 더 튕긴 후 같이 추락한 하나꼬 위에 떨어졌다지만 이렇게 살아 있다는 것은 도저히 납득이 가지 않는 일이지요.

이는 필시 태 박사가 아직 할 일이 남아서 죽고 싶어도 죽을 수 없다는 것을 우리에게 보여주는 걸 겁니다.

태 박사는 절대 죽지 않고 반드시 깨어나 우리 앞에서 자신이 하고 싶고, 해야만 할 일을 계속해나갈 겁니다."

"저도 그렇게 믿고 싶어요. 하지만 너무 겁이 나서…."

눈물 머금은 목소리로 미처 말을 끝맺지 못하던 장경애가 안타까운 표정으로 바뀌며 말을 이었다.

"그러나 저러나 하나꼬라는 그 여자 분은 정말 죽은 거예요?"

"글쎄요? 저도 눈으로 보지 않아서 확실하게는 모르겠습니다만 안타깝더라도 현실로 받아들여야 할 것 같습니다. 태 박사는 살리고 자신은 죽은 거지요.

설령 죽지 않았더라도 지금 우리로서는 어떻게 해볼 도리도 없고요. 엄연한 일본 국적의 여인이고 또 그들은 그녀를 배신자 중 하나라고 생각할 테니 어쩔 수 없습니다.

내막을 자세히 아는 우리들은 그렇다지만 저들은 이미 치정에 의한 자살 사건으로 만들기 위해서 신문에 보도까지 했잖습니까?

태 박사를 살리려고 태 박사를 위에 두고 자신이 밑에 깔렸으니 죽었다고 보는 것이 옳을 것 같습니다. 태 박사가 수혈을 해준 덕분에 구한 목숨이라 그랬는지, 자신의 죽음으로 태 박사를 살린 겁니다. 자기 가문의 명예를 회복하기 위해서 진실을 밝혀야 한다면 자신이 사는 것보다는 태 박사가 사는 것이 더 의미 있는 일이라고 생각한 것이 아닐까요.

역사를 바로 세우기 위해서 모든 것을 내던진 태 박사를 진심으로 좋아했나 봅니다. 인류에게 대립만 불러일으키는 역사왜곡을 바로잡으려 목숨을 담보로 뛰어든 태 박사를 위해서 자신을 희생했다고 생각합니다. 부러울 정도로 대단한 정신입니다.

이렇게 자신을 희생하면서도 역사를 바로잡으려고 노력하는 사람들을 보면, 역사를 난도질한 이토 히로부미는 저승에서도 이 사람 저 사람에게 치이느라 제대로 살지 못하겠지요?"

"그 젊은 나이에….

억울해서 어떻게 눈을 감을까요? 장례라도 지내줘야 하는데….

왜놈들이 하나뀌 장례라도 지내주겠어요?"

장경애는 말을 맺지 못하고 자꾸 흐느꼈다.

앰뷸런스에 오른 일행은 마음을 조이면서 조금도 경계를 늦추지 않았다. 그 모습을 눈으로 직접 보면서도 경애는 불안해서 견딜 수가 없었다.

앞뒤는 물론 양 옆에까지 경찰차와 사이카를 동원해서 요란한 경보음을 울려가며 호위하는 저 경찰들이 언제 테러리스트로 돌변할지도 모른다는 생각이 들었다. 그럴 리가 없다고 생각하면서도 어제 일본 경찰이 보여준 모습은 충분히 그런 마음이 들게 만들었다.

경애가 조바심이 나서 어쩔 줄 모르는 동안 일행은 무사히 공항에 도착했고, 앰뷸런스는 저 멀리 보이는 태극마크 선명한 비행기를 향하고 있었다.

말이 비행기지 대학병원 응급실만큼이나 완벽한 의료시설을 갖추고 있었다. 의사 두 명에 간호사도 두 명이나 동승하고 있었다.

그뿐만이 아니다. 눈에 보이지 않아서 그렇지 이 비행기는 완전 중무장을 한 전투기 이상의 전투능력을 갖춘 비행기다. 자체 방어능력은 물론 상대방을 공격할 수 있는 공격용 미사일까지 장착된 최고의 전투기 기능을 겸하고 있다.

어제 저녁 박종일이 옷 벗을 각오를 하고 조치한 덕분이다.

태영광이 옮겨지고 박종일과 장경애가 오르자 비행기는 이륙했다.

비행기가 완전히 이륙해서 고도를 잡고 안전벨트 등이 나가자 장경애는 비로소 마음이 조금 놓였다. 비행기가 내 나라 땅에 착륙을 해야 마음을 놓을 일이지만 일단 일본 땅에서 떠났다는 것만으로도 커다란 위안이 됐다.

비행기 고도가 안정되자 의사들이 태영광 주위로 모여들었다. 치료를 위한 시설은 갖췄지만 특별한 검사시설은 갖추지 않은 비행기 안이다 보니, 원칙적인 육안 검사를 시작하는 것 같았다.

장경애는 처음에는 걱정스럽게 들여다보았지만, 자신이 본다고 달라질 것도 없다는 생각이 들면서 어젯밤의 끔찍했던 순간이 떠올랐다.

1. 죽음도 비껴간 사연

어제 저녁.

1212호라는 문자를 받고 태영광이 호텔을 향한 후 장경애와 박종일은 뚫어지게 1212호 베란다 창을 응시했다. 태영광이 호텔 베란다를 통해서 어떤 신호를 보낼지도 모른다는 생각에 장경애는 육안으로, 박종일은 고성능 소형 망원경을 통해서 관찰했다.

태영광이 그들의 곁을 떠나간 지 30여 분이 지나서였다.

태영광과 하나꼬임에 틀림이 없는 두 사람의 모습이 호텔 베란다에 보이는가 싶더니 약 5분여를 주춤거린 후 무언가를 던졌다. 망원경을 통해서 보던 박종일은 그것이 단순히 무엇을 던진 것이 아니라, 일이 잘못되어 위급함을 알리는 신호가 아닐까 하는 생각에 장경애에게 망원경을 넘겨주고 자신은 호텔로 들어가야겠다고 생각하던 바로 그 순간이다.

두 사람이 몸을 날려 아래로 떨어지는 것이 아닌가?

장경애는 물론 박종일도 하도 놀라서 발도, 눈도 떼지 못한 채 그저 바라볼 뿐이었다. 박종일은 자신의 눈에 망원경을 대고는 그들이 떨어지는 모습을 추적할 수 없기에 얼른 눈에서 망원경을 떼고 그들이 그리는 궤도를 따랐을 뿐이다.

마침 그날은 타워호텔 개업 10주년을 기념하는 날이었다. 호텔 벽에서 시작된 만국기가 호텔 정문과 주차장을 가로질러서 건너편 나무에까지 촘촘하다는 표현이 어울릴 정도로 여러 줄 걸려 있었다. 그 바람에 뛰어내리는 것이 정말 그들인지 맨 눈으로 잘 보이지 않았지만, 분명히 태영광이 있던 방이고 그들이 베란다에 서 있던 모습까지 망원경으로 관찰한 뒤이니 그들임에 틀림이 없었다.

12층이라는 높이지만 뛰어내리는 시간은 극히 짧은데도 불구하고 그 시간이 왜 그리도 길게 느껴졌는지 모른다. 평소 같으면 아주 짧은 시간이었을 그 시간이 두 사람이 떨어지는 동안은 한없이 긴 시간처럼 여겨졌다. 장경애는 당황해서 아무것도 보지 못하고 그저 떨어지는 두 사람만 보았는데 박종일의 눈에는 두 사람이 떨어지는 모습이 자세히 보였다. 박종일의 머릿속에는 경찰 특유의 직업의식이 살아나면서 저들이 어떻게 떨어지느냐가 그나마 죽느냐 사느냐를 결정지어 준다는 생각뿐이었다. 12층에서 떨어지니 웬만하면 죽는 것이 사실이지만 그래도 기적이라는 것이 있다.

두 사람은 떨어지는 동안 꼭 껴안은 것은 틀림이 없는데, 떨어지면서 둘이 하나가 된 몸뚱이가 일단 만국기를 걸어놓은 두꺼운 나일론 줄에 한 번 부딪혔다. 그러나 원래 높은 곳에서 떨어진 까닭인지 만국기를 묶어 놓은 나일론 줄에 잠시 부딪히는가 싶더니 곧바로 아래로 떨어지면서 정원나무 위로 떨어졌다가 다시 바닥으로 떨어졌다. 누가 아래에 있고 위에 있는지를 보지 못한 까닭에 누구의 몸이 줄에 부딪혔는지도 알 수가 없었다.

게다가 막상 바닥에 떨어질 때는 그리 먼 거리도 아닌데 어떻게 떨어졌는지 박종일의 눈에조차 보이지도 않았다.

그리고 순간적으로 경찰들이 에워싸고 다른 사람들의 접근을 막은 채 앰뷸런스가 돌진하듯이 다가와 두 사람을 싣고 떠나 버렸다. 유일한 흔적이라고는 폴리스라인 안에 흰색 스프레이로 그어 놓은 투신 흔적뿐이다.

일반인의 접근을 차단하던 경찰들이 돌아간 뒤 박종일이 현장에서 본 것으로 추측하기에, 일본 경찰들은 자신들이 얻어야 할 무언가를 찾으려고 노력했던 것이 틀림없었다.

바닥에 흐드러진 피 자욱을 중심으로 그려 놓은 사람 모형의 자리 표시.

경찰들이 무언가를 찾기 위해 뒤지느라고, 한참 피어나는 나무의 녹음마저 흩뜨려 놓은 흔적이 역력히 남아 있는 바닥.

그들이 원하는 것은 투신한 두 사람의 목숨을 살려보려는 노력이 아니라, 자신들이 찾아야 할 무엇이 있었다는 것을 여실히 드러내 보이는 증거였다.

그때 박종일의 눈에 들어오는 것이 있었다.

투신한 두 사람을 그대로 놓아두고 스프레이로 그 테두리를 따라 그려 놓은 현장보존용 표식이다.

두 사람이 떨어져서 누운 표식은 절대 아니다. 한 사람이라고 하기에는 옆으로 약간 넓은 표식이다. 그렇다면 두 사람이 옆으로 나란히 떨어진 것이 아니라 아래위로 떨어진 것이다. 한 사람은 밑에 깔리고 다른 한 사람은 그 위에 떨어졌다.

나일론 줄에 한 번 퉁기는 바람에 충격을 완화시키고 나무에서 다시 한 번 충격을 완화시킨 후 한 사람이 다른 사람 위에 떨어졌다면 위에 떨어진 사람은 살아남을 수 있다. 아주 운이 좋았다면 둘 다 살아남을 수도 있지만 최소한 한 사람, 위에 떨어진 사람은 살아남았을 것이다.

박종일은 둘 중 하나는 반드시 살았다고 확신했다. 두 사람이 꼭 껴안고 떨어지는 것까지 확인한 터라 더더욱 그랬다. 하나꼬에게는 미안하지만 그 둘 중 하나가 태영광이기를 간절히 바랐다.

박종일은 대사관에 파견 나와 있는 친구, 최기봉 경정에게 전화를 해서 억지를 쓰기 시작했다.

"나 종일이다.

지금부터 내가 하는 말 잘 듣고 무조건 도와줘야 해. 우리나라의 앞날에 아주 중요한 영향을 끼칠 일이거든."

전화를 받은 최기봉은 깜짝 놀랐다.

"다짜고짜 무슨 소리냐? 도대체 무슨 일이기에 다 늦은 저녁에…."

"자세한 이야기할 시간은 없고, 조금 전 타워호텔에서 투신한 사람이 이송된 곳을 알아줘. 이름은 태! 영! 광! 직업은 의사. 도쿄 일본 왕궁 근처에 있는 종합 클리닉 내과에서 근무하던 친구야."

"아, 네 친구라는 그 박사? 그런데 갑자기 투신은 뭐고 이송은 또 뭔데…?"

"자세한 이야기는 나중에 해줄 테니까 우선 내 이야기를 들어.

그 친구가 조금 전에 타워호텔 12층에서 여자 한 사람하고 동반 투신했어. 말이 투신이지 사실은 타살을 피한거야. 자신들을 죽이려는 손을 피해서 뛰어내린 거지. 이건 단순한 강도나 아니면 개인을 피한 투신으로는 보이지 않아.

그 친구가 뛰어내리자마자 기다렸다는 듯이 경찰들이 순찰차를 앞세워 모여들었고, 현장을 에워싸 아무도 접근할 수 없게 한 뒤

앰뷸런스로 어디론가 이송해 갔어. 그 이송해 간 곳이 어딘지를 알아서 그 친구를 보호해야 돼."

"무슨 소린지 잘 모르겠다. 네 말대로라면 일본 정부가 개입이 됐다는 거야? 경찰들이 기다렸다는 듯이 모여들었다면 그런 일이 있을 것을 미리 알았다는 말 아니야?"

"일본 정부까지는 모르겠지만 조직적으로 이뤄진 걸 보면 적어도 어떤 단체가 개입된 것만은 확실해. 일본 정부는 아니더라도 극우단체가 경시청 내에 있는 자기들의 세력을 동원해서 벌인 일일 수도 있어.

그 친구가 추구하던 일 자체가 극우단체는 물론 일본 정부나 왕실이 절대 좋아 할 일이 아니었거든. 우리나라 입장에서는 반드시 해야 할 아주 중요한 일이었고. 그러니까 외교 핫라인을 이용해서라도 그 친구가 이송돼 간 곳을 알아야 해.

단순히 아는 것이 중요한 것이 아니라 그 친구를 우리가 넘겨받아야 돼."

"그게 무슨 일인지 알아야 뭘 할 거 아냐. 외교 핫라인을, 그것도 이 시간에 동원하려면 총영사님은 물론 대사님께도 보고가 되어야 할 일인데."

순간 박종일은 망설이지 않을 수 없었다.

자신이나 경애처럼 이 일의 전말을 아는 사람들이라면 설득해 볼 수도 있다. 그러나 이 일의 전말을 전혀 모르는 사람들에게 어떻게 설명해서 짧은 시간에 이해를 시킨다는 말인가? 설령 시간이 충분해서 일을 자세히 설명해줘도 이 일에 공감해준다는 보장이 없는 일이다. 섣부르게 이야기했다가는 공연한 망상에 사로잡힌 철부지 불장난 취급받기에 딱 좋은 일로 치부될 뿐이다. 그렇게 되면 태 박사는 아마 영원히 우리 곁으로 돌아오지 못할 수도 있다.

박종일은 단단히 각오를 하고 입을 열었다.

"그걸 말할 수 있는 상황이면 내가 정식으로 대사관에 라인을 통해서 이야기를 하지 왜 네게 전화를 했겠어?

내가 갑자기 동경에 왔는데도 불구하고 이런 일이 벌어진 걸 보면서도 그런 질문이 나오니? 내가 동경에 온 건 바로 오늘 이 일에서 태영광 박사를 보호하기 위한 거란 말이야. 그런데 일이 틀어진 거지."

"좋다. 우리가 하는 일이 원래 우리끼리도 말 못할 사정이 많은 직업이니까 그건 그렇다 치고. 태 박사라는 그 친구의 진짜 신분이 무엇인가 정도는 알아야…?"

"그걸 이야기하려면 다 이야기를 하지 뭐 하러 시간 낭비를 해?

전에도 내가 얘기했었잖아. 그 친구는 밀명을 수행하는 중이니까 혹시 도움이 필요하면 네게 연락할 것이고, 연락받으면 도와줘야 한다고."

"밀명? 도대체 무슨 말인지는 모르겠지만 일단은 알았다. 다만 단순히 의사가 호텔에서 투신한, 그것도 여자하고 동반 투신한 것을 가지고 대사님께 외교 핫라인을 동원하자고 이야기할 수 없기에 하는 말인데…."

"좋아. 정 그렇다면 하나만 더 이야기해줄게.

그 친구 말이 의사지 우리나라 국보급 사학자야. 그 친구가 일본에서 추진하던 일은 우리나라의 미래가 걸려 있는 아주 중요한 일이라니까? 온 백성들의 성원을 한몸에 받고 백성들의 밀명을 수행하던 중이었어."

"백성들의 밀명이라. 그렇게 어렵게 표현하는 것을 보니 아주 고위기관인가 본데….

좋아. 보고는 내가 알아서 할 것이고 해야 할 일은?"

"그러니까 다른 것은 나중에 하더라도 일단은 이곳에서 어디로 이송해 갔는지를 먼저 알아야 해. 설령 일본 정부나 경찰이 그 친구가 이미 사망했다고 해도 믿어서는 안 돼. 우리 눈으로 보지 않고는 믿을 수가 없으니까?

어떻게든 그 친구의 신병을 우리가 인도해서 우리나라 공관으로 옮겨야 해. 제2의 해코지를 막아야 하니까."

"하지만 12층이라면 이미…."

"아니, 절대 그 친구는 죽지 않았어. 내가 현장을 확인한 결론이야. 내가 그 친구가 죽지 않기를 바라는 마음에서 하는 말이 아니라 할 일이 남아서 죽고 싶어도 자기 마음대로 죽을 수 없는 친구야. 그러니까 빨리 조치해야 돼."

박종일은 설령 죽었다면 그 시신이라도 인도해야 한다는 말은 절대 하기 싫었다. 태영광은 죽고 싶어도 죽을 수 없는 일을 하고 있기에 절대 죽지 않았을 것이라고 확신했다.

박종일은, 최기봉의 전화를 기다리면서, 통화 중에 자신도 모르게 입에서 나왔던 이야기들을 떠올렸다.

나라의 미래를 위해 백성들의 밀명을 받고 일을 하는 국보급 사학자라고 말하자 아주 고위기관 운운하던 최기봉의 얼굴이 떠올랐다. 모르면 몰라도 최기봉은 백성들의 밀명이라는 그 말을, 이 상황을 표현하기 힘들어서 돌려서 말한 것으로 이해하고 고위기관 운운 했을 것이다. 그가 정말 백성들을 그 어떤 기관보다 고위기관이라고 생각해서는 아닐 것이다. 그렇다면 그는 총영사나 대사, 아니면 그 이상 되는 곳에 정부의 밝혀지지 않은 기관에서 하달한 일로 보고하고 이 일을 처리 할 수도 있다. 나중에 그 뒷감당이 아주 어려워질 수도 있다.

박종일은 씩 웃었다. 뒷감당이 어려우면 그건 그때 가서 생각하자.

태영광만 살려낼 수 있다면 옷을 벗어도 좋고, 국가적인 손실을 끼쳤다고 벌을 받아도 좋다. 다만 자신의 말만 믿고, 일을 처리한 최기봉에게까지 어떤 책임이 물어지고 불이익이 발생할 수도 있다는 것이 마음에 걸리기는 했다.

박종일의 전화벨이 울렸다.

"나 기봉인데 일단 소재는 파악이 됐어. 쉽게 알려주던데?

시간이 걸릴 것 같아서 총영사님과 대사님께는 유선으로 긴급 보고만 하고, 내가 직접 경시청에 전화를 해서 내 신분을 정확히 밝히고 알아봤지. 확인해서 전화를 준다더니 금방 전화가 왔더라고. 도쿄 경찰병원 응급실에 있대.

아직 정확한 상황과 환자의 상태나 사망 여부는 자기들도 보고 받은 것이 없고, 다만 경찰병원에 이송한 것만은 확실하다는 거야. 그래서 내가 우리 측 관계자들이 갈 거라고 했으니까 일단 먼저 가. 네 이름과 신분을 말했으니까 여권만 가져가도 상황 파악을 할 수 있을 거야. 나는 총영사님하고 대사님께 유선상으로라도 좀 더 자세히 보고하고 신병 인수를 위한 후속조치를 한 후 갈게.

도착하면 생사 여부나 환자 상태도 연락해주고, 그래야 어떤 후속조치를 해야 하는지도 결정이 날 거니까."

최기봉의 이야기를 들으면서 박종일은 이미 경애의 차문을 열고 올라타고 있었다. 박종일의 손짓 부름을 받은 경애 역시 차에 올라 시동을 걸고 박종일이 내뱉은 '도쿄 경찰병원'이라는 한 마디에 액셀러레이터를 밟고 있었다.

경찰병원에 도착해서 응급실로 가자마자 자신의 신분을 밝히고 마주한 태영광의 주변에는 경찰들이 에워싸고 있었다. 언뜻 보기에도 그 에워쌈은 환자를 보호하기 위한 것이 아니다. 누구의 접근도 차단하는, 말하자면 이곳 응급실의 의사들마저 접근하지 못하도록 막고 있는 분위기다.

경찰들이 태영광에게 다가가려는 박종일을 제지하려하자 이미 무슨 지시를 받았는지, 상관으로 보이는 자가 눈짓을 보내 다가서게 했다.

태영광은 알몸 상태에 침대 모포로 신체 중간부분만 덮고 반듯이 눕혀진 채 산소 호흡기를 쓰고 눈을 감고 있었다. 겉만 봐서는 환자의 상태가 어떤지 전혀 알 수가 없었다.

박종일은 경애와 함께 응급실 의사가 있는 곳으로 갔다.

"저 환자의 보호자입니다. 지금 상태가 어떤지요?"

경애가 의사에게 질문을 하자, 의사는 무슨 지시를 받았는지 경찰들의 눈치를 보면서 어렵게 입을 열었다.

"지금으로는 무어라 말할 수 있는 입장이 아닙니다. 목숨이 붙어 있다는 것 이외의 상황은 아직 자세한 조사를 못했습니다. 좀 더 정밀한 검사를 해봐야 상황판단이 정확히 될 것입니다."

박종일은 물론 경애도 더 이상 의사들에게 무슨 질문을 한다는 것이 무의미하다는 것을 알 수 있었다.

박종일이 최기봉에게 전화를 했다.

"이곳에 살아 있는 것을 내 눈으로 확인했는데, 이곳에는 있으면 있을수록 손해야.

너도 와서 보면 알겠지만 전혀 치료를 할 생각도 없고 사람이 접근하는 것만 차단하고 있어. 심지어는 의사들도 접근을 못하게 하는 것 같아. 저절로 죽게 내버려두자는 심산이지. 공연히 시간

낭비하지 않는 게 좋을 것 같아.

우리 공관에도 의사가 있고 응급처치가 가능한 시설은 있으니까 그리로 옮기자. 이곳에 있을수록 손해야."

"일단은 알았어. 내가 이곳 보건의하고 상의해서 앰뷸런스를 보내든가 할게. 아마도 신변 인수를 위한 조치가 선행되어야 할 것 같으니까 조금만 기다려. 내가 직접 갈 테니까."

한 시간 이상이 지나서 최기봉이 앰뷸런스에 보건의와 같이 동승해서 도착했다.

"도대체 무슨 일인지 모르겠다.

일본이 감추려고 내놓지 않을 거라는 네 말과는 다르게 의외로 일본 쪽에서 아주 신속하게 대응해주었어. 총영사님이나 대사님은 본국에서 신분보호를 위해 특파된 경찰이 하는 이야기라는 내 말만 믿고 행동해주시고.

그런데 일본 측에서는 굳이 그분들이 나서지 않아도 될 일을 왜 나서시냐는 식으로 말하더라는 거야. 다시 말하자면 죽기 직전의 환자를 내달라면 얼마든지 내줄 건데 왜 호들갑을 떠느냐는 거지."

최기봉은 정말 자신이 무슨 일에 어떻게 휘말리고 있는지 모르겠다는 표정으로 말을 이었다.

"하지만 네 말이니까 무조건 믿기로 했다.

대사님께 보고하고 네가 원하는 이상의 조치를 강구했어.

내 눈으로 직접 보지는 않았지만 빤한 거 아냐? 환자가 살아 있다고는 하지만 상태가 매우 안 좋다는 거? 게다가 네 말에 의하면 일본병원에 있을 경우 제3의 해코지를 당할지도 모른다니까 방법은 하나 밖에 없더라고.

본국에서 의료 항공기를 보내 달라고 했어. 국가기밀이나 국가 보호와 유지를 위해 꼭 필요한 환자를 본국으로 이송할 때 쓰는 특별기.

대사님께서 도대체 무슨 영문이냐고 하시기에, 네가 신변보호를 해야 하는, 특수한 밀명을 받고 일본에서 활약 중이던 국보급 사학자인데 일이 잘못 됐다고 했지. 더 이상 아무 말씀 없이 본국에 의료기 요청을 하시면서 나머지는 경찰청에서 알아서 처리하란다. 단, 의료 항공기는 오늘밤에 오기는 힘들고 아마도 내일 아침 일찍 도착할거라는 말씀을 하시더라.

대사님께서 요청하셨으니 오기는 올 것이고, 환자를 이송하기는 할 거지만 뒤처리를 어찌 해야 할지는 나도 모르겠다."

의외로 일이 커지는 것 같았다. 하지만 그건 각오하고 벌인 일이다. 그 방법이 아니면 태영광을 찾을 길이 없다. 저렇게 살아 있는 사람을 자신이 어떤 손해를 입을까봐 지레 겁을 먹고 죽게 내버려둘 수는 없는 일이다.

"걱정할 것 없어. 일단 귀국하고 나면 내가 알아서 처리할게. 백성들의 염원을 음밀히 수행하던 중이라니까."

"그러니까 걱정이 되는 거다. 정부가 시키는 일을 하다가 이런 변을 당했으면 당연히 후속조치를 했으니까 아무 탈도 없겠지.

이건 밑도 끝도 없이 백성들의 염원이라니, 보나마나 정부의 뜻하고는 거리가 좀 있는 일이겠다 싶어서 하는 말이다.

네가 평소에도 허튼소리 절대 하지 않는 인간이라는 것을 내가 모르냐? 나름대로 이유가 있겠다 싶어서 네 말대로 하면서도, 만약에 내가 책임을 질 일이 생긴다면 책임질 각오는 이미 했어.

지금 내가 하는 말은 내 걱정을 하는 게 아니라 네가 걱정이 돼서 하는 말이야. 백성들의 염원을 담은 국보급 사학자라는데 나

하나의 작은 희생이야 감수해야지.

　나야 처벌을 받는다고 해봤자 기껏해야 사실 확인도 없이 일을 추진한 것에 대한 책임을 묻는 시말서나 경고, 그보다 더 중하면 귀국조치? 아니, 최고로 중벌을 받는다고 해봤자 감봉 정도면 끝나겠지만 너는 다르잖아.

　너는 허위사실 날조로 인한 공직기강문란에 국가 중요장비 개인용도사용 혐의도 적용될 수도 있어.

　도대체 무슨 일이기에 이런 큰일을 저지르는 건데?"

　최기봉은 이미 이번 사건이 공식적인 일이 아니라 비공식적인 민간 차원의 일이라는 것을 짐작하고 있었다. 다만 나라의 미래를 위해서 반드시 구해야 할 사람이라는 박종일의 말 한 마디를 믿고 함께 했을 뿐이다.

　박종일은 아까 통화할 때 고위기관 운운하던 최기봉의 말만 듣고, 그가 백성들을 고위기관이라고 생각할 리가 없다고 혼자 결론을 내렸던 자신이 부끄러웠다. 최기봉은 백성을 그 누구보다 최고기관이라고 생각하고 있었다.

　"모든 절차가 끝났습니다. 이제 가시지요. 환자분을 이곳으로 모셔온 경찰 병력과는 다른 병력이 호송도 해줄 겁니다. 물론 우리 무관들이 앞뒤로 호위도 할 거구요."

　최기봉과 함께 동행한 대사관 직원이 떠나자고 할 때 박종일은 다시 한 번 놀랐다. 최기봉은 박종일이 생각하고 원하는 것 이상으로 할 수 있는 모든 조치를 취해 놓고 있었다.

　앰뷸런스가 대사관에 도착하고 태영광이 의무실로 옮겨져 의무실 산소 호흡기로 바꿔 끼고 나자 비로소 박종일과 장경애의 얼굴에 핏기가 돌기 시작했다. 정말이지 조금 전까지는 두 사람 모두 얼굴에 핏기 하나 없이 백지장처럼 하얗기만 했다. 저러다가 오히려 태영광보다 두 사람이 먼저 죽을 것만 같았다.

"자, 이제 우리가 할 수 있는 일은 다했다면 다한 것입니다.

저 산소 호흡기가 할 수 있는 역할 이상을 기대할 수는 없는 것이 이곳 환경이니까요. 우리 보건의를 맡고 계신 오 박사님께서 응급조치를 해주시기야 하겠지만 구체적인 어떤 검사도 할 수 없는 곳이니 외부로 보이는 상처와 내부에 입었을 타격을 짐작해서 조치를 하는 수밖에요.

두 분은 물이라도 한 잔 하시고 긴장을 푸십시오. 제가 보기에는 두 사람이 먼저 일을 당할 것 같아서 겁이 납니다."

최기봉이 언제 준비했는지 두 사람에게 물을 한 잔씩 건네면서 말했다.

"고맙습니다. 이렇게 힘이 되어 주신 것, 뭐라고 감사의 말씀을 드려야 할지…."

장경애가 눈물이 북받치는지 말끝을 맺지 못하고 얼버무리자 최기봉이 그 심정을 알 것 같다는 듯이 잽싸게 말을 이어나갔다.

"종일이 말에 의하면 저분은 죽고 싶어도 죽을 수 없는 일을 하시는 분이라고 했습니다. 그렇게 중요한 일을 하시는 분의 목숨을 지금 이 시점에서야 거둬 가시겠습니까?

저야 종교는 갖고 있지 않지만, 인간 이상으로 세상을 섭리하시는 분이 반드시 있다는 것을 어렴풋이나마 믿는 사람입니다. 백성들의 밀명을 수행하시는, 죽어도 죽을 수 없는 그런 분이 그리 쉽게 가시지는 않을 겁니다.

지금으로서는 그렇게 되기를 기도하는 수밖에요."

두 사람을 위로하기 위해서인지, 자신의 바람을 담은 말인지 알 수 없었지만 최기봉은 확신에 찬 목소리로 말했다. 그리고 잠시 말을 멈췄다가 조용한 목소리로 다시 입을 열었다.

"그러나 저러나 아직 두 분 식사도 못 하셨을 것 아닙니까? 저도 저녁 전인데 뭐라도 좀 드셔야 기운을 차리지요. 멀리 가시기 뭐하면 대사관 직원 식당으로 함께 가서 간단히 요기라도 합시다."

최기봉의 말은 고맙지만 장경애로서는 도저히 음식을 입에 넣을 용기가 나지 않는다. 사랑하는 이는 상태가 어떤지도 모르는 채 사경을 헤매고 있는데 밥을 먹을 엄두가 나지 않았다.

"저는 됐으니까 두 분만 다녀오세요. 저는 여기를 떠나고 싶지도 않고 또 지금 제가 음식을 넘기면 소화를 시킨다는 보장도 없을 것 같네요."

맞는 말이다. 아마 모르면 몰라도 소화를 시킨다는 보장이 없을 것이다.

"그래도 장 기자님은 뱃속 아기를 위해서라도 조금이라도 드셔야죠. 정 자리를 뜨기가 뭐하시면 제가 사람을 시켜서 간단하게 보내드릴 테니 여기 계십시오.

저 역시 배가 고픈 줄도 모르겠지만 이 친구랑 할 이야기도 있고 하니 잠깐 다녀오겠습니다."

장경애를 위해 간단한 먹거리를 준비해서 보내고 박종일과 최기봉이 마주 앉았다.

"먹으면서 이야기하자. 도대체 무슨 영문인지 들어나 보자."

최기봉이 수저를 들면서 먼저 입을 열었다.

"그게 말하자면 아주 길단. 이야기를 하기 싫어서가 아니라 이야기를 해도 이해를 못할 수도 있고, 이해를 해도 정말 납득하기 힘들 수도 있어. 그러니 그냥 이 선에서 그만하자."

박종일은 최기봉에게 무얼 어떻게 이야기해줘야 할지를 정리할 수가 없어서 그만두자고 했다.

"종일아. 너랑 나랑 경대에서부터 가깝게 지낸 친구다. 어떻게 가까운 친구끼리 나 몰라라 하라고 말을 할 수 있냐? 아까도 잠깐 말했지만, 내가 뭘 알아야 뒷수습하는 걸 도와줄 수 있잖아.

막말로 외교 핫라인 이용한 거야 총영사님이나 대사님께 내가 임의로 말을 만들어서 어물쩍 넘어간다고 하자. 하지만 본국에서 의료 항공기 뜬 걸 무슨 수로 어물쩍 막을 건데?

외교 핫라인 이용한 것도 이유만 타당하면 정식으로 보고해도 될 일이지만, 정식으로 보고해서 될 일은 아닌 듯싶으니까 그건 바라지도 않아. 그거야 어차피 내가 해결할 일이고 잘못 되면 내가 책임 지면되니까.

네가 내 도움을 요청했는데 나 혼자 힘으로 벅찰 것 같아서 일을 벌린 거라고 하면, 판단을 잘못한 책임을 물어 본청에 보고를 하거나 아니면 다음부터 그러지 말라고 경고 정도하겠지. 본청에 보고해봐야 아까 말한 대로 옷이야 벗기겠냐? 끽해야 귀국조치? 그것도 안하고 경고 정도로 끝날 수도 있어. 우리 교민의 생명을 구하기 위해서 소재를 파악하기 위한 조치 중 하나라고 핑계대면 될 테니까.

그러나 의료 항공기 경우는 다르잖아. 물론 의료 항공기를 요청한 것은 나지. 그런데 그것을 신청하는 중에 아무런 정보도 없는 나로서는 네 말 그대로 대사님께 보고를 했어. 밀명을 받은 국보급 사학자를 이송하기 위한 것이고, 그 학자를 보호하기 위해 파견된 네가 요청한 것이라고 이미 보고 했다니까?

당연히 귀국 후 그 이유를 따지다 보면 대사님께 질문이 올 것이고 대사님은 내게 들은 말 그대로 보고를 하시겠지. 그러면 책임은 경찰청으로 넘어오고, 너에게 질문을 하면 너는 지금처럼 너 스스로 책임을 질 일이라고 하면서 혼자 뒤집어쓰겠지. 결국 너만 크게 다치게 되잖아.

구차하게 변명하기 싫어하는 네 성격을 내가 누구보다 잘 알기에 하는 말이야. 우리 이 선에서 책임을 나눠지자.

너 혼자 다치면 의외로 크게 다칠 수 있어. 하지만 우리 둘이 짐을 잘 나눠서 진다면 둘 다 무사하지는 못해도 작게 다치고 말 수도 있다는 거야. 나도 이유를 알아야 일본에 머물러서는 안 될 환자라는 판단이 들어서 의료용 항공기를 요청했다고 변명을 할 것 아냐.

무조건 네 말대로 했다고 해봐. 결국 네가 벌인 일이니 너 혼자 책임지라는 말밖에 더 되니? 그렇게 나 몰라라 할 거라면 어떻게 친구라는 표현을 쓰고, 같은 조직의 한솥밥을 먹는 동료라고 할 수 있겠어."

"네 말뜻은 고맙고 또 그런 네 마음을 몰라서 하는 말이 아냐. 다만 이 이야기를 해봤자 설령 너는 믿는다고 치자. 그러나 우리를 징계하거나 포상해야 할 윗선에서는 도저히 납득할 수 없는 이야기라서 하는 말이야."

"그래? 도대체 무슨 사연인데 국보급 사학자 내과의사에다가 호텔 투신에다가 이리도 어려운 거냐. 대충이라도 알면 정말 안 되는 일이니?

네 말대로 백성들이 준 밀명을 나는 알면 안 되는 거야? 나도 백성 중 한 사람임이 자명한데 왜 나는 백성들이 내린 밀명을 알면 안 되는 건데? 나는 믿을 수도 있는 일이라며?

매도 같이 맞으면 낫다는데 같이 알고 같이 맞자. 백성들이 준 밀명에 목숨을 거는 사람도 있는데 그깟 매야 못 맞겠나?"

최기봉은 밥을 한 숟갈 떠먹고는 아예 수저를 내려놓은 채 안타까워하고 있었다.

박종일은 최기봉이 단순한 호기심이 아니라 진심으로 이 일의 실체를 알아서, 자신은 물론 지금 의식도 없이 누워있는 태영광을 돕고 싶어서 하는 말이라는 것을 피부로 느꼈다. 그 느낌에 대한 보답으로라도 이야기를 해주고 싶지만 어떤 말을 어떻게 해야 할지 감이 서지를 않는다.

처음부터 낱낱이 이야기를 하자니 그건 받아들이는 사람에 따라서 오히려 너무 무거울 수도 있다.

한참을 망설이던 박종일은 이럴 때일수록 간단하게, 정확한 사실을 짚어서 이야기해주고 상대가 그것에 공감할 수 있는지를 확인하는 것이 가장 빠른 해결 방법이라고 생각했다. 그것은 책이나 다른 매체에서 얻은 지식이 아니다. 지금까지 살아오면서 겪은 경험에서 얻은 무기다.

가장 힘들고 어려울 때 가장 정도를 걷는 것이 인생에서는 가장 쉬운 방법이다.

"혹시, 일본왕실 지하비밀서고에 우리 역사책들이, 그것도 우리나라에는 존재의 씨를 말리고 일제강점기에 거둬들여서 자기들만 가지고 있는 소중한 우리 역사서들이 숨도 못 쉬고 감춰져 있다는 사실을 알아?"

"일본왕실 지하비밀서고에 우리 역사책들이 있다는 거? 알지. 전에 그런 이야기를 접하고 나 역시 충분히 그럴 수 있다고 생각했었어. 혼자 흥분도 했었고.

너도 알다시피 전에 경대 다닐 때도 그렇고, 내가 역사에 관한 지식은 많지 못해도 관심은 많았잖아. 이곳으로 발령 받아서 온 후 우연히 인터넷 검색하다가 그런 기사를 접한 적이 있었어. 그래서 관련 기사를 계속 검색해보니 대단하던데? 고조선에 관한 책들이 특히 많다고 했던 것 같아.

그때 그 이야기들이 내게는 엄청난 충격이었어. 우리나라에서는 구경도 못하는 고조선 관계 서적이라는 말에 분통도 터지고. 하지만 한편으로는 설마 그렇다면 우리 정부에서 가만히 있었겠나 하는 의문이 들기도 하더라.

그게 사실이라고 하더라도 내가 뭘 어떻게 할 수가 없다는 것을 잘 알고 있기에 그랬는지는 몰라도, 그 뒤 얼마 지나지 않아서부터는 잊고 지냈지.

우리가 세상사는 게 다 그렇지 뭐. 뭔가 아니다 싶으면 바로잡아야 한다고 불끈했다가도 눈앞에 닥치는 현실은 그걸 잊어버리게 하잖아.

그건 그렇다 치고, 이 사건이 그거랑 무슨 상관이 있는데?"

"지금 저 방에서 의식 없이 사경을 헤매고 있는 친구가 그 책들을 찾으려다가 저리 된 거거든."

"뭐? 뭐라고?"

최기봉은 한동안 입을 다물지 못했다. 단순히 입만 다물지 못하는 것이 아니라 눈이 너무 커져서 마치 눈알이 튀어나오기라도 하려는 듯이 놀라고 있었다.

"말, 말도 안 돼. 어떻게 일개 개인의 힘으로 그런 엄청난 일을…?

일본왕실이 어떤 곳인데…?

그야말로 죽기를 각오한 사람이구먼."

너무 놀란 나머지 입을 다물지 못하던 최기봉이 기가 막혀 질린 목소리로 몇 마디 하더니, 놀란 표정을 감추지 못한 채 어처구니없다는 듯이 물었다.

"그 책을 찾아서 뭘 하려고 혼자서 그런 모험을 감행했대?"

"아까도 말했지만 전후 사정을 설명하려면 시간이 너무 오래 걸리니까 일단 전후 사정은 생략하고 말할게.

혼자서 왕궁에 침입을 하거나 그런 것은 아니고 같이 투신한 하나꼬라는 그 일본 여자의 도움을 받아 일을 추진하다가 잘못 된 거야.

그 책들을 찾으려는 목적은 확실해. 우리나라 고대사를 제대로 정립하자는 거지.

너도 알겠지만 '환단고기'에 엮여 있는 '태백일사'나 '단군세기' 는 물론 그 책들이 인용한 '조대기'나 '진역유기' 같은 실증 고서들 이 우리나라에는 한 권도 현존하지 않잖아. 기록에 의하면 그 책 들이 일제강점기에 거둬들여진 51종 20여만 권 중에 상당수 포함 되어 있고 거둬들여서 소각했대.

하지만 많은 사람들이 절대 소각하지 않았다고 주장하면서 그 책들의 행방을 쫓고 있어. 일제가 어떤 나라인데 그 책들을 소각 했겠냐는 거지.

외규장각 의궤도 소중히 모셔놓던 나라 아냐? 우리의 고유한 전통을 언젠가는 자신들 것으로 만들려고 했던 욕심을 그대로 드 러냈잖아. 그런데 그 책들을 소각했겠어? 자신들 유리한 대로 역 사를 왜곡하는데 가장 중추적인 역할을 해 줄 책들인데?

그 책들은 소각된 것이 아니라 지금 일본왕실 지하비밀서고에 서 숨 막히고 있다는 거지. 저 친구는 그 역사서들의 숨통을 열어 주기 위해 몸으로 뛰어든 거고.

그 책들만 찾으면 '환단고기'에서 다루고 있는 역사서들이 진서 라는 것을 증명하게 되고, 그것들을 기반으로 우리나라 고조선과 그 이전의 역사는 물론 대진국 발해 등의 역사를 확실하게 알 수 있다는 거야.

그렇게만 되면 '태백일사' 등에 기록된 생생한 증거가 있기 때문에 당연히 고구려가 지배했던 요동에서 연해주까지의 땅들은 물론 대마도가 우리 땅이라는 증거도 찾게 된다는 거지."

"'환단고기'가 살아 있는 역사서라는 증거를 찾는다?"

"단순하게 말하자면 그런 셈이지.

'태백일사'나 '단군세기'처럼 '환단고기'에 직접 엮인 책을 찾는다면 그 자체가 역사서야. 한술 더 떠서 '조대기'나 '진역유기' 등 그 책들에 언급된, 우리나라 고대사를 직접 기술한 역사서만 찾을 수 있다면 '환단고기'에 묶여 있는 책들이 기록한 것 이상으로 광활하고 웅대한 우리의 고대사를 찾아낼 수 있지.

그렇게 되면 동북공정이라는 희한한 착상으로 우리의 북방 영토를 핥아대며 북한의 붕괴를 틈타 조선족 자치구를 만들겠다는 엉뚱한 발상으로 우리 역사를 난도질하고 있는 중국이나, 대마도를 내놓지 않으려고 독도가 자기네 땅이라고 엉뚱한 곳에 관심을 집중하게 만드는 일본의 야바위꾼 같은 놀음도 끝을 낼 수 있는 계기도 되고."

"네 말이 맞기는 맞다.

백성들의 밀명을 받고 온 사람.

저 사람의 역사 지식이 얼마나 되는지는 나도 모르지만 국보급 사학자는 맞아.

역사 지식만 많으면 뭐하나? 고구려가 몇 년에 세워지고 백제가 몇 년에 망하고 백날 외워봐야 뭐해. 제대로 생긴 역사 한 줄 모르고 지나가는 학자들이 얼마나 많아.

강단에서 녹음기 틀어 놓은 것처럼 한 말을 되풀이하면서 자신들이 몇십 년 전에 배운 식민사관 그대로가 맞는 것이라고 우겨대는 학자들이 좀 많아?

자신들의 권위를 이용해서, 광활하고 웅대한 우리 역사를 되찾으려고 노력하는 뜻있는 사학자들을 이단으로 몰아 매장시키는 이들도 많고….

빤히 눈에 보이는 역사를, 자신들의 정치 이념에 끼워 맞추려는 이들과 부화뇌동해서, 알면서도 역사를 왜곡하는 학자들도 부지기수고.

자신들의 이익을 위해 우리 스스로 역사를 짓밟는 현실에서 저런 사람이야말로 당연히 국보급 사학자다. 네가 여기까지 신병보호를 위해서 온 이유를 이제야 알겠다.

정말 시대와 백성들이 원하는 국보급 사학자야. 자신이 아는 지식이 얼마가 되는지에 상관없이 역사를 바로 밝혀서 우리나라의 미래를 밝게 하는 것은 물론, 앞으로 펼쳐질 인류평화에 이바지하고자 하는 그런 사람이 바른 학자지."

박종일의 설명을 듣고 그저 감탄스런 눈빛으로 혼자 무언가에 홀린 듯이 이야기하던 최기봉이 갑자기 정색을 하면서 말 톤을 바꿨다.

"그런데 정말 문제는 문제다.

의료 항공기는 국가 비상사태에 준하는 사건이 개인에게 발생했을 때 출항시키는 거잖아?

저 사람이 하고자 하는 일의 가치를 알고 이해하는 우리들로서는 당연하지만 그걸 당연하게 받아들일 사람이 또 있을까?

일본왕실 지하비밀서고에 확실하게 존재한다는 보장도 없는 책을 찾아 나선 그런 돌팔이 사학자가 뭐가 그리 중요하냐고, 뭐가 그리 대단해서 일본인들이 그 사람을 죽인다고 호들갑을 떠느냐고 할 것 같은데?

우리나라 교민 한 사람 살리는 차원이라고 핑계를 대면 치료는 일본 병원에서 받아도 될 일이고, 더더욱 그 사람이 병원에 근무하는 의사라면서 자기가 근무하는 병원에서 치료를 받으면 될 일이지 무슨 말을 하는 거냐고 할 거야.

살해당할 위험에서 구했다고 하면 정말 미친놈 취급할 거야. 아니 단순하게 취급하고 마는 것이 아니라 대한민국 경찰로 근무하기에는 무언가 맞지 않는 사람이라고 생각하지 않을까?

외교 핫라인까지 동원했으니 공연히 일을 만들어서 외교적 마찰을 일으킬 뻔 한 중대한 과실이 될 수도 있지. 개인적인 친분으로 국가재산의 손실을 끼쳤을 뿐만 아니라 국제적인 외교 문제를 야기시킬 뻔 한 책임을 물을 수도 있어."

"이미 각오한 바야."

"각오? 그렇지. 각오를 했으니까 일을 벌였겠지.

그러나 이번 일은 각오했다는 말 한 마디로 끝내기에는 너무 억울한 일 아니냐?"

"억울하다니?"

"억울하지.

범죄를 저지른 놈들을 응징하고 그 증거물을 찾으려다가 목숨까지 잃을 뻔하고 오히려 범죄자로 몰리는 형국이잖아. 너 역시 옳은 것을 행하다가 이상하게 얽히는 거고.

진실을 밝히려는 정의로운 뜻을 가지고 같이 움직였는데 그 일을 성취하지 못했다고 두 사람 다 싸잡아서 범죄자 취급을 한다면 그거야 말로 너무 억울한 것 아닌가?"

"정의로운 일이라고 인정해줄 사람도 많지 않잖아."

"하긴! 그렇기는 하지만…."

말끝을 맺지 못하던 최기봉이 갑자기 무슨 생각이 났는지 자리에서 일어섰다.

"잠깐 이러고 있을 일이 아니라 내가 전에 인터넷 검색한 후에 출력해 놓은 것을 찾아서 가지고 갈 테니까 넌 태 박사 옆에 가 있어라. 어쩌면 태 박사가 하는 일에 조그마한 보탬이 될 수도 있는 자료야.

같이 온 그 박사 부인도 아는 일이지?"

"물론 아는 일이야. 하지만 아직 부인은 아니고 부인될 사람이야. 장경애 기자라고, 신문사 동경특파원이야."

"아, 그러고 보니 본 적이 있는 것도 같고?

나는 아까 뱃속의 아기 어쩌고 하기에 부인인 줄 알았지? 어쨌든 좋아. 현재 결혼을 하고 안 하고는 중요하지 않고 알고 있는 일인가가 중요하거든. 공연히 모르는 일이면 앞으로 신랑 될 사람이 엉뚱한 일이나 하고 다닌다고 다시 생각해보겠다고 할 수도 있잖아. 공연히 남의 혼사 파탄 낼 일은 하지 말아야지.

그 기자가 보건의와 둘이서만 있기도 뻘쭘할 테니까 먼저 가서 있어. 내가 그 자료 찾아서 가지고 갈 테니까."

최기봉은 한 숟가락 떠먹은 밥을 그대로 남긴 채 분위기를 바꿔보고 싶었는지, 어울리지 않는 농담까지 섞어서 한 마디 남기고 서둘러 나갔다.

2. 왕실 지하비밀서고에서 숨 막히는 고조선

　박종일이 태영광이 누워 있는 곳으로 오자 이미 모든 응급조치를 마친 보건의와 장경애는 말없이 벽에 걸린 TV 볼륨을 아주 작게 맞춰놓고 쳐다보고 있었다.

　"박사님은 이제 그만 가서 좀 쉬시지요. 지금부터는 제가 지키겠습니다. 최기봉 경정도 온다고 했으니 저희가 지키다가 행여 무슨 일이라도 생길 기미가 보이면 즉각 연락드리지요."

　박종일이 보건의에게 가서 쉴 것을 권하자 처음에는 사양하더니 못 이기는 체 자리를 떠났다.

　보건의가 자리를 떠나고 근 한 시간여가 다 되어서 최기봉이 들어섰다.

　"찾기 힘들면 다시 검색하면 될 걸 공연히 힘들게 했나보다."

　"아냐. 마침 출력시켜 놓은 것이 있어서 이건 금방 찾았는데 오다가 복도에서 대사님을 만났어. 좌우든 간에 대사님과 나눈 이야기는 조금 후에 하기로 하고 우선 이걸 봐."

　최기봉은 자신이 인터넷에서 검색해서 출력시켜 놓았다는 것을 꺼내 작은 탁자 위에 펼치며 박종일을 불렀다. 그걸 박종일에게 건네 손에 쥐고 보게 하지 않고 작은 탁자에 핀 까닭은 경애가 태 박사와 결혼할 여자라는 것을 이미 안 이상 두 사람이 함께 보게 하려는 의도다. 당신과 결혼하려는 저 사내가 한 일이 결코 추측에서 일어난 무모한 짓이 아니라는 것을 보여주고 싶었다. 그런 최기봉의 의도를 무언 중에 알아챘는지 경애 역시 박종일과 거의 동시에 탁자 곁으로 다가섰다.

최기봉이 꺼내 펼쳐 놓은 것은 바로 일본왕실 도서관인 쇼료부(書陵部)에서 12년 동안이나 조선상고사 서적 분류 작업을 했던 박창화 씨가 조국이 광복된 후에 일본왕실 도서관에 우리 단군조선의 역사서가 숨 막혀 가고 있음을 증언한 것을 실어 놓은 1999년 12월 6일자 중앙일보에 실린 김국진 기자의 기사였다.

한민족의 뿌리가 되는 '단군조선'의 실체를 알릴 자료가 어딘가에 쌓여 있다면 우리 상고사에 관심 있는 사람들은 한걸음에 달려가고 싶을 것이다.

상고사에 관한 국내의 기록은 수많은 전란(戰亂)을 거치면서 대부분 소실되고 삼국유사 등 일부 서책에만 남아 있기 때문이다. 또 일제 때 조선총독부가 한민족의 혼을 말살하기 위해 단군조선에 관한 책들을 몽땅 약탈해 태워 버렸다는 설까지 있다.

해방 후 출간된 '군국일본조선강점36년사'나 '제헌국회사' 등에 따르면, 조선총독부 초대총독 데라우치 마사다케(寺內正毅)의 명령에 의해 1910년 11월부터 이듬해 12월 말까지 1년 2개월 동안 고사서 51종 20여만 권을 약탈했으며, '단군조선'에 관한 서적 대부분이 이때 소실된 것으로 되어 있다.

이런 가운데 최근 "일본 궁내청 쇼료부(書陵部: 일명 왕실도서관)에 '단군조선'과 관련된 책들이 쌓여 있다"는 새로운 주장이 나와 관심을 끈다.

그 주장이 사실이라면 자료에 목말라 하는 상고사 연구자들에겐 '단비'와 같은 소식이기 때문이다.

처음 이 주장을 한 사람은 1962년에 사망한 박창화(朴昌和) 씨, 1933년부터 12년 동안 쇼료부에서 우리 상고사 관련 사서를 분류하는 일을 담당했던 朴씨는 해방 후 이 사실을 최기철(崔基哲) 서울대 명예교수(담수생물학연구소장)에게 털어놨으며, 최근 崔 교수가 이 사실을 언론에 공개했다.

1900년 초 한성사범대학을 졸업한 후 충북 영동(永同)소학교와 배제고보 등에서 역사를 가르친 朴씨는 한국 상고사에 해박한 지식을 갖고 있어 쇼료부에서 촉탁으로 근무하게 됐다고 한다.

崔 교수는 "내가 청주사범학교 교장으로 재직하던 1945년에 朴씨를 역사교사로 채용했으며, 그 후 쇼료부에 단군조선 관련 서적들이 많이 있다는 사실을 전해 들었으나 나와 전공이 무관해 대수롭지 않게 생각했다"며 "당시 朴씨가 쇼료부에서 읽었던 단군조선 관련 서적들에 대해 많은 이야기를 해줬으나 역사에 대한 지식이 부족한 나로서는 이해하기 힘들었다."고 말했다.

그러나 현실적으로 쇼료부 소장본들은 목록으로 정리된 것들만 접근이 가능해 朴씨의 말이 사실이라도 확인하기는 불가능에 가깝다. 혹시 새로운 한·일 교류의 시대를 맞아 일본 측이 쇼료부의 문을 활짝 열어준다면 몰라도.

박종일은 그 기사를 보고는 태영광을 다시 한 번 쳐다보며 혼자 입속말로 중얼거렸다.

"열리지 않는 왕실 지하비밀서고의 문을 그리도 열고 싶어 하더니 결국 그렇게 누워 있다는 말이오. 이제 일어서시구려."

이 기사를 보니 태영광이 자리하고 누운 지가 아주 오랜 시간이 지난 듯 싶었다. 그러나 박종일의 그런 마음과는 아랑곳없이 최기봉은 아주 심각한 어조로 말했다.

"아까 식당에서 너와 이야기를 나눌 때만 해도 이 기사를 본 지가 오래되다 보니 긴가민가했는데 다시 찾아서 읽어보니 잃어버린 역사서들이 51종 20여만 권이라는 말부터 확실히 맞아. 그런데 저 양반은 왜 혼자의 힘으로 일본왕실 지하비밀서고에 있는 이 책들을 찾으려 했지? 정말 이 책들이 있다는 확신이 있다면 나라의 도움을 받을 수 있는 것 아냐? 이렇게 증언을 담은 기사까지 있는 판인데."

"기봉아, 너는 지금 이 기사를 네가 네 손에 들고도 그런 소리를 하니?

네가 보다시피 이 기사는 우리나라 일간지에 실린 기사야. 그것도 이미 13년이라는 세월이 지난 낡은 기사라는 표현이 옳겠지. 그 증언을 하신 분 역시 우리나라에서는 신망 있는 학자시고. 그런데도 그동안 정권이 바뀌면서도 어떤 정부도 꼼짝도 않고 있었어. 역대 어느 정부도 이 기사에 실린 것들을 사실로 확인해볼 의사조차 내비친 적이 없었어. 백성된 자로서 나라에서는 이런 사실들을 밝힐 의사가 없다고 생각한 거지.

태 박사는 나라가 안 하면 백성이 한다는 생각으로 혼자 일을 시작한 거야.

우리나라 역사를 잘 보면, 언제 중앙에 있는 높으신 양반네들이 국가의 위기를 타개한 적이 있어? 숱한 난리 중에도 의례히 백성들이 먼저 손 걷고 나서서 의병을 일으켜 구국의 횃불을 들고 싸

웠잖아. 중앙정부의 관료들은 그 와중에도 당리당략에 얽매여, 자신들의 당파가 정한 주전론과 화친론의 말싸움으로 자기 붕당의 실익을 탐하고 있었고.

그건 최근 역사인 일제강점기 때도 마찬가지잖아. 일부 할복을 하거나 관직을 버리고 낙향한 선비와 관료들을 제외하고는 을사오적 같이 앞장서서 나라 팔아먹기에 급급했어. 정말 독립운동에 투신한 사람들은 중앙 관료들이 아니라 일반 백성들이었어. 물론 뜻있는 사대부들이 독립자금을 대기는 했지만, 정말 피 흘리면서 일본군들과 맞서 싸운 것은 전사에도 기록되지 않는 이름 없는 백성들이었다고."

"그럼 이분은 이런 사실들을 이미 감지하고, 아니지, 감지하는 정도가 아니라 확신을 가지고 있었기에 나라가 해줄 날을 기다리다가 나라가 움직이지 않으니까 백성이 나섰다?"

"그래, 그건 확실해. 나도 확실하게 그게 언제부터인지는 모르지만, 다만 그리 오랜 시간이 지난 일은 아니라는 것도 확실하고."

"도대체 무슨 소리냐? 정말 오늘은 왜 이리도 감이 안 서냐? 아까 네 전화 받을 때부터 오늘은 꼭 무언가에 홀린 기분이야."

"그건 나도 마찬가지야. 다만 너보다 한 가지 더 아는 것은 지금 사경을 헤매는 저분이야말로 잃어버린 우리 역사를 바로 세울 수 있는 몇 안 되는 분들 중 한 분이라는 사실이지. 비록 그가 소유하고 있는 역사에 관한 지식은 부족할지 모르지만 부족하나마 바른 역사를 정립할 수 있는 사학자라고나 할까?"

"점점 모르는 소리만 하는구나. 좋아. 그건 그렇다 치고. 이미 벌어진 일은 어떻게 처리를 한다?"

"벌어진 일이라니?"

"몰라서 하는 소리야? 대사관에서 종종 일어나는 소소한 일들도 벌어지고 나면 사유서 만들랴, 우리 청에 보낼 보고서, 외교부 보고서, 여간 일이 많은 게 아닌데 이건 나도 처음 겪는 일이라….”

답답하다는 듯이 말하던 최기봉은 순간 장경애를 의식했는지 말끝을 흐리며 화제를 바꿨다.

“참, 아까 너랑 이야기하느라고 나 저녁도 못 먹었는데 우리 이 앞에 나가서 라면이나 한 그릇하고 오자. 너도 알다시피 일본의 생라면은 아주 명물이잖아. 장 기자님도 저녁도 변변히 안 드셨으니까 들어올 때 한 그릇 사다 드릴 겸.”

박종일은 최기봉이 장 기자가 없는 곳에서 나와 단 둘이 할 이야기가 있음을 암시한다는 것을 즉각 알 수 있었다. 하지만 장 기자가 눈치를 채면 공연한 걱정거리만 하나 더 만들어줄 것 같아 맞장구를 쳐주었다.

“경찰 직업은 너 혼자 갖고 있냐? 보고서 많기로는 유명한 거 다 아는 일인데. 그래, 배고프면 먹어야지. 사실은 나도 네가 제대로 먹지 않는 바람에 설렁거리고 지나갔더니 배고프다. 네 말대로 장 기자님도 한 그릇 사다 드릴 겸 후딱 다녀오자꾸나. 그동안 혼자 힘드시겠지만 최대한 빨리 다녀오면 되니까.”

두 사람은 장 기자가 눈치를 못 채게 대충 얼버무리고 나왔다. 기자가 직업이다 보니 눈치가 빨라서 설령 눈치를 채도 하는 수 없는 일이지만 최대한의 배려를 한 셈이다. 이렇게 배려를 하고 나면 먼저 말을 하기 전에는 궁금하더라도 대답하기가 곤란한 일이라는 것을 알고 질문은 하지 않을 것이다.

“조금 전에 이곳으로 오다가 대사님을 복도에서 만났어. 대사님께서 이야기 좀 하자고 하시더라고. 마침 나도 상황보고도 드려야 하기에 잘 됐다 싶어서 대사님 집무실로 가서 이야기를 했는데….”

생라면을 만들어 파는 포장마차 라면집에 앉아 라면 두 개를 주문하자마자 최기봉이 입을 열었다.

“최 경정이 외교 핫라인을 가동해서라도 목숨을 구해야 한다는 저 사람은 어느 기관 소속이요?”

“글쎄요. 그건 아직 저도 파악을 정확히 못했습니다만, 나라의 미래를 위해서 반드시 필요한 사람이라는 것만은 확실합니다. 그래서 이미 말씀드린 바와 같이 박종일 경정이 신변보호를 위해 파견을 온 것이고요. 다만 일이 잘못 되는 바람에….”

대사는 최기봉이 말꼬리를 머뭇거리자 대신 입을 열었다.

“그 이야기는 이미 보고를 받은 일이니 됐습니다. 그런데 이상한 것이 하나 있어요.

최 경정이 내게 보고할 때, 일본이 저 사람을 죽여 없애려고 하는 것은 물론 그 시신을 유기할 수도 있다고 했어요. 반드시 소재를 파악해서 공관으로 신변 인수를 한 후 본국으로 이송을 해야 한다고. 그런데 내가 그 문제로 인해 외교라인을 접한 바로는 전혀 그렇지 않다는 감을 느꼈다는 거요. 그들은 아무런 것도 감추지 않고 있는 그대로 내게 말을 해주었거든요. 우리나라 어떤 기관에서 특수 임무를 위해 파견한 사람이라면 일본 사람들도 어느 정도 감을 잡았을 텐데 전혀 그런 기색이 없었어요.”

“글쎄요, 저도 그 부분은 아직 정확한 파악이 되지 않았습니다. 다만 저 사람, 그러니까 태 박사죠. 태 박사를 무사히 본국으로 입국시키기 위해 어제 일본으로 온 제 친구의 말에 의하면 반드시 살려서 함께 돌아가야 할 국보급 사학자로서 백성들이 부여한 밀명을…."

"같은 말 자꾸 되풀이하지 말아요. 그 말은 이미 여러 번 들은 이야기니까.

중요한 것은 일본 사람들은 저 태 박사라는 사람을 죽이거나 어찌 할 의사가 전혀 없는 것 같더라는 말입니다. 공연히 우리가 일을 만들어서 외교문제를 일으킬 뻔 한 일일 뿐이라는 말이지요. 백성들이 부여한 밀명이라는 것이 무엇을 의미하는 암호인지는 모르겠지만 저 태 박사라는 사람과 같이 투신한 여인이 얼마 전에 태 박사가 근무하는 병원에 입원했던 환자였어요. 희귀 혈액형인 태 박사가 수혈을 해주는 바람에 목숨을 구한 여인이더군요. 그 바람에 처녀 총각이 눈이 맞은 거고. 하지만 현실상, 특히 여자의 가문이 그 유명한 일본 정통 사무라이 사이고 다카모리 후손이다 보니 도저히 이루어질 수 없는 사랑이라는 걸 자신들이 스스로 깨닫고 투신한 것이지 그 이상은 아무것도 아니더라고요.

내가 오늘 일본 외교부에서 얼마나 망신을 당했는지 원.

다 늦은 시간에 퇴근했던 직원들을 다시 불러 모아서, 일국 대사라는 사람이 치정으로 자살을 꾀한 사람이나 찾고 있으니 얼마나 한심스러웠겠습니까?"

"그건 오해십니다. 태 박사는 나라의 앞날을 위해서 정말 중요한 일을 하기 위해 일본에 온 것이고…."

"그건 내가 이미 말했잖습니까? 백성들의 밀명이라는 암호가 뜻하는 것이 무언지 나는 모르지만 중간에 여자를 만나 눈이 맞는 바람에 일이 이렇게 된 것이라고.

어쨌든 일의 진위를 떠나 내일 아침에는 계획했던 대로 진행할 겁니다. 경시청에서 호송차량도 보내 줄 것이고, 환자 수송 의료 항공기도 내일 나리타 공항에 도착할 거구요."

대사가 잠시 말을 끊었다.

지금이라도 일본 정부는 아닐지라도 일본의 어떤 막강한 단체가 그를 죽이려고 한 것이라고 말할까 망설이는데, 대사가 다시 말을 이었다.

"내가 보기에는 최 경정도, 친구라는 저 사람, 그 누구냐? 박종일인가 하는 사람 말만 믿고 움직인 것 같아서 이 문제는 더 이상 거론하지 않으리다. 다행이 외교적인 움직임은 아직 본국에도 보고 된 것이 없으니 그저 없던 일로 치고 나만 망신살 뻗친 걸로 끝나면 되는 일이니까.

이건 그동안 최 경정이 보여준 근무태도나 신뢰도로 볼 때, 절대로 실수할 사람이 아니라는 것을 내가 잘 알기 때문에 특별히 결정한 거요. 이번에는 친한 친구의 말만 곧이듣고 앞으로 더 잘 할 수 있는 경험 하나 쌓은 셈 치자는 거지.

다만 한 가지, 이미 말했지만 의료 항공기 건은 박 경정이라는 저 친구가 알아서 하든 어쨌든 나는 경찰청으로 이첩할 거니까 그 문제나 잘 처리하시오."

"예. 알겠습니다."

선심 쓰듯 하는 대사의 말에 최기봉은 어이가 없었다.

일본 단체가 그를 죽이려한 사실을 말하지 않기를 잘했다. 백성들의 밀명이라는 말을 단순히 암호라고 생각하는 것까지는 좋다. 대사는 치정에 의한 자살 미수로 사건을 몰아가는 왜놈들의 말에 맹신하고 있다. 대사라는 사람이, 아무리 치정에 의한 자살미수라고 생각한다고 해도 목숨이 경각에 달린 내 나라 사람의 안부는 묻지도 듣지도 않았다. 저 빠져나갈 구멍 만들기에 급급하다. 당신은 어느 나라 대사냐고 묻고 싶다. 대사가 한심하다 못해 잘못하면 입에서 욕이라도 나올까 봐 얼른 자리를 떠나고 싶었다.

최기봉이 감정을 억누르며 문을 향하는데 대사가 중요한 것을 잊었다는 듯이 톤을 올려 말했다.

"참, 한 가지 더 있어요.

이건 내가 하도 일본 사람들 보기가 민망해서 저 사람들 의사는 묻지도 않고 혼자 결정했소. 신문기자들에게는 두 사람 모두 죽은 것으로 보도 자료가 나갔답디다. 12층 높이에서 떨어졌으니 당연히 죽을 것이라고 생각했을 뿐만 아니라 자기들이 보기에는 태박사라는 사람이 살 가망이 없다고 판단이 되어 그리 배포했다기에 알았다고 했소.

웬만하면 이의를 달수도 있었지만 얼굴이 화끈거려서 말을 할 수가 있어야지."

대사는 마지막 말마디를 화가 치밀어 올라 제대로 말도 할 수 없다는 듯이 내뱉었다.

최기봉은 피가 역류하는 격분을 느꼈다. 그렇지만 지금은 태영광을 무사히 귀국시키는 것이 우선이다. 침묵으로 대답을 대신하고 대사 집무실을 나섰다.

주문한 라면이 나오자 최기봉이 가운데가 붙어 있는 나무젓가락이, 붙어 있는 것이 못마땅하다는 듯이 조금은 신경질적으로 힘주어 두 쪽으로 쪼개며 말을 이었다.

"그런 게 대사라고 앉아서 자국민을 보호하자는 건지 왜놈들을 보호하자는 건지 이해가 안 되는 거야. 상황을 정확히 파악하기 위한 질문 한 마디 없이 왜놈들 말만 신봉하는 거야? 아주 맹신이 드만?"

"이제껏 같이 근무했는데 새삼스럽게 무슨?"

"그게 아냐. 같이 근무는 했다지만 이렇게 직접 부딪힐 일은 거의 없지. 나야 주로 본국 청에서 오는 일이나 아니면 총영사와 접했지 대사랑 직접 접할 일은 거의 없거든. 그런데 오늘 보니까 완전히 이건….

아니? 우리나라 백성이 위험에 빠졌다는데 그건 궁금하지도 않아?

사이고 다카모리라는 유명한 정통 사무라이 집안의 여인이라 사랑을 이룰 수 없으니 어쩌고 하는 꼴이라니.

그렇게 일본 정통 사무라이 출신은 잘 알면서 어떻게 대진국 발해를 세우고 다스리던 대조영의 후손인 태영광 박사의 가문은 모를까? 일개 일본 사무라이 후손만 못하다는 소리야? 사무라이가 유명해야 사무라이지 뭐 별 거야? 당시 일본의 영주들인 다이묘를 수행하고 따르던 칼잡이들이지. 감히 어디다가 대진국 발해의 황제 가문과 비교를 해?

정말이지 태 박사를 무사히 본국으로 이송하는 문제가 아니었으면 옷을 벗는 한이 있어도 한 대 갈겨주고 나오는 건데.

백성들의 밀명이라는 그 엄청난 임무에 대해서도 마찬가지야. 생각도 해보지 않고, 상황 설명하라는 말 한 마디 없이 제 마음대로 암호라고 단정 짓고 말잖아. 그저 무언가 높은 분들이 추진하는 일이겠지 하고 제 마음대로 결론을 내려. 그 일에 관해서는 묻지도 않고 알아서 긴다는 거지.

그저 이 일이 혹시 잘못되어 자기가 본국 송환되거나 아니면 다음 대사자리 나가는데 지장을 받을까 봐 쩔쩔매는 꼴이라니…. 그놈의 못 말리는 아부 근성하고는….

공연히 태 박사를 치정으로 모는 일본 놈들의 말이 옳다고 헛소리나 하고.

내게 상황설명을 요구했다면 네게 보여준 그 기사도 보여주면서 잃어버린 우리 역사를 찾는 진짜 백성들의 밀명을 수행하는 아주 소중한 사학자라고 이야기해주고 싶었는데. 자기 스스로 그런 기회를 거부했으니 자기 손해지 뭐. 하기야 그런 인간이 스스로 손해인지 이익인지를 판단할 수 있는 판단력이나 있는지 모르겠지만.

일본 한가운데 앉아서 우리나라를 대변해야 할 대사가 저 꼴이니 대 박사 같은 사람들이 니리가 하지 않으면 백성이 한다고 나서는 거지. 누구는 알아주는 사람도 없는데도 불구하고 목숨 걸어가면서 내 나라의 미래와 인류의 평화를 위해 일하고, 누구는 국민들이 걷어준 세금으로 배 두드리면서 인류는커녕 세금 걷어 배부르게 해준 내 나라의 미래를 위해서 어느 것이 정말 해야 할 일인지조차 생각도 하지 않고 권좌만 차지하고 앉아 있고.

하기야 네 말대로 근세 조선시대나 지금이나 중앙에서 녹봉 받는 인간들 중 정말 백성들을 생각해서 일하는 인간이 얼마나 되겠냐마는? 그저 자기 자리 보존과 자기 계파의 영달을 위해서 전전긍긍하기 바쁜 거지.

정말 싫다."

"내가 뭐라던? 이야기를 해도 이해하기도 힘들 뿐만 아니라, 이해를 해도 믿어주기가 힘든 이야기라고 했잖아. 특히 너는 몰라도 저 윗분들 중에는 믿어줄 사람이 많지 않은 이야기라고.

대사에게는 차라리 이야기를 하지 않는 편이 결과적으로는 나은 것일 수도 있어."

"그래, 네 말이 맞을지도 모른다.

어쩐지 네 전화 받고 처음에 보고할 때도 극우파 단체니 뭐니 하는 이야기들은 빼고 싶어서 뺐는데 그 이야기를 안 하기를 잘했지. 그 이야기했다가는 마치 내가 한일관계를 갈라놓으려고 고의로 네 말만 듣고 움직였다고 헛소리 들을 뻔 했지 뭐냐?

나나 대사나 모두가 한심하기만 하다는 생각이 드는구나."

"네가 왜 한심해? 어떤 진실을 모르거나 아니면 접근할 방법을 찾지 못해 행동으로 옮기지 못한 것을 한심하다고 할 수는 없는 거지. 지금부터라도 자신이 할 수 있는 범위 안에서 진실에 접근할 수 있다면 되는 거 아냐?

무식한 것은 모르는 것이 아니라, 모르는 것을 알려고 하지 않거나 모르는 것을 새롭게 알았을 때 그것을 받아들이지 않는 것이라며? 특히 새로운 진실을 접했을 때 자기도 그게 진실이라는 것을 알면서도 이제껏 자신만이 가지고 있는 영역을 고수하기 위해 그 진실을 거부한다면 그건 치졸한 무식함이라고 하더라.

너는 우리 역사의 살아 있는 진실을 접하자마자 충분히 그럴 수 있다는 생각을 뛰어넘어 자신이 잊고 있던 진실마저 꺼내가면서 최선을 다해 받아들였어. 또 그 일을 이루기 위해 노력하려는 의지를 보였고. 너는 이미 진실을 받아들이고 근접해 있어. 네가 서 있는 자리에서 할 수 있는 일을 함으로써 진실에 더 가까이 다가서고, 진실을 밝히기 위해 노력한다면 정말 용감하고 훌륭한 지식인 아닌가?"

"정말 이런 일에 내가 할 부분이 있을까? 태 박사가 못한 일을 한다고 일본왕실로 쳐들어갈 용기도 없고, 이 부분에서는 내가 할 일이 없다는 것이 안타까울 뿐이다.

그러나 저러나 이제 태 박사는 일본에서는 죽은 사람으로 신문에 날 텐데 이건 너무 억울한 일 아냐? 진실을 밝히려고 목숨까지 던진 사람을 치정에 의해 동반투신자살한 사람으로 만들어서야 말이 되냐고?"

"말이 안 돼도 하는 수 없지. 지금 와서 어떻게 할 수가 없잖아?

어쩌면 차라리 그게 나을 수도 있어.

두 사람의 기사를 쓰는 기자들 역시 이번 일을 벌인 단체와 연관이 있다고 봐야겠지. 치정에 의한 자살을 굳이 기사화시키는 자들이라면 그럴 수 있지 않겠어? 그런 자들이 쓰는 기사에다가 더더욱 일본 언론인데, 진실을 밝혀줄까?

태 박사와 하나꼬가 일본왕실 지하비밀서고에 감춰진 우리 역사서의 실체를 밝히려했다고 기사를 쓸까? 놈들이 치정으로 몰지 않았다면 왕실의 보물을 훔치려다가 실패한 도둑으로 만들 수도 있어. 도둑놈보다는 이룰 수 없는 사랑으로 동반 자살한 게 더 낭만적이잖아."

박종일은 허탈한 표정으로 말했다.

낭만이라는 말은 위안이라도 삼아보려고 한 말이지만, 엄연히 존재하는 우리의 보물들을 찾으려다가 목숨을 잃을 뻔 한 태영광의 모습이 그렇게 그려지는 것을 보고도 아무런 조치도 취할 수 없는 자신을 용서할 수 없을 것 같았다. 그런 박종일의 마음을 알았는지 최기봉도 허탈한 심정을 드러내는 목소리로 말을 받았다.

"낭만이라? 글쎄다. 네 이야기를 듣고 보니 차라리 그게 나을 수도 있겠구나.

그건 그렇다 치고 종일이 너, 당장 내일 아침에 귀국하면 이번 일에 대한 책임론을 들고 나올 텐데 어떻게 할 거니? 일단 대사는 이 문제에 관해서는 더 이상 보고나 뭐나 하지 않기로 했다니까 우리 경찰 내부만 납득시키면 되는데.

그러자면 네가 태 박사를 살려야만 하는 이유가 있어야 하는데 말이야. 지금까지 우리끼리는 아주 중요하게 말했던 백성들의 밀명이라는 것은, 대사가 우리에게 보여준 모습처럼 우리 경찰청에서도 윗사람들에게 일언지하에 묵살 당할 수도 있으니까 그거 말고 다른 이유가 있어야 하는데 그런 거 없니?"

"그래! 그거야! 좋은 생각이 났어.

백성들의 밀명 말고 내가 태영광을 꼭 살려야 할 다른 이유가 있느냐고 했지? 그게 있거든."

"그래? 그럼 잘 됐네? 그게 뭔가 한 번 들어보자. 정말 객관성이 있는 건지."

"그것도 이야기를 하자면 좀 길지만 간단하게 말하자면 내가 맡았던 살인 사건과 태영광이 깊은 관계가 있다는 거야."

"살인사건이라? 그럼 태 박사가 그 비밀을 알거나 뭐 그런 거냐? 저 사람이 살인을 했을 리는 없고."

"맞아. 지난해에 우리나라의 정말 국보급 사학자이신 유병권 박사께서 피습을 당해 돌아가셨어. 바로 그 살인 사건의 열쇠를 쥐고 있는 사람이 태 박사야. 문제는 그 범인이 일본 극우파 단체인데 우리는 잠정적으로 겐요샤가 아닐까 추측은 하고 있지만 그렇다는 증거는 없어. 다만 일본 극우단체가 개입된 것은 확실해. 그 바람에 태 박사가 이 일에 뛰어들게 된 거고. 나 역시 그 사건 덕분에 태 박사를 알게 되었지만."

"그렇게 듣고 자세한 내역은 모르겠지만 결국 유 박사라는 그분의 죽음을 풀 수 있는 열쇠를 쥔 증인이라 그 소린데….

그건 이런 사실들을 인정할 때 가능한 추측이잖아. 만일 일본왕실 지하비밀서고에 있는 단군조선 역사책들을 인정하지 않는다면 그 모든 것이 가정으로 끝나고 마는 일 아닌가?"

"아니야. 태 박사는 유 박사께서 피습을 당한 후 기적적으로 목숨을 연장하다가 돌아가시기 전까지, 가족보다 더 많은 시간 동안 대화를 나눈 사람이야. 그것도 유 박사님께서 태 박사를 만나기 원해서 이뤄진 일들이지. 실제 내막을 다 알고 있는 사람이야.

나도 태 박사에게서 그 내용을 다 들었지만, 아무도 믿지 않을 이야기라고 생각해서 보고는 안 했어. 그 사건은 미해결로 남았고 유족들의 뜻에 따라 사인은 심장마비가 되고 말았지.

　더 이상 그 이야기를 가슴속에만 두고 있을 수는 없어. 위에서 인정을 해주든 안 해주든, 내가 징계를 당하든 말든 더 이상 태영광 박사의 저 숭고한 뜻을 헛되게 할 수만은 없을 것 같아. 단순히 그걸 핑계거리로 만들자는 것이 아니라 사실을 밝히고 싶어. 그렇다고 언론에 보도를 하거나 일을 크게 만들자는 것이 아냐. 주변에서나마 태 박사의 진실을 알아야 된다는 생각이야.

　실제로 그게 왜놈들이 태 박사를 죽이려 했던 이유이자 내가 태 박사를 꼭 살려야 했던 이유기도 하고."

　"어렵다. 완전히 둘 중 하나네.

　모 아니면 도야.

　윗사람들이 이해를 해주고 수긍을 해주면 박종일도 무사하고 태 박사도 어떤 도움을 기대해볼 수 있겠지만, 만일 대사가 그랬던 것처럼 치정이나 아니면 다른 것을 미화시키기 위한 것이라고 몰아붙인다면 박종일의 징계 수위는 자칫하다가는 정말 옷을 벗을 수도 있을 것 같은데? 태 박사에게는 어떤 결과가 돌아올지 잘 모르겠지만.

　내가 걱정한다고 될 일도 아니지만 나도 걱정하지 말고 결과나 지켜봐야겠다. 항상 시작이 바르고 옳은 일이라면 하늘도 그 편에 선다는 말을 믿고 내 친구 종일이를 믿어야지 별 수가 없네. 이제까지 살아온 내 친구의 모습이 바로 그 모습이었으니까."

　"그래. 믿어줘서 고맙다. 네 말을 들으니까 아주 용기가 난다. 잘 결정한 일이라는 생각이 들어."

　"내 말은 네가 단순히 내 친구라서가 아니라니까? 항상 바르게 살아왔던 사람이니까 공연히 잔꾀를 부려서 당장 닥친 위기나 해결하려는 것이 아니라, 조금은 황당한 이야기처럼 들릴 수도 있지만, 정말 진실이 담긴 바른 모습을 보여주면 충분히 납득이 가리라는 거지. 아직 자세한 내막까지는 모르겠지만, 이 일이야말로 내가 들어도 정의로운 것임에 틀림이 없거든."

"그래, 정말 고맙다. 나중에 시간이 되면 내가 이 일의 전말을 자세히 이야기해줄게.

이제 그만 들어가자. 장 기자가 혹시 무슨 일이 있는 것 아닌가 궁금해 하겠다. 그렇지 않아도 불안해하고 있을 텐데.

아무리 대사관 경비가 잘 되어 있다지만 한 번 큰일을 당하고 얼마 지나지 않은 터라 아직도 심장이 콩닥거리고 있을 텐데."

우리는 장 기자를 위해 주문해 놓은 라면 1인분을 포장해서 들고 자리에서 일어섰다.

3. 모택동이 돌려주려는 고구려 땅, 김일성이 사양했다

　의료용 비행기는 인천공항에 착륙하지 않고 김포공항에 착륙했다. 일각을 다투는 환자를 검사하고, 그에게 적절한 치료를 받게 하기 위해서 병원까지 가는 육로 이동시간을 조금이나마 줄여보자는 발상이다.

　비행기가 도착하자 제일 먼저 눈에 보이는 것은 경찰병원 앰뷸런스였다. 박종일과 최기봉의 합작으로 이뤄진 연락을 받은 경찰청에서는, 실무자들이 두 사람의 말을 그대로 믿어, 국보급 사학자가 일본인들에게 테러 당해 죽을 뻔 한 것을 겨우 구해서 긴급 이송했기에 경찰병원에서 최고 의료진에 의한 의료 서비스를 받을 수 있도록 준비했다. 앰뷸런스와 함께 앰뷸런스를 호위할 경찰 순찰차와 오토바이, 경찰 특공대 소속의 경호원들이 일사천리로 움직였다.

　관계자의 말에 의하면 병원에 도착하고 난 뒤에도 태영광에 대한 경호는 경찰 특공대와 지역 경찰서 합작으로 이뤄지고 병실도 일반 병실이 아니라 특별실로 만반의 준비가 되어 있다고 했다.

비행기에서 내려 경찰병원 앰뷸런스에 타자 장경애는 기도가 저절로 나왔다.

'하느님 고맙습니다. 언제라도 함께 해주시는 당신의 영광에 진심으로 감사드립니다.'

"이제 안심하셔도 됩니다. 드디어 우리나라에 도착했으니까요."

태영광의 침대를 가운데 두고 앰뷸런스에 마주앉아 동승한 박종일이, 성호경을 그으면서 기도드리는 장경애를 보며 안도의 미소를 지었다. 장경애도 안도의 한숨을 내쉬며 미안한 표정으로 말을 받았다.

"고맙습니다. 하지만 지금부터가 걱정이네요. 영광이 오빠 일이야 이미 벌어진 일이니 지금부터는 하느님 뜻에 따라 병원 의사들에게 맡기면 될 일이지만 박 경정님은 지금부터잖아요."

"무슨 말씀인지…?"

박종일은 자신이 꾸민 일을 이미 장경애가 다 알고 하는 소리라는 것을 알지만 공연한 걱정을 시키고 싶지 않아 딴청을 부렸다.

"자세히는 모르지만 저도 대충 눈치는 채고 있어요. 박 경정님이 임의로 일을 벌이시는 바람에 일은 잘 되었지만, 이제부터는 사실추궁을 당하실 거잖아요. 잘못하다가는 불이익을 당하실 수도 있다는 걸 제가 왜 모르겠어요.

제가 경찰서에 취재하러 하루 이틀 들락거렸나요?"

"아, 그거요? 걱정 마십시오.

제가 매국 행위를 한 파렴치한을 구한 게 아니잖아요. 대한민국 국보급 사학자의 뒤를 이어 우리나라의 미래와 인류평화를 지키는 사명을 짊어지라는, 백성들의 밀명을 수행하러 목숨 걸고 뛰어들었다가 잘못되는 바람에 테러를 당한 애국자를 구한 거죠. 인류평화를 위해 일하는 평화의 전사를 구했다는 진실이 밝혀지면 아무런 일도 없을 겁니다."

"박 경정님 말씀처럼 그렇게 되었으면 좋겠네요.

문제는 이미 여러 사람에게서 보았듯이 그게 쉽지 않으니까 걱정이 되는 거죠. 비단 사람들뿐만이 아니라 정부도 별로 관심을 갖지 않는 일이니까요."

"아닙니다. 전화위복이라고 이번 일을 계기로 많은 관심을 갖게 될 수도 있습니다. 항상 그런 희망이 있기에 이 험난하고 각박한 세상을 살아가는 것이 우리네 인생 아닙니까?

너무 걱정 마세요."

걱정하는 장경애의 마음을 편하게 해주려고, 필요 이상으로 하는 박종일의 말은 그렇게 되어야 한다는 바람처럼 들렸다. 그런 박종일의 마음을 읽었는지 경애 역시 자신의 바람을 말 속에 실었다.

"예, 저도 걱정해서 될 일이 아니라는 것은 알지만 그래도 마음이 쓰이네요. 정말 하느님께서 정의의 편에 서주시기를 간절히 기도드릴 뿐이에요."

경찰병원에 도착하자 이미 경호를 위한 병력이 나와 있었다.

병력이 몇 명인지는 알 수 없었지만 병력을 인솔하고 나온 사람은 마태식 경위였다. 박종일이 경찰대학을 졸업하고 첫 임지에서 강력계를 지원하여 현장에 발을 디뎠을 때, 경험이라고는 전혀 없는 현장생리를 잘 설명해주고 가르쳐주던 사람이다. 순경으로 시작해서 계급을 밟아오다 보니, 그 당시는 경사였고 지금은 경위라 박종일보다 계급은 낮아도 경험은 물론 나이도 훨씬 많다. 그에게서 많은 것을 배웠고, 박종일은 마음속으로 그 사람을 사부처럼 존경해 왔다.

그런 그를 오랜만에 이곳에서 만났다. 박종일은 고맙고 반가운 마음이 앞서서 거수경례를 하는 그의 인사는 받는 것도 잊은 채 그에게 다가가서 덥석 두 손을 감아 잡았다.

"오랜만이네요. 항상 마음은 있어도 서로 바쁘게 살다 보니 연락도 제대로 못 드렸는데 이렇게 이런 곳에서 또 만나네요. 지금은 강력계 떠나셨나 보죠?"

"아니요? 내가 강력계 떠나면 누가 강력계를 지키겠습니까? 하하, 농담이구요.

사실은 이번 일이 우리 경찰서에 배당이 되었을 때 계장님과 과장님께서 그냥 지구대로 넘기는 것이 어떻겠느냐고 제 의견을 물어 오셨습니다. 그래도 명색이 반장이다 보니까 알 수 있던 일입니다만 얼핏 보니까 경정님 이름이 보이는 거예요. 사건 내용도 자세히 적혀 있지 않는데 경정님 이름이 보이기에 이건 단순히 지구대로 넘길 일이 아니라는 생각이 들었지요. 그래서 제가 자원해서 맡은 겁니다.

이곳이 우리 경찰들을 위한 경찰병원이다 보니까, 원래 이곳을 경비하는 경찰병력이 있어요. 거기다가 이번 일을 위해서 별도 투입되는 특공대도 있고요. 그 정도면 지구대에 맡겨도 걱정할 일은 아니지만 경정님이 관계된 일이라면 분명히 평범한 일은 아닐 거라는 생각이 들었습니다. 그것도 일본에서 일어난 일이라는데 분명히 무슨 곡절이 있을 것 같아서요.

과장님하고 계장님은 우리가 수사를 하는 것도 아니고 단순히 경호를 맞는 일인데 굳이 필요가 있겠냐고 하셨지만, 제가 수사상 필요한 일이 있을지도 모른다고 하면서 우리 반에서 맞겠다고 자청을 한 겁니다.

박 경정님을 도와 드릴 일이 있다면 제가 아니면 또 누가 도와 드리겠습니까? 하하하…."

마태식 경위는 마지막 말에 특유의 농담을 섞어 분위기를 편하게 하기 위해 노력하는 모습도 잊지 않았다.

"고맙습니다. 정말이지 제가 첫 임지에 부임하는 그날부터 지금까지 사사건건 신세만 지고 배려만 받습니다. 항상 마음으로는 사부님으로 모시면서도 겉으로는 아무 보답도 해드리지 못하네요."

"원, 쓸데없는 말씀을….

일단은 환자가 잘 이송되는 것을 본 연후에 차라도 한 잔 하시면서 이야기하시죠. 하기야 차 한 잔 할 시간도 없기는 하겠지만."

"왜요? 어디 다른 곳에 급히 가셔야 하나요?"

"내가 아니라 경정님이 가보셔야 됩니다."

"내가요?"

"예. 한지수 부장께서 환자가 병원으로 이송되고 나면 경정님은 즉시 서울청으로 들어오시래요."

"한 경무관님이요?"

"예. 제가 이 사건을 자청해서 맡았다는 것을 알고는 즉각 제게 전화를 해서 박 경정님이 엉뚱한 일을 벌여 골이 다 아프다고 하시면서….

병원에 나가서 나머지 일은 제가 알아서 하고 경정님은 도착과 즉시 서울청으로 오게 하라고….

무슨 사건인지는 모르지만 역시 내가 자원하기를 잘했다는 생각이 들더라고요. 분명히 사연이 있는 사건 맞죠?"

"사연이 많아서 탈이죠. 어쨌든 이곳 상황을 빨리 정리하고 들어가 봐야겠네요."

"도착하자마자 들어오라고 했지만 그거야 원래 우리들이 열 받으면 하는 소리니까 일단은 이곳 현황정리를 함께 하시죠."

박종일과 마태식은 이미 병원 안으로 들어간 태영광의 뒤를 따라 들어섰다. 태영광은 검사실에서 검사를 받는 중이었다. 그때 함께 비행기에 동승했던 의사가 다가왔다.

"잠깐 만에 끝날 검사가 아닙니다.

12층에서 추락을 했다는 것을 전제로 한다면 외상도 크게 난 게 아니고…. 정말 희한하다는 표현이 옳아요. 환자는 의식도 없는데, 저희가 비행기 안에서 육안으로 또 손으로 골절 부위나 기타 부위를 검사해도 아주 큰 이상은 없던 것 같거든요.

지금부터는 의료과학이 밝혀주겠지만 쉽게 끝날 검사가 아니니까 조급해하지는 마십시오. 그렇다고 환자가 숨을 거두거나 할 염려는 더 없어 보여요. 가장 급한 검사는 해봤는데 뇌는 물론 기타 생명과 직결되는 부위에는 이상이 없는 것 같습니다. 정밀검사를 해봐야지요."

의사가 가고 나자 마태식이 박종일을 궁금한 눈빛으로 쳐다봤다.

"일본에서 12층 추락이라? 그런 사람을 우리나라로 긴급 이송한다? 이거 보통일이 아니지요? 무슨 일인지 귀띔 좀 해주시면 안 되나요?"

"저도 해드리고 싶은데 해드려도 믿기도 힘들고 납득하기도 힘든 일이에요. 이야기를 하려면 아주 긴 시간이 필요하고요.

일단은 서울청에 들어가야 하니까 나중에 시간이 되면 자세히 말씀드릴 게요. 제가 언제 반장님한테 비밀 만드는 것 보셨어요? 저 갔다오는 동안 저 친구나 잘 부탁드립니다.

참, 궁금해하실 것 같아서 한 가지만 말씀 드리면 저 친구가 정말 국보급 사학자라는 겁니다. 그러니까 반드시 잘 보호해야 한다는 겁니다."

"국보급 사학자라? 경정님께서 국보급이라고 하시는 걸 보면 국보 이상이겠네요.

알겠습니다. 자세한 곡절은 나중에 듣기로 하고 일단은 대한민
국 국보를 잘 지키고 있겠습니다. 저랑 떨어져 사시는 동안 국보
하나 구하셨군요."

박종일은 마태식의 인사를 받으며 서울청을 향했다.

"부장님 계서?"

"아! 충성. 박 경정님. 오랜만입니다. 계시죠.

그런데 무슨 일인지는 모르지만 아까부터 경정님 아직 안 오셨
냐고 두 번이나 물으시던데요? 무슨 일 있어요?"

"무슨 일? 글쎄? 부장님이 나를 보고 싶으셨나보지?"

"그래요? 저는 오늘따라 아직 안 오셨냐고 두 번이나 물으시기
에 정말 무슨 일이 있나보다 했어요. 들어가 보세요. 기다리고 계
실 거예요."

박종일이 한지수 경무관의 사무실에 들어서면서 묻자, 서울청
에 잠시 근무할 때 함께 근무하던 서희곤 경장이 고개를 들어 아
주 반가워하면서도 무언가 걱정이 된다는 표정으로 대답했다. 박
종일은 아무 일도 아니라고 농담으로 받아 넘기면서 한 경무관의
방문을 들어섰다.

한지수 경무관은 박종일이 첫 임지로 부임해 마태식과 함께 강
력계에서 근무할 당시 그 경찰서의 서장이었다. 실제 상황에 비해
표현을 조금 넘치게 하고, 깊게 생각하기보다는 주어진 상황의 변
화에 더 민감하면서, 성격이 급한 편이지만 윗사람의 의중을 읽어
서 상관이 원하는 일을 먼저 알아서 하는 출세하기에는 딱 좋은
스타일이다. 또 가끔 부하 직원에게 지나치다싶을 정도로 과하게

질책을 하고는 이내 부하의 마음을 위로해주는 바람에 부하들 역시 미워도 미워할 수 없는 상하 두루 원만한 성격을 가진 사람이다.

그가 경찰로서 가장 큰 원칙으로 삼는 것은 주어진 상황 이상은 생각하지도 행동하지도 않는다는 것이다. 경찰의 행동반경은 주어진 상황과 그 상황을 처리하기 위해 정해진 법이 전부라는 것이다. 법 앞에서 법에 따라 할 수 있는 행동만 하는 것이 경찰이지, 인정을 앞세우고 남의 사정을 봐주면서 이런저런 정황을 적용하다 보면 법 집행을 바르게 할 수 없으니 원칙과 현상을 기반으로 모든 일을 처리해야 한다는 원칙주의자다. 그게 그의 장점이자 단점이다.

사석에서 만나면 급한 성격과 조금은 과한 표현으로 실수도 하는 바람에 인간미도 넘치고 재미있는 사람이지만 일단 경찰 업무에 들어가면 자신이 가질 수 있는 융통성이라고는 아예 찾아볼 수도 없다. 그러면서 상사들의 입맛을 찾아내는 재주는 기가 막히고 부하들이 원하는 것도 아주 잘 알아내니 그에 대해서 자세히 아는 사람들은 그를 좋아하지는 않을지라도 절대 싫어할 수는 없는 그런 인물이다.

그런 그가 박종일이 처음 부임할 때부터 어떤 점이 마음에 들었는지 박종일에게는 남다른 애정을 보였다. 심지어 그가 경무관으로 진급해서 서울청으로 발령이 났을 때는 함께 근무해보자는 제의를 해서 박종일도 잠시 서울청에 몸을 담았다.

서울청에 몸을 담았던 박종일은 현장에서 바쁘게 뛰는 자신이 더 좋아 얼마 지나지 않아 다시 현장으로 돌아갔고, 그 바람에 유병권의 죽음을 통해 태영광을 만나 오늘에 이르게 됐다.

"아, 박 경정. 이리와 앉아."

박종일이 사무실에 들어서서 경례를 하자 인사는 받지도 않은 채 손짓으로 자신의 책상 앞에 놓인 소파를 가리키며 앉을 것을 권했다.

"야, 너 무슨 일 저지르고 다니는 거야?

니네 서에 알아봤더니 너 휴가 중이라면서?

휴가 중에 일본에 간 거리면서 갑자기 대사관 최기봉이 시켜서 웬 의사 하나를 무슨 국보급 사학잔가 뭔가로 둔갑을 시켜서 의료용 특별기를 띄우게 해? 그 비행기가 어떤 용도에 쓰이는 비행기인지는 너도 잘 알잖아. 만일 그 의사 데리러 일본에 간 중에 혹시 정말 급한 국가적인 일이 발생해서 비행기를 쓸 일이 생겼으면 어쩔 뻔했니?

좋다. 네 말대로 정말 그런 국보급 학자라면 왜 나한테 미리 귀뜸이라도 해주지 너 혼자 일을 벌여? 그리고 아무 연락도 없이 있다가 내가 오라고 하니까 겨우 이제 와? 도대체 무슨 일이냐? 자초지종이나 들어보자?

아니다. 지금 여기서 이야기할 일이 아니라 청장님께서 너 오면 같이 올라오라고 하셨으니까 청장실로 가자. 거기 가서 듣자."

한지수는 자리에서 일어나 박종일과 함께 청장실을 향하면서도 입을 다물지 못했다.

"실무자들이 너랑 최기봉이가 합작한 말을 곧이곧대로 듣고 병실이든 뭐든 특별경호 수준으로 처리했다기에 자초지종을 들은 뒤 처리하려고 일단은 내버려뒀지만, 너 지금 정말 심각해. 잘못하다가는 장관님은 물론 큰집에까지 알려질 판이니 이걸 어찌 해야 될지 나로서는 감을 못 잡겠으니 일단은 청장실로 가자.

진작 내게 뭔 귀뜸이라도 해줬으면 나라도 가운데에서 어떻게 막아보겠는데 아는 게 있어야지? 아침에 청장님 말씀 듣고 거꾸로 안 꼴이 되었으니.

청장님도 마찬가지. 외교부에서 행안부로 연락이 온 걸 본청을 통해서 아침에 거꾸로 통보를 받으시고는 이게 무슨 소리냐고 하시는 거야. 내라고 알 수가 있나. 명색이 경무부장이라는 게 아는 것이 도통 없으니 할 말이 있어야지. 다만 내가 아는 너는 절대 헛짓 할 사람이 아니니 본인의 말을 듣고 판단하자고 청장님께 내가 대신 애걸을 했다.

내가 너 아끼는 것 다 알면서 왜 상의 한 마디 없이 이런 일을 하니? 너 잘못하다가는 옷 벗어야 될지도 모르니까 그저 '죽여주십시오' 하고 일단은 잘못을 빈 다음에 변명을 해도 해. 나 같으면 죽여 달라고 빌어도 원칙대로 처리한다고 할지 모르지만 그래도 청장님은 다르시잖아. 어차피 다 청장님 자식들인데 한 번 실수로 옷이야 벗기겠냐? 그러니까 너 잘났다고 하지 말고 빌어.

자세한 내막은 모르지만 내과의사 하나 때문에 난리를 겪었으니 청장님 기분도 말이 아닐 거야. 아침에 출근하자마자 영문도 모르는 채 본청 연락을 받으시고 나를 불러서 진상조사해보고 당사자 당장 부르라고 하셨다는 내 말 명심해. 그만큼 심각한 일이니까."

한지수답게 앞뒤 가리지 않고 자신이 알고 있는 일을 급하게 털어 놓은 뒤에는 살아나갈 방법까지 나름대로 제시해주었다. 원칙주의자로 유명한 그가 일단은 빌면 무슨 수가 생긴다고 말을 할 정도면 나름대로 이 일을 심각하게 받아들이고 있으면서도 어떻게든 박종일에 대한 징계는 최소화하고 싶다는 마음을 드러내고 있는 것이다. 그만큼 박종일을 아낀다는 이야기다.

두 사람이 청장실로 들어서자 청장은 이미 소파에 앉아 두 사람에게 앉을 것을 권했다.

"박종일이. 전에 이곳에서 근무할 때 여러 번 마주 했었지.

참 정확한 사람이라고 생각했는데 이번에는 왜 이런 황당한 일을 벌였나?

한 부장 말로는 박종일이 이런 일을 벌일 정도라면 나름대로 이유가 있을 거라고 하던데 그 이유를 듣고 싶어서 내가 보자고 했네. 한 부장이 여간해서 원칙이 아니면 자기는 물론 남에 대해서 변명 같은 것은 안 하는 사람인데, 자기도 내용은 모르지만 박종일이라면 이유 없이 일을 벌일 사람이 아니라고 극구 편을 들더라고. 나 역시 그렇게 생각했었고. 그러니 전후 사정을 이야기해봐."

박종일은 난감했다. 자신이 벌인 일에 대해 이야기한다는 것은 하나도 꺼리길 것이 없다. 하지만 공연히 말을 했다가 웃음거리밖에 되지 않을 수도 있다. 자신이 웃음거리가 되는 것은 괜찮지만 정말 목숨을 걸고 일을 하려던 태영광을 웃음거리로 만들 수는 없는 일 아닌가?

"청장님. 이렇게 물의를 일으켜서 정말 죄송합니다. 드릴 말씀이 없습니다."

"지금 물의를 일으킨 것에 대해서 사과를 받자는 게 아니야. 네가 한 일이 물의를 일으킨 것인지 아닌지도 아직은 알 수 없고. 지금 내가 너를 보자고 한 것은 일의 전말을 알자는 거야. 지휘계통을 무시하고 어쩌고의 말은 이미 할 필요도 없어. 아니지, 엄밀히 말하자면 지휘계통을 무시했다는 것은 맞지 않지.

한 부장이 네가 근무하는 서에 알아본 결과에 의하면 너는 휴가중이었고, 휴가 중에 일본에서 대사관에 파견 나가 있는 최기봉이를 통해서 일을 벌이는 바람에 대사관에서 외교부를 통해서 일을 처리했으니 지휘계통은 대사관 문제라고 넘어갈 수 있다고 쳐. 물론 대사관에서 그 발언자가 너라고 책임을 우리에게 떠넘기는 바람에 일이 벌어지기는 했지만 자질구레하게 그런 문제까지는 논하고 싶지 않아.

내가 알고 싶은 것은 왜 이런 일을 벌였는지 그 자초지종을 알고 싶다는 거야. 일의 전말을 알아야 나는 물론 한 부장과 관계자들이 어떤 판단을 할 것 아닌가?"

박종일이 고개를 숙이며 자신의 잘못을 시인하고 용서를 빌자 맞은편에 앉아 있던 한지수의 얼굴에 조금은 안도하는 빛이 도는 것 같더니, 곧바로 이어진 청장의 말에 다시 얼굴이 일그러졌다. 한지수는 박종일을 쳐다보며 어서 무슨 말이라도 하라고 독촉을 하는 눈빛을 보냈다.

"알겠습니다. 말씀드리겠습니다. 그런데 이 말씀을 다 드리려면 시간이 꽤 걸립니다."

"시간이 걸린다? 그렇다면 간단한 일이 아니라는 이야긴데, 좋아. 들어보지.

내 식구가 벌인 일이 얼마나 타당한 이유가 있어서 그런지 들어보는 것도 책임자로서는 할 일 중 하나겠지.

시간 걱정 말고 해봐."

청장은 이 일을 정확하게 판단해서 처리하기로 아주 작정한 듯했다.

"모든 것을 말씀 드리겠습니다. 다만 제가 말씀 드리는 것이 설령 못 미더우시거나 우습게 들리실지 모른다는 것이 염려되지만 사실은 사실이니까요."

박종일은 유병권 박사 피습사건부터 시작해서 자신이 태영광을 알게 된 일, 태영광을 통해서 들었던 유병권 박사의 역사관과 그 두 사람이 발견한 '대변설'의 이야기, '대변설'을 발견한 것이 바로 '환단고기'에 엮여 있는 '단군세기'·'태백일사' 등의 역사서들이 위서(僞書)가 아닌 진서(眞書)로 인정을 받을 수 있는 계기가 될 것이라는 이야기, 일본왕실 지하비밀서고에서 숨 막히고 있는 우리 역사서들의 이야기와 그 역사서들이 존재하고 있다는 실증을 잡기 위해 대영광이 일본으로 출국하고 그곳에서 사이고 하나꼬를 만난 일, 그녀의 도움으로 일을 성사하기 직전 코앞에서 누군가에 의해 호텔 12층에서 추락할 수밖에 없었던 이야기들을 되도록 간결하면서도 자세하게 했다.

대마도나 고조선의 진실까지 이야기하자면 너무 시간이 걸릴 것 같았다. 지금 일본왕실에서 숨 막히고 있는 우리 역사서들만 찾아올 수 있다면 우리의 위대한 고대사가 실증되고, 그 결과는 중국의 동북공정이나 일본의 독도 핥아대기의 야욕을 일시에 잠재우는 것은 물론 우리 땅 요동과 연해주, 대마도 수복의 기초를 놓을 수 있다는 이야기로 대신했다.

"아니, 박종일이 너 그런 황당무계한 이야기를 가지고 네 마음대로 일을 벌였다는 거야?

'환단고기'인지 뭔지 역사서로 인정도 받지 못하는 책에 있는 이야기를 증거 한답시고 우리 역사서가 확실히 있다는 보장도 없는 일본왕실 지하비밀서고에서 책을 찾으려고 어쩌고 어째?

그건 국제적인 문제를 일으키는 거야. 국제적으로도 아주 큰 문제야.

막상 있는 것이 확실하다고 해도 제대로 말을 꺼내기가 힘든 것인데, 있는지 없는지 확실하지도 않은 일을 가지고 지가 무슨 홍길동이라고, 일본까지 가서 그걸 밝히겠다는 허무맹랑한 꿈을 품고 날뛰는, 불나방 같은 태영광이라는 사람의 말만 믿고 이런 대박사고를 쳐?

게다가 그 피습사건인지 살인사건인지는 태영광이 말만 믿고 더 이상 수사도 하지 않은 채 미해결사건으로 남겼다는 거 아냐? 너네 경찰서장도 그 사실 알아? 만약 보고도 안 하고 네 마음대로 사건을 덮었으면 너 직무유기에다가…, 이번 일에다가…, 정말….

아이고, 너 정말 옷 벗으려고 환장했냐?"

박종일의 말이 끝나자 청장은 아무 말도 하지 않고 무언가 깊이 생각하는 눈치인데 오히려 한지수가 펄쩍펄쩍 뛰었다.

그 목소리에는 안타까워하는 마음이 그대로 배어나오고 있었다. 원래 성격도 급한데다가, 자기가 먼저 흥분을 하고 심하게 질타를 해줘야 청장은 오히려 수그러들 것이라는 계산을 했던 이유도 있지만, 한지수가 듣기에는 정말 황당무계한 소리였다. 그런 일에 현혹되어 엉뚱한 일을 벌였고 만약에 그로 인해서 잘못 되기라도 한다면? 유능하면서도 강직해서 경찰로 대성하리라고 생각했던 박종일이 진심으로 안타까웠다.

한지수의 말이 끝나도 청장은 입을 열지 않았다. 한지수는 내심 청장이 정말 중대 결정을 하고 있다고 생각했다.

자신의 휘하에 있는 부하직원을 징계한다는 것은 차마 못할 일이다. 그 부하직원이 누가 보아도 도덕적으로나 법적으로 절대 해서는 안 되는, 범죄나 뇌물 사건에 연류 되었다면 고민할 것도 없다. 그러나 보는 관점에 따라서 시각을 달리할 수 있는 개인적인 신념의 문제로 징계를 한다면 차마 못할 일이다. 그런데 지금 박종일이 저지른 짓은 신념의 차원을 넘는다. 자신의 공권력을 자신의 신념을 위해 남용한 거나 마찬가지다. 그냥 넘어갈 수는 없는 노릇이다.

살인사건을 심장마비로 사인을 발표하면서 덮어버린 것은 정말이지 용서받을 수 없는 직무유기다. 범인을 찾으려고 한 것이 아니라 일본의 어떤 우익조직이 개입된 일이라고 스스로 단정 짓고 보고도 없이 덮어버렸다. 절도나 강도도 아니고 엄연히 사람의 목숨이 사라진 살인사건을 저렇게 처리했다는 하나만 가지고도 충분히 중징계감인데 추가로 엉뚱한 일을 더 벌였으니 저건 옷을 벗기느냐 마느냐로 고민하는 것이 틀림없다.

막상 청장이 그런 생각을 하고 있다는 생각이 들자 한지수는 맥이 빠졌다. 박종일을 부하직원으로 두고 함께 근무를 해봐서 아는 일이지만 참 정의롭고 똑똑한 친구인데 너무 아깝다. 어떻게든 지금 청장이 내리려는 중대 결정을 막고 싶었다.

"야, 박종일. 너 어서 무릎 꿇고 청장님께 빌어, 이놈아!

세상에 경찰이라는 놈이 살인사건을 자기 마음대로 덮어버리고, 그것도 모자라서 일본까지 쫓아가서 그놈과 부화뇌동해서 감히 우리도 엄두를 못내는 특별기까지 일본으로 불러들여?

너 정말, 요즈음 정신이 나간 거 아냐?

청장님께 벌을 주시면 달게 받고, 옷만 입고 있게 해주신다면 벌을 받기 위해 며칠 쉬는 동안 근신하면서 다시 복귀하면 열심히 일하겠다고 무릎 꿇고 빌라고.

그리고 나랑 정신병원에라도 가보자. 너 지금 뭔가 정상이 아니라니까?"

한지수는 이 일이 징계위원회로 넘어가면 거의 옷 벗을 일이라는 것을 알기에, 청장에게 선처를 빌어서 정직 정도에서 끝을 내라고 박종일에게 애걸하듯 말했다. 그의 말이 박종일을 빙자해서 청장에게 하는 말이라는 것은 세 사람 모두가 아는 일이다. 박종일이 벌을 받아 마땅하지만 제발 옷만 벗기지 말고 정직을 하는 선에서 마무리해 달라고 간청하고 있는 것이다.

한지수의 애걸에 가까운 소리가 끝나자 청장이 눈을 뜨면서 입가에 미소까지 머금고 한지수를 쳐다봤다.

"들리는 말에 의하면 한 부장이 업무에 관한 한은 칼 같은 사람이라던데 그렇지도 않네? 이제까지 본 어떤 간부보다 부하직원 아끼는 데에는 인정이 훨씬 많구먼. 한 부장이 나한테까지 압력을 넣을 정도라면 박종일을 무지하게 아끼나 본데 압력 안 넣어도 되니까 그만 해."

"청장님, 제가 청장님께 어떻게 압력을 넣겠습니까?

다만 저 녀석이 지금 제 정신이 아니라 뭔가에 홀려서 저러고 있으니까, 선처만 해주신다면 어떻게든 처음처럼 영리하고 강직한 박종일로 다시 만들어보겠다는 이야기입니다."

"지금 박종일이 아무 것에도 홀리지 않았어. 처벌 받을 짓도 안 했고. 최기봉이가 박종일의 말을 듣고 했던 보고가 맞네.

태영광이라는 그 친구 정말 국보급 사학자 맞아. 자기 일신만의 영달과 출세를 위해서라면, 알던 지식마저 왜곡해서 나라의 앞날이야 어찌 되던 말든 정권에 빌붙어서 이 나라의 미래를 짓밟던 일부 사학자들과는 질이 다르니까 생소해 보일 뿐이지.

국보라는 게 뭐 별거야. 자자손손 보존가치가 있으면 그게 국보지.

그 친구가 말하는 역사는 자자손손 보존은 물론 찾아야 할 역사들이니까 당연히 국보급이지. 그런 사실들을 알고 있다는 그 자체만 해도 국보급이라고 해야 할 텐데 그 사람은 아예 자신의 목숨을 바치겠다고 뛰어든 것 아닌가? 그럼 정말 국보급, 아니 국보라는 표현이 오히려 맞겠구먼."

청장의 말을 듣던 한지수는 놀라서 입을 다물지 못했다. 그러나 그런 한지수의 표정에는 상관도 하지 않고 청장은 굳은 표정을 지으면서 말을 계속했다.

"내 가까운 후배 중 하나가 사학을 전공하지도 않았는데 역사를 많이 연구했어. 누구라고 이야기하면 알 만한 사람들은 다 아는 작가지. 그런데 그 친구가 항상 주장하는 것이 바로 이런 거야.

오래전부터, 그러니까 내 기억으로는 우리나라가 IMF 구제금융을 받기 두어해 전이니까 아마 1995년쯤일 거야. 그 친구가 대학 때 문학상도 받고 그랬는데 그때만 해도 사업을 하고 있었지. 하지만 원래 글 쓰는 걸 좋아하다 보니까 꾸준히 글을 썼어. 그러다가 첫 장편소설을 냈는데 그게 고구려가 지배했던 요동 땅을 찾아야 한다는 그런 내용이었어.

그 당시만 해도 그런 역사의식이 아주 생소한 시절이라 나 역시 황당하다는 생각을 했어. 그 시절에는 그 친구가 역사 지식이 부족해서인지 아니면 독자들이 생소하면 공감을 못할까 봐 그랬는지는 모르지만 요동이라는 말을 안 쓰고 만주 땅이라고 썼는데, 그 만주 땅이 우리 땅이라고 주장하면서 찾아야 한다니까 얼마나 황당해.

나도 읽어봤는데 그 당시 황당하다는 생각이 들면서도 전개가 그럴듯하더라고. 중국의 청나라 후손들과 일본의 극우파가 짜고, 우리 땅 만주는 중국의 청나라 후손들이 통일 중국이 갈라지는 날을 대비해서 차지하려고 하는 것이고, 그 대신 일본이 독도를 핥아대는 것을 묵인해주는 거라나? 뭐 그런 내용이었는데 참 공감이 가는 내용이었지.

그 후로도 작품을 내면 통일을 주제로 하지 않으면 요동, 대마도 그런 이야기야. 물론 우리 땅이라 찾아야 한다는 내용들이지. 얼핏 듣기에는 우스운 이야기 같지만 조금만 관심을 가지고 역사를 연구해보면 맞는 말이더라고. 나 역시 그 후배 덕분에 이야기도 듣고 나름대로 관심을 가지고 이런저런 자료들을 조사하고 읽어보니 그 후배 말이 백 번 옳은 말이야. 다만 지금 우리가 힘이 없어서 아무 말도 못하고 그저 벙어리 냉가슴 앓듯 하지만 버리려고 해도 버릴 수 없는 진실이더라고.

그 후배 주장은, 당장은 우리가 힘이 없어서 잃어버린 땅을 찾지 못한다 치더라도 적어도 그런 사실들을 밝혀놓지 않으면 영원히 잃어버린다는 거지. 당장 땅을 찾지 못한다고 역사마저 잊어버리면 영원히 남의 것이 된다는 거야.

지금 우리가 할 일은 당장 잃어버린 우리 땅을 찾을 힘이 없으니, 잃어버린 우리 땅에서 지금도 살아가고 있는 엄연한 우리 민족들이 우리 역사를 바로 알게 하고, 그 땅에 배어 있는 우리 문화를 그곳에 살고 있는 우리 동포들이 자손들에게 전수하게 하는 것이 급선무라는 거지. 문화와 역사와 민족은 떼려야 뗄 수 없는 관계로 얽히는 것들이니 민족의 혼을 땅에 심어놓다 보면 언젠가는 우리가 되찾을 날이 온다는 거야. 물론 그러기 위해서는 하루 빨리 통일이 되어야 한다는 말을 잊지 않고 했지. 지금처럼 북한이 우리와 잃어버린 북녘 땅, 고구려와 대진국 발해가 지배했던 땅 사이를 가로 막고 있으면 점점 더 찾기가 힘들어질 뿐이라는 거야.

거기다가 한 술 더 떠서, 중국이 동북공정 운운하면서 떠들어대는데 북한이 체제나 혹은 경제적인 위기를 느낄 때 그것에 동조해 조선족 자치구로 남기를 원하는 날에는 영영 잃어버릴 수도 있다는 거지. 난 그 이야기 들으면서 상당히 공감했어. 아니 단순한 공감을 넘어서서 충분히 그럴 수 있다고 동조했지.

그 친구 덕분에 나도 전에 '환단고기'라는 책을 사서 읽어 봤는데 처음에는 어렵다는 생각이 들더니 나중에는 당연한 이야기라고 받아들여지더라고. 난 충분히 공감했고 설령 그 이야기가 사실이 아니더라도 제발 그랬으면 좋겠다는 생각까지 했어.

태영광인가 하는 그 친구 정말 용기 있는 사내구먼. 그리고 그런 일을 할 수 있다는 게 오히려 부러워. 나 역시 그래야 된다고 생각하면서도 무슨 일을 어떻게 행동해야 되는지도 모르고 또 그럴 용기도 없다는 것이 아쉬울 뿐이지.”

“그럼 이번 일은?”

“내가 알아서 정리하지. 만일 책임질 부분이 나온다면 내가 책임을 질 테니 염려들 마. 한 부장은 박종일이가 마음 놓고 태영광이라는 친구 지원해줄 수 있는 방법이나 같이 연구해 봐.

참, 내가 깜박했네. 내 후배 이야기인데 그 친구가 하는 주장들이 확실히 맞는다는 걸 증명해주는 기사 하나 보여줄까? 이 기사 덕분에 나도 정말 통일이 되지 않으면 북한이 중국의 조선족 자치구의 일부가 될 수도 있겠다는 생각을 했다니까.”

청장은 자기 자리로 돌아가더니 서랍을 열고 A4용지 서너 장으로 된 묶음을 꺼내 왔다. 그리고 아무 말 없이 탁자에 올려놓았다.

“그렇지 않아도 내 후배의 말에 공감하던 터에 이 기사를 보고 확신을 하게 되었지. 모택동이 이런 말을 했다는 것은 역사적으로나 실질적으로나 요동이 우리 땅이라는 이야기 아니겠어? 추측을 해서 쓴 것도 아니고 신문이 사실을 바탕으로 쓴 기사니까? 거기다가 선 즈화라는 이 학자가 우리나라 사람도 아니고, 우리나라 편을 들 이유가 없는 사람 아냐? 그렇다면 확실한 거지.”

그 기사는 ≪뉴 데일리(NewDaily)≫라는 우리나라 인터넷 신문이 2011년 6월 4일자로 보도한 온종림 기자의 기사였다.

중국의 모택동 주석이 지난 1964년 북한 측에 요동을 포함한 중국 동북지방을 넘겨줄 것을 시사했으나 북측이 이를 사양했다는 주장이 양측 간 대화록을 근거로 제기됐다.

3일 호주온라인뉴스에 따르면 문제의 대화 내용은 중국 최초의 냉전 사학자로 알려진 상하이 소재 화둥사범대학교 냉전사연구소장 선즈화 교수가 공개한 것으로 시드니 모닝 헤럴드 지가 최근 보도했다.

헤럴드지는 이날 베이징 주재 특파원 기사를 통해 북한 김정일 국방위원장의 최근 중국 방문에 대한 선 교수의 분석을 인용하면서 이 같은 사실을 전했다.

베이징대 겸임교수이기도 한 선 교수는 역시 냉전사학자인 부인(리단후이)과 함께 1990년대 중반에 100만 위안 이상의 사재를 털어 소련의 기록보관소 문서들을 몇 박스나 복사, 운반해 왔다고 신문은 전했다.

이들 부부는 수개월 동안 복사기 5대를 태워 먹으면서 밤낮으로 작업하여 민감한 문서 상자들을 공안국에 근무하는 동생을 통해 중국으로 가져왔다는 것.

이들은 소련 측 문서를 통해 일단 중국의 대북한 관계 처리에 대한 소련 측 시각을 접하게 되면 중국 측 시각을 반영하기 위해 중국 기록보관소 접근을 허용해주도록 중국 관리들을 설득했다.

선 교수는 "그가 발견한 가장 놀라운 사실은 1964년 10월 7일 모택동과 중국을 방문 중인 북한 관리들 간에 있었던 대화 내용"이라고 밝힌 것으로 헤럴드는 전했다.

당시 모택동은 랴오닝(요녕)성을 가르는 강을 지칭하며 "당신네 국경이 과거 '요하'였소"라면서 "하지만 봉건제가 조선인들을 압록강 너머로 쫓겨 가게 했소."라고 말했다.

이때 북한 측은 모택동에게 그들이 요하 동쪽의 땅을 원치 않으며 이미 갖고 있는 것에 "매우 만족한다."고 답했다.

이어 모택동은 "그래서 우리는 동북지방을 전부 당신네 후방지역으로 만들어 주겠소. 요하 땅보다 큰 지역이오."라고 말했으나 북한 측은 "다시 정중하게 반대했다."고 신문은 선 교수를 인용, 보도했다.

박종일도 처음 보는 기사였다.

기가 막혔다. 기가 막히다 못해 온몸을 흐르던 피가 거꾸로 솟아올라 일시에 머리로 몰리는 기분이 들면서 어지럽기조차 했다. 가슴에서는 있는 대로 소리를 지르고 어떤 짓을 해도 식지 않을, 그 무엇으로도 식힐 수 없을 것 같은 불덩어리가 이글거리며 타올랐다. 누구는 이렇게 역사를 찾아 목숨을 바치는데 누구는 준다는 땅도 거절하는 이런 아이러니한 나라가 전 세계 어디에 또 있다는 말인가?

"이 기사를 보는 순간 나는 요동 땅이 누가 뭐래도 우리 땅이라고 확신했지. 물론 그동안 북한에 대한 내 생각이 틀리지 않다는 것도 재확인했고.

북한이 남침했을 때 일제 앞잡이들이라는 구실을 붙여 얼마나 많은 이들을 학살했어. 그렇다면 자신들이 한 이 행동은 중국의 앞잡이가 아니라고 할 수 있을까?

강성대국을 만들자고 외치면서 주체사상이라는 묘한 것을 만들어내서 북한 주민들을 얼마나 현혹했나. 그런데 정말 주체사상이 있는 자들이 이렇게 돌려준다는 땅도 현실에 만족한다면서 거절을 한다? 앞뒤가 안 맞지.

이건 을사늑약을 맺을 때 이완용이 한 짓보다 더 나쁘면 나빴지 못하지 않아.

어떤 인간이든 권력유지를 위해서라면 그저 오장육부 다 꺼내

놓는 꼴이라니 정말 역겹지 않나? 6.25남침 때 패전으로 잃어버릴 뻔했던 권력을 되찾아준 중국에 빌붙어, 나라를 팔아먹는 한이 있어도 자신이 손에 쥔 권력은 놓지 않으려는 모습이 눈에 보이는 것 같다니까? 대가리가 정신을 못 차리는데 도대체 누구 보고 정신을 차리라는 건지. 북한이 소위 주체사상이라는 걸 입으로는 말하지만 결국 그것은 자신들의 체제를 유지하기 위한 수단에 지나지 않는 선전용이라는 것을 재확인한 거지.

그렇다고 우리가 잘한다는 말은 아니야. 북한보다야 낫다고 할 수 있을지는 모르지만 우리 역시 제 목소리 한번 제대로 못 내잖아. 일본이나 중국이 아무리 찧고 까불어도 힘이 없는 탓인지, 정말 조용한 외교를 하려는 건지, 아니면 무슨 약점을 잡힌 게 있어서 그런지 도무지 제 목소리 한번 못 내. 나 역시 그런 문제에 관해서는 이렇다 할 목소리 한번 못 내고 사는 주제에 할 말은 없지만 이런 것들을 경험하고 나면 가슴에 응어리지는 것은 어쩔 수 없더라고.

이런 일들을 만나면 요동 땅이 우리 땅이라고 울부짖듯이 글을 써 내려가는 후배 얼굴이 떠오르면서 내가 부끄러워져. 가슴에서는 용광로 불꽃같은 울화가 치밀어 올라 한동안 주체할 수가 없지만 어디 풀 곳도 없고."

청장은 정말 가슴이 답답한지 탁자에 놓인 잔을 들어 차를 한꺼번에 마시고 난 후 첫 장을 넘겨 보이며 말을 이었다.

"뒤에 있는 첨부된 이것은 이 기사를 보고, 내가 호주의 시드니 모닝 헤럴드 기사를 구해서 영어 잘하는 후배에게 부탁해서 번역을 해본 거야. 참고로 보게나."

〈The Sydney Morning Herald

National Times

Special treatment for Kim disguises depth of distrust

Date May 30, 2011 Category Opinion Read later

John Garnaut

ANALYSIS

"As close as lips and teeth" ⋯ China and North Korea.

입술과 이처럼 가까운 사이, 중국과 북한의 순치지간

Eight of China's top nine leaders turned out last week to meet the North Korean leader, Kim Jong-il, as he toured the country for the third time in 13 months, in a special armoured train.

아홉 명의 중국리더들 중 여덟 명이 지난 주 북한의 지도자 김정일과 회동했다. 김정일은 특수 방탄 기차를 타고 13개월 만에 세 번째로 중국을 방문했다.

Chinese leaders justify such red carpet treatment—unheard of for leaders from any other country—because the two socialist nations have always been "as close as lips and teeth".

두 사회주의국가가 늘 긴밀한 관계를 가져왔기 때문에 중국의 리더들은 다른 나라의 지도자가 들어보지 못한 융숭한 대접을 보인다.

But Shen Zhihua, a historian who used his business savings and military background to gain access to Soviet and Chinese archives, says the elaborate displays of brotherhood are necessary only because of the depth of mutual distrust.

그러나 기업저축과 군대배경을 소련과 중국의 기록을 구하기 위해 이용했던 역사가 선 즈화 교수는 주도면밀하게 보여주는 형제애가 깊어진 상호불신 때문이라고 말한다.

The archives could reframe the way Western analysts understand the Chinese-North Korean relationship today.

그러한 기록은 외국분석가들이 중국과 북한의 관계를 이해하는 방식을 새롭게 재구성할 수도 있다.

Advertisement
(광고)

Historians examining eastern bloc archives are now familiar with the seething internal discontent and agitation against the "Great Leader" Kim Il-sung in the northern summer of 1956.

동쪽지역의 기록을 조사하고 있는 역사가들은 이제 1956년 북쪽에서의 여름의 '위대한 수령님'인 김일성에 대한 들끓는 불만과 시위에 익숙하다.

But they are not familiar with how China encouraged members of a pro-China "Yan'an faction" and even sheltered 17 top-level defectors who fled across the border in August 1956.

그러나 그들은 어떻게 중국이 친국세력인 연안파 멤버들을 고무하고 심지어는 1956년 8월 북한 국경을 넘은 17명의 고위층 탈북자들에게 은신처까지 마련해주었는지는 잘 모른다.

These defectors, including a vice-premier and propaganda chief, were received by the then premier Zhou Enlai in Beijing and then dispersed to different Chinese cities.

부주석, 선전위원장이 포함된 이 탈북자들은 베이징의 주은래 수상에게 받아들여졌고 그 후 중국의 다른 도시로 흩어졌다.

Mr Kim requested their return but Mao Zedong refused, says Professor Shen, who heads the Cold War History Research Centre at East China Normal University.

김일성은 탈북자들의 반환을 요구했으나 모택동은 거절했다고 선 교수는 말한다. 선 교수는 화동사범대학에서 냉전시대연구센터를 이 끌고 있다.

And then the following year, as Sino-Soviet tensions began to mount, Mao reversed his course.

그리고 그 이듬해 중국과 소련 사이의 긴장이 고조되면서 모택동은 그의 방침을 바꾸었다.

"Mao told Kim he had made a mistake by interfering in North Korea's internal affairs and said China was willing to send these people back", Shen says.

"모택동이 김일성 주석에게 북한 내부문제에 끼어든 건 실수라고 얘기하며 탈북자들을 돌려보내겠다고 했다"고 선 교수가 말한다.

In 1958 China labelled the North Korean defectors as counter-revolutionaries and later, in 1962, it gave them jail sentences of up to 22 years.

1958년 중국은 탈북자들을 반혁명운동가라고 불렀고, 그 후 1962 년 22년형을 선고했다.

"I went to Taiyuan to interview one of them who was previously the chief of Pyongyang's Organisation Department", Shen says. "Most of them were anti-Kim Il-sung and still are today. They are still under surveillance."

"제가 그 중 평양조직부장과 인터뷰하러 타이위안에 갔었죠, 그들 중 대부분이 반김일성 세력이었고 지금까지도 그렇습니다. 아직도 감시 하에 있습니다."라고 선 교수는 말한다.

Shen and his wife Li Danhui—also a leading Cold War historian —spent more than a million yuan in the mid-1990s copying and couriering boxes of Soviet archival documents.

선 교수와 그의 부인인자, 또 한 명의 선두적인 냉전사학가 리단후 이는 1990년대 중반 소련의 기록보관소에 있던 문서를 복사하고 실어 나르는데 100만 위엔 이상을 썼다고 한다.

For months they worked day and night, burning out five photocopying machines, with Shen sending sensitive boxes home to China via his brother, who worked in the Public Security Bureau.

몇 달간 밤낮으로 5대의 복사기를 고장 내면서 공안국에서 일하고 있던 선 교수의 남동생을 통해 민감한 내용이 담긴 문서 상자를 중국으로 보냈다.

Once he had the Soviet version of China's North Korea dealings he persuaded Chinese officials to grant him access to Chinese archives, so that he could reflect China's point of view.

그가 중국의 대북거래관계에 대한 소련판 문서를 갖게 되면 중국의 관리가 그에게 중국의 문서를 주도록 설득했기 때문에 그는 중국의 시각을 반영할 수 있었다.

Shen says the most surprisingly discovery was a conversation between Mao and visiting North Korean officials on October 7, 1964.

선 교수는 가장 놀라운 발견은 1964년 10월 7일에 모택동과 중국을 방문한 북한 관리들 사이에 오고간 대화라고 말했다.

"Your border used to be the Liaohe", said Mao, referring to the river that dissects Liaoning province, now home to 45 million people.

"But feudalism drove Koreans beyond the Yalu river."

모택동은 4천 5백만 중국인이 거주하고 있는 랴오닝 지역을 가르는 강을 언급하며, "여러분의 국경이 전에는 요하였으나 봉건제시대에 압록강으로 한국인들을 몰아냈지요."라고 말했다.

The North Koreans told Mao they did not want the land east of the Liaohe and were "very satisfied" with what they already had.

북한 사람들은 현재 갖고 있는 땅에 만족한다며 요하 동쪽 땅을 원하지 않는다고 말했다.

"So we will make all of the north-east your rear area, which is larger than the Liaohe area", continued Mao, to which his guests politely demurred again.

"그렇다면 우린 동북지역을 당신들의 후방지역으로 만들겠습니다. 그 땅은 요하보다 더 큰 땅이지요."라고 말을 이었다. 북한관리들은 또다시 이를 정중히 거절했다.

The archive records, showing the fickle, calculating nature of early Beijing-Pyongyang relations, will recast many analysts' view of the relationship today.

변덕스럽고 이해 타산적인 초기의 북경과 평양의 관계를 보여주는 이 기록은 오늘날 두 나라의 관계를 분석하는 많은 학자들의 시각을 바꾸게 할 것이다.

Many Chinese analysts, however, have always seen China's recent re-embrace of North Korea in cynical terms.

그러나 많은 중국의 분석가들은 최근 중국이 북한을 다시 포용하는 것에 대해 늘 냉소적이었다.

"China claims that its traditional friendship with North Korea is about preserving an 'iron and blood' alliance", says Cai Jian, a North

Korea specialist at Fudan University.

"중국은 북한과의 전통적인 우호관계는 철혈동맹을 보존하는 문제라고 주장합니다."라고 중국 푸단대학교 북한전문가 카이지안 교수는 말한다.

"Actually, China is dissatisfied with North Korea, there are many tensions, and the relationship is not as good as outsiders see."

"사실 중국은 북한에 실망했어요. 긴장감이 많이 감돌고, 외부에서 보는 것처럼 관계가 그리 좋지 않습니다."

Cai says Beijing supports Pyongyang to maintain leverage with the US and South Korea, while preventing a destabilising collapse of North Korea.

카이지안 교수는 중국이 북한을 지지해야 미국과 남한을 견제할 수 있고 동시에 북한의 붕괴를 막을 수 있다고 말한다.

John Garnaut is Fairfax China correspondent.

Follow the National Times on Twitter: @NationalTimesAU〉

박종일은 청장의 말을 들으면서 아마 그때 청장의 기분이, 어제 최기봉의 이야기를 들으면서 자신이 느꼈던 기분 이상으로 피가 역류하는 것을 느꼈을 것이라는 생각이 들었다.

"청장님께서 이것을 보여주셨으니 저도 하나 보여드릴 것이 있습니다. 이건 제가 수집한 것은 아니고 동경에 있는 최기봉 경정이 인터넷 검색을 하다가 찾아낸 것이라고 합니다."

박종일은 최기봉이 자신에게 복사해준 1999년 중앙일보 기사를 내밀었다.

"태영광이라는 그 친구 자신만의 확신을 가지고 사실을 입증하려고 무모한 짓을 벌인 것이 아니라, 이미 알려진 사실을 뒤덮고 있는 흑막을 제거하기 위한 의거였었군. 이렇게 명백한 증거를 은폐하는 세력의 야욕을 전 세계에 알리고 역사를 바로잡으려고 했다면 그거야말로 의거지. 여기 적힌 대로 박창화라는 분이 최기철 박사님을 통해서 증언한 것이라면 사실이 아닌가? 박창화라는 분은 이미 일본왕실 지하비밀서고에 근무를 했던 분이니 확실하게 자신의 눈으로 본 사실을 전한 것이고, 최기철 박사님이라면 우리나라 담수어 연구에 혁혁한 족적을 남기신 분이자 자연보존운동을 선도하신 과학자요 교육자이신데, 이런 분이 뭐가 아쉬워서 거짓 증언을 하시겠어?

최기봉 경정도 이쪽에 관심이 있는 친구구먼. 하기야 그러니까 자칫하다가는 화를 당할 수도 있는 일을 종일이 말만 믿고 제 일처럼 처리해줬지.

아무튼 두 사람이 비록 지휘체계를 무너트렸다고 볼 수도 있지만 큰일을 해냈어. 이번에 두 사람이 한 행동은 긴급상황에서 선조치, 후 보고를 한 것이라고 생각하지.

정의를 위해서 목숨을 거는 사람도 있는데 그 정도 이해야 못하겠나? 그게 내가 할 수 있는 전부인데. 내 신분이 신분이다 보니 이런 이야기는 기껏해야 이렇게 앉은 사석에서나 하지 공적인 자리에서는 입도 뻥끗 못한다는 걸 잘 알잖아?

박종일이나 최기봉이나 태 박사 같은 사람들이 들으면 용기 없는 사람의 핑계라고 해도 할 말은 없지만."

청장과 박종일이 처음 방에 들어설 때와는 아주 다른 분위기로 대화를 하자 한지수는 정말 어안이 벙벙하다는 표현이 맞는 자신을 보았다. 도대체 뭔가에 홀린 것은 바로 자신이라는 착각마저 들었다.

4. 이글거리는 활화산, 백성들

　청장의 방을 나와 한지수의 방으로 돌아가는 동안 한지수는 정
말 무슨 영문인지를 몰라 아무 말도 못했다. 그리고 자신의 방에
들어서자 얼른 소파에 앉으며 박종일의 손을 끌어 당겨 소파에
앉혔다.

　"그게 무슨 소리냐?

　일본 애들이 우리나라에서 책을 강탈해갔다는 말은 나도 들었
지만 그 책이 그렇게 중요한 것이고 일본왕실 지하비밀서고에 있
다면 수단 방법을 안 가리고라도 찾아오면 되잖아?"

　"그게 안 되니까 그렇죠. 언제 일본에 빼앗긴 문화재 제대로 찾
아오는 거 보셨어요?

　더더욱 이 역사서들은 우리나라를 중심으로 일본, 중국과 얽힌
이야기들로 영토문제를 포함해서 세 나라의 미래가 걸려 있는 중
요한 것들인데 순순히 내주겠어요? 당장 놈들은 자기들의 왕실
지하비밀서고에 그 책들이 있다는 실체마저 부정하고 있는 판인
데? 그래서 태 박사가 그 실체를 증명한다고 불 속으로 목숨 걸고
뛰어든 거구요."

"그래? 그렇게 중요한 거야?

그런데 난 왜 모르고 있었던 거지?

오늘 너랑 청장님이 말씀 나누는데 난 완전히 바보가 된 기분이더라. 게다가 청장님께서 이번 일은 선 조치 후 보고라는 말씀을 하시니까 이게 정말 중요한 일이라는 생각이 확실히 들어. 지금도 내가 정말 알아야 할 무언가를 모르고 있다는 기분을 벗어날 수가 없어.

나도 뭘 알아야겠는데 먼저 뭘 해야 하니? 인터넷으로 이것저것 검색한다는 것도 뭔가 알아야 실마리를 풀 수 있을 것 아냐? 무작정 덤빌 수도 없는 노릇이니 뭘 먼저 시작할까? 알려주면 노력은 해볼게."

"제 목숨을 살려주셨으니 제가 책 한 권을 선물할 테니 그 책부터 보세요. 그러면 아마 오늘 들으신 이야기의 반은 감을 잡으실 겁니다."

"내가 네 목숨을 살려줬다? 그런 적 없는데? 오히려 네 앞에서 부끄럽기만 했는데?"

"청장님과 대화를 나눌 수 있는 자리를 만들어주셨잖아요. 그 덕분에 제가 이렇게 부장님과 앉아서 웃으며 이야기할 수 있는 거구요. 그러니까 목숨을 살려주신 거나 마찬가지지요.

아무튼 제가 선물하는 책이 읽기에 조금 어렵고 버거우시더라도 한 번 끝까지 읽어보세요. 그리고 그 후에 저랑 다시 한 번 대화를 하시죠?"

"'환단고기'라는 그 책 선물하려는 거면 내가 살게. 오늘 퇴근길이나 아니면 인터넷으로 주문하면 되지 뭐."

"하긴 그러셔도 되겠지만 그 책을 번역한 사람들이 하도 많아서 잘 고르셔야 하거든요. 공연히 그 책을 특정 종교와 연관 지어서 번역한 책을 읽게 되면 정말 못 읽어요."

"특정 종교와 연관을 지어서 번역을 했다니? 그거 역사책이라면서?"

"가끔 그런 사람들 있잖아요. 엄연한 역사서지만 그게 마치 자기네 종교의 경전 중 하나라도 되는 듯이 선전하고 싶어 하는 사람들이요. 그런 사람들은 엉뚱한 주석을 달아서 그 책이 가진 본래의 목적인 역사를 희석되게 하거든요. 분명히 말하지만 '환단고기'는 엄연한 역사서일 뿐이지 종교서적이 아니거든요."

"그래? 그런 사람들이 다 있어?

하기야 기독교에도 일부 광신도들이 남의 절에 들어가서 찬송가 부르고 땅 밟기 한다나 뭐라나 그런 일들이 일어난 적이 있으니까. 그거 보면 세상 가지가지라니까. 어쩌면 그런 사람들 때문에 그 역사서가 정말 역사서로 인정받는데 더 방해가 되는 것인지도 몰라."

"충분히 그럴 수 있는 일이지요.

그 책을 왜곡 해석함으로써 우리 민족만이 선민사상을 가지고 태어난 민족인양 이야기하는 특정 종교나, 그 반대로 초대 환인이나 환웅과 단군이 하느님의 아들이라는 말에 무슨 큰일이라도 나는 듯이 하느님의 아들은 예수님밖에 없는데 이 무슨 소리냐고 과민반응을 보이는 사람들 역시 마찬가지예요. 그런 행동이 그 책들을 진정한 역사서로 인정받게 하는데 도움을 줄 수는 없는 일 아니겠어요?

어느 나라든 건국신화나 혹은 나라의 시조에 대해서는 신성시하는 거잖아요. 동서양을 막론하고 역사 속의 건국신화나 시조가 정상적인 사람의 아들이 얼마나 되게요? 하늘이나 아니면 다른 특정한 신의 자식이거나 그것도 아니면 알에서 태어나거나 인간으로서는 납득할 수 없는 그런 탄생신화를 곁들이는 거잖아요. 그걸 가지고 역사냐 아니냐를 따진다면 그 역시 웃음거리밖에 더 되나요?"

"너 많이 안다. 언제 그렇게 역사 공부를 했어?"

"얼마 안 된다니까요?

역사에 관심이 있고 또 우리나라 역사가 잘못 왜곡되었다는 것에는 전부터 관심을 갖고 나름대로 공부도 했지만 이렇게 깊이 빠져 들게 된 것은 아까 말씀드린 대로 유병권 박사님의 피습과 태 박사의 돌발적인 일본행이 극적인 계기가 된 거지요."

"어쨌든 부럽다. 그렇게 자랑스런 우리 역사를 모르고 나 잘났다고 살아왔으니 부끄럽고 한심하다만은 이제라도 늦지 않았다는 마음으로 다시 시작하마. 혹 내가 모르는 것이 있어서 묻더라도 나 우습게보면 안 된다?"

한지수는 기분 좋게 박종일을 배웅했다. 자신이 아끼는 부하 직원이 청장으로부터 벌을 받기는커녕 칭찬을 잔뜩 받은 것만 해도 이제껏 인생을 헛살지는 않았다는 자부심마저 들었다.

서울청을 나온 박종일은 다시 발길을 경찰병원으로 돌렸다. 어차피 휴가 중인데다가 이번 일은 자신이 근무하는 경찰서와는 무관한 일로 이미 처리된 바다. 게다가 무엇보다 궁금한 것이 태영광의 상태다. 아직 이렇다 할 결과도 나오지 않았고 태영광의 상태 역시 달라진 것이 없다는 말을 중간에 전화로 듣기는 했지만 빨리 병원에 도착해서 자신의 눈으로 확인해보고 싶은 마음뿐이었다.

병원에 도착하자 마태식이 로비에 앉아 있다가 반갑게 다가왔다.

"가셨던 일은 어떻게 되었어요? 아까 한지수 경무관님의 목소리가 심상치 않던데?"

"별일 아니니까 걱정하지 마세요. 잘 해결되었어요. 그분 성격이 원래 좀 급하고 오버하는 경향이 있잖아요? 잘 아시면서."

"그야 그렇지만 도착과 동시에 당장 달려오라고 할 때는 무슨 일이라도 크게 난 것 같아서 걱정이 됐는데 잘 됐네요.

참, 환자는 방금 검사를 마치고 병실로 올라갔습니다. 우리 직원들이 근무하기 편하게 층의 맨 끝 방 특별실을 원했더니 마침 청에서도 특별실을 지원하라고 했다고 하면서 조치해주더라고요. 아무래도 오가는 사람이 많으면 그만큼 힘드니까요.

같이 가시죠."

"혹시 검사 결과는 못 들었어요?"

"옆에서 듣기는 했는데 제가 듣기로는 왼쪽 손목 부위와 왼손을 크게 다친 것 외에는 별 일 아니라는 거로 들었어요.

왼쪽 팔꿈치 아래로 손목은 물론 손까지 뼈가 여러 조각이 날 정도로 아주 심하게 다쳐서 퉁퉁 부은 거라면서 수술이 준비되는 대로 바로 수술을 해야 한다고 하더라고요.

그 외에는 오히려 12층에서 떨어진 사람이 이렇게 말짱하다는 것은 있을 수 없는 일이라고 의사들은 이야기하더라고요. 대퇴부에 금이 갔지만 그 정도는 금방 붙으니까 크게 문제될 일은 아니고 엉덩이가 찢어지는 심한 상처가 난 게 전부라고 하네요.

환자가 의식을 차리지 못하는 것은 떨어질 때 받은 충격 때문이지 신체 어느 부위가 손상이 된 것은 아니라고 하는 것 같았어요.

저는 무슨 소리인지 전후사정을 잘 모르다 보니 이해하기가 힘들었지만 경정님하고 같이 온 그 여자 분은 이해하는 것 같았어요. 연신 고맙다는 말을 되풀이했어요. 고맙다는 말을 되풀이하는 것이 사람에게 하는 것 같기도 하면서도 마치 기도하는 것도 같았고요."

"그래요? 아마 기도한 것 맞을 겁니다. 환자의 상태가 그 정도에서 멈춘 것을 하느님께 감사드리고 있었겠지요.

어쨌든 고맙습니다. 바쁘실 텐데 경찰서로 안 가시고 제가 비운자리를 메워주셔서. 이제 돌아가셔도 됩니다. 혹시 수사상 필요한것이 있으면 도움을 청할 테니까요."

"아니에요. 그렇게 바쁜 것도 없는데 굳이 들어가느니 조금 있다가 오랜만에 같이 점심이라도 먹고 들어가지요.

참, 아까도 잠깐 여쭤봤지만 도대체 무슨 일입니까? 12층은 뭐고 또 국보급 사학자는 뭐고요?"

"말씀드리고 싶지만 시간이 많이 걸리는 일이에요. 아까처럼짧게 말씀드리자면 왜놈들의 찬탈로 잃어버린 우리나라 역사를바로 세우고자 하던 사학자 한 사람이 피살을 당하고, 그 사학자의 뒤를 이어 아예 일본과 한판 승부를 벌이려던 저 친구가 12층에서 왜놈들에게 투신을 당해 죽을 뻔했던 일이라는 겁니다."

"12층에서 투신을 당했다? 그런 말이 어디 있어요?"

마태식은 말이 안 되는 소리라고 하다가 갑자기 무슨 생각을했는지 아주 궁금하다는 목소리로 되물었다.

"그렇다면 12층에서 투신자살한 것으로 꾸며서 왜놈들이 피살하려고 했다는 말씀입니까?"

"예. 바로 저 친구가 그 경우죠. 같은 조직으로 추정되는 왜놈들에게 이미 피살당한 사학자의 뒤를 이은 인물이죠."

"그럼 범인들은 잡았어요?"

"아뇨. 당연히 못 잡았지요."

"그럼 이건 국제적인 문제잖아요. 우리가 왜놈들에게 수사상 필요한 것들을 정당하게 요구할 것은 요구해야 그 범인들을 잡을 것 아닙니까? 아직 범인을 못 잡았는데 이러고 가만히 있을 일이 아니지요."

"그게 그렇게 쉬운 문제가 아니라는 겁니다. 우리가 설령 범인을 안다고 해도 잡을 수도 없고 또 수사 협조를 의뢰해도 아무 소용없는 묘한 일이라니까요."

"왜놈들이 제 식구 감싸기 하는 것 아니면 일본왕실에서 은근히 지원을 하는 일이겠군요.

역사찬탈 어쩌고 했을 때 감 잡았습니다. 저야 그쪽은 문외한이지만 일본 놈들이 우리나라 역사를 수도 없이 짓밟고 왜곡했다는 것은 아들놈한테 많이 들어서 알고 있어요. 지금도 그 만행은 끝없이 자행되고 있다고요. 자신들이 왜곡한 역사의 진실이 드러날까 봐 지금은 은폐하기에 바쁘다나 뭐 그렇다고 하면서 그런 행위는 일본왕실의 지원을 등에 업고 극우단체들을 중심으로 조직적으로 이루어지고 있다고요. 그에 반해 우리나라는 너무 조용하게 있다고 하더군요.

우리 아들놈 말에 의하면 상대를 제대로 파악하지 못한 행위래요. 아예 시작과 끝을 바꿔놓은 놈들한테 조용한 외교를 한다고 말 한 마디 제대로 못하고 있으니, 우리나라 정부가 엄청난 실수를 반복한다는 거죠.

대충 감 잡았습니다. 이번 일도 그런 일 중 하나겠지요. 더 이상 여쭤 봐도 제게 해주실 말씀이 궁할 테니 그만 묻겠습니다. 저는 그만 가보지요. 필요하면 연락 주십시오."

태영광의 병실 앞에 도착하자 문 앞을 지키고 있던 경찰특공대원들이 거수경례를 하는 것을 보면서 마태식은 더 이상 궁금증을 가질 것도 없다는 듯이 돌아가겠다고 했다.

"점심식사는?"

"그건 이야기를 듣기 위한 핑계였는데 이미 끝난 이야기 같아서 그냥 가렵니다. 그런 문제라면 수사고 뭐고 더 이상 할 것도 없을 텐데요. 일본을 상대로, 그것도 역사가 관계된 것을 수사하게 하겠습니까?"

힘없이 거수경례를 하고 뒤돌아서서 가는 마태식의 뒷모습이 한없이 쓸쓸해 보이기만 했다. 실제로 박종일이 이제껏 보아왔던 마태식의 뒷모습과는 너무 큰 차이가 났다. 아무리 힘이 들고 어려운 일을 당해도 어깨가 처지지 않고 당당했던 그의 뒷모습이었는데 지금 저 모습은 어깨가 축 처져 있다. 힘이 빠져 어깨가 축 쳐진 마태식의 뒷모습에 겹쳐 오는 모습이 있다. 공적인 자리에서는 이런 말을 하기 위해 입도 뻥끗 못한다고 하면서 쓸쓸해하던 청장의 모습이다.

그래 바로 그거다.

지금 이 민족 평범한 백성들의 가슴에는 지휘고하, 학력의 높낮이나 빈부 여하를 막론하고 우리 역사가 뭔가 잘못된 것을 알고 바로잡고 싶어 한다. 도대체 왜 그게 안 되는지는 두말할 것도 없다. 자신들의 안위를 위해서, 행여 자신들의 이름에 흠집이 날까봐 두려워하는 자들 때문이다. 국제관계의 묘한 입장이라는 말로 진실을 덮어가는 안타까운 현실이 백성들의 염원을 자꾸만 멀어지게 해서 힘이 빠지게 하고 있다.

박종일은 가슴속에서 큰 불덩어리가 일어나 치솟는 바람에 숨이 턱턱 막혀 자신을 주체할 수 없었다.

그때 태영광을 수술실로 옮기기 위한 의료진이 도착해서 태영광을 수술실로 옮겼다.

태영광이 수술실로 들어가고 박종일은 장경애와 함께 보호자 석에 앉았다. 말로는 별것 아니라고 하지만 뼈가 여러 조각이 날 정도로 다쳤다는 팔꿈치 아랫부분 수술이 잘 끝나고 그걸 기회삼 아 태영광이 깨어나기를 고대하는 마음뿐이었다.

"장 기자님. 신문사는 어떻게 조치했어요?"

"예. 어제 그곳에서 떠나기 전에 일단은 오사카에 나와 있는 동 료에게 동경 건까지 부탁을 해놨어요. 신문사에는 제가 개인적으 로 급한 사정 때문에 귀국을 할 뿐만 아니라 앞으로는 신문사 근 무를 못할 것 같다고 대체 인력 파견을 요청했어요.

걱정 마세요. 지원자는 많으니까 아마 오늘 공고를 하면 내일이 라도 떠나겠다는 사람 많이 생길 거예요.

제 일은 내일이나 모레쯤 신문사에 다녀오면 마무리가 되겠지 만 경정님 청에 들어가신 건은 어떻게 되었어요?"

"다행이라면 다행인 것이 청장님께서 지금 우리의 이 상황을 이해해 주시더라고요. 단순히 이해만 하시는 것이 아니라 청장님 께서도 지금 우리가 추구하는 일에 상당히 오래 전부터 관심을 가지고 계신 분이에요. 그 덕분에 오히려 칭찬 비슷한 말을 듣고 나왔습니다. 앞으로 필요하면 도와주시겠다는 무언의 약속까지 하셨고요.

뒤처리가 버거울 줄 알았는데 오히려 이번 일을 계기로 앞으로 이런 일을 하는데 커다란 용기를 얻을 수 있는 계기가 되었습니 다. 꼭 어떤 도움을 바라서가 아니라 지금 우리들이 하고 있는 이 일들을 옳다고 여기는 사람들이 의외로 많다는 것을 새삼 느꼈어 요. 청장님은 물론 이곳 관할서에서 우리 사건을 지원하라고 보내 준 반장까지 모두가 그 시작의 점을 잡지 못해서 말을 못하고 있 을 뿐이더라구요. 누군가가 시작의 불만 당겨준다면 땅 밑에서 그

열기를 최고조로 달군 후 일시에 폭발하는 활화산처럼 일어설 것이라는 확신이 들었어요.

정말이지 태영광 박사가 자랑스럽고 이런 기회를 만들어주신, 돌아가신 유병권 박사님께도 뭐라 말씀드릴 수 없이 고마울 뿐이에요. 만일 박사님이 아니었다면 제가 언감생심 이런 일을 꿈에라도 꿔봤겠습니까?

지 자신은 이렇게 만족스러워히는 대신에 한 분은 돌아가시고 한 분은 사경을 헤매고 계시니 그게 죄스럽고 안타까울 뿐이지요. 당연한 것을 얻기 위해 너무나도 큰 희생을 치르고 앞으로는 얼마나 더 큰 희생을 치를지 그게 안타깝지만요."

박종일은 힘 빠진 목소리로 마지막 말마디를 마치는데 콧등이 시큰하더니 자신도 모르게 눈에 이슬이 맺혔다.

머지않아 발표할 연구 결과를 담은 가방을 들고 연구실을 나서다가 갑자기 피습을 당한 유병권 박사 생각이 났다.

보안등 불빛에 의지한 어두운 교정.

초가을 스산한 늦은 시간.

집으로 돌아가서 가족과 함께 오붓한 시간을 보낼 것을 꿈꾸며 승용차를 향하는데 갑자기 누군가가 나타나서 말 한 마디 없이 난도질할 때의 그 두려움과 고통이 얼마나 심했을까? 아마 모르면 몰라도 고통보다 두려움이 더 심했을 것이다.

소리 없이 자신의 살을 파고드는 차가운 금속의 느낌이 간담을 서늘하게 하며 이제 곧 죽을 것이라는 공포가 온몸을 휩싸고 돌았으리라. 아무도 경험해보지 못했기에 그것에 대해서는 들어보지도 못한, 죽음이라는 것이 갑자기 엄습해 올 때의 그 공포를 어찌 말로 표현할 수 있겠는가?

그뿐이 아니다.

태영광은 또 어땠을까?

비록 태영광의 수혈 덕분이라고는 하지만 어렵게 목숨을 건진 후, 이토 히로부미라는 세기의 망나니에게 조국 일본이 농락당하고 선조인 사이고 다카모리가 배신당한 것을 알고 스스로 돕겠다고 나선 여인 하나꼬. 그러나 그녀가 태영광을 도우려한 것은 무엇보다 인간 태영광을 사랑해서라는 것은 누구라도 알 수 있는 일이다. 그 여인에게 목숨을 담보로 하는 일을 맡겨놓고 겉으로는 드러내지 않았지만 얼마나 괴로워했을까? 그러다가 겨우 얻은 성과를 손에 넣기 위해 호텔 12층에 올라갔다가 생면부지의 인간들이 주는 강압에 의해 스스로 뛰어내려야 하는 그 아찔함.

저 땅에 닿는 순간에 죽을 것임을 알면서도 강압에 의해 뛰어내린다면 아마도 중간 어느 곳에서 숨이 멎을 정도의 고통을 안고 뛰어내렸으리라. 게다가 죽음의 그 길을 동행하는 여인이 그 고통을 당해야 하는 이유는 무엇보다 태영광 자신을 사랑한다는 것임을 알고 있으니 얼마나 더 고통스러웠겠는가? 차라리 중도에서 스스로 숨을 멈출 수만 있다면 멈추고 말았으리라. 그러나 아직 할 일이 끝나지 않아 죽어도 죽을 수 없는 자신임을 알기에 어떻게든 살아야 한다는 일념으로 까맣게 보이는 땅을 향했을 테니 그 고통이 오죽했겠는가?

박종일은 흐르는 눈물을 보이고 싶지 않아 자리에서 일어나 벽을 향해 돌아서서 손등으로 눈물을 훔쳤다.

장경애는 박종일이 지금 어떤 심정으로 무엇을 하는지 알고 있으면서도 아무 말도 하지 않았다. 자신의 그 마음을 박종일이 대신해주는 것이 고마울 뿐이었다.

"수술은 잘 됐습니다. 다행이라는 말을 해야 하는지는 모르지만 아까 검사결과에서도 도저히 이해할 수 없는 결과가 나왔는데 손목 역시 수술이 잘 돼서 다행입니다. 물론 뼈가 여러 조각이 나서 완쾌된다고 해도 손이 자유로울 것이라는 보장은 없습니다만 아마도 크게 불편하지는 않을 겁니다.

문제는 아직 의식이 없다는 겁니다. 조금 전 손과 손목부위 수술을 위해서 국부마취를 한 것은 사실입니다만 그건 의식하고는 전혀 상관이 없거든요.

뇌파도 정상에 가깝고 심장 박동 수도 정상이라고 볼 수 있는데 왜 의식이 없는지는 모르겠어요. 현대의학이 할 수 있는 한 모든 검사를 마쳤는데 도저히 납득이 안 갑니다. 그렇다고 장기나 어떤 주요 부위에 손상이 간 것도 아닌데.

제 책임하에 검사를 하는 중에 청장님께서 직접 전화를 하셔서 저 환자의 상태를 물으시는데 드릴 말씀이 없더라니까요. 마치 내가 실력이 없는 의사라는 답변을 하는 것 같아서 민망하기조차 했습니다. 다른 박사들의 의견을 들어도 마찬가지예요. 이유를 모른다는 것이 답이라니 저도 답답하지만, 며칠 더 두고 봐 가면서 다시 한 번 검사를 하던가 해봐야겠습니다."

세 시간여의 수술이 끝나고 담당의사가 나오며 박종일을 알아보고 상황설명을 했다.

"혹시 스스로 받은 정신적인 충격 때문이 아닐까요?"

"글쎄요? 그럴 수도 있겠지만 그건 뭐라고 말씀을 드릴 수가 없네요. 지금으로서는 기다리자는 말밖에는….."

박종일은 의사의 말을 들으면서 혼자 생각했다.

지금 태영광은 긴 여행을 하고 있는 것이리라. 모르면 몰라도 하나꼬의 도움으로 이룰 뻔 한 일을 망치면서 그녀가 먼 길을 떠나는데 혼자 보내기 안쓰러워서 배웅하는 중인지도 모른다. 다시는 못 올 길로 영영 떠나는 그녀를 혼자 쓸쓸하게 보내자니 태영광 스스로 허락을 안 했는지도 모른다. 의지할 곳 없이 지내다가 난생 처음으로 사랑이라는 따뜻한 단어를 맛보고 좋아한 그녀를 차마 혼자 보내지 못해 배웅을 하는 중이리라.

박종일은 태영광이 하나꼬를 배웅하는 중이라고 혼자 결론을 내리고는, 너무 멀리가지 말고 이제 곧 돌아오기만 바랐다.

일주일이라는 시간이 정신없이 흘러갔다. 휴가라는 명목으로 쉬면서 그 중 사흘을 일본에서 보냈지만 나머지 나흘 역시 일본에서 보낸 것이나 다름이 없었다. 저녁 무렵 집에 들어갔다가는 옷만 갈아입고 되짚어서 나왔다. 집에서 쉬고 싶은 마음도 굴뚝같았지만 태영광은 물론 그 곁에서 애태우고 있을 장경애를 생각하면 집에 있는 것이 더 힘들고 바늘방석에 앉아 있는 것 같았다. 오늘은 집에서 쉬리라고 큰 맘 먹고 들어갔다가도 이내 되돌아와서 병실 문 앞을 지키고 있는 경찰특공대원의 인사를 받노라면 웃음이 나기도 했다.

병실 밖은 물론 안에서도 특공대원 두 명이 한 조가 되어 1일 3교대로 태영광을 경호하고 있다. 비록 민생치안은 잘 챙기지 못한다고 질타를 받을지언정 대외적인 커다란 치안은 전 세계 제1의 치안을 자랑하는 대한민국이다. 태영광을 아무리 왜놈들이 노린다 해도 병원 안에 머무는 동안은 걱정할 일이 없다.

문제는 치안이 아니라 태영광이 깨어나야 하는데 도대체 기미가 보이지를 않는다. 청장으로부터 직접 전화를 받을 때마다 '아직'이라는 말로 대답을 해야 하는 자신이 미안하기조차 했다. 그러니 담당 의사들은 얼마나 무안할까?

청장이 하루에 한 번씩은 꼭 체크를 하는데 원인도 모른다, 깨어나지도 않았다, 죽지는 않을 것 같다. 정말 못할 대답일 것이다. 정밀검사도 벌써 두 번이나 더 했지만 도대체가 원인이 없다고 했다. 그 중 한 번은 담당 의사들이 하도 답답하니까 다른 병원에 근무하는 저명한 사람들을 초빙해서 그들에게 검사를 의뢰했는데 그들 역시 답이 없다면서 그저 기다리는 수밖에 없다는 결론을 내렸을 뿐이다.

다만 그 초빙 의사들 중 한 명이 용기를 내서 박종일에게 귀뜸을 해주고 갔다.

"제가 드리는 말씀이 좀 황당하시더라도 이해하고 들어보세요. 저는 정신과 의사도 아니고, 이건 의학적인 분석은 아닙니다만 제가 보기에는 환자 스스로 쉬고 싶어 하는 것 같다는 생각마저 드는군요. 아니면 환자 스스로 의식이 돌아오기 전에 해결할 숙제라도 남아서 그걸 해결하고자 한다는 생각입니다. 환자가 무의식 중에 의식을 가지고 무언가를 하고 싶어 한다는 거지요.

얼핏 듣기에는 의학하고는 영 맞지 않는 말 같지만 제 생각이 그렇다는 겁니다.

제 말에 동의하신다면 환자가 의식이 없다고 그냥 누워 있는 상태로 방치하고 아무런 자극도 주지 않고 놔두면 안 됩니다. 중요한 것은 환자의 그런 무의식중의 의식이 오래 가면 영영 깨어나지 못하고 저 상태로 머무를 수도 있다는 겁니다. 정확한 것은 아니지만 제가 원인을 추측한 것이라 치료법 역시 제가 생각해낸 겁니다만, 환자가 의식을 잃기 전에 하고자 했던 일이나 혹은 하고 싶어서 열망하던 일, 아니면 사랑했던 사람이나 사랑하는 존재가 기억나게 자꾸 들려주는 겁니다.

예를 들면 사랑하는 사람이 자신의 목소리를 자꾸 들려주든가, 친구 분이 둘이서 계획했던 중요한 일이나, 아니면 환자가 꼭 성취하고 싶어 하던 일을 하러 가자고 자꾸 졸라대는 겁니다. 물론 당장 반응이 있겠습니까? 하지만 환자가 듣고 있다는 가정하에 계속해야지요. 그 방법이 얼마나 길게 시간을 소요할지 또 정말 효과가 있을지는 저도 모릅니다. 다만 제가 본 소견으로는 지금 저 환자는 의식을 잃을 아무런 이유가 없습니다.

지금 의식을 차리지 못하는 것은 자신이 받은 충격에서 헤어나지 못하거나, 아니면 우리가 보기에는 무의식중이지만 환자 자신만이 가지고 있는 의식 중에 무언가를 해야 한다는 의식에 사로잡혀 있는 것이 아닌가 하는 소견입니다.

제 말이 황당하다면 없던 일로 해주시고요."

그 이야기를 듣던 박종일은 며칠 전 혹 태영광이 하나꼬를 배웅하러 간 것이 아닌가 하던 자신의 생각을 떠올렸다. 충분히 그럴 수 있는 일이라고 공감했다.

장경애 역시 공감했다. 그렇게도 이루고 싶어서 일본까지 가서 공을 들여서 이룬 일을 막판에 눈앞에서 잃었을 뿐만 아니라, 떠밀리다시피 12층 아래로 추락을 했으니 의식이나마 그 자리로 다시 돌아가서 헤매고 있을지 모른다는 생각마저 들었다.

두 사람은 그 의사의 충고를 받아들이기로 했다. 일정한 시간을 정해서 하루에 몇 차례씩 태영광을 바라보면서 마치 보통 말하듯이 자신들의 생각을 이야기했다.

"태 박사님. 이제 그만 일어나서 왜놈들의 만행을, 숨겨진 진실을 찍은 그 카메라라도 찾으러 가야 하는 거 아닙니까?

박사님이 집어 던진 것이 그것인지는 모르겠지만 분명히 무언가 던진 것 같은데 그거라도 찾아야 그나마 하나꼬 죽음이 헛되지 않지요. 혹시 하나꼬 배웅하는 중이시면 이제 그만 끝내고 돌아오십시오.

일을 하러 가야지요. 박사님이 바로잡지 않으면 이 나라의 찢어지고 기워진 저 역사를 누가 바로잡을 겁니까? 또 역사를 바로 세워 세계 평화에 이바지하자던 그 일은 누가 할 거냐구요?"

"오빠, 나랑 같이 일본에 가기로 서로 상의하지 않았으면서도 우리 마음이 통해서, 같은 날 일본으로 가기로 결정했던 것 기억 나지? 우리가 왜 일본에 갔는데? 일본 사람들한테 당하기만 할 것이 아니라 우리 역사는 우리가 바로 세우자고 그런 것 아냐? 유병권 박사님의 억울한 죽음도 풀어줘야 한다고? 그런데 오빠가 이렇게 누워서 쉬기만 하면 어떻게 해?

아무리 힘이 들어도 일어나서 나랑 손잡고 일하러 가자. 뱃속에 있는 우리 아기에게 자랑스런 아빠 엄마가 되기 위해서라도 아가 태어나기 전에 일을 마무리해야 되잖아. 설령 마무리를 못하더라도 엄마랑 아빠는 최선을 다했다는 자랑을 하려면 어서 기운내고 일어나야지."

그렇게 독백을 하다 보면 박종일이나 장경애나 눈물이 저절로 나왔다. 하지만 그런 이야기들을 여러 가지 방법으로 하다 보니까 정말 태영광이 알아듣고 있다는 생각마저 들었다. 그런데 어떻게 휴가 중인 몸이 집에서 쉴 수가 있겠는가?

휴가 마지막 날이 되자 박종일은 걱정이 되었다.

지금 이 치료법이 분명히 효과가 있다는 생각에 하루에도 몇 차례씩 꾸준히 대화를 시도해 왔다. 그런데 당장 내일부터 다시 출근을 하면 태영광과 대화를 할 수 없다. 퇴근 후에 와서 대화를 하면 되겠지만 그건 한계가 있다. 출근시간은 있어도 퇴근시간은

없다고 할 정도로 퇴근시간이 불규칙한 것이 자신의 직업 아닌
가?

자신이 없는 빈 공간을 대신하기위해 혼자서 애를 태울 장경애
가 차라리 가엽다는 생각마저 들었다.

박종일은 어떻게든 자신이 시간을 만들어 낼 수 있으면 좋겠다
고 생각했지만, 단지 생각일 뿐 방법은 없다는 것을 더 잘 알고
있었다.

5. 멀고도 긴 여행

　휴가가 끝난 박종일이 다시 출근을 하면서 받은 느낌이 이상했다. 동료 부하직원들은 그동안의 일을 모를 텐데 반가워하면서도 무언가 서먹한 분위기를 느끼지 않을 수 없었다.

　"서장님께 보고하러 가실 거죠?"

　아직 조회 시작 시각도 멀었는데 1반장이 다가와서 작게 말했다.

　"아, 예. 당연히 가서 뵈어야지요? 그런데 무슨 일 있습니까? 무언가 좀 어색한 분위기가 느껴져서요."

　"아, 그거요? 정확하게 인사 기록을 본 것은 아니지만 과장님께서 서울청으로 발령이 났다는 말이 있더라고요. 아마 직원들이 그거 때문에 섭섭해서 그러는 걸 겁니다. 휴가 중에 서울청으로 발령이 났다니까 좀 웃기기도 하구요. 휴가 중에 인사발령이 날 수도 있기는 하지만 갑자기 휴가를 가시고 갑자기 발령이 나고 뭐 그런 일이 있어서 그런 걸 겁니다."

　"내가 서울청으로 발령이 나요? 누가 그래요? 나도 모르는 일인데?"

　"정말 모르십니까? 아무리 휴가 중이라도 자신의 발령에 대해 모른 다는 게 좀 그렇기는 한데…?"

1반장이 의외라는 듯이 어이없어 하는데 마침 계장이 출근을 했다.

"이봐 김 계장. 자네도 알고 있었나?"

"아, 과장님 출근하셨네요? 충성. 그런데 무얼 말씀하시는 건지?"

같은 수사과의 김 계장은 반갑게 거수경례를 하고는 손을 내리면서 되물었다.

"내 인사발령."

"예. 서울청으로 가신다고요.

제가 알기로는 서울청에 계시기보다는 현장이 좋다고 이곳으로 오신 것으로 알고 있는데 다시 가신다기에 여러 가지로 지치셨나보다 하고 생각했었지요? 솔직히 미해결 사건도 점점 늘어나고 과장님 뵐 면목이 없기는 합니다만…."

박종일은 아무 말 없이 전화기를 들어서 서장의 출근을 확인하고는 서장실로 향했다.

뒤에서 1반장의 목소리가 들렸다.

"과장님은 전혀 모르고 계셨나 봅니다. 그런 것 가지고 속이거나 하실 분이 아닌데. 휴가 중에 무슨 일이 있었던 것은 아닌 것 같습니다. 청에서 필요해서 부르신 것 같은데요?"

순간 박종일의 머리를 스치는 말이 있었다. 태영광이 의식을 찾기까지의 치료 과정은 물론 그가 깨어나 의식을 차린 후에도 박종일이 그가 하는 일을 원활하게 지원해줄 수 있는 방법을 찾아보라고 청장이 한지수 경무관에게 이르던 말이다.

박종일은 서장실로 향하던 걸음을 멈추고 휴대폰을 꺼내 들었다.

"한 부장님. 저 종일입니다."

"그래, 전화 올 줄 알았다. 미리 전화해줄까 생각도 해봤지만 또 현장이 좋으니 어쩌니 하면 공연히 나만 머리 아플 것 같아서 일단 발령을 내고 보자고 어제 발령 냈다. 청장님 말씀 너도 기억하지? 그러려면 이 방법이 최고라는 게 내 생각이다. 일단은 머리를 맞댈 기회가 많아야 무슨 방도가 생길 것 아니냐.”

“고맙습니다.”

“뭐? 고맙다고? 내가 지금 잘못 들은 것 아니지? 희한한 일도 다 있네.

현장을 떠나 청으로 들어오게 했더니 죽어도 못 있겠다고 달달 볶아서 나가더니 이번에는 고맙다고? 모르면 몰라도 지난 일주일의 휴가가 네 인생 많이도 바꿔놓은 것 같구나. 제발 좋은 결과가 나와서 더 좋은 인생이 되면 좋으련만.

좌우간 앞으로 3일 후부터는 싫도록 얼굴 맞댈 거니까 자세한 건 그때 얘기하기로 하고, 나 ‘환단고기’라는 그 책 밤을 새다시피 읽어서 한 번 다 읽고 다시 읽는 중이다. 3일 후에 만나서 자세히 이야기 하자.”

전 같으면 휴가가 끝나면 더 미친 듯이 일을 했을 텐데 도대체 일이 손에 잡히지 않았다. 3일 후면 떠날 것이라는 이유만은 아니다. 병원에 의식을 잃고 있는 태영광의 생각이 나다가 의식이 깨어난 후의 그가 생각났다. 자신이 청으로 발령 난 이유가 무엇인지를 알게 되자 이제 무엇을 어떻게 해야 하는지가 더 어려웠다.

하루가 어떻게 지났는지도 모르게 퇴근시간이 다가왔고 박종일은 병원으로 향했다. 병원에 도착하면 박종일은 태영광의 귀에 가까이 다가가 평소 대화하듯이 이야기를 했다.

“내가 청으로 들어가는 것은 태 박사 당신을 도와주라는 청장님의 배려일 게요. 그런데 이렇게 누워만 있으면 당신을 어떻게 도와줄 수 있겠소. 아니, 이건 엄밀하게 말하자면 내가 당신을 도와주는 것이 아니라 이 나라 백성된 자로서 당연히 내 할 일을 해야 하는 거라는 생각이 맞겠지요. 그렇더라도 당신이 일어나서 무언가 이야기를 해줘야 앞으로 나갈 수 있지 않겠소. 선장 없는 배가 어디로 향한다는 말이오.

내가 청으로 가는 날이 이제 3일 남았소. 제발 일어나서 우리가 해야 할 일을 함께 마무리합시다. 그 일이 마무리되어야 당신이나 유병권 박사께서 주장하신 대로 우리 후손들에게 희망과 평화를 물려줄 수 있지 않겠소. 당장 지금 경애 씨 뱃속에 있는 당신 아이에게 먼저 희망을 안겨주어야 할 것 아니오.

태 박사 나름대로 사정이 있어서 그렇겠지만 아무리 그래도 아빠라는 사람이 이렇게 넋 놓고 누워 있기만 하면 되겠소. 피곤하더라도 그만 일어나고, 만일 어딘가 여행 중이라면 어서 돌아오시구려."

3일 동안 날짜를 하루씩 줄여가면서 같은 이야기를 반복했다.

그렇게 3일을 지내고 서울청으로 출근 한 첫날.

한지수 부장 팀에 배속을 받으면서 세상이 참 재미있다는 생각을 다시 한 번 했다. 전에는 그렇게도 싫었었는데 오히려 이 자리가 고맙게 느껴지다니 사람이라는 것이 자신이 처한 상황에 따라 참 빨리도 변신해서 대처하는 동물임에는 틀림이 없다.

지금 태영광을 돕는 것이 아니라 자신이 무언가 일을 만들어서라도 그의 일이 성사되게 해주어야 한다는 것을 알기에 이 자리가 이렇게도 고맙게 느껴지는 것이다. 그렇다면 값을 해야 하는데 무엇을 먼저 시작해야 한다는 말인가? 대한민국의 경찰이 왜곡된 우리 역사를 바로세우기 위해서 할 수 있는 범위가 과연 어디까지라는 말인가?

"무슨 생각을 그렇게 골똘히 하나? 퇴근해야지. 어제 미리 이야기한 대로 청장님께서 자네하고 셋이 저녁식사나 같이 하자고 하시니 같이 나가세나. 다른 약속은 없는 거지?"

"그럼요. 어제 미리 전화까지 주셨는데요. 나가시죠."

혼자서 골똘히 생각하던 박종일은 한지수가 다가와서 밀을 거는 바람에 화들짝 놀라듯이 일어나 앞장을 섰다.

박종일이 앞장서서 일어나 두어 걸음 떼었을 때 휴대폰이 울렸다. 경애였다.

"박 경정님. 그이가, 그이가…."

경애는 '그이가, 그이가'만 반복하다가는 말을 못 잇고 그만 울음을 터트리고 말았다.

"경애 씨 지금 무슨 말씀입니까? 태 박사가 어쨌다는 겁니까?"

박종일은 다급한 목소리로 말했지만 경애는 대답을 못하고 그저 흐느낄 뿐이었다.

"알았습니다. 마침 퇴근하던 중이니까 제가 그리로 가겠습니다. 마음 단단히 먹고 기다리십시오. 바로 갈 테니까요."

박종일이 전화를 끊자 한지수가 다급하게 물었다.

"왜? 태 박사라는 사람에게 무슨 일이 생긴 건가?"

"아니, 저도 아직은 모르겠습니다. '그이가'라는 말만 두 번 하고는 우느라고 말을 못합니다. 가봐야겠습니다.

청장님께는 일단 부장님 혼자 가보시죠. 제가 병원에 도착하는 대로 전화 드리겠습니다."

한지수 역시 지금의 상황에서는 청장을 만나러 가는 것보다 병원에 가는 것이 훨씬 급한 일이라는 생각이 들어서 고개만 끄덕이자 박종일은 인사도 없이 내달리듯이 사라져 버렸다.

　박종일이 병원에 도착하자 장경애는 눈물을 거두고 태영광을 뚫어지게 바라보고 있었다.
　"도대체 무슨 일입니까? 제가 보기에는 그대로인데?"
　"그대로가 아네요. 아까 제가 전화드릴 때 이이가 잠깐 의식이 돌아와서 눈을 뜨고 한 바퀴 돌아봤어요. 그래서 제가 말을 붙이려고 하는데 다시 눈을 감더라고요."
　"눈을 떴다고요? 혹시 경애 씨가 눈을 뜨기를 애절하게 바라다보니 그렇게 보인 것은 아니고요?"
　"아네요. 분명히 눈을 뜨고 고개를 한 바퀴 돌려 병실을 둘러봤어요. 그리고는 다시 잠이 든 거에요."
　"의사에게는 이야기해봤습니까?"
　"예. 경정님께 전화 드리고 곧바로 의사를 불러서 이야기를 했는데 의사 말로는 그럴 수도 있지만 제가 착각한 것 같다고 그러더라고요. 하지만 저는 분명히 봤어요."
　"눈을 떴던 흔적이라도 남지 않았을까요?"
　"그건 저도 모르지만 분명히 눈을 떴다니까요?"
　"그래요? 태 박사가 정말 일을 마무리하기 위해서 돌아오려고 애를 쓰고 있나 봅니다. 제가 다시 한 번 대화를 시도해보죠."
　박종일은 의자를 당겨 침대 가까이에 앉아 이야기를 시작했다.
　"왜 잠깐 왔다가 도로 갔어요. 기왕 왔으면 힘이 들더라도 떨치고 일어나야지. 떨치고 일어나야 빨리 일을 마무리하고 편안한 마음으로 우리가 갈 길을 가지 않겠소?"
　하지만 아무런 반응이 없었다. 이번에는 장경애가 다시 말을 이었다.

"오빠. 기왕 잠깐이라도 왔으면 나랑 잠시 이야기라도 하고 내 뱃속에 있는 오빠 아기라도 한 번 보고 가지. 그렇게 다시 가버리면 어떻게 해? 어딘지 모르지만 이제 아주 와."

두 사람이 번갈아가면서 이야기하기를 한 시간 정도 했을 때였다.

태영광의 손가락 끝이 움찔 거렸다. 손가락 가운데 마디가 움직이는 것이 선명하게 보였다. 박종일은 그 모습을 보고 장경애를 쳐다보자 상경애 역시 그 모습을 보았다는 듯이 눈이 휘둥그레진 채로 박종일을 마주보고 있었다.

박종일은 인터폰으로 의사를 불렀다.

"의식이 돌아오고 있는 것 같습니다.

손가락을 움직인다는 것은 자신이 깨어날 준비를 하는 걸 겁니다. 의학적인 표현은 아니지만 지금 자신이 있는 곳을 미리 감지해보고 싶은 마음의 표현이라고 할 수도 있겠지요.

어쨌든 조금 더 기다려봅시다. 반드시 깨어나실 겁니다."

의사가 희망 가득한 말을 하자 박종일은 태어나서 처음으로 기도를 했다.

"하느님. 당신께서 정말 계시다면 제발 태 박사가 깨어나게 해주십시오. 그가 하려는 일이 하느님 당신께서 그렇게도 원하시는 평화를 이루고자 하는 일이 아니겠습니까? 그가 평화를 해칠 짓을 하는 것이라면 저 역시 이런 기도를 드리지 않습니다. 제발 태 박사가 저 침대를 떨치고 일어나서 그가 하고 싶은 일을 완성해 인류평화에 이바지할 수 있는 길을 열어주십시오."

그러나 태영광은 연신 손가락만 움찔 거릴 뿐 더 이상의 진전을 보이지 않았다.

시간이 지나자 의사도 다른 징후가 보이면 연락을 달라는 말을 남기고 병실을 나갔다. 아마도 일시적인 현상이거나 아니면 근육이 자체적으로 경련 비슷하게 일으키는 것이라고 판단했는지도 모르는 일이다. 하지만 박종일이나 장경애는 그런 그들의 심정과 다르게 정말 태영광이 일어날 것이라는 기대 때문에 잠시도 눈을 뗄 수가 없었다.

두 시간이 넘게 흘렀다. 그동안 한지수로부터 전화가 와서 현재 상황을 이야기해주자 차도가 보이면 연락을 달라고 했다. 청장과 자기 둘이는 별 의미가 없는 자리라서 간단하게 저녁만 먹고 헤어졌다는 말도 잊지 않았지만 박종일의 귀에 그런 이야기들은 아무런 의미가 없는 이야기다. 그저 태영광의 얼굴, 특히 입술과 눈의 움직임을 뚫어져라 바라보고 있었다.

저녁도 먹지 않은 채 태영광만 지켜보던 박종일이 깜빡 졸았는지 눈을 감고 있는데 태영광의 신음소리가 들리는 것 같아서 눈을 떴다. 정말 태영광의 입술 사이로 신음소리가 새어 나오고 있었다.

박종일이 급하게 의사를 찾자 곧 의사가 도착했다.

"의식이 돌아오고 있는 것이 확실한 것 같습니다.

이렇게 신음소리까지 내는 것을 일시적인 현상으로 볼 수는 없을 것 같아요. 잃었던 의식을 찾기까지 나름대로 몹시 힘들어 하는 것이 신음소리로 나오는 것 같네요."

의사의 말을 듣자 장경애가 두 손으로 태영광의 손을 감아쥐며 대화하듯이 말했다.

"오빠, 눈 떠. 여기는 아무 것도 두려울 것 없는 안전한 곳이야.

오빠는 지금 대한민국 경찰병원 특실에 입원해 있고 옆에는 박경정님도 있고 또 대한민국 경찰특공대가 오빠를 24시간 경호하고 있으니까 안심해도 되는 곳이야.

오빠, 두렵고 힘들더라도 절대 안전한 곳이니 안심하고 어서 눈 떠. 내 뱃속에 있는 오빠 아기가 기다리잖아."

경애의 말이 끝나는 순간.

이런 것을 기적이라고 해야 하는지 모르겠지만 태영광이 두 눈을 아주 어렵게 떴다.

"오빠? 나야. 나, 경애. 알아보겠어?"

태영광이 눈을 뜨자마자 장경애는 흐르는 눈물을 주체하지 못하며 들이대듯이 다가서서 물었다.

"자, 아직은 그렇게 하시면 안 됩니다. 우선은 안정이 중요하니…."

의사가 말렸지만 경애는 듣지 않았다.

"아네요. 오빠는 지금 안정을 찾으려하다가는 다시 잠들지도 몰라요. 이렇게 우리가 오빠를 지켜주고 있다는 믿음을 줘야 해요. 그렇지 오빠?

자, 봐. 여기 박 경정님도 계시고 또 저기 경찰특공대 분들도 계시잖아. 지금 문 밖에도 경찰특공대에서 24시간 3교대로 두 분씩 지키고 있어. 그러니 아무 걱정 안 해도 돼.

여기는 우리나라 경찰병원 특실이라니까? 서울경찰청장님의 특별 지시로 지금 오빠를 경호하고 있는 거니까 오빠는 아무 걱정 안 해도 돼."

거침없이 이어지는 경애의 말을 전부 알아들었는지, 태영광의 고개 짓은 힘없어 보였지만 끄덕이는 것 같았다.

"태영광 박사가 의식이 돌아왔다고?"

"예. 의식은 확실히 돌아왔습니다만 아직 이렇다하게 자세한 이야기는 못했습니다. 어제는 의식은 돌아왔지만 기운이 없어서 말도 제대로 못하더라고요. 그리고 다시 잠이 들었다가 아침에 깨어나긴 했지만 무슨 말부터 해야 좋을지를 몰라서 저는 그저 축하한다는 인사만 하고 출근했습니다."

"그래? 어쨌든 잘된 일이네.

종일이 너는 오늘부터 경찰병원에서 일을 보도록 해. 정확한 사건 경위도 알아야 하고, 그렇게 의식이 돌아왔으니까 다시 잃을 일은 없겠지만 네가 옆에 있고 없고가 환자에게 주는 심리적인 영향은 다를 거야. 내 생각이 맞는지는 모르겠지만 태 박사가 의식을 찾는 데는 너랑 장 기자 두 사람이 끊임없이 시도했다는 그 대화요법이 주효한 것 같거든. 또 네가 곁에 있으면 장 기자라는 분한테도 심적으로 도움이 될 테니까 굳이 이곳으로 출근하려고 하지 말고 그곳에 상주하라고.

볼일이 있으면 한 부장 통해서 연락할 테니까."

청장은 박종일에게 아예 병원에서 이번 일을 마무리 지을 방법을 강구하라고 지시했다. 태영광이 의식도 찾았으니 사건의 전말을 확실하게 알고 그에 대처해서 또 다른 방법을 강구하라는 지시다. 박종일 역시 어차피 마무리 지을 일이었다. 정 안 되면 옷을 벗고라도 뛰어들 심산이었는데 이렇게 든든한 버팀목이 되어 주는 청장의 마음 씀씀이가 그저 고마울 뿐이었다.

박종일이 병원에 도착했을 때 태영광은 막 아침 식사를 끝내고 난 뒤였다.

"미음을 드셨어요. 병원에서 특별히 배려를 해서 식단을 만들어 앞으로 며칠 동안은 특별식으로 장을 다스린 후 정식으로 식사를 하셔야 한데요."

"당연히 그렇겠지요. 그러나저러나 태 박사님 이제 괜찮으십니까?"

박종일은 장경애가 자기에게 특별식에 대한 이야기를 한 것은 태영광이 깨어났다는 것을 다시 한 번 확인해보고 싶은, 너무나도 기쁜 마음에서 말한 것이라는 생각이 들어서 대답을 해주고 태영광을 바라보며 물었다.

태영광은 말하는 대신 고개를 끄덕였다.

"그래요. 정말 고생 많이 하셨습니다. 멀고도 긴 여행에서 이렇게 돌아오신 것 다시 한 번 축하드리고 빨리 회복하셔서 일을 마무리 지어야지요."

박종일이 일을 마무리 짓자는 말을 하자 태영광의 눈이 갑자기 광채를 내면서 얼굴에 굳은 표정이 실렸다. 그리고 작은 목소리로 말했다.

"내가 누워 있을 때 경애하고 박 경정님 두 사람이 자꾸 그런 이야기를 해서 어떻게든 일을 마무리 지어야 한다는 일념에 일어난 겁니다. 당연히 마무리 지어야지요."

태영광이 어렵게 말하자 같이 듣고 있던 경애가 거들었다.

"오빠가 자고 있는데 저랑 박 경정님이 자꾸 일을 마무리 지어야 한다고 하더라는 거예요.

오빠는 자신이 꿈을 꾸고 있는 것이 아닌가 생각했대요.

하나꼬와 함께 하던 일이 잘못 되어서 하나꼬는 몸을 피하기 위해 먼 길을 떠나야 한다기에 배웅을 하고 와서 잠을 자는데, 저랑 박 경정님이 자꾸 일어나서 일을 마무리 짓자는데 겁이 나더래요. 하나꼬도 잘못 되었는데 저랑 박 경정님까지 잘못되면 어떻게 하나 하는 생각이 들어서 차라리 일어나지 말까 하는 생각도 했다는 거예요.

그러다가 뱃속에 있는 아기 생각을 해보라는 말에 정신이 들더라나요? 후손을 위해서 일을 시작한다고 해놓고는 내 아기에게조차 희망을 주지 못할 거라면 시작도 하지 말았어야 한다는 생각이 들어서 두려움을 모두 벗어 던지고 일어나려고 하는데 너무나도 힘이 들더래요. 그래서 간신히 눈을 떴다고…."

경애는 태영광의 힘들던 모습이 눈에 훤히 보이는지 눈가에 이슬이 맺혔다. 박종일도 충분히 짐작하고도 남을 일이다. 얼마나 힘이 들었을까? 하지만 그 덕분에 든든한 지원군을 얻었으니 이제 다시 시작하면 된다.

태영광은 의식을 찾고도 한동안 기운을 제대로 차리지 못했다. 근 1주일이 지나서야 겨우 정상적인 사람으로 보였다.

"아픈 곳도 없고 이제 퇴원해도 될 것 같은데 퇴원할까 봐."

일주일이 지난 날 아침. 박종일이 병원에 도착하자마자 태영광이 꺼낸 말이다.

"그동안 나하고 한 이야기 있잖아. 병도 병이지만 안전을 위해서라도 태 박사는 이곳에 있어야 한다니까?

그렇지 않아도 오늘 청장님 하고 한 부장님이 오신다고 했어. 머지않아 오실 거야. 그동안 우리 둘이서 이야기했던 것 내가 자세히 보고했지만 두 분이 직접 태 박사와 내가 있는 자리에서 듣고 답을 내려주시겠다고 하니까 일단은 오늘 두 분 만나 뵙고 결정할 문제지만 퇴원은 아닌 것 같아."

생사를 넘나들며 맺어진 우정이라 그런지 아니면 두 사람이 같은 나이라는 것이 편하게 했는지 두 사람은 말을 놓고 오래 된 친구처럼 대화를 하고 있었다.

"청장님께서 직접 오신다니 부담이 되기는 하지만 내 마음은 변함이 없으니까 그대로 이야기하면 되지 뭐."

오전 10시가 되기 조금 전에 청장과 한 부장이 경찰병원에 도착했다. 공식적인 방문 목적은 경찰병원 운영실태 파악 및 경찰 업무로 인해 부상을 입고 입원한 경우들을 격려하는 것으로 일 년에 한 번씩은 항상 있던 행사다. 특별히 이상할 일이 아니기에 병원에서도 자연스레 맞아서 의례히 하던 대로 운영실태 보고를 마치고 입원한 경우들을 찾아 격려를 했다.

마지막으로 들린 곳이 태영광의 병실이다. 태영광의 병실에는 보안을 요한다는 표식이 붙어 있는 곳이라 담당 주치의와 병원장만이 두 사람을 수행했다. 하지만 청장이 태영광의 병실에 들어서자 담당 주치의는 물론 병원장도 병실 안으로 함께 들어서지는 않았다.

"말씀은 많이 들었습니다. 나라를 위한 일에 직접 목숨을 담보로 해서 뛰어드신 것을 진심으로 존경합니다."

"아닙니다. 저 같이 능력이 부족한 사람이 힘에 부치는 일을 하려다 보니 공연히 여러 사람들에게 폐만 끼친 꼴이 되었습니다. 지난 일주일 동안 박 경정과 이야기를 나누면서, 많은 분들이 보잘것없는 저를 구하시느라고 큰 희생을 감수하셨다는 것을 알고 그저 고마울 따름입니다."

의례적이지만 서로의 진심이 담긴 인사가 끝나고 이야기가 본론에 접어들었다.

"다시 일본으로 간다고요?"

"예. 가고 싶습니다."

"이미 일본에서는 죽은 사람으로 되어 있어서 일본에 가기 쉽지 않을뿐더러 가서도 구체적인 어떤 계획이 아직은 없는 것 같던데요. 특히 태 박사께서는 잘못하면 일본에서 다시 테러를 당해 이번에는 쥐도 새도 모르게 목숨만 잃을 수도 있습니다. 방법이 있다면 그걸 알려주시면 차라리 우리들이 어떻게 해보는 것이 낫지 않을까 하는데요."

"청장님이 말씀하시는 바를 모르는 것이 아닙니다. 하지만 시작한 일이니 마무리를 지어야지요. 그렇다고 제가 시작한 일이니 제가 마무리 짓겠다는 단순한 이유는 아닙니다. 누군가는 반드시 해야 할 일이라면 제가 하고 싶다는 겁니다.

이미 한 번 죽은 것과 진배없는 목숨입니다. 게다가 그곳 사정은 하나꼬에게 자세히 들어서 누구보다 잘 알고 있습니다. 방법이 생길 겁니다.

박 경정을 통해서 들으셨겠지만 왕궁 앞에 진을 치고 있는 왕궁 촬영전문 파파라치들과 교감만 잘 이뤄진다면 틀림없이 방법이 생길 겁니다."

"일본 왕궁 촬영을 전문으로 하는 파파라치 이야기를 박 경정을 통해서 듣고 저도 가능성 있는 말이라는 생각을 했습니다. 돈을 위해서라면 뭐든지 하는 사람들이니까 잘 이용하면 방법이 생길 수도 있겠지요. 하지만 파파라치를 잘못 선택했다가는 오히려 목숨만 위험해지는 것 아니겠습니까?"

"그러니까 제가 가야 합니다.

저는 이미 일본에 있을 때 그곳에 여러 번 가봤고 만약의 경우에 대비해서 안면을 터둔 사람도 있습니다. 그분은 원래 우리나라 분인데 지금 말하기에는 복잡한 사정으로 인해서 종전 이후 지금까지 일본에 거주하는 분이죠. 그분을 이용한다는 말이 어폐가 있는 말이기는 하지만 쉽게 표현하기 위해 그분을 이용할 수도 있고, 만일 그분이 거절한다면 그분을 통해서 믿을 만한 사람을 찾아낸다는 겁니다."

"그래요? 그렇다고 파파라치가 왕궁에 들어가서 우리가 원하는 사진을 찍어가지고 나올 수 있는 것도 아닌데 파파라치와 교감만 잘 이뤄지면 된다고 하니까 궁금하기만 하네요."

"물론입니다. 파파라치가 왕궁 안에 들어가서 사진을 찍게 할 수는 없죠. 그건 가능한 일도 아니고요. 다만 그곳에서 길게는 몇 십 년 농안 자리 잡고 앉아 있는 선문가들은 실세 왕궁에 근무하는 사람들보다 왕궁을 더 잘 안다는 겁니다. 그러니까 방법을 찾을 수도 있다는 겁니다. 대충 제 머릿속에는 계획이 있지만 그 계획을 다 말씀 드릴 수는 없습니다.

전에 하나꼬에게서 상세한 이야기를 듣기는 했지만 그 방법이 먹힐 수 있는지도 사실 모릅니다. 정확하게 말씀드리자면 지금으로서는 이거다 하고 내놓을 수 있는 것은 없습니다. 어떤 것이 가능한 일인지 아닌지도 모르고요. 그곳에 가서 부딪히면서 처음부터 다시 시작할 수밖에 없습니다."

"그러다가 만일 먼저 근무하던 병원 의사들이나 진료했던 환자들 눈에 띠기라도 한다면 아주 위험한 상황을 만들 수도 있을 텐데…?"

"압니다. 하지만 적어도 그 사람들이 알아보지 못할 정도의 변신은 해야지요. 안경을 쓰고 수염만 길러도 친하게 지낸 선배를 제외하고는 누구도 못 알아볼 겁니다. 일단 일본에 입국하기 전에 안경은 만들어서 쓰면 되고 수염은 들어가서 기르면 되지요."

"정확하게 가능한 방법을 찾은 것도 아닌데 위험을 무릅쓰고 직접 가야 하나요?"

"정확한 방법이 있으면 군이 제가 갈 이유가 어디 있겠습니까? 누구에게라도 방법을 알려주고 행하게 하면 되겠지요. 지금은 파파라치를 이용하는 방법이면 될 것 같다는 것 이외에는 정확한 방법이 없으니까 지난번처럼 가서 부딪히면서 방법을 만들어내야 한다는 겁니다."

"그래요? 그래서 꼭 직접 가야겠다?

그 점에 대해서 장 기자님은 어떻게 생각하십니까?"

청장은 장경애를 쳐다봤다.

"예? 제 생각이라니요?"

"두 분은 정혼을 하신 상태고 또 아이까지 갖고 계신데, 목숨을 다시 한 번 담보로 내놓겠다는 부군 되시는 분의 말씀을 어떻게 생각하시냐는 겁니다."

"아, 그거요? 저는 가서 할 수 있는 방법만 있다면 가야 된다고 생각해요.

어차피 오빠가 다시 살아난 이유가 그 일을 마무리 짓기 위한 거잖아요. 만일 오빠가 그 일을 못하면 아마 오빠는 살아도 산 것 같지 않을 거예요."

장경애는 단칼에 잘라 말했다.

"그래요? 종일이 네 생각은?"

"당연히 가서 해야 한다고 생각합니다. 저도 함께 가서 돕고 싶습니다."

"너까지? 너를 공식적으로 보낼 수도 없는데 옷이라도 벗을 각오를 한 거야?"

"누구는 목숨도 내놓는데 옷 벗는 게 대수는 아니지만…. 옷을 벗는 것보다는 지금 이대로가 더 많은 도움을 줄 수 있을 것이라는 생각입니다만 정 방법이 없다면…."

박종일은 말끝을 흐렸지만 만약에 정 방법이 없다면 옷을 벗는 한이 있어도 가고 싶은 의지를 얼굴 가득히 실었다.

"정 방법이 없다면 옷을 벗고라도 가겠다?"

잠시 말을 끊은 청장의 얼굴에, 이 나라의 내일에 희망이 보여 행복하다는 표정이 역력히 드러났다.

"좋아요. 두 사람의 의지가 그렇게 확고하다면 가야지.

한 가지 걸리는 것은 태 박사님은 이미 일본에서는 죽은 사람이고, 박종일은 대한민국 경찰의 경정 신분이니 두 사람 다 자기 이름으로 가기는 힘든 것 아닌가?

박종일은 내부적으로는 출장을 가서 일본에 있고, 그것도 가명으로. 태 박사 역시 또 다른 이름으로 일본에 가야 하고.

그곳에 최기봉이 있어서 도움이 되겠지만 사전에 최기봉이 불러서 처리할 건 해야겠는데?

어쨌든 한 부장이 지금부터는 알아서 처리해야겠네. 보안유지하면서 일말의 실수도 없이. 우리끼리니까 더 이상의 이야기는 필요 없다고 보고 한 부장이 알아서 하리라고 믿어."

청장의 한 마디는 어떤 방법이 되었든 두 사람이 일을 할 수 있게 해주라는 명령이다. 경찰 고유의 일중에서, 특히 보안을 철저히 요하는 일로 해외에 갈 때 쓰는 방법을 쓰라고 한 부장에게 전적으로 맡긴 것이다.

"알겠습니다. 실수 없이 마무리 짓겠습니다. 아마 우리 쪽 일은 3~4일이면 충분히 마무리될 겁니다. 태 박사님의 건강 상태에 따라서 출국 날짜를 정하지요."

6. 일본왕실전문 파파라치 노인

그로부터 일주일 후.

청장의 명령에 따라 두 사람의 여권은 물론 비자까지 갖춰지고 태영광의 건강도 아무 이상이 없다는 의사들의 소견이 나왔다. 다만 왼쪽 손목과 손가락이 부자연스럽게 움직이는 것은 이미 각오했던 일이기에 덮어두기로 하고 태영광은 박종일과 나란히 출국장에 섰다.

"오빠. 정말 몸 조심해야 돼. 공연히 마음 급하게 먹지 말고 천천히 해결한다고 생각해. 이제까지 그 누구도 관심 갖지 않은 채 흘러온 시간도 많잖아. 공연히 조바심난다고 빨리 처리하려고 하지마. 그러다가 죽도 밥도 안 될 수도 있다는 거 오빠가 더 잘 알잖아. 만일 오빠가 잘못 되면 이 일은 영원히 아무도 해결하지 못할 수도 있다는 것 명심해."

"그래 알았어. 자주 연락 못할 수도 있지만 걱정하지 마. 내가 직접 연락을 못하더라도 최기봉이라는 그분 통해서 안부는 자주 전해줄게. 공연히 너랑 연락하다가 꼬리라도 잡힐 수 있기에 그리하는 거 너도 잘 알지?"

"알아. 나는 다만 오빠가 공연히 마음 조급해하면서 일처리 빨리하려고 덤빌까 봐 그게 제일 걱정이야. 내가 오빠 성격을 잘 아니까 하는 말이야. 제발 일을 처리하려고 결정하기 전에 심호흡 한번 들이마셔.

아니다. 우리 성당에서 하는 대로 영광송 기도 한번 드려. 영광송 기도 한 번 드리는데 5초 정도 걸리니까 그 정도 여유를 가지고 결정해. 오빠는 그것도 많이 시루하겠지만."

"영광송 기도라?

그래. 내가 약속할게. 네 말대로 어떤 일을 결정하기 전에 꼭 영광송 기도 한번 드리고 할게. 이제 안심이니?"

어떤 일이든 일단 호기심이 발동하면 참지 못하고 몸부터 움직이는 태영광의 성격을 가장 잘 아는 경애다. 당연히 걱정이 앞서고 마음이 놓이지 않지만 홀몸도 아니면서 또 따라가 봤자 짐만 될 뿐이라는 것을 누구보다 잘 알기에 떨어지기는 하지만 영 마음이 놓이지를 않았다.

비행기가 이륙하자 태영광은 자기도 모르게 나지막한 목소리로 속삭였다.

"다시 살아서 이 비행기를 타리라고는 꿈도 못 꿀 일이었건만…"

"그게 다 운명이라는 거겠지. 그리고 그 운명을 우리가 다시 선택한 거고. 좌우든 간에 최선을 다해 보자고. 너무 운명에만 맡긴다는 생각도 말고 운명을 거스르거나 우리가 만든다는 생각도 말고."

"운명을 만든다는 생각도 안 했지만 운명에 맡긴다는 생각도 해본 적은 없어. 단지 시작이 나쁜 일이 아니라면 반드시 그 끝이 선할 것이라는 내 믿음에 내가 화답하는 것뿐이지.

사실 큰 소리는 쳐 봤지만 나도 지금으로서는 막막하기 그지없거든. 파파라치를 만나 그들의 정보와 힘을 이용한다는 시작만 생각해 놓았을 뿐 어떤 방법으로 풀어나갈지는 아직 구체적인 아무런 계획도 없다 보니 막막하기는 해. 도착하면 일주일 정도는 아무런 일도 하지 말고 그저 생각이나 해봐야겠어."

　"그게 정답이네. 나는 또 자네가 도착하자마자 뭔가 해야 한다고 조바심을 낼까 봐 오히려 걱정을 했는데. 지난번에 1년을 넘게 일본에 있으면서도 오로지 일에만 집착했던 그 마음은 이제 접어두고 오늘 안 되면 내일 한다는 생각이 오히려 자네에게는 더 필요해.

　그리고 우리 지금부터 서로의 이름을 정확하게 부를 필요가 있잖아. 혹 실수라도 하는 날에는 공연히 일을 그르칠 수도 있으니까."

　"그렇지. 내가 태종일이고 자네가 박영광이지."

　두 사람은 마주보고 웃었다. 혹 이름을 실수할까 봐서 두 사람의 성은 그대로 가고 이름만 서로 바꿨다. 박종일은 아직 일본 우익조직에 노출이 안 됐던 터라 이름을 그대로 써도 큰 지장은 없을지 모르지만 혹 몰라서 조치를 한 것이다. 최기봉 경정 역시 지난 2박 3일 본청 호출을 받고 들어왔던 자리에서 단단히 교육을 받은 터라 그렇게 알고 지내기로 했다.

　입국은 힘들지 않았다. 우리나라의 거대 종합상사 도쿄주재원으로 비자를 받은 까닭인지 아무 의심 없이 검색대를 지나 출구에 나서자 최기봉이 기다리다가 그들을 안내해서 자신의 승용차에 올랐다.

　"두 사람 모두 얼굴이 좋아 보이는데요. 저는 구면이지만 태종일 박사께서는 저 처음 보시죠?"

이미 교육을 받은 최기봉은 태영광을 태종일이라고 부르는 것이 전혀 어색하지 않았다. 오히려 당연하다는 듯이 불렀다.

"아, 예. 말씀을 듣고 보니 그러네요. 그렇지 않아도 말씀은 많이 들었습니다. 저 때문에 많은 고생을 하셨다고. 그 덕분에 이렇게 밝은 대낮에 다시 뵐 수 있는 시간을 가질 수 있다는 것도 잘 알고 있습니다. 정말 고맙습니다."

"인사를 받으려고 말씀을 드린 것이 아닙니다. 오히려 제가 존경스런 마음에서 드리는 말씀이지요. 과연 저라면 그런 일을 할 수 있었을까 하는 생각이 들자 저도 모르게 존경심이 저절로 우러나왔거든요. 이렇게 셋이서 차 안이니까 허심탄회하게 말씀 드릴 수 있지 밖이라면 이런 이야기조차 누가 들을까 봐 못할 것 같아서 만나자마자 실례를 무릅쓰고 드리는 말씀입니다."

"아닙니다. 제가 먼저 인사를 드려야 했는데 솔직히 저 역시 누가 듣기라도 할까 봐 먼저 인사를 못 드렸을 뿐입니다."

두 사람이 간단하게 인사를 나누는 동안 듣고만 있던 박종일이 입을 열었다.

"우리 앞으로는 되도록 서로 이름을 부르지 말도록 하자. 아무리 머릿속에 넣었다고는 하지만 자칫 잘못하면 실수를 하잖아. 나이도 동갑이겠다, 나와 태 박사가 친구처럼 지내고 기봉이 너하고 나는 친구니까 셋이서 서로 친구처럼 말을 놓고 지내자. 그래야 너니 나니 해가면서 되도록 이름도 덜 부르고 편할 것 같은데. 정호칭이 필요할 때는 태 박사, 박 과장으로 하고. 기봉이야 그냥 기봉이라고 불러도 문제될 게 없으니까. 어때?"

"좋지 뭐. 어차피 안전을 위한 일인데."

"그래? 좋아. 동의한다."

비록 표현은 다르지만 희한하게 두 사람이 거의 동시에 대답하고 최기봉이 말을 이었다.

"일단은 정해진 거처로 먼저 가자.

지난번 태 박사가 묵었던 집과는 왕궁을 중심으로는 반대편에 준비했어. 아무래도 그게 보안을 유지하는 데 조금이라도 도움이 될 것 같아서. 계약자는 종합상사로 해놓았지만 모든 연락은 내게 오고 제 공과금 역시 나를 통해서 자동으로 이체가 되도록 조치해 놨어. 두 사람은 주거에 관한 것은 아무 것도 신경 쓸 필요 없이 생활하면 될 거야. 물론 내가 자주 들릴 거지만 태 박사가 일본어를 잘하니까 박 과장 너도 크게 걱정할 건 없잖아?"

"자주 안 들려도 돼. 전 세계 어느 곳에 가도 사막이나 산 속에서 조난당하는 경우를 제외하고 도심 한복판에 살면서는 돈만 있으면 굶어 죽지 않아. 식당에 들어가서 옆 사람 먹는 것 손가락으로 가르쳐도 음식 다 나오고, 슈퍼 들어가서 먹을 것 들고 돈만 내면 다 먹고 사니까 걱정 말고 네 일이나 열심히 하세요."

최기봉이 지나친 걱정을 앞세우자 박종일이 농담을 섞으며 한 마디 했다.

일본에 도착한 지 일주일 후.

원래 수염이 많은 태영광의 얼굴이 일주일 면도를 하지 않자 몰라볼 정도로 수염이 멋있게 자랐다.

"일부러 기른 것처럼 하면 파파라치들이 거부감을 가질 거야. 이렇게 저렇게 굴러먹다 보니 수염이 제멋대로 자란 것처럼 해야 호감을 갖지. 그래서 일부러 안경도 구닥다리로 맞춘 거거든."

태영광이 거울을 들여다보며 자신의 수염을 쓰다듬더니 만족하다는 듯이 한 마디 하고는 도수 없는 안경을 걸치면서 자리에서 일어났다.

"그렇게 나가게?"

"그럼. 정장이라도 차려 입고 갈까? 자네도 그냥 지금 그대로 따라와."

　7월의 일본은 습할 대로 습한 날씨다.

　장마가 지났다고는 하지만 태풍이 오락가락하면서 못다 뿌린 비는 시도 때도 없이 뿌려낸다. 그렇지 않아도 바닷바람의 습기를 잔뜩 먹어 음습한 나라가 온통 습기로 가득하다.

　일본인들의 국민성이 겉으로 드러내놓고 밝게 공개하기보다는 자신들의 마음속에 더 많은 것을 숨기는 음습한 이유가 이런 기후 탓도 있다. 이렇게 음습한 기후를 견대내기 위해서는 일일이 겉으로 불만을 노출할 수 없다. 더욱이 누군가의 밑에서 고용되어 일을 하다가보면 싫어도 좋은 척을 많이 해야 하는데, 그러자니 마음속에 모든 것을 담아야 한다. 특히 막부시대를 거쳐 오랜 세월 동안 몇몇 가문을 제외하고는 눌릴 대로 눌리며 살던 일반 백성들의 가슴은 찌들대로 찌들 수밖에 없었다. 불만을 노출할 수도 없으니 자연히 마음 깊숙한 곳부터 어둠이 쌓였다. 그 어둠은 곧바로 사회 분위기로 형성되고, 그 분위기는 각 개인의 피부를 통해 가슴으로 들어가서 국민성이 되었다.

　언제 폭발할지 모르는 음습한 국민성을 일본 지도층이 모를 리가 없다. 그들은 그런 국민성이 폭발할 기회를 주기 위해서 무엇인가를 해야 했지만, 문화라고는 원래 가진 것이 없는 일본의 현실에서 할 수 있는 것이 없었다. 결국 전쟁이라는 극한 수단을 택했다. 자국 내에서 다이묘 간에 분란이 있을 때에는 전쟁을 일으켜 서로 죽고 죽이다 보니 불만이 어느 정도 해소되었다. 그런데 도요토미 히데요시(豊臣秀吉) 이후 정국이 안정을 찾자 그나마 어찌 할 도리가 없었다.

　음습한 기운이 가슴 안에 쌓일 대로 쌓인 백성들, 특히 사무라이들을 비롯한 무사계급에게 무언가 던져주지 않으면 안 되는 일촉즉발의 상황을 타개하기 위해서 항상 대륙정벌을 내걸었다. 대륙정벌을 위해서는 먼저 그 통로를 열어야 한다면서 툭하면 목표로 삼은 곳이 바로 한반도다.

그러다가 이토 히로부미라는 역사를 칼질한 희대의 망나니가 태어나 메이지유신을 성공적으로 이끌고, 동북아에서는 일찍 근대화를 이루면서 아예 사무라이들에게 대륙정벌이 꿈이 아니라 현실로 다가오고 있다는 것을 보여주기 시작한 것이다.

그 제물로, 당시 가진 것 없이 그저 양반이라는 체면만 앞세우고 백성들을 쥐어짜고 있던 조선의 조정은 가장 적합한 대상이었다.

일본에 의해 벌어지는 치욕의 역사는 그렇게 시작되었지만 2차 대전의 종전과 함께 무조건 항복을 한 일본은 모든 것을 끝내야 했다. 그러나 그 치욕의 역사는 아직도 끝나지 않고 오늘 나를 이렇게 현장에 서게 하고 있는 것 아닌가?

하기야 지금도 우리나라 독도 핥아대면서 대마도 가지고 장난질하고, 중국과는 센카쿠 열도인지 다오위다오 열도인지 가지고 연일 지랄들을 하는 이유를 잘 안다. 음습하고 불만 가득한 국민성을 표출할 출구를 열어주기 위한 수단이라는 것을 모르는 바는 아니다. 나 살자고 남 죽이는 그런 민족성을 지도층에서 부추기는 모습이 정말 한심하기 그지없다.

"무슨 생각을 그렇게 심각하게 해?"

태영광이 집을 나선 이후 한 마디 말도 하지 않고 묵묵히 걷자 박종일이 궁금해서 견딜 수 없다는 표정으로 물었다.

"별것 아냐. 일본 놈들 정말 나쁜 놈들이라는 생각했어."

"하루 이틀 일도 아닌데 갑자기 웬 뚱딴지같은 소리?"

"이 습하고 더운 날씨에 나로 하여금 이 고생을 하게 하니까 정말 더런 놈들이라는 생각이 절로 드네. 제 놈들이 남의 나라 강제로 점령했다가 2차 대전 때 무조건 행복했으면 당연히 원위치 시켜야 되는 것 아냐? 이건 정말….

하기야 그 말 한 마디 제대로 못한 우리나라는 뭐 잘한 것 있을까만, 미국 애들 지들이 우리나라 군정 했으면서…."

태영광은 말을 잇지 못했다.

도대체 일본 놈들이 잘못 한 것은 확실한데 왜 이렇게 일이 꼬인 건지 답답해서 속이 타 들어가는 것 같았다. 조국이 광복되었을 때 소위 민족지도자라는 사람들이 서로의 욕심을 조금만 양보하고 먼저 나라를 생각했더라면 아마 지금처럼 미완성된 광복을 이루지는 않았을 것이건만 그 지도자라는 사람들이 그걸 몰라서 나라를 이 꼴로 만들어 놓았을까?

"지금 와서 생각하면 뭐해. 속만 타지.

항상 자리 차지해서 해 먹고 물러나는 인간 따로 있고 바로잡아서 제대로 만들려는 백성 따로 있게 마련인가 봐. 언젠가는 그렇지 않은 세상이 오기는 오려는지 모르지만…."

박종일 역시 말끝을 맺지 못하고 타들어가는 가슴을 매만지는 순간 어느새 두 사람은 왕궁 앞 공원에 도착하고 있었다.

"저 노인 양반이거든."

"저분이 열세 살 어린나이에 강제 징집으로 학도병에 끌려가셨던 그분이야? 연세가 여든이 되셨다는?"

"그렇지. 조국이 광복되던 1945년에 징병에 끌려가셨다가 그 다음해에 일본으로 다시 와서 지금까지 사신 분이니까 그렇게 되는 거지."

"아니? 어떻게 열세 살 어린애를 징병할 생각을 다한 걸까? 그게 사람이 할 짓인가?"

"그때 왜놈들이 어디 사람이었어? 지금이야 그래도 일부 의식 있는 사람도 있지만 그때는 한두 사람 빼 놓고는 모조리 미쳐 날뛰며 전쟁과 대륙정벌에 눈이 먼 광신자들이었지."

"안 될 것을 빤히 알면서도 백성들을 속여 정권을 창출하기 위한 도구나, 정권연장의 수단으로 전쟁을 사용하는 인간들의 머릿속에는 도대체 무슨 생각이 들어 있을까?"

"인간이 아니기를 각오하는 생각이 들어 있겠지. 전쟁을 일으키는 대가리들만 그런 생각을 하는 것도 아니지만.

백성들 입장에서 본다면 전쟁을 하는 것보다는 덜할지 모르지만, 전쟁이 아니더라도 빤히 안 될 것을 알면서도 백성들을 기만해서 정권 잡으려고 별 잡짓거리를 다 하는 인간들이 부지기수잖아. 백성들은 그 말에 현혹되어 간혹 잘못된 선택을 하는 바람에 나라가 어려워져서 고생 죽어라 하고. 어찌 됐든 그 책임은 대가리들이 지는 것이 아니라 백성들이 지게 되니까 온갖 거짓과 협잡을 꾸려서라도 제 부귀영화를 위해 지랄하는 것들이 지구 곳곳에 널려 있잖아?

솔직히 나라가 제대로 일을 하고자 한다면 우리가 왜 여기에 와 있어? 어떻게 되어 가는지 과정을 살펴보면서 백성된 자로서 잘 되기를 염원하다가 힘을 보탤 일이 있으면 보태면 되는 거지."

"어르신 안녕하세요?"

나지막한 소리로 둘이 대화를 하다가 노인 곁에 다가서자 태영광은 모자를 벗고 꾸벅 절을 하면서 우리말로 인사를 했다.

"누구시드라…?"

"접니다. 지난번에 몇 번 찾아 뵀던…."

노인이 얼른 알아보지 못하자 태영광은 안경을 벗으면서 얼굴을 바로 세웠다.

"아! 그 젊은이구먼? 난 또 누구라고?

오랜만에 나타났네?"

"예. 그동안 이것저것 알아보고 생각해보느라고 오지 못했어요. 그런데 제가 이렇게 수염을 실렀는데도 안경을 벗으니까 얼른 알아보시네요?"

"그거야 나만 그런 게 아니라 나이를 먹으면 다 그렇게 되는 걸세.

나이를 먹으면 작은 것은 잘못 봐. 큰 테두리만 보지. 그래서 글씨 같이 작은 것을 보려면 돋보기를 쓰는 거 아닌가? 그게 인간의 이치라는 거야. 나이를 먹었으니 잔 것은 보지 말고 굵은 것만 보면서 그동안 살아온 경륜으로 작은 것은 알아서 소화하라는 조물주의 섭리지. 역으로 말하면 인생의 굵은 부분만 보면서 얼마 남지 않은 인생을 정리하라는 명령이라고 할 수 있을지도 모르지만.

그 순리로 자네가 안경을 썼을 때는 긴가민가했어도 안경을 벗으니까, 아무리 수염을 길렀다고 해도 얼굴 테가 그대로 들어나서 알 수 있는 거지.

안경은 어쩌다가 걸치게 됐나? 그냥 나이 먹어가는 대로 살지."

순간 태영광은 아차 싶었지만 정색을 하면서 대답했다.

"원래 눈이 나빠서 콘택트렌즈를 꼈었습니다. 그런데 요즈음 사정도 안 좋고 해서 그냥 값싼 안경으로 바꿨어요."

"아, 그렇지. 자네는 젊은 사람이니까 노안이 온 것이 아니라 젊은이들이 많이 가지고 있는 근시라는 거지?

이 늙은이가 나 늙었다고 새파랗게 젊은이마저 늙은이 취급을

했구먼. 미안하네. 나이 먹으면 다 그러려니 하고 자네가 이해를
하게.

그러나 저러나 오늘은 또 웬일로? 아직도 이 직업 한 번 해볼
생각을 못 버렸나?"

"예. 사실 이 직업을 해볼 생각도 있고 또 마침 친구가 궁금해
하기에 같이 한번 와 봤습니다. 이 친구는 서울에서 놀러온 친구
인데 이런저런 이야기하다가 제가 어르신 말씀을 드렸더니 열세
살 어린 나이에 그런 일이 있을 수 있느냐면서 한 번 뵙고 싶다고
하기에 이렇게 허락도 안 받고 찾아뵌 겁니다."

"허락을 안 받은 거야 괜찮네만 나는 할 말 없는 사람이네.

서울에서 무슨 일을 하는지 모르지만 일제에 의해 강제로 징병
이나 징용된 사람 보상이나 뭐 해준다고 까불락거리며 돌아다니
는 관원 나부랭이라면 도대체가 별 볼일이 없다는 이야길세.

내 육십 년 넘게 그날을 기다렸지만 이제는 그런 희망 자체를
접어버렸어.

제 나라 백성들이 당한 억울한 한도 못 풀어주고 왜놈들하고
좋아라고 국교 수교하는 나라에 뭘 기대하겠나? 그러니 공연한
수고 말고 그만 돌아가든가 아니면 다른 이야기하세."

"이 친구는 정부기관에서 일하는 친구가 아니라 민간단체에서
일하는 친구입니다.

어르신마냥 왜놈들에게 당할 대로 당하고도 일을 저지른 왜놈
당사자들은 물론 내 나라에서조차 거들떠도 안 보는 분들의 억울
한 사정을 정리하고 있습니다. 정리를 한다고 해서 민간단체다 보
니 당장 어떤 도움을 주지는 못하더라도 그런 일을 정리는 해놓아
야 우리 후손들이 다시는 그런 꼴을 안 당할 거라는 생각으로 일
을 하는 겁니다."

"그래? 그렇다면 이야기가 좀 다르기는 하네만 그래도 별 볼일 없기는 마찬가지야.

하지만 자네 말이 맞기는 맞아. 그런 것을 정리조차 해놓지 않으면 교훈을 삼을 근거가 없으니 우리 후손들은 그런 일이 없었던 것으로 알겠지. 당장 나한테는 도움이 되지 않을지라도 후손들에게 조금이라도 보탬이 된다는 말에는 나도 동의하네.

반드시 왜놈들에게 되갚아줄 후손이 나올 것이라는 것 역시 기대가 되고."

노인의 마지막 한 마디에는 자신의 아픈 상처를 누군가는 반드시 되갚아주어야 한다는 분노가 아직도 들끓고 있었다.

그 분노를 잠시 삭이려는 듯이 숨을 들이 삼키던 노인이 말을 이었다.

"그래 듣고 싶은 이야기가 뭔데?"

"아직 시간이 조금 이르기는 하지만 어디 가서 저녁식사라도 하시면서 말씀 나누시죠?"

"자네는 지난번부터 저녁 먹자는 말을 잘해서 보기가 좋아. 먹어야 살거든. 하지만 아직 근무시간이라는 거 알잖나.

지금 왕궁 근무하는 인간들 나오기 시작했으니까 한 삼사십 분만 지나면 근무 끝날 시간이 될 거야. 그때 밥을 먹든 술을 먹든 하기로 하고 자네는 지난번처럼 좀 떨어져 있게나. 그래야 지나가면서 흘리는 말이라도 하지 옆에 누가 있으면 절대 안 해."

태영광은 지난번 저 노인과 만나서 대화를 하던 중 왕궁에서 근무하는 사람들이 퇴근을 시작하자 자리를 비키라고 했던 생각이 났다. 그래야 그동안 친분을 맺은 근무자들이 작은 정보나마 흘려주면서 지나간다는 것이다. 누가 옆에 있으면 철저하게 신분 노출을 꺼리는 관계로 절대로 말을 안 한다.

왕궁에서 일어날 일에 대해 사전에 작은 정보라도 얻으면 사진이라도 한 장 찍을 수 있고, 그게 바로 밥으로 알고 있는 파파라치로서는 정보 확보를 위해 만전을 기했다.

노인의 주변을 떠나 100여 미터나 떨어져서도 눈은 노인을 향하면서 박종일이 물었다.

"팔순 노인이라면서 풍채가 좋다?"

"저 노인 말씀에 의하면 저게 열세 살 나이에서 살만 조금 더 찐 거라고 하시더라. 키는 별로 안 자라셨대. 동네에서는 장사 났다고 했던 양반이라던데….

사실 나도 몇 번 뵙기는 했지만 도통 마음을 안 여시다가 겨우 마음을 여시고 말씀을 나눈 것은 한 번밖에 안 돼. 그리고 갑자기 하나꼬를 만나는 바람에 일이 벌어지고 저 어르신을 더 이상 뵙지 못했던 거지.

나도 자세히는 모르지만 징병 갔던 일로 인해서 지금도 가슴에 사무치는 한이 많으신 것 같더라. 또 조국에도 기대를 해봤는데 이렇다 할 조치가 없으니 왜놈들이나 내 조국이나 정치하는 놈들은 다 똑같은 불상놈들이라고 하시더라고.

그 후 더 많은 이야기를 들을 수 있었는데 그 기회를 놓치고만 거지."

"지난번에 접했을 때 지하서고의 잃어버린 책 얘기도 했었어?"

"그냥 흘러가는 소리로 했었지. 그런 게 있다는 소리가 있는데 그거 사진 찍어서 한국에 팔면 큰돈 되지 않겠냐고 했더니 그냥 웃으시더라."

"그냥 웃다니?"

"껄껄 웃으시면서 '큰돈을 줄 나라였으면 모든 것 걷어붙이고 그 책들을 찾지 왜 사진 나부랭이에 큰돈을 쓰겠나?

파파라치도 돈을 버는 한계선이 있네. 왕실에서 절대 금하는 곳에 갔다가는 바로 죽음이야. 아직 살날이 많이 남은 젊은이가 왜 그리 목숨을 가볍게 보나? 목숨을 가볍게 보지 말게.' 하시더라고."

"맞는 말이네. 사진에 큰돈을 줄 나라라면 우리들이 이런 짓하게 놓아누지 않지."

박종일은 태영광의 말에 맞장구치며 노인이 웃으면서 했다는 말을 되새겨봤다.

'파파라치의 한계선이라는 것이 결국은 일본왕실이 정한 선이다. 왕실의 이런저런 일들을 사진으로 옮겨 언론이나 왕실과 흥정을 하는 것은 이해를 할 수 있지만, 기본적으로 지키고자 하는 자기들만의 조작된 역사나 문화를 건드림으로써 일본의 위상을 격추시키는 것은 용납 못하겠다는 이야기다. 군국주의의 잔재를 드러내 보이지 않기 위한 방편으로 극우파 조직을 이용해서 그 선을 넘는 사람들은 죽음으로 몰아넣는다는 이야기다.

왕실은 촬영하더라도 왕실에서 금하는 선은 절대 넘지 말라?

그렇다면 일본의 극우파 뒤에는 왕실이 도사리고 있다는 소리가 될 수도 있는데?

태영광은 그 말을 지키지 않았다가 하나꼬는 먼저 보내고 자신은 죽음의 문턱을 넘나들다가 살아난 것이다.'

"더런 자식들."

생각을 하던 박종일의 입에서 자기도 모르게 작은 소리나마 욕이 나왔다.

"누가 더런 자식들인지 모르지만 가자. 어르신 짐 접는다."

박종일이 무슨 생각을 하고 욕을 했는지 짐작이 간다는 듯이 태영광이 웃으면서 앞장섰다.

"어디 멀리 갈 필요 있나? 그저 점방에 가서 도시락에 니혼슈나 한 병 사가지고 저쪽으로 가서 먹지. 형편도 안 좋다면서.

여기는 내 직장이니 직장에 앉아서 먹을 수는 없고 저쪽으로 가면 직장 앞 쉼터라고 생각하면서 마셔도 되지 않겠어?"

노인은 공원을 직장이라고 하면서 저쪽은 직장 쉼터라는 농담인지 진담인지 모를 말을 하면서 간단하게 요기나 하자고 했다.

"저는 형편이 안 좋을지 몰라도 이 친구는 괜찮은 편이에요. 오늘은 어르신 모시고 이 친구가 한 턱 낸다고 하니 비싼 집은 아니더라도 맛있는 것 먹으러 가시죠."

"나이 먹으면 맛있는 것도 맛없는 것도 없어. 그저 편안하게 먹을 수 있으면 그게 맛있는 거지.

일본 식당에 가봐야 쪽발이 놈들 지들 잘났다고 떠드는 소리밖에 더 들어? 쪽발이 놈들 술 처먹고 떠드는 소리가 왜 그렇게 시끄러운지?

정 그렇다면 저곳에 가서 사가지고 편안한 곳에 앉아서 먹자고. 그 근처에 자리 잡고 앉아서 먹다가 모자라면 또 사면되니까 편하지 않겠어? 거기는 구운 고기나 구운 생선부터 오뎅이며 생라면까지 안 파는 것이 없으니까 이것저것 골라먹기도 좋고."

노인이 가르치는 곳은 우리나라 포장마차와 동일한 곳으로 공원 근처에 자리 잡고 여러 가지 음식을 파는 곳이었다. 퇴근시간이 다가오면서 자리를 펴고 영업을 시작한 곳들이다.

"그럼 그렇게 하시죠."

태영광은 노인이 두 번이나 거절하는 이유를 알 수 있다. 이미 지난번에 자신과 대화를 했던 경험이 있는지라 태영광이 하는 이야기를 술집 안에서 할 경우 주변의 누군가가 듣는 것을 꺼리는 것이다. 반면 노인 자신이 파파라치라는 사실이 또 다른 누군가에게 알려지는 것 역시 결코 유쾌한 일은 아니라는 의미다. 비록 우리말로 대화를 할지라도 누군가가 듣는다는 것은 반길 일이 아니라는 의미다.

"어르신 말씀 듣고 보니 날씨도 더운데 공연히 술집에 자리 잡고 앉아 봐야 옆 사람 신경 쓰이고 짜증만 날 것 같네요. 이세 머지 않아 해가 꼴딱 넘어가고 나면 금방 선선해질 테니 밖이 차라리 낫겠지요?"

"그럼. 낫고말고. 게다가 내일 새벽인가부터 태풍영향권에 들 예정이라니 조금 있으면 바람 불면서 시원할 거야. 시원하면 술 많이 마시게 되고 술 많이 마시면 내일 근무 지장 주는 거 아닌지 모르지. 젊었을 때 같지 않거든."

노인은 자신이 하는 파파라치라는 일에 자부심을 느끼는 듯이 자랑스럽게 말했다.

7. 일본의 〈새 역사 창조단〉

노인이 낮에 자신이 깔고 앉아 근무하는 자리를 펴고 두 사람이 포장마차에서 사온 음식을 펴자 훌륭한 술판이 벌어졌다.

"이것 보게나. 내가 뭐라고 했어. 이게 최고라니까?

자 한 잔씩 들자고."

잔을 채우자 노인이 잔을 들어올리면서 건배 제의를 했다.

"나는 이제 늙었으니 접어두고, 마주 앉은 젊은 두 사람의 앞날을 위해서 한 잔씩 쭉 들이키자고."

기분 좋게 한 잔씩을 비우고 나자 구운 생선살을 나무젓가락으로 발라 입에 넣던 노인이 갑자기 무슨 생각이 났는지 태영광을 똑바로 쳐다보면서 말했다.

"참, 저번에 자네가 마지막으로 나 찾아왔을 때 했던 말 기억나나?"

"무슨 말씀이요? 혹시 어르신 징병…?"

"아니, 내가 한 말 말고 자네가 했던 지하서고의 책 어쩌고 한 말."

"예. 기억납니다만."

"자네 말이 맞기는 맞는가보데. 그 일로 왕궁에서 근무하던 처자 하나와 젊은 남자 한 명이 죽었다지? 신문에는 못 이룰 사랑을 비관해서 자살한 것으로 났지만 그게 아니라는 이야기가 잠깐 돌았어. 신문에야 사회면 톱으로 다루면서도 왕궁보안을 위해서 두 사람 사진도 안 싣고 간단하게 나왔지만, 그런다고 우리까지는 못 속이거든. 물론 깊이 아는 사람 몇몇만 들은 이야기지만.

그 이야기를 듣고 나니까 자네 생각이 나면서 자네 정체가 궁금해지던데? 한편으로는 이 젊은이가 왜 오지 않나 은근히 기다려지며 걱정도 되고. 자네가 오면 혹시 그 일에 대해서 너 아는 것이 있는지 자세히 물어보고 싶기도 하고.

자네가 나한테 그 이야기할 때 내가 자네한테 해준 이야기 기억 나나? 우리가 넘지 말아야 할 선이 있다는 이야기. 이 젊은이가 그 이야기를 제대로 알아들었는지 궁금했지.

혹시 해서 묻는 이야기인데 자네 그 이야기에 대해서 나보다 더 아는 것 있지 않나?"

순간 태영광은 노인의 물음에 어떻게 답해야 하는지 망설이지 않을 수 없었다.

지금 저 노인은 젊은 처자와 같이 죽은 젊은이가 자신이라고 생각했었다고 한다. 자신이라고 생각했었는데 노인 앞에 살아 나타난 것이 의아한 것이다. 자신의 생각이 잘못됐던 것인지 아니면 어떤 사연이 숨겨진 것인지에 대한 답을 듣고 싶은 것이다.

이럴 때는 어떻게 대답을 해야 한다는 말인가?

어쩌면 이게 기회가 될 수도 있다.

차라리 이 기회에 모든 것을 밝히고 도움을 청할 수도 있다.

서로의 마음속에 있는 이야기를 나눈 것이 여러 번도 아니고 비록 한 번, 그리 긴 시간도 아니었지만, 노인과 대화를 나눴던 경험에 의하면 저 노인은 일본에 한이 맺힐 대로 맺힌 노인이다.

그렇다고 자신의 조국인 대한민국을 신뢰하거나 좋게 보지는 않지만, 그 이상으로 일본에 대한 한이 많다.

왜 파파라치라는 직업을 택했는지 모르지만 돈이 목적이 아닌 것은 확실하다. 일본 왕궁을 망신 줄 수 있는 방법 중 하나라서 택했다는 것을 지난번에 얼핏 말한 적이 있다.

나름대로의 신념이 확고하고 그 신념을 지키려는 고집도 있어서 값싸게 입이나 놀릴 그런 노인이 아니다. 그 젊은이가 바로 자신이었음을 밝힌다 해도 그런 것을 가지고 어디에다가 고발할 그런 노인은 절대 아니다. 그 점에서는 안심하고 이 기회에 모든 것을 밝히는 것이 도움이 될 수도 있다.

반대로 모든 것을 밝혔다가는 노인이 말했던 대로 선을 넘어서는 안 되는 일이 있는데, 그 선을 모르고 불나방처럼 무모하게 덤벼드는 위험한 젊은이라는 생각에 입을 다물고 말 수도 있다. 저런 성격의 노인이 입을 다무는 날에는 자신을 고발하고 안 하고의 문제를 넘어서서 다시는 대화도 하지 않을 것이다. 저 노인과 대화를 하지 않게 되면 파파라치와 교감을 이뤄서 무언가를 만들어 내고자 했던 계획은 한낮 꿈으로 사라지고 만다.

태영광은 고개를 숙이고 생선살을 바르는 척하며, 짧은 순간이나마 무슨 대답을 하는 것이 노인의 마음을 사로잡아 자신이 하고자 하는 일에 도움을 받을 수 있을까를 생각해봤다.

노인은 이미 모든 것을 짐작하고 자신에게 질문을 해 온 것이다. 그 상황에 자신이 어떤 술수를 부려 거짓으로 대답을 한다면 노인은 금방 알아차릴 것이고 그것은 곧바로 불신으로 이어질 것이다.

지금 저 노인의 가슴에는 불신과 원한으로 가득 차 있다. 이제껏 자신의 삶이 조국과 일본 모두에게 버림을 받은 삶이라고 생각하면서 아무도 선뜻 믿지 못하는 삶을 살고 있다. 지금 하는 일역시 누구도 믿지 못하고, 누구에게도 섣부르게 말을 할 수 없는 왕실전문 파파라치라는 묘한 직업을 60여 년 동안 해 왔다.

이 순간을 어물쩍 넘어가기 위해 거짓말을 한다고 속아 넘어갈 노인이 아니다. 오히려 거짓을 말하는 자신을 절대로 믿어서는 안 되는 쓰레기 같은 인간 취급을 할 것이다. 그에게 믿을 수 없는 사람이 되어 버리면 더 이상은 어떤 희망도 없다. 차라리 노인 스스로 정하고 충고해준 선을 넘은 과오를 범한 사람이 될지라도, 모든 것을 솔직히 말하는 믿을 만한 사람이 되는 것이 일말의 기대라도 남길 수 있는 방법이다.

아니, 그 모든 것은 차치하고라도 조국과 민족에게서 버림받은 채, 불신과 실망 속에서 80 평생을 살아온 노인에게 같은 동포라고 마음을 열어준 자신까지 거짓을 이야기하고 싶지 않았다.

설령 도움을 받지 못하는 것은 고사하고 최악의 경우 고발을 당하는 한이 있더라도 사실을 털어 놓는 것이 지금 이 순간 자신이 노인에게 취할 최소한의 예의라고 결론을 내렸다.

태영광은 노인을 똑바로 쳐다보면서 반문하듯이 물었다.

"더 아는 거요?"

"있을 것도 같아서 묻는 거네만."

"있지요. 여자가 정말 죽었는지도 모르겠지만 남자는 죽지 않았다는 겁니다."

태영광의 말을 듣는 순간 노인은 낯빛이 잠깐 변했다. 아무리 여름해가 길다고 하지만 지금 이 시간에는 땅거미가 내려앉기 시작해 여간해서는 보이지 않을 낯빛의 변화를 보면서 태영광은 자신이 솔직히 말하기를 잘했다는 생각이 들었다.

"그렇다면 자네가 바로 그 남자라는 이야기 아닌가?"

태영광은 아무 말도 하지 않았다.

"도대체 자네 정체가 뭔지는 묻지 않겠네. 원래 우리 바닥이 그런 것 시시콜콜 묻지도 않고 또 알아도 아는 척하지 않아야 직업상으로나 목숨으로나 장수할 수 있는 곳이기에 더 이상 알고 싶지는 않네. 아울러, 오늘은 기왕 벌어진 술판이니 이 판까지 깰 수야 없겠지만, 이 술판을 마지막으로 자네와의 인연은 그만 접는 것이 낫다는 생각이 드는군."

말을 마치고 잔을 채워 단숨에 마시는 노인의 말마디는 단호했다.

태영광은 다시 한 번 망설이지 않을 수 없었다.

지금 노인에게 도와 달라고 매달릴 것인가, 아니면 오늘은 일단 이 선에서 마무리를 짓고 내일이라도 다시 찾아와 설득을 할 것인가? 도저히 판단이 서지를 않았다.

아무 말 없이 술 한 잔을 따라 천천히 마시면서 곰곰이 생각을 해도 어떤 방법이 더 나을지 판단이 서지 않는데 문득 조금 전의 일이 떠올랐다.

'지금 해결을 하지 못하더라도 누군가가 정리하지 않는다면 우리 후손들이 어찌 알 것이며, 알기만 한다면 후손 중 누군가가 반드시 되갚아 줄 것'이라는 기대를 하고 있는 노인이다. 그렇다면 노인이 인연을 접자고 한 말은 한 번은 피해보고 싶은 자신의 심정일 뿐, 내면 깊숙한 곳에서는 오히려 칭찬해주고 싶어 하는지도 모른다.

"어르신의 뜻이 그렇다면 제가 어찌하겠습니까만, 한 말씀만 드리고 싶습니다.

우리와 일본 사이에서는 정리하고 해결할 문제들이 산적해 있습니다. 누군가가 굳이 나서서라도 해결을 하지 않는다면, 아니 해결이 되지 않을 것이라고 알기에 나서지도 않는다면, 누가 정리를 할 것이며 우리 후손들에게는 무엇을 남겨줄 것인가요?"

"후손들에게 남겨준다? 자네도 누군가가 나처럼 일본에 되갚아주기를 바라는 것인가?"

"아니요. 전 그렇지 않습니다. 되갚거나 해코지해주기를 원하지도 않습니다. 다만 우리 후손들은 적어도 우리들이 안고 있는 이런 문제들로 인해서 스스로 평화를 파괴하기를 원하지 않을 뿐입니다."

"되갚아주기를 원하지도 않으면서 평화를 잃지 않기를 원한다?"

"예. 확실히 그렇습니다.

생각해보십시오. 우리가 잃은 것을 되찾아 우리 정체성을 확립하고자 하는 이유가 무엇이겠습니까? 호박에 검은 줄 친다고 수박되는 것 아닙니다.

지금은 중국이나 일본이 다스리는 땅이고, 그 안에 우리 민족이 산다고 해서 우리의 고유한 문화가 일본이나 중국의 문화가 되겠습니까?

인류가 글로벌이니 뭐니 해서 지구가 한 지붕이라는 말이 나옵니다. 그것은 엄연히 각 개인이 지닌 고유한 사상과 종교는 물론 문화와 역사를 서로 존중할 때 생기는 말입니다. 그걸 무시하고 모두가 하나라는 그저 맹목적이고 획일적인 노선을 걷다 보면 반드시 종교분쟁이나 아니면 민족전쟁으로 이어지는 겁니다.

멀리는 인도와 파키스탄 문제로부터 가까이에는 리비아 문제까지 보십시오. 아무리 국제사회가 개입해서 평화를 외친다고 해도 그것은 입으로만 외치는 평화죠.

지금 티베트나 위구르에서 일어나는 문제들을 잘 생각해보십시오. 하루 종일 신문을 보시면서 이것저것 연구를 하시는 분이니 저보다 더 잘 아실 것 아닙니까?

우리가 정리를 안 해서 무엇이 무엇인지도 모르는 상태로 어영부영 당하다가 결국 언젠가 터지게 되면 우리 후손들은 뿌리도 찾지 못하고 영영 이방인으로 떠돌게 될 것이며 그들이 평화를 해치는 존재가 될 수도 있다는 겁니다. 명색이 선조라면서 후손들에게 그런 불명예를 물려줄 수야 없는 것 아니겠습니까? 우리가 죽어서 지구를 떠난 후에라도 우리 후손들이 인류평화를 지키는 파수꾼 역할을 하지는 못할지언정 근본도 없는 민족으로 남아 영원한 이방인이자 평화를 훼손하는 선봉이 되게 할 수는 없는 일 아니겠습니까?"

"자네가 나선다고 그 일들이 해결이 되나? 정부도 가만히 있는데?"

"언제 정부가 우리나라를 지킨 적 있나요?

아시다시피 중앙집권제가 완성된 고려시대 이후로 나라를 지킨 것은 바로 백성들입니다. 중앙 관료들은 진정으로 나라를 생각하는 분들보다 제 사리사욕 채우느라 바쁜 인간들이 많았기에 일본이 강제로 대한제국을 병합할 수 있었던 것 아닙니까? 물론 그전에 일어난 임진왜란이나 병자호란 역시 마찬가지구요. 더 길게 말하자면 고려시대의 원나라 침략도 다를 것 하나도 없고요."

태영광의 거침없는 말에 노인은 술잔만 만지작거리다가 젓가락으로 안주를 집었다가만 반복하면서 아무 말도 없더니 불쑥 한 마디 던졌다.

"목전에 있었던 일도 해결을 못하면서 몇천 년 전의 일은 왜 갑자기 들먹이는데?"

"결국 지금 저희들이 하는 일이 바로 목전에 있던 일을 해결하기 위한 겁니다.

이것저것 따질 것 없이 가장 최근의 일을 이야기하자면, 과거 박정희 정권이 경제개발이라는 목전에 둔 이익에 눈이 멀어, 불평등한 조약인지를 알았는지 몰랐는지, 일본과 아주 잘못된 한일협정을 맺은 것을 모르는 바가 아닙니다. 국제조약이 불평등하게 맺어진 것을 알면 즉각 파기하고 다시 맺어야 하는데, 우리가 그 조약을 파기하고 다시 맺든, 아니면 원점으로 돌리자고 주장할 수 있을 정도로 힘을 기른 것도 아니다 보니 이러지도 저러지도 못하고 끙끙대고 있는 것도 다 압니다. 정부로서는 무엇을 어찌 해볼 힘이 없는 거죠.

만약에 저희 백성들이 모두 하나가 되어 한일협정은 불평등하게 잘못 맺어진 조약이니 당장 파기하고 다시 체결해야 한다고 들고 일어난다면 정부는 못이기는 체 어떤 방법을 만들어낼 수도 있겠지요. 하지만 이미 잘못 맺어진 그 조약 덕분에 덕을 본 인간들이 상당수 포진하고 있기에 백성들의 목소리가 하나가 될 수도 없는 일이니 나름대로 각자 할 수 있는 일을 해보자는 것이 저희들 생각입니다.

저는 아주 우연한 기회에 접한 일이지만 우리의 뿌리를 찾아서 그 뿌리부터 바로잡아 나가자는 방법을 선택한 것이고요.

좀 과한 표현이 될지는 모르겠습니다만 정부가 나서지 못하는 것을 우리 백성들이 나서려고 이렇게 목숨을 담보로 내놓는 것 아니겠습니까? 어르신의 귀하신 충고도 귀에 담지 않고 그 선을 넘어가면서 말입니다."

"목숨을 담보로 내놓았다? 내가 보기에도 자네는 목숨을 담보로 내놓은 사내인 것 같았네. 목숨을 담보로 내놓은 사내에게 내 충고가 귀에 담길 리가 없지.

처음에 날 찾아와서 파파라치 어쩌고 할 때 자네가 파파라치가 되기 위해서 찾아온 사람이 아니라는 것을 알았지. 별도로 무언가 추구하는 것이 있다고 생각했어.

몇 번인가 만난 후, 그러니까 지난번 자네를 마지막으로 만났을 때 왕실 지하비밀서고에 있는 책 운운하기에 속으로 생각했네. 저 친구 내가 선을 넘지 말라고 해도 넘을 각오가 되어 있기에 내게 그런 이야기를 꺼내는 거다. 이미 자신의 목숨을 담보로 내놓은 사람이다. 어차피 목숨을 담보로 내놓았으니 두려울 것도 없고 못 할 것도 없는 사내라 저 하고 싶은 일을 할 것이라고 생각했지.

내 생각이 맞더라고. 신문에서 기사를 보자마자 비록 사진은 실리지 않았지만 자네라고 확신했네. 내 추측이 틀리지 않다는 것을 다시 한 번 확인하는 순간이기도 했지만 나는 자네가 아마도 죽지 않았을 것이라는 생각을 지울 수 없었네. 반드시 내 앞에 다시 나타날 것이라는 기대를 저버리지 못했어. 이렇게 자네가 다시 살아 와서 하는 말 아니냐고 할 수도 있지만 그건 아냐. 죽기를 각오하고 뭔가를 하려는 사람은 그 일을 이루기 전에는 죽을 수가 없는 거거든. 설령 죽을 고비가 온다고 해도 자신이 하고자 하는 일을 마무리 하지 못하면 죽을 자유마저 박탈당하는 거지. 의지가 죽음도 몰아낸다는 거야.

도대체 죽음도 비껴가면서 자네가 해야만 했던 그 일을 자네와 맺어준 그 우연이라는 것이 무엇인가? 자네 조금 전에 아주 우연한 기회에 접한 일 때문에 이런 일에 뛰어들었다고 하지 않았나?

그 이야기 좀 들어보세나."

노인은 그제야 얼굴 가득히 웃음을 띠는 것으로, 태영광이 죽을 고비를 넘기고 다시 살아서 자기 앞에 나타난 것이 반갑기도 하고 신기하기도 하다는 태를 내면서 물었다.

태영광은 조금의 망설임도 없이 자신이 처음 초음파 내시경 기계를 개조해서 도굴을 한다는 광고를 낸 것부터 시작해서 유병권 박사를 만난 이야기. 유병권 박사와 함께 '대변설'을 찾아내고 박사가 피습을 당해 박종일을 만나게 된 이야기. 자신이 일본에 와서 하나꼬를 만나고 결국은 두 사람이 타워호텔 12층에서 자살을 가장한 타살에 몰리게 된 이야기까지 하나도 빠짐없이 되도록 간결하면서도 자세히 이야기했다.

"그러니까 자네는 대한민국 경찰 간부 신분이고 자네는 내과 의사라?"

"진작 솔직하게 밝혀드리지 못해서 죄송합니다."

"아냐. 사내가 좋은 일을 하려는 목적을 가지면 신분 정도야 얼마든지 숨길 수 있는 거지. 자네가 나한테 사기를 치거나 해를 끼치기 위해서 신분을 속인 것이 아니니 그건 미안할 것 없네. 지금이라도 솔직하게 말해주니 오히려 내가 고맙구먼. 내가 징병에 끌려가던 순간 이후로는 처음으로 사람을 믿을 수 있게 해주었어.

처음 자네를 볼 때부터 범상한 사람은 아니라고 생각했네만 그런 운명적이면서도 필연적이고 가슴을 설레게 하는 사연이 있는지는 몰랐네.

나는 80 평생을 살면서 내 운명이 참 기구한 운명이라고 생각했는데 나 못지않게 요동치는 운명을 사는 사내가 하나 더 있구면.

자네는 자네가 좋아서 시작한 일이라고 생각할지 모르지만 그건 이미 운명이라는 시계바늘이 자네를 그 자리에 갖다 놓은 일처럼 보이는구먼. 내과의사가 호기심 하나 때문에 엉뚱한 일을 꾸미다가 졸지에 죽었다가 다시 살아나는 기구한 운명이라!

설령 호기심 때문에 일을 시작해서 그 박사라는 사람을 만났다 치고, 또 책을 발견한 것까지는 그렇다손 치더라도, 박사가 죽은 뒤에 일본에 올 결정은 도대체 무슨 마음에서 했나?"

"말씀드린 대로 첫째는 무엇보다 박사님의 죽음을 헛되게 하고 싶지 않았습니다.

제가 박사님한테 배운 것을 말로 다 할 수야 없지만 일반 지식이야 다른 책이나 혹은 박사님의 저서에서라도 습득할 수 있었겠지요. 하지만 '역사를 바로세우는 것이 단순히 민족의 자존심을 세운다거나 잃어버린 영토를 되찾자는 것이 아니다. 인류 각자가 자신의 뿌리와 고유한 문화를 찾고 서로가 그것을 인정함으로써 진정한 평화를 찾아야 한다.'는 그분의 가르침은 그 어느 곳에서도 찾을 수 없다는 생각입니다. 저로서는 박사님의 숭고한 뜻을 저 혼자만 알고 그냥 사장되게 두어서는 안 된다는 생각에, 박사님께서 목숨과 함께 잃어버리신 증거들을 찾아내고 싶었던 겁니다.

두 번째는 제 개인적인 욕심으로, 박사님을 죽인 그 겐요샤인가 하는 단체에 우리나라에도 그들 못지않은 사람들이 존재한다는 일침을 가해 보이고 싶었습니다. 우리가 결코 그렇게 녹녹히 볼 상대가 아니라는 것을 보여주고 싶었습니다."

"겐요샤라? 그렇지 쉽게 보면 겐요샤라고 말할 수 있지.

유병권 박사라는 그 양반을 피습하고 자네의 호텔 투신에 관여한 단체는 두말할 것 없이 〈새 역사 창조단〉의 짓이네.

이름은 그럴 듯하지만 새 역사를 창조하는 것이 아니라 지나간

구세대의 군국주의 잔재를 그대로 이어받기 위해 '일본이 최고요, 일왕에게 충성을 다 한다'는 몹쓸 정신병에 걸린 놈들이 모여서 발광하는 단체지. 2차 대전 중의 일본 최전성기를 다시 건설한다는 허망한 꿈에 부푼 자들이 모인 곳이네. 그렇다고 군국주의 일본처럼 무슨 행동으로 최고를 만드는 것도 아니야. 그런 만용조차도 없는 자들이고. 역사를 왜곡하는 것으로 그 허망한 꿈을 현실로 만들려는 한심한 놈들이야. 역사를 왜곡해서 자신들의 입맛에 맞는 새로운 역사로 탈바꿈하는 것을 새 역사를 창조한다고 생각하는 정신병자들일세. 자신들이 역사를 왜곡해서 부추겨 놓으면 누군가가 그걸 행동으로 옮기기를 바라는 전형적인 일본의 야비한 수법을 답습한 놈들이네.

젠요샤가 메이지유신으로부터 2차 대전 때까지 급성장을 하면서 전성기를 누린 것에 비하면 그 이후로는 세력이나 조직의 크기가 상당히 위축이 되었었지. 그렇다고 일본이라는 나라의 그런 조직들이 쉽사리 기득권을 포기하고 싶어 하나? 그들은 군국주의의 부활을 꿈꾸며 그 안에서 자신들의 몫도 챙기려는 정신병자 같은 망나니들을 모아들여 나름대로 특성을 가진 몇 개의 극우조직을 결성했지. 각계각층의 사람들이 모여 각 개인의 특기와 적성에 광기를 얹어 자신들에게 맞는 조직을 만든 거야. 그 조직들은 처음 만들 때부터 젠요샤 요원들이 깊숙이 관여를 하고 조직이 결성된 뒤에는 젠요샤의 중앙 통제에 의해 서로 연계되는데, 그 중 하나가 바로 〈새 역사 창조단〉이라는 단체야.

공공연한 비밀처럼 통용되는 바에 의하면 젠요샤에 소속된 그 단체들에는 일본의 고위 관료들을 비롯한 여·야를 막론하고 많은 정치인들은 물론 재계의 실력자들이 상당수 각자 자신이 좋아하는 분야에 깊숙이 개입하고 있는 게 현실이지. 정치인들과 관료들

은 그들의 뒤를 봐주고 재계는 그들의 자금을 대주는 것은 두 말
할 나위도 없는 게고.

하지만 극우주의자들의 구심점은 결국 일왕이라는 걸세. 그 모
든 것들의 맨 뒤에는 일본왕실이 존재한다는 것을 잊으면 안 되네.

메이지유신의 기치가 뭔가? 왕정복고야. 그런데 메이지유신 이
후 내각이 들어서고 2차 대전을 일으키면서 마치 모든 것들을 내각
이 벌이고 왕은 그저 상징적인 존재로 있는 것처럼 꾸미고 있지.
그 덕분에 2차 대전 전범을 처벌할 때도 일왕은 무사할 수 있었어.
왕이 범죄로부터 비켜나갈 수 있게 하려는 일본식 놀음이야.

극우주의자들이 부르짖는 것이 무언가?

강한 일본, 강한 제국이야. 일왕만세를 부르면서 죽어가던 2차
대전 시절을 그리워하고 그 시절의 일본을 영광스럽게 생각하는
자들이야. 일왕의 보호 아래 아시아를 다시 하나로 만들어야 한다
는 자들이지. 그러니 일왕이 보기에 얼마나 예쁘겠나? 거기다가
일본에서도 왕실에서 쓰는 돈에 관해서는 필요한 경비를 예산에
반영해서 지출만 했지 그 돈의 쓰임에 관해서는 일체 관여를 하지
않지. 얼마나 놀기 좋은 물인가?

모름지기 내각은 바뀌더라도 일본왕실과 관계된 그런 조직은
건드리지 않는 것이 불문율로 되어있을 걸세. 그건 이토 히로부미
가 초대 수상을 지낼 때부터 만들어 놓은 불문율이지.

자네의 호텔 투신 사건에서 그게 입증되지 않았나? 자네가 호
텔 12층에서 떨어지자마자 일본 경찰들이 겹겹이 에워싸고 일반
인은 물론 자네 친구와 신문사 도쿄 특파원으로 근무하는 자네
애인까지 접근을 차단했다고 했네. 사전에 약속이 되지 않았는데
일본 경찰이 그렇게 기민하게 움직일 수 있었겠나? 게다가 병원
에서조차 경찰들이 의사들의 진료를 차단하고 있다는 분위기를

느꼈다고 했지? 그게 다 그 소리야.

이토 히로부미 이래로 지금까지 일왕의 보호를 받는 겐요사 소속 〈새 역사 창조단〉에 깊이 관여한 고위 관료나 아니면 경시청 고위 간부의 지시에 의해 죽게 만들려고 했던 거지.

자네가 죽을 때가 되지 않은 건지 아니면 할 일이 남아서인지는 모르지만 그 당시 죽을 운명이 아니었던 것은 확실해. 친구가 외교라인을 통해서 신변인수를 요구하지 않았으면 사네는 병원에서 죽었을 거야. 목숨이 살아날 기미가 보이면 의료적인 방법으로 소리 소문 없이 처리했겠지. 친구 덕분에 외교라인을 통해 신변인수를 요청하자 공식적으로 고위 관료들이 연관된 것을 노출시키고 싶지도 않고, 공연히 다 죽은 시신에 가까운 사람가지고 시끄럽게 하지 않으려고 순순히 내줬겠지만, 그게 다 죽을 운명이 아니니까 그리 된 것 아니겠어?

하늘이 자네에게 부여한 임무가 아직은 끝나지 않았나보구먼. 사람은 태어날 때 조물주로부터 이 땅에서 할 임무를 각자 부여받고 태어나는데 그 임무가 끝나면 죽는다고 하지."

노인은 사람의 임무와 죽음이라는 이야기가 나오자 숙연해지는지 잠시 말을 멈추었다.

"공연히 내가 무슨 도인이나 된 듯이 죽음 이야기를 하느라고 이야기가 빗나갔구먼. 다시 본론으로 돌아 가세나.

이미 말했다시피 유병권 박사를 피살하고 자네를 죽음으로 몰아넣었던 〈새 역사 창조단〉은 일본의 새로운 역사를 연다는 것이 그들의 목적이라고 하는데, 그 새 역사라는 것이 메이지유신 때 대륙정벌을 부르짖던 이토 히로부미의 헛된 망상과 다를 것이 없어. 다만 그 시절에는 총칼로 아시아 정벌이 가능했지만 지금은 그렇게 못하니까 역사를 통한 문화를 이용해서 일본의 위대함을 전 세계에 알리고 일본의 역사와 문화 속에 아시아가 자리 잡게 한다는 그럴 듯한 말로 포장을 할 뿐이지.

웃기는 이야기 아닌가? 자네가 더 잘 알다시피 일본이라는 나라의 역사나 문화가 무엇이 있나? 아시아 그 어느 나라 어느 민족보다 뒤지는 역사와 문화를 가지고 시작한 나라 아닌가? 자신들의 고유한 문화가 무엇이 있나? 우리 선조들이 전해준 문화로 겨우 나라의 꼴을 갖춘 나라일 뿐 그들이 내세울 것이라고는 아무것도 없지.

그렇다면 결국 그 이야기가 의미하는 것이 무엇이겠나? 남의 것, 즉 우리나라 것들을 전승받아 일군 자신들의 문화를 자기들 고유의 것으로 만들겠다는 걸세. 그리고 그것이 오히려 우리나라와 중국에 영향을 끼친 것으로 만들 속셈인 거지. 그렇게 하려면 무얼 해야 하나? 두말할 것 없이 근거를 없애야지. 그래야 문화는 물론 남의나라 영토까지 자기네 것이라고 우겨댈 것 아닌가?

일본이라는 나라가 어떤 나란가?

중국과는 댜오위다오 열도를 가지고 센카쿠 열도라고 하면서 자기네 영토라고 우기고, 우리나라에는 독도를 가지고 대마도가 우리 땅이라는 말도 못 꺼내게 밀어붙이는, 누가 보아도 상식적으로 납득할 수 없는 나라 아닌가? 당장 실존하는 땅덩어리가 눈에 보일 뿐만 아니라 엄연한 역사적 근거가 존재하는 영토문제 가지고도 이런데, 하물며 실존하는 현물이 아닌 문화나 역사 문제는 어떻겠나?

상대가 반박할 수 있는 정확한 근거만 없으면 그들은 얼마든지 남의 것도 자기네 것이라고 대가리 드밀고 나올 놈들이거든.

자네 이야기를 들어보니 그들이 가장 없애고 싶어 하는 유구한 우리 역사의 근거들을 유병권 박사가 찾아냈던 거지. 아마 모르면 몰라도 유병권 박사라는 그분, 그런 차원에서 왜놈들의 표적이 되어 결국은 살해된 걸세.

유병권 박사라는 분이 조국에서는 꽤 알아주시는 분인가 보구먼? 놈들의 표적이 된 것을 보니?

하기야 그리 유명하지 않아도 그놈들은 자신들의 목적에 반하는 일을 하는 사람을 알아만 내면 금방 표적으로 삼고 제거하는 놈들이니까."

"유명하다거나 인기가 좋았다는 것과 덕망이 있거나 학식이 깊다는 것은 다르겠죠?"

"글쎄? 개개별 단어로야 다르겠지만 굳이 구분할 이유라도 있나?"

"유병권 박사님은 덕망 있고 학식이 깊으신 국보급 학자이심에는 틀림이 없지만 특별히 인기가 있던 분은 아니거든요. 어르신께서도 우리 역사, 특히 고조선 역사와 관련된 왕실 지하비밀서고에 있는 우리 역사책들을 사진 찍어서 우리나라에 팔면 많은 돈 받지 않겠냐고 했을 때 코웃음 치셨죠? 그럴 마음이 있는 나라가 팔짱끼고 있겠냐고 하셨잖아요. 그게 우리나라 현실이거든요."

"무슨 말인지 더 말 안 해도 알겠네. 나라가 관심을 두었으면 그렇게 허무하게 가지도 않았겠지.

이야기를 듣고 보니 유병권 박사라는 그 양반 정말 대단한 분이구먼. 왜놈들이 싹쓸이 해 간 역사서들을 찾아서 궁극적으로 하시고 싶은 일이 인류평화에 이바지하는 일이라? 나 같은 범인이라면 당장 그 역사서들을 찾아들고 그것들을 근거로 잃어버린 우리 땅만 찾으면 그만이라고 생각할 텐데, 잃어버린 우리 영토를 찾는 것도 중요하지만 그것보다 더 중요한 것이 바로 인류평화라? 정말 대단하신 분이야.

그런 분의 뜻을 헛되이 하지 않겠다고 불나방처럼 목숨을 담보로 대책도 없이 뛰어든 자네는 더 대단하고.

그나저나 이 일로 인해 벌써 아까운 목숨이 둘이나 사라졌구면. 전에야 얼마나 더 희생이 되었는지 모르지만 내가 알기에만 해도 벌써 둘이네. 자네 이야기에 의하면 얼마 되지도 않은 기간 동안 둘이나 희생되었으니 앞으로 그 수가 얼마가 될지 모르는 일 아닌가?

좋아.

내 이미 팔십을 살았는데 살면 얼마나 더 살 것인가?

누나는 나이 열다섯에 정신대인지 뭔지, 왜놈 정부가 하는 국제매춘부대에 인신 구속되어 가고, 나는 열세 살 어린 나이에 징병 끌려가서 볼꼴 못 볼꼴 다 겪은 인생인데 이제 뭘 봐야 더 좋은 꼴을 보겠나?

빨갱이 세상이 되다 보니 독립군의 자식이 지주아들로, 부르주안가 뭔가로 낙인찍히는 바람에 전쟁이 끝나고 고향에 돌아갔다가 야반도주해서 밀항을 했네. 그리도 치를 떠는 왜놈들한테 다시 돌아와서 빌붙어 산 한평생인데 아까울 것이 무에 있겠나? 비록 내 뱃속으로 난 자식은 아닐지라도 내 핏줄이 잘 살 수 있는 일이라는데 마지막으로 한 번 더 속는 셈 치고 해보지.

그것도 복수를 하기 위해 칼을 가는 것도 아니고 우리에게 그리도 해를 끼쳤던 중국 놈들은 물론 왜놈까지 보듬어 안고 인류평화에 이바지하기 위해서 하는 일이라는데 못할 것이 무엇이 있겠나? 80 평생 처음으로 복수가 아니라 평화를 위해서 무언가를 하겠다는 생각을 해보는 것 같구면.

내가 무엇을 도와줄 수 있겠나?"

아직 술 두 잔을 마셨을 뿐이니 분명 술에 취해 하는 말은 아닐 것이 확실한데 노인의 입에서는 거침없이 푸념처럼 과거지사가 쏟아져 나오고 그 나오는 말들은 태영광과 박종일을 깜짝깜짝 놀라게 하는 말들이었다.

"어르신, 오늘 처음 뵙습니다만 방금 하신 말씀 중 어르신의 한 맺힌 이야기들을 좀 더 자세하게 들을 수는 없겠습니까?"

노인의 말에 가슴이 섬뜩해짐을 느끼던 박종일이 조심스레 물었다.

"왜? 듣고 싶은가?

들어봐야 아무도 해결할 수 없는, 아니 내 조국은 해결하고자 하는 의지도 없는 것처럼 보이는 이야기들인데 그래도 듣고 싶나?"

"아까도 말씀 드렸지만 누군가는 정리를 해야 되지 않겠습니까?"

"그래. 사실은 나도 죽기 전에 한 번은 꼭 하고 싶었던 이야기들이네. 하지만 아직 이야기를 할 대상도 만나지 못했고, 또 이야기를 해 달라는 사람도 없어서 그저 가슴속에만 품고 있던 이야기네만, 결국 듣고자 하는 사람이 생겼구먼.

이 이야기를 하고 나면 내가 당장 죽어도 원이 없을 것 같았는데 이제야 하게 되니 아마도 이야기를 하고 나면 내가 폭삭 늙고 말 거라는 생각이 드는구먼."

"설마 그 이야기하신다고 무슨 일이 일어나겠습니까? 풍채도 좋으시고 아주 건강해보이시는 데요."

"설마하지 말게나. 사람이 자기 마음에 품은 한을 풀고 나면 금방 늙거나 아니면 죽을 수도 있어. 지금 내가 이렇게 건강해 보이고 실제 건강하게 살 수 있었던 것은 반드시 풀어야 할 한이 있기에 가능했던 일이네. 말하자면 내 가슴에 맺힌 한이 나를 버티게 해준 거지. 풀어야 할 한을 풀지 못하고 가면 저승을 떠돌면서라도 그 한을 풀려고 할 거란 말일세. 그러니까 그 한을 풀 수 있는 날을 기다리면서 나를 버텨주는 거지.

그게 바로 이승의 짐을 내려놓는 거거든. 저승까지 지고 갈 수 없는 이승의 짐을 내려놓으면 홀가분한 마음으로 정리를 할 수 있는 거지.

마음속에 욕심이 가득 차 있으면 무엇이 짐인지 무엇이 욕심인지 모르기에 그런 마음이 들지 않을 수도 있겠지만 나처럼 가진 것이라고는 달랑 내 몸뚱이 하나인 사람은 충분히 알 수 있지. 이야기하는 것만으로 그 한이 풀릴지는 모르지만….

자네들도 내 나이가 돼보면 자연스레 알게 될 걸세."

노인은 소중하게 감춰둔 추억이라도 꺼내듯이 눈을 지그시 내려 깔고 이야기를 시작했다.

"내 이름은 박성규고, 아버님 함자는 진자 우자를 쓰셨고 할아버지 함자는 유자 구자를 쓰셨지.

내 고향은 지금은 갈라진 북쪽 땅이 된지라, 요즈음 지명으로는 모르겠네만 황해도 땅 아주 평야 넓고 과실나무가 튼튼하게 자라는 곳 어디였지.

내 이야기는 훗날 어머니에게서 들은 할아버지 때 이야기부터 시작된다네…."

8. 소 잃고 외양간 고치기

"진사어른. 사또께서 찾으신다는 데요?"

서른다섯에 간신히 얻은 무녀 독남 네 살짜리 진우를 무릎에 앉히고 알아듣든 못 알아듣든 글도 읽어주고 재롱 피는 모습을 보며 시간가는 줄 모르던 박유구에게 청지기가 전갈을 넣었다.

"사또께서 나를 왜 찾는다느냐?"

"글쎄요? 소인도 잘 모릅지요. 나졸이 급히 전하고는 도로 가 버렸습니다."

"알았네."

박유구가 무릎에 앉히고 글을 읽던 아들 진우를 일으켜 세우자 부인이 얼른 자리를 털고 일어나 받아 안았다.

"사또께서 무슨 일 때문에 영감을 보자고 하시나요?"

"나라고 알겠소? 이번 사또는 젊은 양반이 참 바르게 일을 처리할 것 같아서 기대가 많았는데 혹 그 자리에 앉은 자들의 본색을 드러내려는지 누가 알겠소. 가보면 알 일이지."

박유구의 집안은 선조들이 벼슬을 하지 않았지만 물려오는 재산은 근방 30리길 안에서는 가장 갑부다. 전답은 대부분이 옥토였고 과일나무하며 모든 것이 부를 축적하는데 손색이 없는 것들로 갖춰져 있었다. 다만 손이 귀하고 집안에서 절대 벼슬길에 나서는 것을 금하고 있었다.

선친에게 전해들은 말로는 조선 중기 어느 임금 때부터 당파싸움에 죽고 죽이는 벼슬에 신물이 난 선조께서 한양을 떠나 이곳 옥토를 사들여 이사를 한 것이 아예 대대로 터전을 잡으면서 대대손손 벼슬길에 나서지 말 것을 당부했다고 한다. 박유구 역시 말이 진사지 사실 과거장 근처에는 얼씬도 안 했다. 다만 동네에서 양반이면서 부가 넘치는 그를 적당히 호칭하기가 어려워 붙여준 칭호일 뿐이다.

"아직 추수철도 안 됐는데….'

"언제 추수철 따졌소? 이번 사또는 그렇지 않을 줄 알았는데…. 하기야 그 나물에 그 밥이지 뭐 별수 있겠소. 내 다녀오리다.'

박유구는 새로 부임하는 사또들이 그의 소식을 듣고 의례히 요구해오는 뇌물을 요구하려는 것이라는 생각이 먼저 들었다. 말로는 지방을 다스리려면 통치 비용이 필요하다면서 은근히 요구를 하면 알아서 갖다 바쳐야 한다. 하지만 이번 사또는 젊은 사람이 부임한지 석 달이 넘도록 그런 요구가 없기에 참 괜찮은 사람이라고 생각하고 머지않아 한 번 알아서 챙겨 갈 요량이었다.

이런저런 생각을 하면서 걷다 보니 어느새 군이 보였다. 언젠가 알아서 기지 않았다가 아무 죄도 없이 치도곤을 당하고 뇌물을 바친 적도 있는지라 잠시 움찔하면서 현판을 바라보다가 안으로 들어섰다.

"어서 오시오. 내가 긴히 드릴 말씀이 있어서 오시라고 했소."
사또가 박유구를 맞은 곳은 동헌이 아니라 그의 집무실이었다.

다행히 치도곤은 당하지 않을 것 같았다. 만일 뭐라 하면 그저 '예, 예.' 대답을 하고 그가 어느 정도 원하는 것인지 알아서, 준비해 온 것이 모자라면 내일 지참하고 들어오리라 마음먹고 어서 이야 기하기만 기다렸다.

"그동안 우리가 몇 번 만났지요. 내가 이 고을 사또라고는 하지 만 박 진사의 깊은 생각과 높은 학식에는 찬사를 보내는 게 아깝 지를 않더이다."

저건 의례히 하는 말이다. 저러다가 박진사와 자주 만나 술이라 도 한잔 나누고 싶은 마음이 굴뚝같으나 막상 고을을 다스려보니 생각지 않은 곳에 많은 돈이 들어가는데 조정에서 보내는 돈은 어쩌고 하면서 급기야는 박봉으로는 어쩌고까지 나온 후 본론이 나오는 거다. 한두 번 당해본 일이 아니다. 요 몇 해 동안 사또가 자주 바뀌면서 그 말을 더 자주 들었건만 모두가 똑같은 수순이다.

"박 진사. 내가 고을을 빌 동안 잘 부탁하오."

박유구는 깜짝 놀랐다.

'고을을 비우다니? 이건 어디 갔다 온다는 말인데 종래의 사또 들과는 다른 수법을 쓰고 있다. 자신이 공무로 어디를 다녀올 것 인데 여비가 부족하다고 하려나?'

관리들에게 하도 많은 구실로 돈을 뜯기다 보니 이제는 노잣돈 보태라는 수법도 등장했나 싶으면서 박유구는 나라의 앞날이 캄 캄하다는 생각이 먼저 들었다. 아울러 도대체 어디를 가는데 얼마 나 달라는 것인지 그 액수가 듣고 싶었다. 관청에서 자신을 부를 일은 오로지 뇌물을 바치라는 말 말고는 할 말이 없다는 것을 누 구보다 잘 알고 있다.

"아마 후임이 올 때까지 고을이 빌 겁니다. 내가 이미 사직상소 를 파발마로 띄우기는 했지만 후임이 정해지려면 아무래도 시간이 걸리겠지요."

박유구는 자신의 귀를 의심했다. 분명히 사직상소며 후임 어쩌고 했는데 자신은 완전히 다른 생각을 하고 있던 터라 잘못 들었을지도 모른다는 생각이 들었다. 그런 박유구의 생각에는 아랑곳하지 않고 사또는 말을 이었다.

"혹 들으셨을지 모르지만, 아직 소식을 못 들으신 것 같아서 말씀드립니다.

이제 우리 대한제국은 없습니다. 나라가 망한 겁니다. 일본과 한나라가 되어 버렸습니다. 양력으로 지난달, 그러니까 8월 22일 조약을 맺고 8월 29일 발표를 한 겁니다. 발표한 지 3일밖에 안 지나서 그렇지, 이제 곧 무슨 조치가 잇따라 일어날 겁니다."

"나라가 망하다니요? 또 어디 전쟁이라도 났습니까? 왜놈들이 또 쳐들어왔습니까?"

"아니요. 왜놈들이 쳐들어오거나 전쟁을 일으킨 그런 단순한 차원이 아닙니다. 나라가 일본으로 넘어가서 이제는 완전히 일본이 된 겁니다. 대한제국도 조선도 아닌 일본이 된 겁니다."

"사또, 그게 무슨 말씀입니까?

난리가 나서 왜놈들이나 떼놈들이 쳐들어와도 꿋꿋이 버텨온 나라가 갑자기 왜놈 나라와 하나가 되었다니 그런 말이 어디 있습니까?"

"이미 5년 전에 왜놈들이 우리나라를 보호한다는 말도 안 되는 억지 조약을 맺으면서 외교권을 뺏는 등 속내를 보였었습니다. 그러더니 지난해부터 이완용과 송병준이 앞다퉈 왜놈들과 밀약을 벌이면서 일본과의 병합을 주선했었습니다.

결국 총리대신이라는 작자가 나라를 팔아먹은 셈입니다. 비단 총리대신뿐만 아니라 학부대신 이용직이 조약을 반대하다가 쫓겨

난 것을 제외하고는 대신이라는 작자들 대부분이 앞다퉈 조약을 승인했다고 합니다."

"설마요? 이 나라 백성들도 용납할 수 없는 일을 어찌 나라의 녹을 먹는 대신이라는 자들이 저지를 수 있다는 말입니까? 사또 께서 잘못 아신 것은 아닌지요?"

"차라리 잘못 알았으면 좋겠습니다만 이건 확실한 사실입니다. 작년 7월 이미 내각회의에서 결정을 해놓고 시기만 서울질하는 동안, 송병준과 이완용이 서로 질세라 일본에 나라를 팔아먹는 흥 정을 하고 다닌 것은 알 만한 사람은 다 아는 일입니다. 행여 그런 일이 일어나지 않기를, 누군가가 막거나 황제폐하께서 막아주시 기를 고대했건만 결국 나라가 망하고 만 것입니다."

"그럼 사또는 왜 사직을 하신 겁니까? 망한 나라에 더 이상 미 련이 없어서요?"

"미련이 없다니요?

내 비록 초라한 시골 관리에 불과하지만 그럴 리가 있겠습니 까? 조정의 몇몇 대역죄인 대신 놈들이 왜놈들에게 나라를 팔아 넘겼기로서니 어찌 내 나라에 대한 충성과 이 많은 백성들의 앞날 이 걱정되지 않겠습니까? 뜻한 바가 있어서 사직 상소를 쓰면서 도 그 생각을 하니 눈물이 앞을 가립다."

"그럼 왜 진작 무슨 수를 내셔도 내셨어야지 이제 와서 소 잃고 외양간 고치느라 몸도 마음도 갈 곳을 잃고 그러십니까?"

"누가 그걸 모릅니까? 진작 이런 날이 올 것을 알고 대비를 하 려고 노력을 했었지요.

내가 처음 중앙관료로 청에 들어갔을 때부터 나라는 이미 왜놈 들이 핥아대는 혓바닥 위에 올려져 있었지요. 지난 1905년 을사늑 약이 맺어질 때도 그 늑약을 반대하시던 침정대신 한규설 대감과

탁지부대신 민영기, 법부대신 이하영 대감 등을 추종하던 우리 젊은 관료들이 어떻게든 앞으로 다가올 이런 치욕스런 날을 막아보려고 수없이 노력을 했습니다. 그러나 이미 왜놈들의 뱃속으로 기어들어가 버린 이완용·이근택·이지용·박제순·권중현 같은 대역죄인은 물론 송병준 같이 능지처참을 해도 시원찮을 인간들이 우리 젊은 관료들을 그대로 놓아두지를 않았지요. 일부는 억울한 뇌물죄를 씌워 옷을 벗기고 일부는 지방으로 발령을 내서 쫓아내는 등 우리들이 갈 길을 사전에 막아 버린 겁니다.

나 역시 지난해 합방을 하기로 했다는 소식을 듣고 울분을 참지 못해, 뿔뿔이 흩어진 세력을 다시 규합하려고 동지들과 뜻을 합치고 있다는 것을 알게 된 그들에 의해 이곳까지 쫓겨 온 겁니다. 말이 사또라고 이곳에 보냈지 중앙으로부터 분리시키기 위해 유배를 당한 거나 진배없는 처분을 받은 거지요."

"그렇다고 사직을 하시면 그나마 누가 남아서 백성들을 돌볼 겁니까?"

"어차피 처음부터 왜놈들이 지방까지 관여하지는 못할 것이니 왜놈들에게 빌붙어 사는 대신들의 개들이 다시 오겠지요.

그렇다고 처음부터 백성들을 마음대로 하지는 못할 겁니다. 왜놈들에게 빌붙어 사는 자신들이 백성들의 원성을 사고 있다는 것을 알기 때문에, 오히려 처음에는 탐관오리가 지배하는 지금보다는 겉으로나마 백성들에게 더 따뜻이 대해 줄 겁니다. 그러면서 서서히 왜놈들의 충견으로 돌아서서 언젠가는 동족들을 모조리 왜놈들의 제사상에 올려놓겠지요."

"참, 세상이 어찌 되려고 이런 망조가 일어난다는 말입니까?"

사또가 곰방대 한 대를 부쳐 물며 박유구에게 손짓으로 권하자 박유구도 곰방대를 꺼내 한 대 부쳐 물었다.

말없이 곰방대를 빨며 10여 분이 흐르다가 사또가 먼저 입을 열었다.

"이렇게 도망치다시피 떠나는 주제에 드릴 말씀이 아닌지는 알지만, 그래도 이 고을에서는 박 진사가 하는 말이면 안 듣는 사람이 없다는 것을 내 모르는 바가 아닙니다. 박 진사 신세 안 진 사람이 없을 정도로 선을 많이 베풀어서 아주 덕망이 있다는 것을 잘 알지요. 그래서 제가 이렇게 특별히 부탁을 드리니 당분산은 사주군에 나오셔서 동네 사정을 듣고 그때그때 처리하실 수 있는 일은 나서서 처리해 주십사 부탁하는 겁니다.

도적질을 하거나 강도짓을 하는 것같이 눈에 보이는 죄인이야 이방과 형방 등이 있으니 그들이 해결할 것입니다. 다만 주민들 사이에서 벌어지는 마찰이 문젭니다. 지금 같이 불안한 시국에는 자칫 마찰을 일으킨 주민 양방이 모두 손해를 볼 수 있습니다. 모름지기 어떤 인간이 부임해 올지 모르지만 양방 모두에게 형벌을 내리고 재산은 모두 몰수할 수도 있습니다. 그런 일이 일어나 주민들이 불이익을 당하지 않도록 미리미리 손을 써서 서로 합의하는 선에서 마무리 지을 수 있도록 해달라는 부탁입니다.

백성들을 버리고 도망치듯 사라지는 주제지만 진심으로 백성들이 걱정이 되어 드리는 말씀입니다."

"도망을 치다니요? 사또가 무슨 죄를 지어 도망을 치십니까?"

"세상을 살다 보면 꼭 무슨 죄를 지어 도망치는 것도 아니고 반드시 죄를 지은 사람만이 도망치라는 법이 있는 것도 아니지 않습니까?

정말 백성들 앞에 죄를 지은 인간들은 나라를 통째로 팔아먹고도 눈 하나 깜빡 않고 보란 듯이 버젓이 앉아 어깨에 힘을 더 넣고 있지만 본관은 그럴 입장이 못 되나 봅니다. 나라를 팔아먹은 저 인간들이 두려운 것은 아니지만 그들이 벌일 일이 빤한데 앉아서 당할 수만은 없지 않습니까?"

"벌일 일은 무엇이고 당하다니 그건 또 무슨 말씀입니까?"

"조금 전에 잠깐 말씀드렸다시피 매국노 놈들이 나라 팔아먹으려는 속셈을 알아차리고 몇몇이서 그놈들의 매국을 막아보고자 벌이던 일이 들통이 나서 이곳까지 쫓겨 왔다고 말씀 드리지 않았습니까? 사실 그때 누명을 쓰고 죽을 위험에 처했던 우리들의 진정한 뜻을 이해해주신 황제께서 목숨도 구해주시고 지방에서나마 나라를 위해 일할 수 있게 해주신 것인데, 나라가 이 꼴이 되었으니 이제 누가 우리를 보호해 주겠습니까?

매국노들은 제일 먼저 우리들을 잡을 병사들을 보낼 것입니다.

나라가 망하는 판에 죽는다 해도 이깟 목숨이 그리 아까울 것도 없지만 마음이 맞는 동지들과 함께 벌이기로 했던 일을 시작도 못해보고 죽을 수는 없는 일 아니겠습니까?"

"그렇다면 나라를 구할 일을 하시겠다는 말씀인데, 이렇게 계획도 없이 떠나시면 어디로 가서 무엇을 하시겠다는 겁니까?"

"글쎄요? 지금으로서는 확실하게 모른다는 말씀밖에 드릴 수가 없습니다. 다만 전에 뜻을 같이하는 우리 젊은 관료들이 모여서 이야기했을 때 막연하나마 계획을 세우기는 했었습니다.

만일 나라가 극악으로 치닫는 경우에는 아무래도 왜놈들이 반도 안에서 더 설쳐댈 테니까 같은 우리 땅이라도 연해주나 만주벌판 어디에서 나라를 구할 수 있는 구국결사대를 만들고 군대도 양성해서 나라를 되찾자는 겁니다."

"참, 딱들도 하십니다. 진작 잃기 전에 지키는 게 쉽지 잃었다가 다시 찾는 것이 얼마나 어려운지 아십니까? 왜 나라의 녹을 먹는 양반들이 그걸 모르십니까? 하기야 사또께서 그런 것이 아니라는 것은 소인도 알지만 조정에 앉아 있는 양반들이 너무 딱해서 하는 소립니다."

"면목 없습니다. 지금 박 진사가 하는 말이 모든 백성들이 하는 말이라 가슴 깊이 새겨듣고 이후로 와신상담, 반드시 잃어버린 조국을 찾는데 그동안 먹은 국록의 몇백 배를 속죄하는 심정으로 갚겠습니다."

"말씀이 나왔으니 저도 한 말씀하면, 그런 일을 하시려면 돈이 많이 들어갈 텐데요."

"아직은 잘 모르지만 들겠지요. 그렇다고 앉아서 왜놈들의 충견 노릇이나 할 수는 없는 일 아닙니까?

저희 집안이야 대대로 선비 집안이다 보니 가진 것이 많지는 않지만 우선은 그것을 정리해서라도 무슨 방법을 찾아봐야지요. 뜻을 같이 하는 관료들 중 선친에게서 물려받은 재산이 많은 친구들은 각자 자신들의 몫을 하기로 했으니까 무슨 방법이 생길 겁니다.

설령 방법이 생기지 않는다면 방법을 만들어야 하구요. 백성들이 원할 때 즉시 나설 수 있는 준비를 갖춰야 하니까요.

이미 말씀드린 대로 모름지기 왜놈의 충견들이 처음에는 백성들에게 잘 대해 줄 겁니다. 탐관오리들에게 몸과 마음이 멍들대로 멍든 백성들에게 회유책을 쓰느라고 달래주겠지요. 일본과 한나라가 된다는 것이 얼마나 살기 좋은가를 보여주려고 애쓸 겁니다. 백성들은 살기 좋은 세상이 되었다고 나라의 존재에 무덤덤해질 수도 있습니다.

그러나 시간이 지나면서 백성들이 나라 잃은 설움이 얼마나 큰지를 스스로 느끼게 되면 이야기는 달라지겠지요. 그때는 무슨 짓을 해서라도 나라를 구해야 된다는 생각이 절박해질 겁니다. 그때가 오기 전에 준비를 갖춰야겠지요. 그때는 의외로 빠른 시일 안에 올 수도 있으니까요.

갑오년에 백성들이 부르는 소리를 놓친 것도 억울한데 두 번 놓칠 수는 없지 않습니까."

"그렇다면 당장 어딘가에 자리를 잡고 시작을 할 요량이시구먼요."

"그렇지요. 저희 동지들을 만나서 하루빨리 반도를 벗어나 적당한 자리를 물색하여 터를 닦으면서 나라를 되찾을 수 있는 기반을 만들어야지요."

"이 고을에 남아서 해 달라고 부탁하신 일 말고 제가 도울 수 있는 것은 없습니까?

아무리 배불리 먹고 잘 사는 나라가 된다고 해도 남의 나라, 그것도 왜놈들의 지배를 받고 살라치면 차라리 배고프고 못 사니만 못하다는 것을 백성들도 다 알고 있습니다. 사또 생각처럼 백성들이 그저 호의호식하기만 바라는 것은 절대로 아닙니다. 당연히 사또께서 말씀하신 그때라는 것이 의외로 빨리 올 수 있습니다.

나라가 망한 것을 아직 백성들의 대다수가 모르고 있으니 조용한 거지, 알기만 한다면 이리 조용하지는 않을 겁니다."

"박 진사 말이 옳을 수도 있습니다. 아니 당연히 백성된 도리라면 그리 해야지요. 그렇지만 지금으로서는 방법이 없을 겁니다.

소위 지도층이라는 자들이 앞장서서 왜놈들의 개가 되어 놈들의 똥구멍을 핥아대고 있으니 어디서 구심점을 찾겠습니까? 이제 뜻있는 분들이 저희들처럼 한 분씩 모이면 그 구심점을 찾을 수 있게 될 겁니다. 그걸 만들려는 겁니다."

"그러니까 제가 도울 일은 없나 여쭙는 겁니다. 저야 글 줄 읽는 것과 선친 잘 만나 재산 좀 있는 것이 전부입니다. 부족하나마 제 가산의 일부라도 떼어내겠습니다. 방법을 알려주십시오."

"말씀만이라도 정말 고맙습니다만 지금 당장은 드릴 말씀이 없습니다. 일단을 제가 먼저 일을 꾸미고 연통을 넣으면 그때 도와주십시오.

더 이상 오래 말씀 나눌 수가 없네요. 간단하게나마 짐을 꾸리고 아전들에게 당부할 것을 하려면 시간이 빡빡합니다."

"알았습니다. 쇤네는 이만 가보지요. 다만 꼭 연통 주시기를 고대할 것입니다. 그리고 우선 아쉬운 대로 얼마 되지는 않지만 이거라도…."

박유구는 자신의 전대를 풀었다. 혹 뇌물을 요구하면 내놓으려고 돈을 챙겨오기를 잘했다. 신관 사또가 무언가 된 인간이라고 생각했던 자신의 판단이 옳았다는 것을 생각하며 전대를 풀자 아깝기는커녕 오히려 기분이 좋았다. 요구하는 정도에 따라서 전대에서 꺼내는 양을 조절하려고 넉넉하게 넣어 오기를 참 잘했다는 생각이 절로 들며 전대에서 돈을 셀 이유도 없이 통째로 풀어내놓았다.

"아닙니다. 이렇게 무작정 받을 수는 없습니다."

"사또나리. 이것은 사또나리 개인에게 박유구라는 인간이 드리는 것이 아닙니다. 망한 나라를 구하기 위해 모이는 분들에게 백성된 도리를 하자는 겁니다. 사또께서 이 고을을 다스리는 중이라면 이것은 뇌물이니 안 받으시는 것도 타당하다 할지 모르지만 이것은 엄연히 백성된 도리를 하고자 하는 작은 성의니 물리치시면 안 될 것입니다."

박유구는 진심으로 말했다.

역대 사또들에게 바친 돈에 비하면 이것은 아무것도 아니라 할 수 있을지도 모르지만 돈의 크기를 떠나서 그 가치야말로 어떤 사또에게 바친 뇌물보다 큰 것이리라. 박유구의 그런 진심을 알았는지 사또는 미안한 표정을 잔뜩 머금으며 고맙다는 인사를 남겼다.

　박유구가 하직 인사를 하고 자리에서 일어서자 사또는 방문 앞까지 따라 나오면서 한 마디를 덧붙였다.

　"참, 내가 깜빡 잊을 뻔했습니다. 오늘 박 진사를 보자고 한 이유가 한 가지 더 있는데.

　머지않아 이 고을까지 왜놈들이 손을 뻗칠 것이고, 그렇게 되면 자연히 왜놈들이 근대화 방법으로 나라를 다스린답시고 여러 가지 일들을 벌일 겁니다. 속으로는 아니꼽고 더럽더라도 놈들이 기한을 정해놓고 하라는 것은 하시는 것이 좋을 것입니다. 왜놈들에게 협조를 하라거나 마음을 주라는 소리가 아니라 행정적으로 벌이는 일에는 그놈들이 정해놓은 기한 내에 따라서 해주는 것이 가문과 재산을 지키는 길이 될 것입니다.

　구체적으로 무슨 일이라는 것은 저도 찍을 수가 없지만 놈들이 나라를 수탈하기 위해서는 별별 짓을 다할 겁니다.

　예를 들자면 주인 없는 땅을 국유화해서 세수를 늘리기 위해 토지 조사사업 등을 벌일 수도 있다는 겁니다. 그때는 협조하기 싫어도 해야 합니다. 공연히 왜놈들 꼴 보기 싫다고 무조건 거부하다가는 우리가 가진 것을 몽땅 잃을 수도 있습니다.

　이건 박 진사는 물론 이 고을의 모든 분들이 그리 할 수 있도록 해주셔야 합니다.

　무엇보다 중요한 것은 사람이 올바른 정신을 가지고 놈들을 몰아낼 방법을 강구하면서 살아야 할 일이지만, 사람만 살아남아 궁리만 한다고 어쩌겠습니까? 땅이던 가축이던 재산에 대해서는 지킬 수 있는 한 지켜야 훗날을 도모할 수 있지 않겠습니까?

　재산이 곧 돈이요, 돈이 있어야 힘이 생기는 것 아니겠습니까?"

사또의 이 마지막 말이 박유구와 인근 동리 백성들의 재산을 지켜주는 한 마디가 될 줄은 그 누구도 몰랐다.

사또가 박유구에게 남긴 그대로, 일제는 강점하자마자 대대적인 수탈을 위해 토지 조사사업을 시작했다. 일제가 미워서, 혹은 그런 일을 겪어보지 못한 순진한 백성들은 내 땅이 어디로 가겠냐고 방심하여 신고하지 않는 바람에 일제는 이 나라의 땅들을 숱하게 앗아갔다. 그러나 사또의 말을 기억하고 있던 박유구 넉분에 근동의 백성들은 적어도 자신의 땅만은 지킬 수 있었다.

어느 동네 어느 부자는 토지 조사사업을 이용해 주인의 재산을 가로채려는 왜놈들과 짜고 놀아난 마름의 농간에 전 재산을 잃었는데 그 중 절반은 왜놈 관리 수중으로 들어가고 절반은 마름의 몫이 되었다느니, 또 누구는 왜놈들이 꼴 보기 싫어서 토지 조사사업에 불참했다가 전답을 모두 빼앗기고 목을 매고 죽었다느니 등등 흉흉한 소문이 꼬리를 물때마다 박유구와 동네 사람들은 떠나간 사또를 떠올렸다.

박유구는 자신에게 마지막 말을 남기고 떠난 사또를 잊을 수 없는 만큼, 자꾸 가슴을 짓누르는 답답함을 견딜 수 없었다.

왜 잃기 전에 지키지 못했단 말인가? 나라를 팔아먹은 그 인간들은 도대체 나라도 없이 자신이 살면 얼마나 잘 살겠다고 그 짓들을 했다는 말인가? 초가삼간이라도 내 집이 좋지 고래 등 같은 기와집이라 한들 남의 집에 얹혀살면 그게 얻어먹는 거지신세지 더 이상 무엇이라는 말인가?

박유구는 자신의 마음을 짓누르는 일이 생기면 생길수록 무엇인가를 도모하려 급히 떠난 사또의 모습이 생각나며 기다려졌다.

분명히 무슨 일인가 벌였을 것이다. 그 일이라는 것이 빈손으로는 할 수 없는 일이다 보니 자금도 솔찮게 필요할 것이건만 어째 연락이 없다는 말인가? 다행히 아주 큰 부자를 만나서 걱정할 필요 없이 큰돈을 손에 넣었다면 더 말할 나위도 없겠지만 그렇지 않으면 얼마나 고생을 하고 있을 것인가?

박유구는 언젠가는 찾아올 사또를 위해 되도록 돈보다는 금으로 준비를 해놓기 시작했다.

듣기로는 나라마다 돈이 다르다. 당장 조선에서 이어진 대한제국과 왜놈들도 돈이 다르지 않은가? 그런데 어느 곳에서 무슨 일을 벌인지도 모르는 이를 위해 준비를 한다면 돈보다는 금이 모으기는 좀 힘들어도 훨씬 보탬이 될 듯싶었다.

9. 나라가 망하면 집안도 망한다

사또를 마지막으로 본 후, 다섯 해도 이제 며칠 남기지 않고 한 해를 지나가려고 태양이 서산을 향해 부지런히 줄달음치던 저녁 무렵이다.

박유구는 특별히 오기로 되어 있는 사람이 있는 것도 아닌데 대청마루에 서서 멀리 동네 입구로 들어서는 산 고개를 쳐다보고 있었다. 사방이 나지막한 산으로 둘러싸인 이 동네를 들어서려면 저 산 고개를 넘어야 한다. 동쪽에 있는 산 고개는 마침 서산으로 지려는 햇빛을 받아 산 고갯길 양옆에 있는 잎사귀 없는 나무들이 더 앙상해만 보였다.

"누구 기다리는 사람 있어요? 날씨도 찬데 방으로 드시지 않고 아까부터 왜 그리 고갯마루만 쳐다보십니까? 요즈음 부쩍 그러시는 것 같은데 혹 누가 오기로 했어요?"

요즈음 틈만 나면 찬 겨울바람도 마다하지 않고 대청 끝에 서서 고갯마루를 쳐다보는 박유구에게 언제 옆에 와서 섰는지 부인이 물었다.

"오기는 누가 온다고? 그저 방안이 답답하니까 나와 있는 거지.

진우는 서당에서 왔소?"

"아직 안 왔어요. 오늘 책거리를 한다기에 떡 한 말 해서 보냈는데, 그래서 그런지 늦나봅니다."

"책거리를 한다고?

하기야 배워두기라도 해야지.

비록 나라꼴은 말이 아니라지만 그나마 머리까지 비워두면 언제 무슨 일을 하게 되더라도 나설 수가 없지."

아홉 살 먹은 아들이 오늘 책거리를 한다고 며칠 전에 말했는데도 불구하고 그마저 잊고 있다. 늦게 얻은 외동아들이라 끔찍이도 아끼면서도 책거리하는 것조차 잊고 있다는 것은 그만큼 박유구의 머릿속이 복잡하다는 뜻이다. 아내는 요즈음 들어서 부쩍 고갯마루를 내다보는 박유구의 사연을 듣고 싶었지만 설령 묻는다고 해도 대답해줄 사람이 아니라는 것을 잘 안다. 모르는 체 하다보면 언젠가 그 일이 이뤄지거나 아니면 말을 해도 좋을 시점이 오면 스스로 말해줄 것이다.

남편의 성격을 잘 아는지라 모른 체하고 돌아서서 저녁 준비를 마무리시키려고 부엌을 향하는데 한숨이라도 쉬듯이 속내를 내뱉던 박유구의 눈이 커지면서 아내를 불러 세웠다.

"저 고갯마루를 넘는 것이 진우 아닌감?"

"글쎄요, 멀어서 긴가민가하기는 하지만 그런 것 같네요. 그런데 혼자가 아니네?"

박유구의 말에 가던 길을 멈추고 고갯마루를 쳐다보던 아내가 대답했다. 그리고 대청을 보자 어느 새 방안에 들어갔다 나왔는지 박유구가 의관을 갖추고 대청에서 내려서서 신을 신고 있었다.

"아니? 어디 가시게요? 혹시 진우 마중 나가시려고요? 공연히 동네 웃게시리…."

"진우가 아니라 진우랑 같이 오시는 분 마중가려는 거니까 어서 저녁상 준비하고 술도 같이 준비하구려. 그리고 사랑채에 불따뜻이 지피라고 이르고…."

"진우랑 같이 오는 분 마중을 나간다니 아시는 분이란 말입니까?"

부인은 그 말대답을 들으려 했지만 이미 박유구는 한걸음에 대문 밖을 대닫고 있었다.

박유구가 진우와 함께 낯선 사내와 들어서자 부인은 무조건 인사를 했다. 여느 때와는 다르게 부인에게 이렇다 할 말도 없이 박유구는 손님을 모시고 사랑으로 들어섰다.

"진우야. 저분이 누군데 네 아버님께서 저렇게 말도 없이 서둘러 사랑으로 모시는 게냐?"

"저도 몰라요. 제가 서당에서 나와 막 고개를 넘는데 웬 분이 다가와서 제게 아버님 함자를 물으시며 아직도 이 동네에 사시냐기에 저희 아버님이라는 말을 한 것 빼고는 더 이상 몰라요. 제가 그 대답을 한 후 얼마 안 있다가 아버님께서 마중 나오듯이 오시더니 반갑게 인사를 하시고 함께 먼저 서둘러 앞을 가시기에 저는 허겁지겁 따라왔을 뿐이에요.

어머님도 모르는 분이세요?"

"글쎄다. 어디서 뵌 분 같기도 하기는 하다만 도시 생각이 나를 않는구나. 저렇게 단발을 하고 양복 차림인 것을 보면 개화한 사람인 것은 분명한데 네 아버님께서 저런 분을 어디서 어떻게 만나 저렇게 친분을 다졌더란 말이냐?

얼굴이나 풍채로 보아 예사 사람은 아닌 것이 분명한데 저분을 어디서 뵌 것 같기도 하고…."

박유구의 아내는 도통 생각이 날 듯 하면서도 생각이 나지를 않고 무언가 감이 잡힐 듯 하면서도 감이 잡히지 않아 그저 머리만 갸우뚱거리며 그 자리에서 움직일 줄을 몰랐다.

그때 박유구가 밖으로 나왔다.

"진우 너랑 저분이랑 오는 동안 동네 어른들 아무도 만나지 않았다며?"

"예. 마침 날씨도 춥고 저녁때라 그런지 나와 있는 분은 없었습니다. 아버님 누가 보면 안 되는 분입니까?"

이제 겨우 아홉 살이지만 총명하기 그지없는 진우는 자신의 아버지와 어머니의 태도만 보고도 분명히 무슨 사연이 있다는 것을 직감하고 있었다.

"아니다. 그런 건 아니지만 굳이 저 손님께서 우리 집에 오신 것을 알아도 좋을 것은 없으니까 진우 너도 못 뵌 것으로 생각하여라. 어서 들어가서 저녁 먹을 준비하고.

당신은 나 좀 봅시다."

진우를 방으로 들여보내며 박유구는 아내만 남게 해서, 마침 일하는 사람들도 아무도 손님을 보지 못했으니 오늘 집에 손님이 온 기색을 내지 말 것과 저녁상 역시 아내가 직접 챙겨다 줄 것을 부탁했다.

"무슨 일인데 그러세요? 좀 알면 안 되는 일이에요?"

"내가 내일 말해주리다. 그러니 오늘은 당신이 각별히 신경 좀 써주시구려. 미리 알아도 좋을 것도 없는 일이니 그리 아시구려."

이제껏 한 번도 실수를 하는 경우를 보지 못한 신랑이다. 아내는 자신이 철저할 정도로 믿고 있는 남편의 말에 더 이상 토를 달지 않았다.

저녁상을 차리는 부엌 아주머니에게 진사 저녁상은 자신이 직접 가져 갈 것이라고 하면서 겸상을 시켰다. 그리고 술도 준비를 시키자 속 모르는 부엌 댁은 '부부가 신식으로 겸상을 하고 앉으려는가 보다.'라는 생각에 한편으로는 망측하다는 생각까지 들어 웃음이 나왔지만 감히 밖으로는 티를 내지 못하고 시키는 대로 할 뿐이었다.

그날 밤 박유구는 사랑에서 손님과 함께 늦도록 무언가 이야기를 하는지 사랑의 등잔불이 꺼지지를 않았다. 그렇다고 이미 남편에게서 들은 이야기가 있기에 어찌 할 수도 없어서 부인은 그저 궁금함으로 잠자리만 뒤척이다가 언제 잠이 들었는지 모르게 깜박 잠이 들었다가 눈을 뜨니 날이 새 있었다.

부인이 옷매무새를 고치고 밖으로 나서자 박유구는 벌써 어디를 다녀오는지 대문을 들어서고 있었다.

"아니, 이 식전에 어디를 다녀오시는 겁니까?"

깜짝 놀라서 묻는 아내의 말을 들었는지 대답도 하지 않고 박유구는 안방으로 들어갔다. 부인이 뒤따라 들어오자 앉으라고 손짓을 한 후 작은 소리로 말했다.

"어제 그 손님 저 고개 너머까지 배웅하고 오는 길이요."

"아니, 조반도 안 드시고 가셨어요? 그럼 어제 말씀을 하셨으면 저라도 일찍 일어나서 준비를 할 것을…."

"아니요. 차라리 조반을 못 하고 가시더라도 이렇게 아무도 모르게 왔다가 가시는 편이 낫소. 공연히 그분의 안전에 방해가 되는 일을 굳이 할 필요는 없으니 말이오."

"그분이 누구시기에…?"

"아마 당신은 기억이 나지 않을 수도 있소. 먼 길로 한두 번 뵙기는 했는지 모르지만….

5년 전에 내가 나라가 망한 것을 이야기하면서 급히 떠난 사또

이야기를 하지 않았소. 바로 그분이요."

"그럼 그분이?"

박유구의 아내는 그제야 어디선가 본 것 같다는 생각이 왜 났는지 알 수 있었다.

"그분은 지금 어디 계시기에 그렇게 소리 없이 오셨다가 이른 새벽에 바람처럼 가셨답니까?"

"당신이 섭섭해 할지 모르지만 거기까지는 알 것도 없고 또 알아도 오히려 해가 될 수도 있어요. 사실 나도 잘은 모르고. 분명한 것 하나는 그분이 잃어버린 나라를 찾겠다는 그 뜻을 펼치고 있다는 것뿐이외다."

"그럼 당신이 말씀하셨던 그 자금인가 하는 것 때문에 오셨던 겁니까?"

"그렇지요. 언젠가는 꼭 오리라고 믿고 금으로 준비해두기를 잘했지 뭐요.

당신한테는 미안한 일이지만 사람들 눈을 속이느라 당신 반지며 비녀며 팔찌 등등으로 위장해서 금과 보석으로 사들여 놓기를 잘한 일이요. 그게 훨씬 가치도 있고 어디서든 제 값을 받을 수 있다고 하면서 여간 고마워하는 게 아니었소.

내가 앞으로도 지원을 약속했더니 자신이 직접 못 올 수도 있으나 자신의 친서를 가지고 오는 자는 믿어도 좋다고 하면서 이 서찰을 남기고 간 거요. 앞으로 사람을 보낼 경우에는 이와 똑같이 써서 보내기로 약조를 하고 사또께서도 한 부를 지니고 가셨으니 틀림없을 거요."

그 후로 사또는 한 번도 오지 않았지만 사또의 서찰은 차곡차곡 쌓여가고 있었다.

나라가 망하고, 왜놈들의 뒤꽁무니에 붙어서 헐떡이는 놈들을 제외하고 백성들은 살기 힘들어 허덕여도 세월은 여지없이 흘러간다. 그 흐르는 세월 동안 박유구는 재산을 야금야금 팔아 금과 보석으로 바꾸기를 수차례 했다.

그날 사또와 함께 집에 들어서던 진우가 손이 귀한 집이라 일찍 장가를 갔지만 후사를 보지 못하다가 딸을 얻더니 2년 만에 아들을 얻어 집안에 경사를 안기고 스물여덟이 되던 해.

손자 성규의 돌잔치를 맞아 그렇게도 기뻐하던 박유구가 돌잔치를 치른 지 겨우 일주일 만에 갑자기 자리를 하고 눕더니 영 기력을 차리지 못했다.

"진우야. 잘 들어라."

주변 사람을 모두 물리치고 자신의 아내와 아들 진우 내외만 남긴 자리에서 박유구는 힘겹게 입을 열어 사또와 자신이 처음부터 그때까지 벌인 기막힌 사연을 이야기했다.

"그러니 내가 자리를 털어내지 못하고 눈을 감더라도 네 어머니가 간직하고 있는 그 서찰을 가지고 나타나는 사람이 있거든 절대 모른 체해서는 안 된다.

재물이 아무리 많으면 무엇에 쓸 것이냐? 나라가 없는데 백성이 어찌 존재할 수 있다는 말이냐?

그나마 지금까지 왜놈들이 우리 집안을 이렇게 놓아두는 이유는 아직은 우리 집안이 쓸모가 있다고 생각해서겠지. 그래도 아직은 우리 집안 한 마디가 이 동네 민심을 좌우하니까. 하지만 그것도 믿을 것은 못 된다. 언제라도 제 놈들 비위에 거슬리는 날에는 우리 집안이고 뭐고 볼 것 없이 짓밟고 말 놈들이다. 우리 집안이 가진 모든 것을 빼앗아 제 놈 나라에서 온 거지 같은 인간들에게 나눠주고도 남을 일이지. 설령 왜놈들이 우리 재산은 절대로 빼앗아가지 않는다고 치자. 재산이 남아 있다고 사람답게 살고 있다고 할 수 있는가 생각해보려무나.

지금 이 땅의 백성들이 얼마나 왜놈들에게 혹사당하며 살고 있는지 너도 잘 알지 않느냐? 곳곳에서 조선인이라는 이유 하나만으로 멸시받고 말 한 마디 제대로 못하고 왜놈들을 똑바로 쳐다보기만 해도 치도곤을 치르며 살고 있다는 것을 네 눈으로도 보고 있지? 우리 역시 재산이 좀 있다는 것을 제외하고는 다를 것이 없다. 그나마 재산이 있다 보니 동네 사람들이 우리를 우러르고 왜놈들은 그들의 눈이 두려워 남들보다 조금은 낫게 대해주는지 모르지만 왜놈들은 우리를 제 놈들이 키우는 개만도 못하게 알지 않더냐.

나라 없는 백성은 문간 거지만도, 아니 문간에 앉아 있는 개만도 못한 것이다. 그동안의 이 나라 역사를 잘 살펴보아라. 우리 조상들이 얼마나 피땀을 흘려서 지켜온 나라더냐? 그분들이 왜 그렇게 피를 흘리면서까지 나라를 지키려 했겠느냐? 나라를 잃으면 모든 것을 잃는 것이기 때문이다.

역사에서 보면 우리나라 백성들은 숱하게 전쟁을 치르면서도 한 번도 나라를 등진 적이 없다. 중앙 관료들은 제 놈들 잇속에 얽매여 갑론을박했을지 몰라도 백성들은 무엇보다 먼저 나라를 생각했다. 누가 시키지 않아도 분연히 일어나 의병으로 나라를 구했었다. 그 덕분에 이렇게 속수무책으로 나라를 송두리째 빼앗긴 적이 없었다는 말이다.

지금 사정은 나라를 송두리째 왜놈들에게 내주고 말았으니 어찌 저승에 가서 조상님들을 뵈올지 막막하기만 하다.

우리들 세대에 나라를 빼앗긴 것에 대한 속죄를 해야 하긴 하는데 직접 나서서 싸울 주제도 못 된다. 그러니 나라를 되찾기 위해 목숨도 마다않고 일하는 분들을 재물로나마 도와주어야 하지 않겠느냐? 죽어 가지고 갈 재물도 아닌데 그렇게라도 해야 조상님들에게 조금이라도 면목이 서지.

하기야 나라를 잃은 것이 어디 조상님들에게만 죄를 지은 일이더냐? 이제 갓 돌이 지난 손자 성규는 물론 앞으로 다가올 후손들에게는 어쩌면 더 큰 죄를 지은 것일 게다. 우리 후손들이 무슨 죄가 있어서 이 할아비들이 빼앗긴 나라에 태어나 왜놈들의 뒤치다꺼리를 하면서 개만도 못한 삶을 살아야 하는지 속죄할 길이 정녕 없구나."

나라를 빼앗긴 것이 선조보다 후손에게 미안하다는 말을 하며 숨을 깊게 쉬던 박유구는 그날 이후로 갑자기 건강 상태가 나빠져서 사흘 후에 숨을 거두고 말았다.

아버지의 유언을 가슴에 새긴 박진우는 어머니에게 아버지께서 독립자금을 마련하던 방법을 듣고 그대로 실천하기 시작했다. 아버지가 세상을 떠난 후 일 년이 채 안 되어 어머니께서도 세상을 하직하면서 남긴 사또의 서찰을 장롱 깊이 넣어두고는 어느새 자신도 모르게 그 서찰의 주인공이 나타나기만을 기다리게 되었다.

그렇게 기다리다가 서찰의 주인공이 나타나면 그동안 마련한 금과 보석을 넘겨주기를 몇 차례 했지만 조국의 광복은 점점 멀어져 가는 것만 같았다.

들리는 소리에 의하면 일본은 중국의 상당부분을 손아귀에 넣은 것은 물론 아시아 각국을 손아귀에 넣고 있다는 것이다. 일본이 대동아제국을 세울 것이라는 이야기까지 들렸다. 그런 이야기들을 뒷받침이라도 하듯이 왜놈들은 공공연하게 대동아제국을 세울 성전이 어떻고 해가면서 조선인들도 기꺼이 목숨 바쳐 전쟁에 참여해야 한다고 떠들어댔다. 게다가 그 미친 소리가 전염이 되는지, 언젠가부터는 대한인들 중에서도 지식이 있고 나라를 생각하는 사상을 글이나 노래를 통해서 계몽하던 인간들마저 대동아평화를 위해 기꺼이 전쟁에 참여해 목숨을 바치자고 떠들어대기 시작했다. 미친개에게 물리면 사람도 미친다더니 영락없이 그 꼴과 진배없는 풍경이 연출되고 있었다.

진우는 혼란했다.

왜놈들이 서슬 퍼렇게 날뛰고, 대한인들 중에서도 지식인들이라는 작자들까지 미쳐 날뛰는 것을 보면 정말 조국의 광복은 영원히 오지 않을 것 같았다. 그러나 한편으로는 왜놈들이 드디어 미쳐가는 것을 보면 의외로 조국의 광복이 빨리 다가올 수도 있다는 기대마저 들었다.

쥐도 막다른 골목에 몰리면 고양이마저 문다는데 지금 왜놈들의 꼴이 바로 그 모양이라는 생각마저 들었다. 자신마저 미쳐서는 안 된다고 굳게 마음을 다지면서 오히려 전답을 더 많이 팔아서 금과 보석으로 만들기 시작했다. 이럴 때일수록 흔들리기 쉬운 것이 인간이지만 반드시 이 나라가 광복되기를 바라는 마음을 금과 보석에 아로새겨 넣었다. 행여 흔들릴지 모르는 자신의 마음을 다지기 위해 아버님의 유언을 자주 떠올렸다.

'나라를 잃으면 그건 조상님들에게 죄를 짓는 것 이상으로 태어나지 않은 후손에게 더 큰 죄를 짓는 거란다.'

이미 양력으로는 1945년이지만 음력으로는 섣달그믐을 향해가며 머지않아 새해를 맞을 준비를 하던 날이다. 그동안의 주기로 보면 머지않아 귀한 손님이 올 것이다. 그 손님을 맞이하기 위해

진우가 전답의 일부를 처분하고 다음날 금이나 보석으로 바꿔 이미 준비해 놓은 금과 합칠 요량을 하면서 돈을 장롱에다가 막 집어넣고 난 직후였다.

일본 헌병이 들이닥치더니 다짜고짜 진우를 체포해 헌병대로 끌고 갔다. 진우는 물론 아무도 그 영문을 알 수 없었다. 어느새 열세 살 나이가 되어 3월이면 중학생이 되는 성규가 부지런히 뒤를 쫓아 헌병대까지 갔지만 정문에서 쫓겨나 안에는 들어가시도 못했다. 뒤늦게 도착한 진우의 처 옥순과 성규보다 두 살 많은 누나 소희는 헌병대 안에는 들어가지도 못하고 정문 앞에서 서성대는 성규를 보자 울음부터 터트렸다.

"저 안에 들어가면 죽지 않으면 병신이 되어 나온다는데 네 아버지는 어찌 하란 말이냐?"

엉엉 울어도 시원찮을 판이고 울음에 섞인 이 말 역시 부르짖듯이 외쳐야 될 말이지만, 옥순은 헌병대 앞이라 주눅이 들어, 성규의 어깨를 손으로 가볍게 내리치면서 목소리는 목 안으로 삼켜 신음하듯이 한탄할 뿐이었다. 소희 역시 정문에서 보초를 서는 헌병을 보는 것만으로도 주눅이 들어 울음소리도 내지 못한 채 옆에 서서 발을 구르며 옷고름으로 눈물만 찍어내고 있었다.

"어머니 진정하세요. 진정하시고 기다려봐요. 아버님께서도 그렇게 녹녹한 분은 아니잖아요. 또 무슨 죄를 지은 것도 아니고요. 그러니 별 일이야 있겠어요? 무언가 오해가 있던 것이 확실하니 별 일 없을 거예요."

성규는 어머니를 진정시키려고 말은 그렇게 했지만 자신도 엉엉 소리 내 울고 싶은 것을 억지로 참고 있었다. 비록 아버지가 직접 말을 해준 것은 아니지만 아버지가 무슨 일을 어떻게 하는지는 다 아는 일이다. 가끔 자신을 불러 앉혀 놓고, 나라 이야기를 하면서 은연중에 시키던 교육 속에 다 들어 있는 내용이다. 재산이라는 것이 비록 내 소유라 할지라도 정말 필요한 일이 있으면 기꺼이 내놓을 줄 알아야 한다. 더더욱 그것이 나라에서 필요한 것이라면 나라를 위해 쓸 줄 알아야 하는 것이 백성된 자의 도리라는 것이었다.

그런 내용을 아는 터이니 성규가 불안한 것은 이루 말로 다할 수 없는 노릇이다. 하물며 어머니는 더 자세히 그 내역을 알고 있으니 얼마나 속이 타실까? 분명히 살아 돌아오기는 힘들 거라는 생각을 하시고도 남을 일이었다.

그렇게 세 식구가 주눅이 든 채 눈물만 흘리며 아무런 조치도 못하고 타들어가는 애간장을 녹이면서 두어 시간이 지나서였다. 눈에 보이는 현상을 믿지 못할 일이 벌어지고 말았다. 죽지 않으면 병신이 되어 나올 것이라고 여겼던 아버지가 말짱한 모습으로 걸어 나오는 것이 아닌가?

"아니? 여보. 이게 꿈이요 생시요?"

어머니는 누가 보든 말든 아버지를 부둥켜안고 기뻐서 어쩔 줄을 모르다가 갑자기 무슨 생각이 났는지 정문에 있는 헌병을 쳐다보았다. 행여 그들이 다시 부르는 일이 생길지도 모른다는 불안이 엄습했는지 부랴부랴 아버지 손을 잡아끌고 그 자리를 떠나려고 했다.

"자, 이제는 안심해도 되니 이 손 놓구려. 이제 다 끝난 일이니 집으로 돌아가서 차근차근 이야기하기로 합시다."

가슴을 조이는 살벌한 일이 있던 뒤끝이라 이게 바로 행복이라는 표현을 써도 좋을지 알 수 없는 일이지만 가슴 가득 차오르는 기쁨을 안고 네 식구가 함께 집으로 돌아왔다.

집에 들어서자 어머니가, 경찰서에서 고생한 아버지를 위해 부지런히 저녁상을 준비해 들여오고 네 식구가 마주 앉았다.

전에는 진우의 집에 하인들도 많았지만 이제는 그렇지 못하다.

그동안 전답도 많이 줄었지만 단순히 재산이 줄어든 까닭만은 아니다. 하인들을 부리다가 공연히 왜놈들에게 시빗거리를 제공할 수도 있다.

제 놈들은 우리나라 사람을 마치 소나 말처럼 부려먹으면서도, 우리나라 사람이 하인을 여러 명 거느리고 있으면 조선의 양반 나부랭이들이 일하기 싫어하는 그 썩어 빠진 정신을 아직도 버리지 못하고 있다고 공연히 트집을 잡는다. 일본제국의 왕은을 제대로 입으려면 열심히 일해서 제국의 번영에 기여해야 한다는 것이다.

그러나 그 말은 그저 허울 좋게 둘러대는 말뿐이고, 그 깊은 속내는 다른 곳에 있다. 제 놈들이 편하게 얻어먹고 더 많이 수탈해 가기 위해서 우리나라 사람 한 사람의 노동력이라도 더 보탬을 이루게 하려는 수작일 뿐이다.

이미 그런 왜놈들의 속내를 읽은 진우는 하인들에게 각자 갈 길을 가도록 모두 방면해주었다. 다만 굳이 갈 곳이 없어서 계속 머물러야 한다는 행랑할아범과 아주 오랫동안 진우의 집에서 부엌일을 하면서 살아온 늙은 찬모 한 명만 남겨두고 있다 보니 옥순이 직접 부엌에 드나드는 일은 다반사였다.

"아무리 생각해도 이해할 수가 없구나."

첫 술을 뜨고 난 진우가 먼저 입을 열었다. 그렇지 않아도 오늘 낮의 일이 식구들 모두에게는 이해할 수 없이 궁금증을 더해주던 터라 식구들은 일제히 수저를 멈추고 진우의 입으로 시선을 모았다.

"아무리 생각해도 그냥 놓아준 것이 이상하기만 해. 말로는 자기들이 뭔가 오해를 한 것 같다고 하면서 앞으로 일본제국의 아시아 평화제국 건설에 적극 협조한다는 각서만 쓰면 석방해준다고 하기에 그리했지만 도저히 이해가 가지를 않아."

"그럼 다른 이야기 없이 그 각서 한 장으로 당신을 방면해주었단 말이에요?"

"그러니까 이상하다고 하지를 않소. 잡아들여놓고는 두어 시간 동안은 아무런 말도 시키지 않고 가둬놓았었소. 온갖 고문을 하기 위한 도구들이 있는 곳을 보니 취조실인 것 같던데, 그곳에 가둬놓고는 아무도 오가지 않더란 말이요."

진우에게는 말로만 듣던 일본 헌병대 취조실이다. 들어서자마자 피비린내가 역겨웠다. 바닥을 닦았다고는 하지만 곳곳에 피가 지워지지를 않은 채 엉겨 붙어 있다.

사방에 놓인 것들이 모조리 고문을 할 때 쓰는 기구들이 틀림없었다. 어느 것 하나 피로 얼룩지지 않은 것이 없다. 천정에서 길게 내려진 쇠사슬 끝에는 손을 묶을 때 쓰는 수갑 같이 둥글게 생긴 것이 달려 있었는데 그곳에도 피가 엉겨 있는 것이 보였다. 의자에도 곳곳에 피가 잔뜩 묻어 있고, 전기 고문을 하는 도구인지 긴 선의 끝에 집게가 달려 있는데, 그곳에도 피가 잔뜩 묻어 있다. 햇볕이라고는 작은 창으로 겨우 물체를 구분할 수 있을 만큼 들어오는데도 피가 보였다. 솔직히 내심 겁도 났다. 피에 얼룩진 고문을 하는 기구들만 봐도 섬뜩했다.

진우 자신을 이곳에 집어넣은 것을 보니 머지않아 자신에 대한 취조가 시작될 것이다. 그런데 아무도 들어오지 않으면서 자신을 먼저 이곳에 넣어 놓은 것은 분명히 미리 겁을 주려는 작전이다. 미리 이런 것들을 보면서 겁을 먹으면 취조하기가 훨씬 쉽다는 저들의 경험에서 나온 행동이다.

진우는 조용히 생각에 잠겼다. 자신의 생애에 하늘을 우러러도 부끄럽지 않을 정도로 죄 지은 건 없다. 내 나라를 강탈한 놈들에게서 나라를 찾기 위해 내 재산 내가 처분해서 독립군들에게 자금을 대온 것이 무슨 죄라는 말인가? 그렇다고 왜놈들에게 내 재산 내 마음대로 처분한 것도 죄가 되느냐고 했다가는 저놈들이 원하는 대로 스스로 죄를 인정하는 꼴만 될 것이고 어떻게 대응해야 할지 막막했다.

코로 스며드는 피비린내로 역겨웠던 것도 이제 별로 역겹지 않다. 곳곳에 엉켜 있는 핏자국 때문에 은근히 겁이 나던 것도 더 이상 두렵지 않다. 저 피들이 모두 우리 민족들이 흘린 피다. 나라를 위해서 무언가를 하려다 발각이 된 사람도 있을 것이고, 제 놈들이 원하는 만큼 공출을 하지 않아서 억울하게 끌려와 치도곤을 당한 사람도 있을 것이다. 모르면 몰라도 정말 나쁜 짓을 하다가 끌려온 자는 아마 거의 없을지도 모른다. 남들은 다 겪은 일인데 못 겪을 게 무언가? 그보다는 어떻게 대답을 해야 자신이 자금을 대주던 독립군들에게 아무런 손해가 가지 않는 것인지가 더 문제다.

진우가 혼자서 이렇게도 궁리를 해보고 저렇게도 궁리를 하면서 두어 시간이 지날 때였다. 진우를 잡아온 헌병이 들어와 갑자기 수갑을 풀면서 앞서라고 하더니 사무실로 안내를 하는 것이 아닌가? 사무실에 들어서자 자신을 잡아온 헌병의 윗사람인 것이 분명한 사내가 일어서면서 자신 앞으로 다가왔다.

"나는 이곳 헌병대 파견대장인 오오모리 소위입니다.

이거 오해가 있었던 것 같습니다. 요즈음 우리 병사들이 불량 조선인을 색출하는데 너무 열심히 일을 하다가 보니까 본의 아니게 위대한 제국식민의 한 사람으로서 자신의 일에 충실하고 있는 박상 같은 분에게 공연한 해를 입힌 것 같소."

잡아올 때는 사무실은커녕 곧바로 떠밀어서 취조실 바닥에 넘어지게 만들더니 사뭇 달라진 분위기였다. 그 분위기를 반영하듯이 오오모리라는 그 자가 의자를 가르치면서 앉을 것까지 권하며 말을 이었다.

"일을 하다가 보면 이렇게 본의 아니게 피해를 보시는 분도 반드시 생긴다는 것을 우리도 알면서도, 일을 잘 하기 위해서 저지른 실수이니 양해해주시리라 믿소. 이제 제국은 아시아의 통일을 눈앞에 두고 있는데, 가장 먼저 제국의 식민이 되어 제국의 아시아 평화를 위한 노력의 밑거름이 되었던 반도에서는 요즈음 공연히 제국에 반기를 드는 세력이 나타나서 골치가 아프다 보니 이런 일들이 일어나는 거지요.

어쨌든 박상에 대한 것들은 철저한 오해였음을 책임자로서 내가 다시 한 번 사과합니다. 기왕 걸음을 하셨으니 앞으로는 제국의 아시아 평화를 위한 전쟁에 적극 협조하신다는 각서나 한 장 써 주시지요."

진우는 어안이 벙벙했다. 조금 전 취조실에서 머지않아 취조를 당할 것을 생각하면서 이 궁리 저 궁리 했던 것이 이렇게 결말이 나고 만다는 말인가? 오해를 했다는 것은 무엇이고 각서를 써 달라는 것은 또 무엇이라는 말인가?

"각서라고 하니까 혹 무슨 잘못을 저질렀다는 뜻이 아닌가 해서 그러시나 본데 절대 그런 뜻은 없소이다. 이 근방 모든 사람들이 박상의 뜻을 잘 따르는지라 그저 박상이 제국의 평화전쟁에 적극 협조하고 있다는 것을 보여주자는 것일 뿐입니다. 뭐 특별하게 하라는 것도 아니고 그저 종이에 아시아 평화를 위한 전쟁에 적극 협조한다는 한 마디만 쓰고 서명을 하시면 됩니다."

어안이 벙벙한 진우를 보면서 오오모리는 다시 한 번 설명을 덧붙였다.

"그럼 각서를 쓰고 집으로 돌아가라는 말씀입니까?"

"그렇지요. 박상처럼 이 고을에서 신망 있으신 분들도 이렇게 아시아의 평화를 위해서 헌신한다는 근거를 남겨 달라는 말씀입니다. 사실 저희들의 오해로 인해서 이렇게 걸음을 하신 것이니 그냥 돌아가셔도 되긴 합니다만 그래도 기왕 이렇게 오셨는데, 그냥 가신다는 것은 좀 뭐하기도 해서 드리는 말씀입니다만…"

오오모리의 그냥 가도 된다는 말을 듣는 순간 박진우의 머릿속에는 번쩍 섬광이 일었다.

'지금 오오모리는 나를 시험하고 있다. 저들이 분명히 무언가 냄새를 맡았다. 그리고 나를 얽어 넣으려고 하다가 보니까 차라리 나를 풀어주고 그 진원을 캐고 싶은 거다. 내가 오늘 전답을 처분한 것이 단순히 재산을 일부 정리하는 이상의 뜻이 있다는 것을 알기에 나를 족치려고 데리고 왔지만 막상 데리고 와서는 생각이 바뀐 거다. 일단 나를 풀어주고 나와 접선하는 사람까지 잡아넣으려는 심산이다. 나를 감시하다 보면 나와 만나는 사람이 있을 것이고 그 사람을 얽어 넣자는 심산이다.'

박진우는 자신이 접선하는 독립군을 잡아들이기 위한 수단으로 자신을 풀어주려는 것이라는 감이 잡히자 우선은 각서라는 것을 써 주고 이 자리를 떠나야 한다고 결론을 지었다.

그때 문득 생각나는 것이 있었다.

'그런데 내가 오늘 전답 중 일부를 처분한 것을 어떻게 금방 알았다는 말인가? 아직 내게서 땅을 산 김 첨지도 등기를 하지 않았을 것이 분명한데 도무지 이해가 가지를 않는다.'

자신이 독립자금을 대는 것에 대해 냄새를 맡은 것까지는 그렇다지만, 오늘 전답을 처분한 것을 알고 있다는 것이 이해가 되지를 않았다. 자신을 감시하는 밀고자가 있다는 말이 된다. 쉽게 생각할 일이 아니다. 일단 각서를 써주고 이곳을 떠나 차분하게 생각할 일이다.

"그럼 누군가 당신을 감시하다가 밀고를 했고, 우리 집에 가끔 오시는 그분들을 잡아넣기 위한 수단으로 당신을 풀어주었다는 말이에요?"

진우의 말을 듣던 아내가 두려운 낯빛으로 물었다.

"그렇소. 내 생각이 틀리지 않을 것이오. 그런데 누가 밀고를 했느냐보다 더 중요한 문제가 있소. 어서 마저 식사들하고 천천히 상의를 해봅시다. 우리 소희와 성규도 이제 어른이 다 되었으니 함께 알아야 할 일은 알아야 하지 않겠소?"

진우의 말을 듣느라고 멈췄던 식사를 부지런히 한 후 상을 물리고 네 사람은 다시 모여 앉았다.

"그럼 이 일을 어떻게 풀어야 한다는 말이에요?"

상을 들고 부엌에 나갔던 진우의 아내 옥순은 설거지를 하는 둥 마는 둥 상을 접어놓고 방에 들어서자마자 먼저 물었다.

"글쎄올시다. 나도 아직 이렇다하게 결론을 내지는 못했소. 다만 시간이 없다는 것밖에는 다른 생각은 못했소.

해마다 섣달 이맘때, 모두가 설날을 맞느라고 분주하고 먼 친척들도 오래간만에 서로 과세 인사차 방문을 하느라고 외지인들이 자주 드나드는 틈을 이용해서, 우리를 찾아오던 손님들을 함께 얽어매기 위한 것은 확실한 것 같소. 그런 사정을 모르는 손님들이 오기 전에 내가 먼저 나서서 그 누구도 올해는 이 지방에 오지 않게 해야 한다는 생각이오. 만일 누군가가 왔다가는 그냥 덜미를 잡힐 테니 사전에 막아야지요.

그러나 저러나 아버님 때부터 수십 년을 이어와도 괜찮던 일이 왜 갑자기 그 꼬리를 밟혔는지 알 수가 없구려.

조심하느라고 전답을 팔아도 의심사지 않을 만큼 팔고, 전답을 팔아 유흥비로 쓰는 체 하느라고 전답을 팔고 나면 투전판도 얼쩡거리고 술집도 드나들었건만….

아무리 생각해도 헌병들이 직접 나를 감시했다기보다는 누군가가 우리 사정을 밀고한 것이 틀림없는 것 같소."

"누군가가 밀고를 했다면 우리 집안과 개인적으로 원한을 가졌거나 아니면 나라가 영영 망하기를 바라는 사람일 텐데, 당신이나 우리 집 누구도 그럴 일이 없잖아요. 더더욱 나라를 위해 내 재산 내가 팔아 바치는 일인데 대한사람으로 태어나 그걸 밀고하는 짓이야 하겠요? 그랬다면 그건 사람도 아니지."

"사람 아닌 것들 때문에 나라가 결국 여기까지 온 것 아니겠소. 중앙 높은 놈들도 해 처먹었으니 이제는 백성들 중에도 그 몹쓸 작자들을 본받는 자가 나오는지도 모를 일이지.

중앙에 있는 이렇다 할 지식인 놈들과 관리 놈들 중에도 나라가 다시는 일어서지 못할 것이라고 하면서 식민이 된 것을 목숨으로 갚자고 한다오. 징병과 징용에 앞장서자고 선동하고 다닌다는 이야기 당신도 들었잖소."

"그거야…."

'나라가 광복을 한다는 것이 흐르는 시대 상황으로 볼 때 정말 어렵다고 판단을 해서인지, 아니면 돈 푼이나 받아 챙기고 그런 것인지, 그것도 아니면 그 알량한 목숨을 구걸하기 위해서 그런 것인지는 모르지만, 이미 중앙의 내로라하는 지식인과 관료 출신들은 왜놈의 왕에게 충성을 하고 식민이 된 것을 목숨으로 갚자고 학생들을 비롯한 젊은이들의 참전을 충동질하고 있다고 한다. 비단 지식인들뿐만 아니라 민족정기를 이어간다고 큰 소리 치던 중앙의 신문들조차 일제 앞잡이가 되어 글을 쓰고 있다고 한다. 정말 나라가 광복이 될 가망이 없어서일까?'

여기까지 생각하던 진우의 아내 옥순은 문득 떠오르는 생각이 있었다.

"참, 여보. 갑자기 생각이 난 것인데 혹 놈들이 당신한테 받았다는 그 각서 말이에요. 그 각서 받으려고 일부러 당신을 불러 들여서 꾸민 일 아닐까요? 당신이 순순히 각서를 쓸 사람 같지는 않으니까 말이죠."

"나 같은 놈 각서를 뭐에 써 먹게?"

"그래도 이 근동에서는 당신이 하는 말은 사람들이 그럭저럭 인정을 해주니까 그걸 이용해볼 욕심으로…."

"그렇다면야 오죽이나 좋겠소만 그건 아닐 거요. 내가 점쟁이도 아니고 그렇다고 무슨 능력이 있어서가 아니라, 사람에게 다가오는 느낌이라는 것이 있지를 않소. 오오모리라는 그 헌병대 소좌가 내게 지껄일 때 오는 느낌. 비열하게 흘리는 입가의 그 미소에는 뭔가 큰 고기가 걸려들고 있다는 자만심 같은 것이 번지고 있었소.

내가 알기로는 왜놈들이 우리나라 광복을 위해 일하거나 그들을 직접적이든 간접적이든 돕는 이들을 불량 선인이라고 하면서, 불량 선인을 색출하는데 상당한 공을 들인답디다. 보통사람이 불량 선인을 신고해서 밝혀지면 꽤 큰 상금이 주어지고 헌병이나 순사가 큰 건을 잡으면 특진도 한다고 들었소.

그래서는 안 될 일이지만 모름지기 누군가 상금에 눈이 멀어 우리를 밀고하고, 저 헌병대 놈들은 그걸 미끼로 우리 손님들을 낚아 넣으려는 게 틀림없을 거요."

"세상에? 아무리 말세라고 하지만 배울 게 따로 있는 일이지, 어떻게 나라를 송두리째 팔아먹는 놈들을 닮아 그런 짓거리들을 한대요?"

진우와 옥순이 하는 이야기를 듣기만 했지만, 소희와 성규 역시 지금 무슨 이야기가 오가는지는 알고도 남을 일이었다. 그렇다고 무엇을 어떻게 해야 한다는 생각을 할 정도는 아니다. 다만 아버지 진우의 입에서 나올 다음 말이 궁금할 뿐이었다.

그러나 굳게 닫힌 진우의 입이 열리지 않은 채 시간만 흐르고 있었다.

얼마나 시간이 흘렀을까?

진우가 굳게 다물었던 입을 열었다.

"오늘은 늦었으니 그렇다 하고 내일은 내가 경성에 가 봐야 할 것 같소."

"경성을요?"

"그래요. 손님들과 직접 만나지는 못해도 경성에 가면 연줄을 넣어 이 상황을 알릴 방법은 있으니까 그리라도 해야지요."

"하지만 정말 저들이 원하는 것이 무엇인지도 모르면서 너무 섣부르게 움직이시는 게 아닌지 걱정이 되네요."

"아닐 게요. 내 생각이 틀리지 않을 게요.

그렇다고 당장 밤에 움직이는 것은 나를 감시하고 있는 눈에게 밥을 던져주는 꼴이 되고 말 터이니 차라리 낮에 움직이는 게 훨씬 나을 거요. 내가 밤에 움직이면 저들이 도망가는 나를 잡았느니 어쩌느니 하면서 몰아 부칠 수도 있겠지만 낮에 움직이면 그런 구실을 갖다 댈 수 없을 테니 말이요. 마침 내일은 장날이니 장보러 가는 척하면서 슬쩍 다녀오리다. 내가 이렇게 낮을 택해서 빨리 움직이리라고 짐작 못하고 있을 때 허를 찔러서 다녀오는 게 좋을 것 같소.

게다가 경성에는 가까운 일가 분들도 계시니, 만약 다녀온 후에 일이 잘못되어 조사를 받는다 손 치더라도, 그분들에게 오랜만에 과세 인사를 다녀온 것으로 할 수도 있으니 떳떳이 낮을 택해서 다녀오리다.

참, 이건 혹시나 해서 하는 말인데….”

진우는 자신이 그동안 전답을 팔아 금이나 보화로 바꾼 것들의 일부를 어디에 숨겼는지를 알려주었다. 만약의 경우 가솔들이 살아 나갈 방법을 알려준 것이다. 이제 처분하지 않고 남은 전답은 네 식구가 빠듯이 살아나갈 정도만 남겨두었으니 만약의 경우를 대비해서 숨겨둔 재산이었다.

이튿날은 마침 읍내 5일장이 서는 날이다.

진우는 여느 때 읍내를 나가듯이, 보통 겨울에 차려입는 행색으로 집을 나섰다. 먼 곳에 나들이 가는 행색을 했다가는 의심을 받을 것을 염려해서 가슴 깊숙이 금과 보석을 숨긴 것을 제외하면 누가 보아도 명절을 앞두고 읍내 장보러 가는 행색과 다를 것이 없었다.

그날은 보통 장날 진우가 집으로 돌아오는 시각에 맞춰 돌아오기를 기다리는 식구가 아무도 없었다. 어차피 장에 가듯이 되짚어

올 길을 떠난 여행은 아니다. 여의치 않으면 며칠이 걸리는 한이 있더라도 자신이 감시 받고 있는 상황을 어떻게든 전해야 한다는 말을 남기고 떠난 그다.

시골마을의 짧은 겨울 낮은 쉽게 꼬리를 감춘다. 옥순은 여느 때처럼 어둑어둑한 저녁시간이 되자 두 아이와 저녁을 마치고 정리를 끝냈다.

방에 들어와 자리를 하고 앉았는데 뭔가 할 일이 남은 것 같고 알 수 없는 불안이 자신을 감싸 도는 것 같았다. 가슴이 콩닥 거리며 마음이 누그러지지를 않았다.

여간해서는 집안을 비우는 일이 없는 신랑이 먼 길을 떠나서 그러려니 하고 마음을 추슬러 보려고 애를 썼지만 불안한 마음이 가시지를 않았다. 공연히 방정맞게 불안해한다고 자신을 스스로 꾸짖어보았지만 그 역시 소용없는 일이었다.

불을 끄고 잠자리에 누워봤지만 그러면 더 불안해져서 좌불안석이라는 말이 이런 때 쓰는 말이라는 생각까지 들었다.

차라리 이럴 때는 일이라도 하는 것이 낫다는 생각이 들어 바느질감을 꺼내놓았지만 그 역시 손에 잡히지를 않는다. 오른손에는 실을 낀 바늘을 들고 왼손에는 바느질감 천을 들고 있지만 오른손이 왼손에 들린 천으로 다가가지를 않고 자꾸 머릿속이 복잡해져만 갔다.

딱히 무엇을 생각하는 것도 아닌데 복잡해져만 가던 머리가 이번에는 가슴으로 내려가는 것 같았다. 가슴이 휑하니 비면서 밖에 부는 겨울 찬바람이 그 안에서 휘감아치는 것 같았다.

바느질감을 손에 든 채로 그녀는 조상님들을 불렀다. 제발 자신의 낭군이 이 겨울밤을 무사히 보낼 수 있게 해주십사고 조상님들에게 부탁을 하고 있었다.

그러나 그런 그녀의 불안한 마음도, 조상님들께 자신의 낭군을 부탁드리는 것도 잠시였다.

행랑할아범이 자신을 부르는 소리에 그녀는 마치 잠들었다가 놀라 일어나듯이 반사적으로 소스라치며 바느질감을 던지듯이 내려놓고 일어나 방문을 열고 대청으로 나섰다.

"왜요? 이 밤에 무슨 일이랍니까?"

자신을 엄습하던 불안이 현실로 다가오기라도 했다는 듯이 그녀의 목소리는 떨리고 있었다.

"저, 다름이 아니라 읍내 주재소 옆에 사는 김 서방이 왔는뎁쇼. 전에 나리 댁 논 갈아 먹다가 지금은 주재소 옆에서 점방을 하는 김 서방 말입니다요."

"예, 알아요. 알고말고요! 그런데 그분이 이 밤중에 웬일로…."

김 서방이 왜 왔는지 그 내막을 듣지는 않았지만 드디어 올 것이 왔다는 생각이 들면서 그녀는 서 있기조차 힘들 정도로 휘청이는 자신을 느낄 수 있었다. 저녁 이후 갑자기 자신을 휘감아 돌던 불안한 찬바람이 가슴속으로 들어서서 자리하고 울더니 드디어 올 것이 왔다는 생각이 들었다. 그것이 현실이 되어서는 안 된다는 생각이 들며 정신을 가다듬고 다리에 힘을 모아 꼿꼿이 서면서 물었다.

"김 서방은 어디 있나요? 왜 왔는지 이유를 알아야…."

아무리 태연해지려 해도 평소의 그녀와는 다르게 목소리도 떨리고 따지듯이 묻고 있었다. 평소와는 달라도 많이 다른 그녀의 모습을 보자 행랑할아범의 머리는 더 땅으로 떨어지고 있었다. 그녀가 불길한 무언가 짐작을 하고 있는 것 같았고, 그 일이 마치 자신의 잘못으로 인해서 벌어진 것 같아서 머리가 점점 아래로 숙여졌다.

"김 서방은 어디 있는데 그렇게 가만히 있어요?"

"저, 그게. 김 서방 말에 의하면 말씀 드릴 일이 아니고 아씨께서 헌병대로 가 보셔야 할 일이라고 하는뎁쇼?"

"내가 헌병대를 가다니요? 무슨 일인데요?"

"서방님 일로 인해서 그렇다는데….."

행랑할아범은 고개를 숙인 채 아주 조심스럽게 말을 이어갔다.

"확실하게 말은 안 하지만 김 서방이 얼핏 전하는 말에 의하면 마음 굳게 드시고 가셔야 할 것 같습니다. 마음 단단하게 조여 매시고 도련님하고 작은 아씨와 같이 가 보시는 것이 어떨까 싶습니다만? 물론 쇤네야 당연히 아씨를 모시고 가야겠지만요."

그녀는 다리에 힘이 빠져 더 이상 서 있을 수 없어 대청에 주저앉고 말았다. 어느새 볼에는 흐르는 눈물이 뜨겁게 느껴졌다.

아침에 아무 걱정 말라고 하면서 대문을 나서던 진우의 뒷모습이 지금 저 대문을 나서고 있는 것처럼 보였다. 그런데 그런 진우의 모습이 되돌아온 것이 아니라 갑자기 김 서방이 찾아와 헌병대로 가자고 한다. 그것도 그녀 혼자가 아니라 아이들까지 데리고 가자는 것은 분명 진우에게 일이 벌어졌다는 것이다. 그 일도 그냥 일이 아니라 더 이상은 수습이 안 되는 일이 분명하다.

그녀는 그런 생각을 떠올리는 자신이 싫었다. 자신이 공연히 앞질러가는 것이기를 바라면서 눈물을 거두고 자리에서 일어서려고 했지만 도저히 힘이 들어 일어날 수가 없었다. 그때 자신을 부축해주는 소희와 성규를 보았다.

집안 공기가 차갑게 휘감아 돌면서 시끄러운 소리가 나고 어머니가 대청 바닥에 주저앉아 있는 것을 본 소희와 성규가 어머니를 일으켜 세워 안방으로 들어섰다.

"너희들도 다 들었지. 준비들 하려무나."

"어머니 무슨 일인지 알 수 없어요?"

"글쎄다. 이 어미가 생각하듯이 불길한 일만 일어나지를 않았으면 좋겠는데…."

성규가 답답하다는 듯이 묻자 옥순은 떨리는 목소리로 불길한 일이 일어나지 않기를 바란다는 대답을 하려다가 말을 맺지 못하고 눈물로 대신했다.

10. 아버지와 어머니를 함께 떠나보내다

　세 식구와 행랑할아범 그리고 소식을 전하러 온 김 서방까지 다섯 명이 헌병대로 향하면서 김 서방은 같은 말만 되풀이했다.
　"마음 굳게 하세요. 저도 자세한 내막은 모릅니다. 서방님께서 좋지 않은 일로 헌병대에 계시다는 것을 집에 전해야 하는데 마땅한 사람이 없다는 말을 듣고 제가 나서서 한걸음에 달음질친 것밖에 아는 것은 없지만 마음을 단단히 조이셔야 할 겁니다."
　자세한 내막을 모른다는 표현을 쓰기는 하지만 김 서방은 이미 모든 상황을 이야기해주고 있었다. 옥순은 김 서방의 말은 들리지도 않고 정신마저 희미해져 가는 것 같았다.
　그들이 헌병대에 도착했을 때의 상황은 옥순이 생각했던 것과 하나도 다를 것이 없었다.

　정복을 입고 군도를 찬, 새파랗게 젊은 청년이 세 식구 앞에 섰다.
　"내가 이곳에 파견되어 있는 헌병대를 책임지고 있는 오오모리 소위요.
　대일본제국의 군인으로서 일본 식민인 여러분의 재산과 목숨을 보존하여, 제국의 백성으로서 충실한 임무를 수행하여 왕은에 보답하게 하는 것이 도리라는 것을 잘 알고 있는 사람이요. 하지만 일부 불량 선인들의 엉뚱한 책동으로 인하여 왕은에 보답하기는 커녕 제국과 왕의 재산을 훼손하는 일이 벌어지는 안타까운 일도 있소. 바로 지금 여러분을 그런 이유로 만나게 되어 유감이요.

박진우는 어제 나와 만나 자신이 대일본제국의 영광스러운 식민임을 인정하고 아시아 평화를 위한 전쟁은 물론 국방을 위해 협조를 아끼지 않겠다는 각서까지 써놓았소. 그러고도 불과 몇 시간 지나지 않아서 우리 제국 헌병대를 농락하였소. 단순히 농락한 것이 아니라 불량 선인과 한패가 되어 제국 헌병의 가슴에 총부리를 겨누려했소.

안타까운 일이지만 용서 받을 수 없는 일이 벌어지고 그 결과를 자신이 책임진 것이오.

이런 말을 전하는 나 역시 유감이지만 제국과 왕은을 저버리는 자의 말로가 어떻다는 것은 이미 천하에 드러난 일인데도 불량 선인들은 그걸 깨닫지 못하는 것이 안타까울 뿐이오."

"그럼 우리 그이는 어디 있습니까?"

옥순은 위아래 입술이 덜덜 떨리며 엉겨 붙어서 떨어지지 않는 입을 간신히 떼어 물었다.

"이미 말씀드린 그대로요. 우리 제국 헌병의 가슴에 총부리를 겨누려 하기에 어쩔 수 없는 조치를 했다는 거요. 우리 헌병대를 농락한 것을 그대로 갚아주고, 제국이 가는 길을 걸고 나서는 자가 어찌 되는지를 보여주기 위해서 신작로 사거리에 매달아도 시원찮지만, 박진우는 이 동네에서는 식민들의 신망이 두텁다는 점을 감안하여 그 일만큼은 하지 않기로 한 것이니 그리 아시오.

어이, 아베. 박진우를 내줘."

오오모리의 마지막 마디는 박진우를 내주라는 거였다.

그 말을 듣는 순간 옥순은 온몸이 사시나무 떨리듯이 떨리면서 다리에 힘이 풀려 다시 한 번 그 자리에 털썩 주저앉고 말았다. 이번에는 소희와 성규 역시 어머니를 부축하기는커녕 자신들도 덜덜 떨면서 어머니 옆에 같이 주저앉고 말았다. 김 서방의 말을 들으면서 설마설마 했던 일이 현실로 벌어지자 세 식구는 눈앞이 캄캄해졌다. 가슴 저 구석에서 방망이 치는 것이 불안인지 슬픔인지조차 알 수 없었다. 이 현실을 어찌 받아들여야 하는가를 생각할 겨를도 없이 머리를 백지로 비우는 충격부터 맞았다. 그리고 그 충격은 점차 분노로 변하기 시작했다.

진우의 죽음에 대해 자신들이 미리 짜 놓은 각본만을 이야기하고는 시신을 내주라는 그 말이 죽은 자에 대한 전부였다. 죽음의 원인도 과정도 설명 없이 그저 제국과 일왕에 대한 불충으로 죽였노라는 한 마디가 전부다. 이미 싸늘한 시신으로 변한 박진우에 대한 일말의 예의도 없는 섬나라 파렴치한 쪽발이 놈들의 근성을 그대로 보여주고 있었다.

훈도시를 차고 기모노 뒤에 담요를 두르고 다니다가 아무나 눈에 맞는 남녀가 뒤엉켜 구른 후 빚어낸 근본도 모르는 섬나라 태생들의 바탕이 그대로 드러나는 모습이다.

옥순은 흐르던 눈물이 마르면서 가슴 깊은 곳에서 일어나는 분노가 활화산처럼 커지는 것을 느끼고 있었다. 그리고 그 분노의 덩어리는 마치 정월 대보름날 쥐불이 옮겨 붙듯이 소희에게로, 성규에게로 옮겨 붙고 있었다.

세 식구 누구도 눈물도 흘리지 않으면서 아베라는 헌병대 졸병을 쫓아가려고 돌아서는데 오오모리라는 자가 불러 세웠다.

"참, 깜빡할 뻔 했소. 여기 이게 박진우가 불량 선인들에게 전하려던 독립군자금이라는 것으로 이건 증거로 채택해야 하니 일단은 우리 일본제국에 맡겨 놓아야 하오. 단, 이번 사건이 종결되면 돌려줄 것이오."

오오모리의 목소리가 아까 진우의 죽음을 발표할 때와는 사뭇 다르게 부드러워져 있었다. 세 사람은 오오모리가 증거물이라고 내놓는 금과 보석들에 시선을 모았다. 당연히 어제 박진우가 내놓고 보여준 것이다. 그런데 그 양이 어제 본 것에 비해 반도 되지를 않았다. 그동안 진우가 어디에 사용했을 리도 없는데 증거물이라고 내놓은 것은 반도 안 된다는 것인가?

따지고 들자면 더 심하다. 양으로는 겨우 반이 될까 말까 하지만 금액으로 환산을 하자면 반의 턱도 없이 모자란다. 정말 값비싼 것들은 빠지고 정작 눈에 보이는 것은, 금의 일부와 같이 있던 다른 것들에 비해 그리 값이 나가지 않는 것들이다.

수량으로는 반을 채울지 모르지만 금액으로는 어림도 없는 증거물로 제시한 보석을 보면서도 아무도 입을 열지 않았다. 지금 이 시점에서 저 보석에 대한 이야기를 한들 그게 무슨 소용이 있다는 말인가? 진우가 가슴에 품었던 것을 제 놈들이 어찌 하고 하나도 꺼내 놓지 않았다 한들 이야기할 수도 없는 것임을 잘 알기에 입을 굳게 닫았다.

김 서방과 행랑할아범의 발 빠른 움직임과 그동안 진우의 덕을 입었던 동네 사람들의 도움으로 진우의 시신은 무사히 대청에 안치가 되었다.

다행히 아직은 찬모와 행랑할아범이 있는지라 그들이 주관을 해서 손님 맞을 준비를 하기 시작했다. 이 늦은 시각에 어떻게 소식을 접했는지 그동안 진우네 가문의 덕을 본 인근 사람들이 하나씩 모여들기 시작하면서 초상집은 금방 사람들로 붐비기 시작했다.

세 식구는 기가 막혔다.

식구들은 장보러 가는 것이 아니라 먼 길을 떠나는 것을 알고 있었다지만, 아침에 마치 장보러 가듯이 집을 나선 사람이 싸늘한 주검이 되어 집으로 돌아왔다. 그것도 객사를 해서 대문을 통해 들어올 수가 없어 사랑채로 돌아 담을 넘어 들어왔다. 옥순은 물론 소희와 성규도 할 말을 잊은 것은 고사하고 눈물마저 말라 더 이상 나올 것이 없어 보였다. 그저 멍하니 대청에 마련된 진우의 빈소를 바라보다가 조문을 하고 상주와 맞절을 하러 오면 그제야 눈에 초점을 맞출 뿐이었다.

근동의 모든 이들이 그의 집 앞에 머리를 숙이던 일이 엊그제 같은데, 그동안 전답을 정리하고 하인들을 방면하다 보니 가세가 기울어서인지 대청에 차린 빈소는 초라해 보이기 그지없었다. 하지만 그 초라해 보이는 빈소와는 반대로 대청 아래에서는 동네 사람들이 시끌벅적거리며 결코 인생을 잘못 살아온 사람이 세상을 떠난 것이 아니라는 것을 보여주고 있었다.

대청 앞마당에는 장작 화톳불이 타오르고, 한 차례 사람들이 다녀가고 난 후 동네 남정네 몇이서 화톳불 주위에 모여 자신들에게 베풀어주던 고인의 덕을 입에 올리며 비명에 간 고인을 아쉬워하고 있을 때였다.

시국이 수상해서 비록 벼슬은 하지 못했으나 이 근방에서는 학식이나 인품에서 가장 존경받는 정 선달 어른이 문상을 왔다. 마당에서 화톳불 주변에 모여 있던 사내들이 일제히 머리를 숙여 인사를 올린다. 그러나 정 선달은 그 인사에는 답도 하지 않고 대청에 올라 먼저 문상을 한다. 조문을 먼저 한 후 인사를 나누는 것이 상가의 법도라는 것을 누구보다 잘 알기에 인사를 받을 생각도 하지 않았다.

"박 진사가 변을 당했는데 내일이 있을 수 있나? 조금 전에 소식을 듣고 내 가슴이 어찌나 저리던지.

하늘도 무심하시지. 할 일 없이 빈둥거리는 놈들도 많고 그보다 왜놈들 앞잡이 짓거리 하는 놈들도 많건만 왜 하필이면 박 진사처럼 나라를 위해 할 일이 많이 남을 사람을 데려가시는지⋯?"

상주와 맞절을 하고 나서 정 선달은 자기도 진우가 왜 가산을 정리했는지 대충 알고 있었다는 듯이 넌지시 말을 건넸다. 성규는 자신의 아버지 진우가 정 선달에게 무슨 이야기를 했는지도 모르지만 만일 그렇지 않고 정 선달 스스로 그렇게 감을 잡은 것이라면 아버지의 죽음이 전혀 새삼스런 것이 아니라는 생각이 들었다. 동네 사람 누구라도 짐작을 하고 있었을 터이니 평소 감정 있던 누군가가 고발을 한 것이 틀림이 없다는 생각이 들었다.

그러나 그 생각도 잠시일 뿐 자신의 귀를 의심하는 소리가 정 선달의 입에서 나왔다.

"천하에 배은망덕한 놈이지 어떻게 제 놈이 박 진사를 고발할 수 있다는 말인가?"

"무슨 말씀이진지?"

이번에는 성규뿐만 아니라 옥순마저도 귀를 쫑긋 세운 채 두 손으로 바닥을 짚어서 그 힘에 의존해 무릎을 떼어 앞으로 옮기면서 한 뼘을 다가앉았다.

"돌쇠 녀석이 조금 전에 총에 맞아 죽었다는구먼."

"아니, 애 아버지도 총에 맞아 죽었는데 돌쇠 그 사람은 왜 총에 맞아 죽었답니까?"

"아마 모르면 몰라도 돌쇠 녀석이 밀고자일 겁니다.

내가 안 바에 의하면 돌쇠 녀석이 상금에 눈이 멀어 누군가를 고발하려던 참에, 박 진사께서 어제 제 놈이 부쳐 먹던 전답을 김 첨지에게 넘기자 그걸 기회로 삼은 거지요. 아는 사람들은 다 아는 일인데 그건 핑계에 불과해요. 어제 박 진사께서 김 첨지에게 그 땅을 넘기면서도 돌쇠라는 놈이 마음에 걸려서 돌쇠가 계속 부쳐 먹게 해달라고 사정을 했답니다. 박 진사의 어진마음을 이해한 김 첨지 역시 동의했고요. 그런데 그놈은 제 밥그릇 날아갔다는 거짓 구실로 박 진사를 고발한 겁니다. 탁 까놓고 말하자면 상금이 탐이 난 거지요.

헌병대에서도 오오모리라는 놈이 머리를 굴렸어요. 박 진사 품에서 나온 금과 보석이 의외로 많은 것을 보자 탐이 난 겁니다. 그 보석의 일부를 빼돌리려고 돌쇠 놈을 매수한 거죠. 박 진사의 가슴에 품었던 보석 중 값진 것들을 골라 돌쇠 녀석에게 주면서 일단은 여인숙에 박혀 있으라고 했대요. 경성에서 상금이 내려오면 그걸 가져다주면서 보석의 일부도 떼어줄 테니 잘 보관하고 있으라고 했답니다. 당연히 돌쇠를 감시할 놈을 붙였죠.

이미 눈이 멀어 박 진사까지 고발한 돌쇠 놈이 그 보석이 탐나지 않았겠어요?

조금 전에 야음을 틈타 여인숙을 도망쳐 나가려다 감시하던 헌병의 눈에 발각돼서 총에 맞아 죽었다는 겁니다. 당연히 그놈이 가지고 있던 보석은 오오모리가 모조리 가져갔대요.

돌쇠 놈을 지키다가 총질을 해서 죽인 헌병 놈이 국물이라도 건질 것 같다고 좋아하면서 제 동료 놈에게 이야기하는 것을 우연히 엿들은 사람이 전해준 말입니다.

안타까운 일이지만 더 소문이 나봤자 동네 마을에 좋을 것이 없을 것 같아 그 사람 입단속은 시켜 놓았지만 어이가 없는 일 아닙니까?

돌쇠 놈이야 저한테 그 많은 은혜를 베푼 사람을 배신하더니 총 맞아 뒈진 게 당연하다고 할 수 있지만, 결국 헌병 놈들이 박 진사 보석 뺏으려고 죽인 거 아닙니까?

어제 박 진사가 기차역으로 들어갔다가 헌병들에게 끌려나와 헌병대로 잡혀 가는 걸 본 사람들이 있는데, 그 사람들 말에 의하면 헌병대에 들어갈 때만 해도 멀쩡했다는 겁니다. 놈들이 헌병대에 끌고 가서 취조를 하다 보니까 보석이 나오고, 그게 탐이 나니까 헌병대 안에서 죽인 것이 확실한 것 같으니 더 미치겠다는 겁니다."

"그럼, 그 양반이 헌병대 안에서 죽임을 당하신 거란 말씀이에요?"

"본 사람들에 의하면 그렇습니다. 그렇다고 어디 하소연 할 곳도 없고, 나라 잃은 설움이 다 그런 것 아니겠습니까?"

어느새 정 선달의 눈에서도 눈물이 흐르고 있었다.

"돌쇠가 밀고를 하고 헌병이 보석이 탐이나 그이를 죽였다니 정말 이게 말도…."

정선달이 눈물로 이야기하는 것을 듣던 옥순은 진우가 헌병대 안에서 생죽음을 당한 것을 확인이라도 하듯이 묻고, 낮은 목소리로 세상을 원망하듯이 중얼거리다가 말을 잇지 못하고 갑자기 뒤로 쓰러졌다.

"어머니, 어머니. 정신 차리세요."

성규와 소희는 앉아있던 자세 그대로 부서져 내리듯이 뒤로 쓰러지는 옥순을 보자 놀라 소리치며 흔들었다. 정 선달은 마당에 있던 사람들에게 어서 의원을 불러오라고 소리치고 마당에 있던 여인들이 달려들어 옥순을 방으로 옮겨 주무르고 수건에 물을 적셔 이마에 올리고 난리를 피웠지만 옥순은 정신을 차리지 못했다.

'사람이 정말 세상을 그리 살 수 있는 것이란 말인가? 은혜를 원수로 갚는다는 말을 듣기는 했지만 이렇게 내 앞에서 그 일이 벌어질 줄은 몰랐다. 게다가 보석이, 금이 아무리 귀한들 사람 목숨만 하다는 말인가? 이런 세상 살아 무슨 의미가 있다는 말인가? 아이들에게는 미안한 일이지만 조금 전 떠난 그분과 함께 가고 싶을 뿐이다.'

옥순은 아무 생각도 하고 싶지 않았다. 기왕에 남편이 먼저 떠난 여행이니 부지런히 뒤쫓아 가서 남편과 함께 이 여행을 마무리 짓고 싶을 뿐이었다.

젊은 사람이 의원을 업고 뛰다시피 모시고 달려왔지만 옥순을 진맥한 의원은 고개를 흔들 뿐이었다.

성규는 졸지에 부모를 잃었다. 비록 시간 차이는 있지만 같은 날 부모가 세상을 떠나시고 남은 것은 누나와 단 둘뿐이었다.

어찌 해야 할지 그저 막막하기만 한데 고맙게도 동네 사람들이 도와주었다. 진우의 죽음에 대한 소문은 아무리 가리려 해도 가려지지 않았다. 암암리에 그 소문을 들은 동네 사람들이 모두 제 일처럼 나서 줬다. 그동안 성규의 집안에 신세를 진 사람들은 더 말할 것도 없고 신세를 지지 않았던 사람들도 마치 자기 일처럼 나서서 장례를 도와주는 바람에 장례는 무사히 치를 수 있었다.

그러나 장례를 무사히 치렀다고 해결되는 것은 아무것도 없었다. 남매는 무엇을 어찌 해야 이 세상을 헤쳐 나갈지 도무지 감이 서지를 않았다. 슬픔이나 눈물이라는 단어는 이미 그들의 곁을 떠난 지 오래 되었다. 다행이라면 다행인 것은 아직 찬모와 행랑할 아범이 곁에 있다는 것뿐 더 이상 아무것도 없었다. 남매는 아침에 일어나면 밥을 먹고 멍하니 하늘만 바라보고 앉아 있다가 집에서 멀지 않은 부모의 산소에 다녀오는 것이 하루 일과의 전부였다. 방학 중이라 학교에도 가지 않고 그렇다고 밖에 나가서 아이들과 뛰어 놀 엄두는 생각조차 나지를 않았다.

불행은 거기서 끝나지 않았다. 앞으로 어찌해야 할지 채 정신도 차리기 전에 일본 놈들의 앞잡이로 소문이 파다하게 나 있는 순돌이가 그들에게 손을 뻗쳐왔다.

"참 안 된 일이지만 박 진사께서 그런 일을 벌이지 말았어야 하는데 어쩌겠냐? 이미 벌어진 일인데. 그나저나 이런 말을 꺼내는 나도 어쩔 수 없어서 꺼내는 이유도 있지만, 그보다는 너희 남매를 위해서 하는 소리니 섭섭히 듣지 말거라."

아버지와 어머니가 살아 계실 때는 차마 앞에서 반말도 못하고 도련님, 아가씨라고 부르던 순돌이는 다짜고짜 하대를 하며 말을 꺼냈다.

"느들 아버지께서 일본 왕의 성은을 저버리고 제국의 깃발을 벗어났다 그거다. 그러니 그 죄는 자손을 이어 재산을 몰수하고, 자칫하다가는 느들 목숨마저 잃을 수도 있는 일인데 내가 엄청 사정을 했다. 두 남매 중 하나만 왕에게 충성을 하면 느들 아버지 죄를 감해주는 것으로 말이다.

그래서 말인데, 요즈음 우리 조선 여자들이 전장에 나가서 부상당한 군인들 보살펴주는 일을 하러 자원해서 가는 거 느들도 알지? 거기 가면 돈도 많이 번다고 하드라. 그러니 이참에 소희 니가 지원을 해서 가는 것이 어떠냐? 만일 소희 니가 지원해서 가는 것이 싫으면 성규가 자랑스런 제국의 군인으로, 그러니까 학도병으로 가야 하는데 성규가 군인으로 가기에는 중학 입학을 눈앞에 둔 나이로는 어리다 싶어 하는 말이다. 소희 너는 전장에 가더라도 크게 힘들지 않고 그저 부상당한 병사들 뒤치다꺼리만 해주면 되는 일이니 네가 가는 것이 낫다 싶은 거지.

또 이건 내가 느네 집안 걱정해서 하는 말이지만 군인은 아무래도 전장에 나가니 위험하지 않겠니? 손이 귀한 느네 집으로서는 전장에서 싸우지 않고 부상병들을 치료해주는 소희가 더 낫지."

순돌이는 꽤나 생각해주는 척하면서 날이면 날마다 찾아와서 지껄이다가 갔다. 그러나 두 남매의 귀에는 어떤 소리도 들리지 않았다. 차라리 함께 갈 수만 있다면 죽여주는 게 나을 성도 싶었다. 그러나 그렇게 아무런 생각도, 말도 하지 않고 지날 수 있는 자유도 허락되지 않았다.

열흘 정도를 날이면 날마다 찾아오던 순돌이가 그날은 얼굴이 붉으락푸르락해 가면서 일찌감치 들이닥쳤다.

"사람이 뭘 해주고 싶어도 해줄 수가 있나?"

그날도 순돌이가 들이닥치자 행랑할아범과 찬모가 옆에 서 있는데도 아랑곳하지 않고 주절이기 시작했다.

"내가, 그래도 돌아가신 박 진사와 그 가문을 보아 그렇게 권했건만 소식이 없으니 나도 이젠 어쩔 수가 없어. 두 사람 다 가야 해. 물론 가산은 몰수하는 건 당연한 거고."

순돌이는 종이 두 장을 집어던지듯이 내팽개치면서 말을 이었다.

"하나는 부상병 돌보는 여인네들의 지원서고, 하나는 학도병

지원서야. 헌병대에서 더 이상은 못 봐준다니까 둘 다 가야 해."

순돌이가 제 감정을 추스르지 못하고 종이까지 집어던지며 시근벌떡거리자 행랑할아범의 얼굴에 노기가 가득 차오르며 어렵게 입을 열었다.

"이보게 순돌이. 내가 비록 한평생 행랑에서 이 집 어르신들을 모시고 산 일 이외에는 한 일이 없지만 나도 귀는 있네.

내가 듣기로는 그 부상병 간병인가 하는 여인네들은 돈벌이하게 해준다는 핑계로 헌병대에서 억지로 데려가는 것이고 학도병인가 뭔가 하는 것은 그래도 중학 4학년은 되어야 가는 것으로 알고 있네. 지금 이 댁 아가씨는 그런 돈벌이도 필요 없고 도련님은 아직 중학에 입학도 안 했는데 그게 말이 되는가?

자네 말대로 기왕 봐줄 요량이라면 안 가게 해주는 것이 봐주는 것이지 이게 무슨 행패인가?

자네는 자네가 어렸을 때, 그 긴 흉년에, 돌아가신 이 댁 큰 어르신이 풀어주시던 곡식으로 죽을 쑤어 먹던 생각이 안 난다는 말인가? 그때 그 어르신의 자비로운 마음이 없었다면 이 동네 목숨이 몇이나 보존했을 것이라고 생각하는가?

이보게. 은혜는 돌에 새기고 원수는 물에 쓰라고 했다는 옛말을 생각해보게나. 그 옛날 정을 생각해서라도 아가씨나 도련님이 다치지 않게 해볼 생각은 없는가?"

이제껏 순돌이가 그토록 드나들며 감언이설을 쏟아부어도, 말한 마디 없이 옆에 서서 행여 무슨 일이 일어날까 지켜보기만 하던 행랑할아범이다. 그가 오늘은 더 이상은 참을 수 없었는지 입을 연 것이다. 얼굴에는 노기가 가득했지만 행여 순돌이의 심기를 건드리기라도 해서 오히려 일을 망칠까 봐 읊조리는 어투로 조심스럽게 말을 이어갔다.

행랑할아범의 이야기를 들으면서 순돌이는 눈의 초점을 맞추지 못하고 안절부절못하는 것이 마치 뭐 마려워 자리를 찾는 강아지 같은 표정이었다. 그러나 행랑할아범의 말이 끝나자 기다리기나 했다는 듯이 고개를 쳐들면서 대들다시피 말을 뱉었다.

"그런 저런 정리를 생각하니 이렇게 말하지 안 그랬으면 벌써 무슨 조치를 취했지? 노인네가 뭘 안다고 나서는 거요?"

순돌이의 말을 듣는 행랑할아범은 기가 막혔다. 어려서 일찍 아비를 여위고 몸이 성하지 못한 어미 밑에서 자라는 순돌이가 행랑할아범의 눈에는 너무도 가여웠다. 그렇다고 친척이 있는 것도 아니고 어디서 어떻게 흘러 왔는지 이 동네에 세 식구가 살다가 아비는 죽고 그 어미는 다리를 절어 일도 제대로 못했다. 남들은 풍년이면 흡족하고 흉년이면 힘들었다지만 순돌이네는 항상 흉년이었다. 그런 순돌이가 가여워 행랑할아범도 신경을 많이 썼다.

성규의 아버지 진우는 물론 할아버지 박유구 때부터 어려운 이웃을 돕기 위해 동네 민심을 살필 때면 의례히 순돌이네를 맨 먼저 올려놓는 것을 잊지 않았다. 그나마 풍년이 들면 다른 이웃의 도움도 받지만 흉년에는 다른 이웃에게는 기대 보지도 못하는 순돌이네를 위해 할 만큼 했다고 자부해 온 행랑할아범이다. 그런데 지금 순돌이는 언제 내가 그런 덕을 보았냐는 듯이 노인네라고 불러가면서 완전히 깔아뭉개고 있다. 행랑할아범은 어이가 없었다.

자신에 대한 모독은 참을 수 있다. 하지만 그렇게 정을 쏟아주고 먹여 키우다시피 한 이 댁에 대해서는 그리하면 사람이 아니다. 행랑할아범은 화가 머리끝에 올라타는 것을 느꼈다.

"이 사람, 순돌이. 자네 정말 너무하는구먼."

행랑할아범의 목소리가 톤을 높이면서 조금 전의 그 읊조리다시피 조심하던 말투는 자취를 감추고 기백 있는 장군의 일갈처럼 들리는 목소리로 말을 이었다.

"자네 목숨이 누구 때문에 부지해 왔는지는 자네가 더 잘 알지 않는가? 돌아가신 자네 아버지나 어머니 뵙기가 두렵지 않는가? 이 댁 어르신들이 아니었으면 자네가 지금처럼 발을 땅에 딛고 서 있기나 할 거라고 생각하는가? 이미 자네 발은 허공을 보면서 땅 속에 누워 있을 것이라는 것을 정말 모르겠는가?"

"이 영감이?"

순돌이는 말은 그리하면서도 자신도 무언가 자꾸 질리는지 눈은 초점을 맞추지 못한 채 입만 열었다.

"그러니까 둘 중 하나만 가라고 했던 것 아니오? 좋소. 내 다시 한 번 사정을 해보겠소. 하지만 이미 시간이 지나서 장담은 못하오."

"정말인가? 정말 둘 중 한 분은 꼭 가셔야 일이 해결되는 것인가? 정말 못 믿을 말일세.

아직 어리신 두 분을 그렇게 강제로라도 끌고 간다면 그게 무슨 대제국인가? 행여 이 일이 자네가 왜놈들 비위맞춰 잘 보이려고 하는 짓은 정녕 아닌가?"

"이 노인네가 나이가 들어 머리가 헤까닥 뒤집혔나?"

"뭐라고? 이놈이 보자보자 하니까 점점 인간 말종으로 치닫는구나.

그래? 내 머리가 헤까닥 뒤집힌 거라면 지금 왜놈들 똥구멍이나 핥아대는 네놈 대갈빡은 성한 것이냐?"

"이 영감태기가 정말 죽으려고 환장을 한 것 아녀?"

"뭐라고? 그래 이놈아, 나 한몸 죽어도 겁날 것 없는 몸이다. 하지만 내가 죽기 전에 너같이 금수만도 못한 놈 목숨부터 거둬가야겠다.

은혜를 원수로 갚는 더러운 놈.

덤벼라 이놈.

내 한평생 논밭에서 일하면서 다진 몸이다. 네놈이 왜놈 엉덩이에 빌붙어 지내는 동안에도 나는 논 갈고 밭 일구면서 지낸 몸이다. 이놈.

세월이 나를 나이 들게 했다지만 지금이라도 너같이 못된 놈들 목숨 두셋은 거두고도 남을 힘이 있다. 이놈.

어서 덤벼라."

행랑할아범은 팔을 걷어붙이며 빠르게 순돌이에게 다가섰다. 순돌이는 눈이 화등잔만해지면서 뒷걸음을 치다가 이내 돌아서서 꽁지가 빠지게 내달아 저만큼을 도망쳐 이쪽을 보며 돌아섰다.

"영감이 뭐라고 하던 나는 내가 할 일이 있는 법이니 그리 알기나 하슈. 그리고 세월이 흐르는 방향을 맞출 줄 알아야 입에 풀칠이라도 하는 걸 그 나이 먹도록 모르니 남의 집 행랑이나 지키는 거 아니오? 한 이틀 잘 먹이시오. 둘 다 데리러 올 테니."

이쪽을 보고 혼자 지껄이던 순돌이는, 행랑할아범이 그쪽을 향해 내닫자 지껄이다 말고 줄행랑을 쳤다.

순돌이가 돌아가고 나자 행랑할아범은 넋을 잃고 사랑채 툇마루에 걸터앉았다.

부상병들을 치료하러 간다는 것이 무엇인지, 또 학도병을 간다는 것이 무엇인지도 잘 몰라서 아직 실감하지 못하는 소희와 성규를 바라보니 가슴이 찢어질 것만 같았다. 아니, 이게 바로 가슴이 찢어지는 것임을 느낄 수 있었다. 숨이 막혀 제대로 앉아 있을 수가 없었다. 저 어린 것들을 전장으로 보낼 생각을 하니 기도 안 막혔다. 자신이 대신 가도 되는 일이라면 대신 가고 싶었다. 이대로 앉아만 있어서 될 일이 아니다.

"뭐라고? 이 영감이 돌았나? 당신을 누가 데려가?

게다가 소희 대신 찬모가 가면 안 되냐고? 환갑 넘은 여편네 쓸데가 어디 있다고 그걸 데려가래? 당신이 젊은 병사들 같으면 환갑 넘은 여편네 좋다 하겠어?"

"내가 이래봬도 우리 도련님보다 힘을 더 잘 써요. 우리 도련님은 아직 어려서 아무것도 못한다니까요.

게다가 아가씨는 부상병 돌보는 일이라면서 나이가 뭔 상관이요? 오히려 일로 다져온 찬모 몸뚱이가 낫지?"

"이봐. 영감.

당신이 당신네 도련님인지 뭔지 보다 힘을 잘 쓰고 아니고는 당신네 사정이지 우리 사정이 아냐. 일단 당신같이 나이가 많은 산송장은 받지를 않아.

다음으로 여자 문젠데? 부상병 치료라? 하기야 그것도 부상병이라고 할 수는 있지. 부상이라는 게 꼭 어디를 다쳐서가 아니라, 이유가 뭐든지 간에 전투력이 약해지는 것은 전부 부상이라고 할 수 있으니까.

어쨌든 환갑 넘은 여편네를 누가 반기겠어? 영감이라면 모르겠지만 나이 팔팔한 제국 군대의 병사들이 환갑 넘은 여편네와 뭘 어쩌라는 거야?

그래도 한 이틀 시간을 주려했더니 안 되겠구먼.

이봐. 아베. 당장 이 영감 끌고 가서 그 집에 있는 두 지원병 데리고 와. 공연히 잘못하다가는 이 영감이 애들 빼돌릴까 겁나."

"그, 그게 무슨 말씀이요? 당장이라니? 내가 더 이상 아무 말 안 할 테니 그런 말일랑 제발 거둬주시오."

"이미 내린 명령이야. 아베. 뭐해? 당장 이 영감 끌고 집으로 가서 그 집의 애들 데려오라니까?"

어제 순돌이가 와서 일단의 난리를 피우고 돌아간 후, 행랑할아범은 찬모와 자신 둘이 소희와 성규 대신에 잡혀가기로 의견을 모았다. 그리고 오늘 이렇게 헌병대를 찾아와 그 이야기를 하자, 담당이라는 놈이 들은 척도 안 한다. 들은 척도 안 하는 것은 고사하고 노발대발하면서 오히려 당장 잡아오라니 기가 막혔다. 일하는 것이나 힘쓰는 것으로 말하면 당연히 자신과 찬모가 낫다. 그러니 대신 자신들을 잡아가도 될 일이라고 생각해서 두 사람이 각오를 다진 것을 전한 것인데 오히려 일만 꼬였다.

"무슨 말씀이십니까? 만약 그리 안 되면 먼 길 가시는 분들 밥이라도 따뜻이 먹여 보내야 되는 게 인간의 도리거늘 당장이라니…."

"제국이 벌인 아시아 평화를 위한 전쟁에 참여한 이들 배곯게 할까 봐 걱정하는 거요? 걱정 마시오. 이곳으로 오면 내가 밥 사 먹여 보낼 테니."

행랑할아범이 말을 마치기도 전에 담당이라는 놈은 자리를 박차고 일어섰고 아베라고 창씨개명을 한 조선 놈이 행랑할아범을 잡아당겨 앞세웠다.

행랑할아범은 이미 대세가 기운 것을 직감하면서도 담당이라는 놈의 바짓가랑이를 잡고 매달렸다.

"알았소. 내 시키는 대로 하겠소. 하지만 한 가지만 부탁합시다. 기왕 우리 도련님하고 아가씨가 함께 가야 한다면 두 분이 같은 곳으로 가게 해주시오. 아무래도 오누이가 함께 있으면 낫지 않겠소. 게다가 행여 도련님이 부상이라도 당하는 날에는 누이가 돌봐 줄 수 있으니 얼마나 좋은 일이요. 죽은 사람 소원도 들어준다는

데 이 늙은이가 이렇게 애원하는 그거 하나 들어줄 수는 있는 일 아니오."

바짓가랑이를 붙들고 매달려 애원하는 행랑할아범의 눈에서는 눈물이 폭포를 이뤘다. 행랑할아범이 눈물을 쏟아내며 맨 바닥에 꿇어 앉아 바짓가랑이를 붙들고 매달려 애원하는 모습을 물끄러미 내려다보던 담당은 기가 막힌다는 눈빛의 얼굴 표정을 지으며 이내 귀찮다는 듯이 내뱉었다.

"이 영감이 몰라도 뭘 한참 모르네. 같은 곳이라? 부상병이라? 누이가 동생을 돌본다?

이 영감이 뭘 알고 하는 소리야?

좋소. 뭘 어떻게 알고 내게 그런 부탁을 하는지 모르지만 일단 은 알았으니까 돌아가서 두 애들이나 보내시오."

귀찮다는 듯이 말을 내뱉으며 다리를 휘저어 행랑할아범이 바 짓가랑이를 놓게 한 담당이라는 놈이 자리를 떠나면서 비아냥거 림이 잔뜩 배인 소리를 남겼다.

"이렇게 뭘 몰라도 한참 모르고 세상을 사니 만날 속아서 세상 을 사는 거야. 그래서 조선은 우리 일본이 도와주지 않으면 안 된 다니까?"

11. 열세 살 성규와 열다섯 소희의 징집

아베에게 이끌려 헌병대로 끌려온 소희와 성규는 그곳까지 따라온 행랑할아범과 찬모가 장터에서 사온 국밥으로 함께 점심을 먹고 이내 트럭에 태워져 어디론가 떠났다. 같은 트럭을 타고 떠나는 모습을 본 행랑할아범은 내심 자신이 담당의 바짓가랑이를 붙잡고 애원한 것이 들어졌다는 생각으로 일말의 위안을 받았지만 그게 전부였다.

두 사람을 태운 트럭은 헌병파견대 두 곳을 더 들려 남자 둘을 포함해 다섯을 더 태우고 어디론가 향했다.

서너 시간을 달리더니 멈춰선 곳에서 여자들은 모두 내리라고 했다. 갑작스런 이별 앞에서 소희와 성규는 당황하지 않을 수 없었다. 분명히 행랑할아범의 말에 의하면 같은 곳으로 갈 것이라고 해서 그래도 안심을 했는데 여자들만 내리라는 것이다. 소희가 주춤거리며 어쩔 줄 몰라 하자 헌병의 차가운 목소리가 소희를 가리켰다.

"야, 넌 여자 아냐? 내리라는 데 뭘 꾸물대?"

소희가 얼굴을 돌려 눈으로는 성규를 쳐다보며 차에서 내리자

엉겁결에 성규도 따라 내리려고 했다.

"이 자식이 제가 여자인지 남자인지도 모르나? 여자만 내리라고 했잖아. 넌 왜 내리고 지랄이야."

헌병이 손에 든 총의 개머리판으로 성규를 다시 차 안으로 밀자 남매는 손을 뻗어 서로의 손을 잡으며 딱 한 마디씩 했다.

"누나."

"성규야."

두 사람의 한 마디조차 끝나기 전에 개머리판이 두 사람의 손을 떼어놓고 트럭은 다시 출발했다.

성규는 아버지와 어머니가 함께 돌아가신 그날보다 가슴속에서 더 심한 바람이 불어 젖히는 것을 고스란히 느끼고 있었다. 눈에서는 눈물이 흐르고 트럭 뒤편에 매달려 누나를 연신 불렀다. 함께 동승한 두 명의 헌병 앞잡이 중 한 명이 황급히 성규에게 다가섰다. 행여 성규가 뛰어내리기라도 할까 봐 성규의 목을 끌어안다시피 하고 뒤로 잡아당겼다. 앞잡이의 팔뚝에서 나오는 힘이 목을 조여 숨이 갑갑할 정도로 아파왔지만 지금 그런 아픔은 문제가 아니다.

소희 역시 총으로 앞을 막아서는 헌병 옆으로 얼굴을 내밀어가면서 멀어져가는 성규를 보며 애타게 이름을 외쳐댔다. 그러나 그것도 잠시 더 이상 두 남매는 서로의 모습이 보이지 않았다.

"아까 그 어린애가 누나니?"

트럭 뒤편에 동승한 스물두 살 되어 보이는 청년이, 얼마간 시간이 지나 성규의 눈에서 눈물이 마르고 맥없이 앉아 있는 것을 바라보며 물었다. 성규는 대답도 못하고 고개만 끄덕였다.

"더러운 자식들. 이제 엄마 품에서 벗어나지도 못한 애들마저 사지로 몰아넣고 있네. 그것도 같은 집에서 둘씩이나. 내가 죽어서라도 이 빚은 꼭 갚고 말거다."

청년은 마치 동승한 헌병 앞잡이 들으라는 듯이 말했다.

"아가리 닥쳐. 너 같은 불량 선인들이 있으니까 아직도 대일본제국이 아시아 평화를 이루지 못하고 있는 거야. 그러니까 저런 어린 식민들도 전장에 나가야 하는 거고."

"지랄을 하네. 야, 너는 대한사람 아니냐? 대한사람이 왜놈 꽁무니에 붙어서 핥아대느라고 대한사람을 이렇게 취급하고도 죽어서 조상님들 얼굴 제대로 볼 거라고 생각하는 거냐? 아니 죽기 전에 천벌을 받아 염병을 할 거다. 더런 놈."

청년의 입에서 거침없이 욕이 나오자 함께 동승했던 앞잡이가 총을 들어 개머리판으로 청년의 머리를 내려치려 했다. 청년은 손을 올려 그것을 막으려는 시늉을 하는데 그 손은 성규의 손처럼 자유롭지가 않았다. 두 손이 오랏줄로 묶여 있었다.

성규는 깜짝 놀라면서 그 청년의 다리를 보았다. 발목 역시 손목과 똑같은 모양으로 오랏줄로 묶여 있었다.

"나둬. 그깟 놈 쳐서 상처내면 오히려 일만 복잡해져. 제 놈이 잘난 척 해봐야 기껏 가는 곳이 어디겠어? 뒤지러가는 길이니 씨부리고 싶은 것 있으면 실컷 씨부렁거리라고 해."

조금 전에 청년에게 아가리 닥치라고 했던 앞잡이가 말리자, 총을 들어 내리치려던 앞잡이가 못 이기는 체 총을 내리면서 자리에 앉았다.

"사람이라는 것이 말이다. 네놈 마냥 대학 다닌다고 잘난 게 아닌 거다.

네놈은 조상 잘 만나 네놈 할애비부터 애비로 줄줄이 이어오면서 호의호식하며 살았고, 네놈도 배터지게 처먹고 잘 입고 살다가 대학에 들어간 것 아니냐? 우리는 조상 대대로 머슴의 자식으로 태어나 배곯고 자라다가 우리 아버지들이 택한 길이 옳다 싶어서 그 길을 따른 거다. 다행히 아버지가 바른 길을 가시는 바람에 우리는 배 안 곯고 자랐다. 왜 그게 그리도 배가 아프냐?

대한은 무슨 얼어 죽을 대한? 대한이 어디 있냐? 이미 대한의 관리라는 놈들이 대일본이 대세라는 것을 알고 팔아먹은 나라, 지금 와서 들먹이면 무슨 소용이 있냐? 그저 나 죽었소, 하고 일본 그늘에서 쉬기라도 하는 게 장땡인 거라. 배워도 헛배운 놈 같으니라고.

배웠으면 배운 값을 해라 이놈아. 나는 학교라고는 보통학교 겨우 턱걸이로 마쳤어도 그런 건 안다.

높은 놈들이 백성 팔아서 제 배 채운 나라를 왜 백성들이 목숨 팔아서 지켜야 하는데?"

"더런 자식. 터진 귓구멍이라고 주워들은 것은 있어서 주절거리기는 잘하네.

네놈 아비가 머슴의 자식으로 태어나 배를 곯았는지는 모르지만 왜놈들에게 혼을 팔아 배가 부르니 그게 그리도 좋더냐?"

"좋다 이놈아. 그 덕분에 네놈처럼 뒤질 자리로 가지 않아도 되고."

두 사람의 대화로 보아 두 사람은 그래도 일면식이 있는 사람처럼 보였다. 그들의 대화 내용을 보아 아는 것도 꽤 많은 사람들이다. 지금 자신이 가는 곳이 죽음이 도사리고 있는 곳이라는 이야기도 귀에 들어왔다.

그러나 성규에게 그런 것들은 아무런 의미가 없는 이야기들로 여겨졌다. 단지 누이가 가는 곳은 어딘지 그리고 자신은 또 어디로 가는지 모르지만 정말 누이를 다시 만날 수 있을지 그게 궁금했다. 여자와 남자를 따로 떼어 놓았다가 자신이 가는 곳에서 다시 만날 수도 있을 것이라는 기대의 끈을 놓고 싶지 않았다. 분명히 행랑할아범이 애원해서 대답을 들었다고 했다. 아무리 왜놈들이 못 된 놈들이라고 하지만 그런 약속까지 어길 것이라고는 생각하고 싶지 않았다.

짧은 겨울해가 서산으로 넘어가고 찬바람이 어둠과 함께 몰려와서, 어둠에 세상도 얼고 찬바람에 몸도 얼고 나서야 트럭이 마치 학교처럼 생긴 곳에 도착했다. 그곳에 도착하자 청년의 오랏줄을 풀더니 세 사람을 내려놓고 트럭은 저 왔던 길을 되짚어 떠났다. 세 사람은 군복처럼 생긴 옷을 입은 사내의 뒤를 따라 사무실로 들어섰다.

"대일본제국의 성전에 기꺼이 자원한 여러분을 진심으로 환영한다. 나는 이곳 훈련소에서 초급 훈련을 책임지고 있는 교관 마쓰모도 중위다.

오늘이 금요일이니 제군들은 그래도 운이 좋은 편이다. 이곳 분위기를 익힐 시간이 이틀이나 제공되는 셈이다. 내일과 모레 합류하는 병력과 합하여 월요일부터 본격적인 훈련을 할 것이다. 단, 본격적인 훈련 전에도 기상과 취침, 집합 등 모든 것은 이곳에서 짜 놓은 시간표에 의거해서 움직인다는 것을 염두에 두기 바란다.

지금 이 순간부터 제군들은 군인으로서 훈련병이라는 계급을 부여 받는다. 훈련병은 이름은 부르지 않는다. 조금 후에 지급되는 훈련복에 기재된 번호가 바로 제군들의 이름을 대신해주는 것이다.

오늘은 일단 첫날이니 보급품을 지급 받고 식당으로 가서 저녁을 먹은 후 취침한다.

이 시간 이후로 훈련소를 나설 때까지 제군들을 인솔해 온 이 향도병의 지시에 의해 생활하게 된다. 당장 오늘 저녁을 먹을 식당과 잠을 잘 막사부터 안내해 줄 것이다. 향도병의 지시에 잘 따르는 것이 여러분의 편안한 훈련소 생활을 약속한다는 것을 깊이 새겨두기 바란다. 이상."

성규는 초급 훈련이 의미하는 것이 뭔지는 모르지만 군인이 되어간다는 것이 부인할 수 없는 사실로 다가오고 있음을 느낄 수 있었다.

마쓰모도라는 교관 앞을 떠나오자 향도병이라는 그 사내가 무에 그리 급한지 서둘러 앞장을 섰다.

"식당이 거의 문 닫을 시간이 되었다. 서둘러 가야 저녁을 먹을 수 있을 거야. 만일 늦으면 그네들은 너희들이 저녁을 먹고 안 먹고와는 상관없이 문을 닫아 버리고 말거야. 다행히 문 닫기 전에 도착해서 한 끼라도 먹을 수 있으니 어서 서둘러 가자. 사실은 먼저 관물을 지급하는 것이 순서지만 일단 먹는 것부터 해결하자."

식당에 들어서자 사람은 하나도 없고 취사구 앞에 취사병인 듯이 보이는 두 사람이 서 있다가 이쪽을 보았다.

"어서들 와라. 그렇지 않아도 막 문 닫을라고 하다가 트럭 한 대가 들어오기에 오늘은 착한 일 좀 하려고 기다렸다. 다행히 오늘은 밥도 넉넉하게 남았으니 어서들 와서 먹어라."

문을 들어설 때 장난을 치듯이 말하던 취사병들이 막상 성규의 얼굴을 보더니 표정이 바뀌었다.

"너도 훈련 받으러 왔니?"

성규가 말없이 고개를 끄덕였다.

"이봐, 향도. 진짜 이 아이도 훈련병으로 온 것 맞나?"

"훈련병이 아니면? 여기 들어오면 일단 훈련병이지 그것 말고 다른 이유로 들어오는 사람 봤어?"

취사병 중 나이가 들어 보이는 사내가 향도병이라고 불리는 사내를 보고 묻자 향도병은 자신도 말하기조차 겁겁하다는 투로 대답했다.

"해도 너무하는구먼. 저 어린 것까지 끌어들이다니? 등치야 우리만 못할 것도 없지만 아직 얼굴에 젖비린내도 가시지 않았는데 저 어린 것을 이런 소굴에 끌어들이다니 정말 너무한다. 저 어린 것의 부모 마음은 얼마나 찢어졌겠냐?

아야, 많이 먹어라. 그래봐야 식은 된장국에 보리밥이 전부지만 많이 먹어둬라. 그나마 이것도 사람이 많아지면 먹을 것도 없다. 사람이 많든 적든 나오는 식량은 일정하니까 남을 때 먹어 둬라. 그나마 오늘은 신입이 너희들뿐이라 남았으니 망정이지 너 먹을 것이 없었다면 기왕 먹어 버린 내 배가 다 아플 것 같구나."

취사병은 성규를 보더니 남은 밥을 앞으로 들이밀면서 많이 먹으라고 권했다.

반찬이라고는 배추 건더기 서너 개가 잡히는 된장국과 소금에 절인 무를 김치라고 부르는 것, 그리고 꽁보리밥이 전부였다. 그 먹거리는 훈련이 끝나는 날까지 계속된 먹거리지만 그날 성규가 대한 것이 양으로나마 가장 풍성한 식탁이었다.

식사가 끝나고 내무반이라고 불리는 곳으로 오자 보급품이라는 것을 나눠주었다.

일단 군복처럼 생긴 것을 주는데 그게 바로 훈련복이라고 했다. 그리고 보니 향도가 입은 옷이 군복처럼 생겼다 싶었는데 그게 바로 훈련복이다. 몇 사람이 몇 번을 입었던 것인지는 모르지만 낡고 헤진 것이 영락없이 버리기 직전의 옷이다.

"앞으로 2주 동안 입을 옷이다. 물론 이 한 벌로 2주를 지내야 한다. 잘 입고 퇴소할 때는 반납하는 것을 잊어서는 안 된다. 그리고 지금 입고 있는 옷이나 혹시 싸 가지고 온 옷이 있다면 속옷을 제외하고는 전부 반납해야 한다. 만일 겉옷처럼 생겼지만 속옷으로 입을 수 있는 옷이 있다면 그대로 착용해도 좋다. 이곳에서 속옷은 지급되지 않는다. 이 추운 날씨를 버티려면 최대한 속옷으로 활용할 수 있는 옷은 활용하기 바란다.

자, 이제 겉옷을 반납해라."

겉옷을 반납하라고 하면서도 향도는 옷을 수거할 의사가 없는지 거둬들이려 하지 않았다. 알아서 낼 거만 내라는 투로 보통이를 뒤지려고 하지도 않았다. 다만 성규와 같이 올 때 오랏줄로 묶여있던 청년에게 관심이 있는지 자꾸 쳐다볼 뿐이었다.

"수상한 물건은 없으니 걱정 마시오. 정 걱정이 되면 보통이를 뒤져보든가?"

청년도 그걸 의식했는지 웃는 건지 비아냥거리는 건지 모를 야릇한 미소를 띠며 한 마디 던졌다.

"걱정하지 않는다. 설령 수상한 물건이 있다고 한들 이곳에서는 쓸모가 없다. 밤에 이 막사에서 한 발자국만 나가도 총에 맞아 죽는다. 지금 막사 주변에는 무장한 헌병들이 쫙 깔려 있고 들어오면서 보았겠지만 담을 둘러가면서 있는 망루에는 기관총과 함께 헌병들이 24시간 보초를 선다.

그 보초들을 왜 서는지 아는가? 외부에서 이곳을 들어오는 사람을 막는 것이 아니다. 이곳에서 탈출하려는 자들을 사살하기 위해서 설치한 망루다. 이곳에서의 탈출은 절대 불가다. 정 나가고 싶으면 시체가 되어야 한다.

왜 막사에 변소를 붙여지었는지 아나? 다 그런 이유다. 저 끝 문을 열고 나가면 통로가 이어지고 그 통로 끝의 문을 열면 변소 다. 변소에 창문이 있다. 하지만 그 창문을 통해서 탈출을 하려 한다면 그 창문을 나가는 순간 총알이 먼저 날아올 것이다."

청년의 말이 끝나기 무섭게 그렇지 않아도 말할 기회를 잡으려 고 별렀던 사람처럼 향도가 대답을 했다. 그 대답은 절대 탈출할 꿈도 꾸지 말라는 지극히 교과서적인 이야기였다.

"마지막으로 나는 여러분이 이 훈련소를 떠날 때까지 이곳에서 숙식을 같이 한다. 내가 이 내무반의 내무반장 향도라는 것은 이 미 알았으리라 믿는다. 다행히 오늘은 신입병이 너희 세 사람뿐이 니 넷이서 편하게 쉬자.

이게 여러분에게 지급되는 마지막 보급품인 모포다."

보급품이라고 무엇을 주나 했더니 이미 밥 먹기 전에 받아 들었 던 깡통 비슷하게 생긴 밥통과 숟가락, 달랑 훈련복 한 벌에 모포 두 장이 전부다. 한 장은 깔고 한 장은 덮고 자라는 것인지 아니면 둘둘 말고 자라는 것인지는 모르겠지만 그게 전부였다.

향도는 저쪽 끝자리로 가서 눕고 세 사람은 모포를 받아든 채 서로 멍하니 바라보다가 각자 모포를 둘둘 말고 누웠다.

무언가 모르지만 새 세상의 시작이다. 이 시작을 어떻게 받아들 여야 할지 모르겠다. 성규가 억지로 잠을 청하는데 향도가 일어나 서 이쪽으로 오더니, 아까 손이 묶여서 끌려오던 청년에게 말을 걸었다.

"이보시오. 당신 기록부를 보니까 학력은 물론 모든 것이 꽤 괜 찮더이다. 주의를 요하는 인물이라는 말을 제외하고는 말이오.
천주교 사제가 되려고 신학교에 다니다가 징집된 것 같던데….

나야 경성제대 다니다가 이렇게 왔지만, 나 역시 인간의 존엄성과 구원에 관심이 많고 또 인간은 모두 평등한 것이라는 사상이 마음에 들어 성당에를 나가곤 했었기에 하는 말이오. 이곳에서 말썽 피지 말고 교관 눈에 잘 들도록 해보시오. 그래봐야 2주 교육인데 공연히 일만 내지 말고.

그렇게만 된다면 나처럼 이곳에 향도병으로 남거나 아니면 조교로 남을 수도 있으니까. 나도 적극 건의를 해볼 테니 쓸데없이 굳이 사지로 걸어 들어갈 필요는 없지 않소? 이곳에서 훈련이 끝나고 나면 어디로 가든지 총알받이 노릇하러 가는 건 불 보듯 뻔한 일인데 피할 수 있으면 피하는 게 수 아니오?"

"일 없소이다. 왜놈들 눈에 잘 들어 이곳에 남는다한들 별 수 있겠소? 우리 동족들을 왜놈들 총알받이 만드는데 일조를 하는 것이겠지?"

"그건 당신이 안 해도 누군가는 할 일이오. 당신이 안 한다고 그 자리가 비어 있을 것 같소? 이곳에 징집되어 온 사람들에게 당신이 향도병이나 조교 역할을 안 한다고 해서 그들이 집으로 되돌아가는 건 아니잖소. 조금만 노력하면 피할 수도 있는 죽음의 동선을 따라갈 필요는 없는 거 아니오."

"말씀은 고맙구려. 정말 죽음의 동선을 따라갈 필요가 없다는 생각이라면 저 어린애를 내 대신 추천해주구려."

"저 어린애를?

말이 되는 소리를 하시오.

이곳에 남아 향도병을 하거나 조교를 하려면 통솔력도 있어야 하고 어느 정도 상대를 다룰 줄 알아야 하는데 저 어린애가 뭘 하겠소?"

"그런 걸 알면서도 저 어린 것을 전장으로 내몰고 있지 않소.

그러니 내 대신 저 어린애를 남게 해달라는 말이오."

"이 양반이 신학생이라기에 배려를 해보려고 했더니 안 되겠네? 자기만 애국자고 자기만 양심이 바른 사람처럼 이야기하네.

솔직히 이 나라 지식인 치고 이번 전쟁에 참전해야 한다고 떠들어대지 않은 이가 누가 있소? 내가 알기에는 대부분 이 나라 지식인들이 지금 이 전쟁을 성전이라고 해 가며 젊은 우리들에게 참전할 것을 권하고 있소. 그들이 권하지 않아도 일본 사람들 등쌀에 못 배겨 참전을 하긴 할 거지만, 이 나라 지식인들이 참전운동에 앞장선다는 것은 그만큼 우리나라 조국 광복이라는 말은 물 건너간 것 아니오?

설령 이 전쟁에서 일본이 진다고 해도 우리나라는 광복되지 못하고 영원히 일본과 한나라로 살아갈 추세니까 지식인들이 그렇게 앞장서는 것 아니오?"

"글쎄요? 소위 지식인이라는 것들이 앞장서서 자신의 자식이요 후배들을 전장에 몰아넣는다는 그 이유만으로 조국 광복이 오지 않을 것이라 단정할 수는 없는 일이오. 그거야 제 놈들 목숨 부지하고 배부르고 등 따습게 살려는 욕심이지 그걸 가지고 조국 광복이 어쩌고 하는 것에 연관 짓지 마시오.

당신이 지금 말하는 지식인들이라는 작자들이 조국 광복의 가능성을 따져보기나 했다는 말이오? 모르면 몰라도 당장 총부리 겨누고 얼러대니까 성전이 어쩌고 한 것이지 정말 조국 광복이 오지 않을 것이라고 확신해서 한 말은 절대 아니라는 거외다.

지금 이 시간에도 우리 광복군들은 반도 곳곳에서 피를 토하며 항거하는가 하면, 만주벌판에서나마 조국 광복을 위해 피를 뿌리고 있소. 또 그러기 위해서 만주를 향하는 젊은이들도 부지기수고. 나 역시 그 대열을 쫓으려다가 이렇게 된 몸이기에, 나는 확신하오. 이 나라 백성들의 씨를 말리지 않는 한 조국 광복은 반드시 올 거요. 뿌리와 줄기가 하나가 아니거늘 이파리 색깔만 비슷한 색으로 치장을 한다고 같은 나무가 될 수는 없는 노릇 아니겠소?

민족이 달라도 하나의 나라로 태어나려면 서로가 동등해야 하는 법인데 지금 우리 사는 모습이 그렇습디까?

서로 다른 뿌리와 줄기를 그럴듯하게 얽어 매 놓고 이파리 색깔만 초록으로 치장했지요. 초록이 아무리 동색이라고 해도 뿌리와 줄기가 다른 나무를 얽어 매 놓았으니 그게 오죽하겠소? 게다가 제 놈들의 나무는 저 위에서 있고 우리민족은 인위적으로 아주 작게 만들어 햇빛 한 번 못 쪼이게 하니 살아남을 수가 있겠소? 당연히 들고 일어서는 수밖에.

왜놈들이 입바른 소리로 지껄이듯이 우리와 같은 길을 갈 거였다면, 저희들 말대로 내선일체를 할 거였다면, 서로 다른 뿌리와 다른 줄기를 얽어 맬 것이 아니라 각각의 나무를 인정했어야 하는 것이오. 서로의 존재를 인정하고 그 존재가 함께 가야한다는 말이오. 지배하려는 것이 아니라 협력하는 것이 진정으로 하나가 되는 길이지 지배하려는 것은 불협화음만 낼 뿐이라는 말이외다. 부족한 것을 채워주기 위해 서로가 노력할 때 하나가 될 수 있는 것이지, 상대가 부족하다고 아예 지배해 버리려고 하면 그 부족한 대상이 언젠가는 반드시 자기 모습을 찾으려고 튀어 오르게 되어 있는 것이 세상사는 이치랍디다.

왜놈들이 처음부터 우리와 하나가 되려는 마음은 조금도 없이 우리를 지배하고자 했던 것을 누군들 모르겠소만, 작금에 와서는 아예 그 본색을 드러내 놓고 있소이다. 우리 백성들을 왜놈들의 편안한 삶을 위한 도구 취급을 하고 있소. 우리 백성들도 이제는 한계에 달한 거요. 더 이상 참고 있지만은 않을 것이오. 그 도화선의 불을 누가 언제 붙이느냐가 중요할 뿐이오. 아니 이미 붙었다는 표현이 옳겠지요. 그 범위가 작아서 백성들이 체감하지 못할 뿐이지. 조금만 더 그 범위가 확산되어 백성들이 도화선에 붙은 불을 보는 날이면 일시에 터져 오를 것이오.

그러니 조국 광복이 당장은 손에 쥐어지지 않더라도 머지않아 반드시 온다는 말이오.

아니, 설령 다시 오지 않는다 해도 왜놈들의 앞잡이가 되어 동족을 사지로 몰아넣는 무리들처럼 살 수는 없는 일이오.

일찍이 하얼빈에서 이토 히로부미의 목숨을 총탄으로 거두신 안중근 토마스 형제, 상해에서 폭탄을 던져 왜놈 군 수뇌부의 목숨을 거두신 윤봉길 선배, 일왕에게 폭탄의거를 하셨던 이봉창 선배처럼 살지 못한 것이 한스러울 뿐이오.

지식인이라는 허울 안에 자신을 감추고 동족을 사지로 몰아넣는 그런 몹쓸 인간들의 판단을 믿고 조국 광복이 안 된다는 그런 엉뚱한 이야기는 하지 마시오."

"당신 말이 옳다면 얼마나 좋겠소. 하지만 시절이 하수상하니 나도 속이 타서 해본 소리요. 어쨌든 당신은 이곳에 남아 목숨을 부지해야 당신이 말한 대로 조국이 광복되는 날 무얼 해도 할 것 아니오?

내 말을 들으시오. 공연히 당신처럼 고귀한 뜻을 간직한 아까운 목숨 버리지 말고."

"목숨이야 누구 것인들 아깝지 않겠소. 그 귀한 목숨을 자기 목숨만 귀한 것으로 오해를 하고 남이야 어찌 되든지 간에 자기 목숨은 어떻게든 연장해보려고 사람보다 못한 짓을 하고 있는 무리들이 있으니 그게 안타깝지.

자세한 내막은 모르겠지만 저 어린애도 어떤 몹쓸 인간이 제

욕심 채우느라 징발해서 보낸 것이 틀림이 없으련만 저게 무얼 알겠소."

신학생이라는 청년의 말에 향도병도 꼬리를 달지 못했다.

성규는 두 사람의 이야기를 들으면서 아까 헤어진 누이는 지금 어디에서 무얼 하고 있을까 생각하니 저절로 눈물이 흘렀다.

2주 동안의 훈련기간은 정신없이 지나갔다. 비록 나이는 어리지만 체격이 건장한 터에 훈련받는데 큰 어려움은 없었다. 모진 추위를 제외하면 힘들지도 않았다.

처음 3일은 제식훈련이라는 것을 하고 나머지 열흘은 사격과 총검술, 각개전투 훈련을 했다. 실제 전장에서는 목숨과 맞바꿀 수 있는 것이라고 하면서 호된 기합과 함께 혹독한 훈련이 반복되었다.

훈련 마지막 날.

오전 일과가 끝나고 점심을 먹자마자 트럭에 올라타고 인천항으로 간다고 하더니 배에 올라탔다.

12. 총알받이와 성매매도구

　며칠인지 모를 지리한 배 안에서의 날들이 지나고 성규가 내린 곳은 우리나라와는 전혀 기후가 다른 곳임을 한 눈에 알 수 있었다. 훈련을 받을 때 모진 추위에 옷을 끼어 입을 수 있는 데까지 끼어 입었었는데 배 안에서부터 더워지기 시작해서 하나씩 벗은 것이 결국은 팬티에 군복만 걸쳤는데도 그것조차 더웠다.

　처음 트럭에서부터 같이 움직이던 신학생이라는 분과 훈련 도중에 이름을 알게 된 김형식이라는 청년도 결국 이곳으로 같이 왔다. 신학생의 말에 의하면 이곳은 남양군도 중 하나라고 했다.

　신학생과 김형식은 훈련병 때 성규가 학도병으로 끌려오게 된 경위를 들었을 뿐만 아니라, 그 누이 소희마저 징집당한 것을 알기에 훈련소에서부터 마치 친형처럼 성규를 보살펴주었다.

　"이곳은 일 년 내내 기후가 더운 곳이다 보니 자칫 잘못하면 병에 걸릴 수도 있어. 매사 모든 것에 조심해야 해."

　"내가 시골에서 농사만 지며 여름이면 땡볕에서 있기를 밥 먹듯 했지만 이렇게 더운 건 처음 겪는구먼. 도대체가 일 년 내내 날씨가 이 모양이라면 사람이 어찌 산단 말이요?"

신학생의 말을 듣자 김형식이 대뜸 말을 받았다. 김형식은 몸체만큼이나 듬직한 인물이다. 훈련 받을 때 쉬는 시간이면 다른 사람들은 춥다고 웅크리고 있어도 그는 전혀 그런 티조차 내지 않았다. 그런 그가 덥다고 불평을 할 정도면 어지간히 덥기는 더운 모양이다.

"일본 놈들이 중일전쟁을 일으킨 후 미국이 자기네한테 석유를 팔지 않는다고 진주만을 기습하는 바람에 이 전쟁이 일어났어.

겉으로는 일본이 미국을 이겨 태평양을 제패하려고 일으킨 전쟁이라고 떠들어 대지만 그건 아냐. 일본의 커져만 가는 세력에 대한 미국의 견제가 원인이 된 거지. 미국이 일본에 석유를 팔지 않는다는 것은 일본보고 전쟁 그만하라는 이야기거든. 일본으로서는 황당할 수밖에. 중일전쟁을 중도에서 끝낸다는 것은 죽도 밥도 안 되는 꼴이니 갈 데까지 가보자는 심산으로 진주만을 기습한 거야. 장기전으로는 미국에 안 된다는 것을 알기에 기습공격을 택한 것인데 처음에는 효력을 보는 듯 했지만 원래 자원이 풍부한 미국이 전세를 뒤집은 거지.

어쨌든 지금은 일본이 최후의 발악을 하는 중이니 머지않아 전쟁은 끝이 날 거야. 그렇다고 이 전쟁이 끝날 때까지 우리가 살아남는다는 보장은 없어. 우리가 바로 총알받이가 되게 하려고 이곳으로 데려온 거니까.

저놈들한테 우리 하나 죽는 것은 아무런 의미가 없어. 그러니까 정신 바짝 차리고 스스로의 몸은 스스로 지켜야 돼. 얼핏 보니까 이곳에서 아직 큰 전쟁은 일어나지 않은 것 같네. 다만 우리보고 이곳을 사수하라는 거지. 몸만 잘 보존하면 버틸 수도 있을 거야."

성규가 신학생은 아는 것도 많다고 생각하는데 연이어 말을 이었다.

"이렇게 큰 전투가 없다는 것은 보급품 역시 이곳은 소외당하고 있다는 소리가 될 수도 있어. 상황을 보면서 결정할 문제기는 하지만 아마도 먹을 건 스스로 구해야 할지도 몰라."

신학생의 말은 그대로 들어맞았다. 식사시간이 되자 여실히 드러났다. 그 섬 전체에 주둔한 인원이 그게 전부인지는 모르지만 모인 인원은 약 20여 명 되었다. 세 사람을 그 앞으로 나와 서게 하더니 이 집단의 대장인 듯한 조장(당시 일본 군대의 상사계급)이 입을 열었다.

"오늘 새로 전입해서 온 병사 세 명이 있다. 학도병들로 우리 대일본제국을 위해 스스로 자원한 충성심 강한 병사들이다. 모두 환영해주기 바란다.

그리고 처음 온 병사들에게 이곳 사정을 하루빨리 익히고 열악한 우리 환경을 함께 헤쳐 나갈 수 있도록 서로 많은 도움을 주기 바란다."

조장의 말이 끝나고 배식이 시작되었다. 식사는 바다에서 직접 잡은 것처럼 보이는 생선구이와 숲에서 채취한 것으로 보이는 나무열매들이다. 과일 같기는 하지만 성규는 처음 보는 것들이었다.

"나는 여러분의 분대장인 스미즈 오장(당시 일본 군대의 하사계급)이다. 식사를 보니 좀 당황스러워 하는 것 같아서 잠깐 설명을 덧붙인다. 처음에는 좀 이상할지 모르지만 먹어 버릇하면 아주 좋다. 그리고 오늘은 여러분이 오는 날이라 특별한 단백질을 보충하기로 미리 계획을 세워두었다. 단백질이야 생선에도 있다지만 고기에서 취하는 맛과는 영 다른 것이거든. 이따가 저녁에 어스름해지면 좋은 일이 있을 거다. 우선은 부족한 대로 그냥 이것만 먹어 둬라.

그뿐만이 아니다. 여러분은 참 운이 좋은 줄 알아야 한다. 이 섬에는 여러분의 불타는 젊은 욕구를 해결해주는 위안소가 있는 섬이라는 것을 미리 말해주마. 이 근방 이런 섬에 위안소가 있는 곳은 아마 거의 없을 것이다. 다만 여기서 본부대까지 가자면 삼십여 분 걸어가야 한다는 것이 흠이기는 하지만 그 정도야 감수해야지.

여러분이 정말 운이 좋은 것이 한 가지 더 있다. 여러분은 우리 선봉대가 항구 근처에 있다 보니 이곳에 내렸고, 또 이곳이 여러분의 근무지지만 어차피 내일은 본부대에 신고를 하러 가야 하거든. 그러니 가는 길에 위안소에 들릴 수도 있고, 그야말로 일석이조가 아니냐? 좌우지간에 제군들은 정말 운이 좋은 제국 군인들이라는 것만 명심하고 앞으로 충성을 다해 제국의 영광을 빛내주기 바란다.”

세 사람이 배급된 식단을 보며 조금은 의아한 표정을 짓자 그들의 분대장이라는 오장 하나가 다가와서 무슨 말인지 이해하기도 힘든 말을 해대고는 무에 그리 뿌듯한지 아주 만족스런 표정을 지으며 돌아갔다.

세 사람은 서로의 얼굴을 쳐다보았다. 생선과는 맛이 다른 단백질 보충은 뭐고 위안소는 또 뭐기에 저리도 뿌듯해한다는 말인가? 알 수 없는 말만 해대고 갔지만 삼십여 분을 걸어가면 본부대가 있다는 것을 보아서는 이 섬에 있는 병력이 이것이 전부는 아니다. 또 다른 병력이 어딘가 주둔하고 있고 이곳은 선봉대로 그들과는 떨어져 이곳에 자리 잡고 있다는 뜻이다. 항구에 가까운 곳이 이곳이라고 한 것을 보아서는 만일 미군이 상륙작전을 한다면 이곳으로 들어올 것이고, 결국은 이곳에서 먼저 전투를 치러 총알받이 역할을 한다는 신학생의 말이 맞는 말이다.

“단백질 보충이 뭘 먹는 것인지는 모르지만 자식 더럽게 좋아

하네. 위안소? 그건 또 뭔데?

이런 섬에서 가축을 길러서 잡아먹는 건 아닐 테고 도대체 무엇으로 고기에서 취하는 단백질을 보충하기에 저러나? 위안소는 또 뭐기에 저리도 뿌듯해할까?

그게 뭔지는 모르지만 왜놈들 하는 짓이 빤하겠지."

신학생은 궁금한 듯이 말하면서도 왜놈들 하는 짓이 보나마나 빤하다는 말로 그들의 행동을 결론 냈다.

해가 어스름하게 넘어가기 시작했다.

성규는 오장이라는 자가 했던 말에 내심 기대를 하고 있었다. 신학생은 왜놈들 하는 짓이 빤하다고 했지만 정말이지 고기를 먹어 본 것이 아득했다. 오늘 먹은 생선구이 한 토막도 아득한 옛날에 먹고 처음 먹는 기분이었지만 고기 역시 마찬가지다. 은근히 기다려지는 것을 어쩔 수 없었다.

"자, 슬슬 가보자고. 이제 걸려들 때가 되었거든."

저녁을 먹고 무언가를 기다리는 표정으로 앉아 있던 병사들이 하나씩 자리에서 일어나 어디론가 향하면서 성규 일행도 함께 가보자고 부추겼다. 성규는 물론 신학생도 궁금해 하면서 자리에서 일어나 그들을 따라 가기 시작했다.

그들이 가는 곳은 막사에서 10여 분을 걸어서 가는 숲이었다. 그 숲에 다다르자 이상한 냄새가 났다.

"이게 무슨 냄새지? 비릿한 것 같기도 하고?"

"그러게요? 비릿한 것 같으면서도 역겨운 것이 단순히 비린내는 아닌 성 싶은데요?"

신학생이 먼저 냄새를 맡고 말하자 김형식이 맞장구를 쳤다. 성규에게도 분명히 역겨운 냄새가 나긴 하는데 성규는 무슨 냄새라고 단정 지을 수가 없었다.

"가만, 저 앞에 보이는 것이 뭐야? 통나무를 박아서 담을 친 것 같기도 하고?"

"통나무를 둥그렇게 박아 놓고 가운데에 또 통나무를 박아 놓았는데 가운데 통나무에 사람이 묶여 있는 것 같은데요?"

세 사람은 숲 안에 희한하게 자리 잡은 평지를 내려다보고 있었다. 그러고 보니 그들이 서 있는 곳은 그들이 주둔하는 막사에서 그 평지로 넘어가는 일종의 언덕이다. 비록 그 높이가 높은 것은 아니지만 숲 안에 있는 다른 평지로 가기 위해 넘는 언덕이다. 그 평지에는 사방에 우거진 나무가 없고 잡초만 우거졌다는 것도 신기했다.

"맞아. 통나무가 둥그렇게 둘러쳐지고 가운데 사람이 묶인 통나무가 서 있어. 그런데 저 묶인 사람이 온통 피투성이잖아? 도대체 이게 무슨 일이지."

"아까 그 역겹고 비릿한 냄새가 바로 저 피 냄새였던 겁니다. 그렇다고 저 정도 피 냄새가 그리 독하지는 않을 텐데…?"

세 사람이 일행과 함께 낮은 언덕을 넘어 통나무가 둥그렇게 쳐진 곳에 다다라 궁금해 하던 것을 확인하며 서로의 의견을 나누고 있을 때였다.

"오늘은 재수가 좋습니다. 두 마리나 걸려 있어요."

기쁨으로 가득 찬 일행 중 한 사람의 목소리가 들려왔다.

"그래? 그럼 어서 시작하자고?"

대화를 들으며 자세히 보니까 길이는 어른 키만 할 것 같고 굵기는 어른 허벅지정도 굵은 것 같은 뱀 같기도 하고 아닌 것 같기도 한 것이 통나무 사이에 끼어 버둥대는 모습이 보였다. 세 사람은 가운데 묶인 사람을 보느라고 정신이 없어서 미처 보지 못했던 것이다. 셋이서 서로 얼굴을 마주보며 이게 무슨 일인지 궁금해하는데 고참 병 하나가 다가서더니 자랑스럽게 이야기했다.

"저게 무더운 이곳에서 사는 뱀의 일종이야. 독이 없는 뱀이니 도마뱀이라고 생각을 해도 좋고. 그런데 저놈이 신선한 피 냄새를 지독히도 좋아한단 말이야.

주변에 통나무를 촘촘하게 박아 놓고 가운데 말뚝에다가는 사람이나 이 숲에 사는 동물을 사냥해서 묶어 놓고 죽창으로 찔러서 피가 난자하게 만들어 놓으면 저놈들이 그 냄새를 맡고 달려들지. 저놈들 생긴 것이 머리는 날렵한데 머리 바로 아래 부분이 원래 통통하다 보니 주변에 박아 놓은 통나무 사이로 머리는 들어가는데 그 부분이 걸려. 그러면 앞으로 더 못 들어가고 걸리는 거야. 물론 뒤로 나오고 싶겠지만 뱀은 뱃가죽에 붙어 있는 비늘을 이용해 앞으로 기어가다 보니 후진이 안 되는 동물이거든. 한 번 걸리면 그만이지.

바로 이곳에서 한 달에 두어 번 사냥을 벌여. 그런데도 허탕 치는 적은 없어. 오늘처럼 두 마리가 걸리는 경우도 드물지만.

그런 거 보면 저 뱀들이 사람 피 냄새를 더 좋아 하는 것 같기도 해. 오늘만 해도 이곳 원주민을 미끼로 썼더니 두 마리가 걸렸잖아. 사람만 미끼로 쓰면 큰 놈이거나 아니면 두 마리가 걸린단 말이야. 그렇다고 매번 이곳 원주민을 미끼로 쓸 수도 없으니까 주로 동물을 미끼로 쓰기는 하지만.

이제 저놈들을 산채로 기절시켜서 불에 구워 소금을 찍어 먹는 거야.

단백질도 보충이 되지만 저 뱀 고기가 얼마나 맛있는지 아나? 닭고기? 쇠고기? 절대 못 따라와. 개고기보다도 더 맛있어. 아주 쫄깃쫄깃한 게, 정말이지! 저 고기맛이야말로…."

"웩! 웩….."

"그 친구 비위장이 그리 약해서 이 험난한 섬 생활을 어찌 하려고?"

고참병은 자신은 신나서 이야기하는데 토악질을 하고 있는 성규를 보며 걱정된다는 듯이 말했다. 하지만 성규에게는 그런 말은 들리지 않았다.

이제껏 맡았던 그 역겹고 비릿한 내음이 바로 사람과 동물의 피가 섞여 썩고 응고된 냄새였다. 그것도 한두 번이 아니라 한 달에 두어 번씩 소위 그들이 말하는 뱀 사냥을 벌였다고 하니 그 피가 쌓인 냄새다. 사람을 미끼로 뱀을 잡은 것이다. 성규는 냄새도 냄새지만 사람을 미끼로 쓴 사냥이라는 생각이 들자 뱃속에 있는 모든 것이 한꺼번에 올라오는 것 같았다.

"그럼 사람을 죽여서 뱀을 잡는다는 말이오?"

놀란 것은 성규뿐이 아니었다. 성규가 토악질을 하는 것에 대해 빈정거리는 고참병의 말에 아랑곳 하지 않고 김형식이 깜짝 놀라 되물었다.

"그렇지. 우리가 먹고 사는 게 중요하니까 이곳 원주민 놈 하나 잡아다가 가운데 박아 세우는 거지.

원주민 놈 하나 없애는 바람에 숲에서 열매 따는 인간 하나 줄어들어 열매도 더 딸 수 있고, 단백질 보충해서 좋고. 이런 걸 일석이조라고 하는 것 아닌가?"

"지금 그걸 말이라고 하시오? 어찌 사람을 죽여 뱀을 잡아 먹을 생각을 한다는 말이오?"

신학생이 어스름한 어둠 속에서도 이글거리는 것이 보일 정도로 분노에 가득 찬 눈빛으로 물었다.

"아직 배들이 부르구먼. 마음대로들 해.

이곳에서 지내다 보면 얼마 못가서 그 마음이 어디로 갔는지 찾기 힘들 테니까.

처음에야 누군들 안 그렇겠냐만, 글쎄? 그 마음이 얼마나 갈까? 먹기 싫으면 그만들 두라고."

고참병은 신학생의 이글거리는 눈빛에서 그냥 하는 말이 아니라는 것을 느꼈는지 이미 뱀을 굽기 시작하는 곳으로 혼자 달려갔다.

'사람 사는 곳이 아니다. 금수만도 못한 인간들이 모여 있는 그저 집단이지 여기는 사람이 사는 곳이 아니다.'

일행이 뱀을 구워먹는 동안 그 냄새마저 역겨워 힘들어하던 성규는 막사로 돌아와 자리에 누웠지만 도저히 잠이 오지를 않았다. 밤새 뒤치락거리다가 기상 소리도 듣지 못하고 잠이 들었는데 옆자리에 누워 자던 신학생이 흔들어 깨우는 바람에 깜짝 놀라서 일어났다.

"많이 놀란 것 같더구나. 밤새 한숨도 자지 못하는 것 같던데?"

신학생이 걱정스런 목소리로 물었지만 성규에게 무슨 대답을 원하는 것은 아니었다.

오죽했을까?

일찍 성장한 덕분인지 덩치는 어른만 하게 자랐지만 열세 살 어린 나이에 사람을 대창으로 찔러 뱀을 사냥하는 현장을 보았으니 그 놀란 가슴은 이루 말할 수 없을 것이다. 나이를 스물둘이나 먹은 자신도 놀람이 지나쳐 분노로 변해 주체할 수 없었는데 저어린 것은 오죽했을까?

아침 메뉴는 보리죽 비슷한 거였다. 그 역시 이곳 섬에서 나는 곡물로 끓인 것 같았는데 맛은 보리로 끓여 먹던 보리죽과 비슷했다. 하지만 어제 뱀 구이의 충격에서 벗어나지 못한 성규는 그나마도 먹지 못하고 막사로 돌아왔다.

"오늘 신병 세 사람은 본부대로 가서 전입신고를 해야 한다. 조금 후에 출발할 것이니 준비해라.

내가 인솔해서 갈 것이다. 나와 함께 세 명의 병사가 더 간다.

이 섬에서 언제 적이 나타날지 모르는 이유도 있고, 혹시 원주민이 도발을 일으킬 경우도 대비하기 위해서다. 물론 이곳 원주민들이 아직 한 번도 도발한 적은 없지만, 군대는 모든 것을 사전에 대비하는 것이 중요해서다."

스미즈 오장이 막사로 돌아온 세 사람에게 하는 말을 들으면서 성규는 웃음이 나왔다. 원주민들이 도발한 적은 없지만 대비한다는 그 말은 도둑이 제 발이 저리다는 말이다. 제 놈들이 원주민들을 사냥을 위한 미끼로 쓰면서 사람 취급도 안 했으니 언젠가는 원주민들이 도발을 해올 것이라는 생각을 하는 거다. 죄 있는 놈이 두렵지 죄 없는 놈이 두려울 게 무어냐? 사람 같지도 않은 놈들.

그런데 이상한 일이 일어났다. 스미즈 오장이 함께 갈 세 명의 지원자를 받자 서로 가겠다고 나섰다. 스미즈 오장은 무언가 적힌 종이를 들여다보고는 지원자 중에서 세 명을 선발했다.

희한한 일이다. 어제 스미즈 오장이 말한 바에 의하면 분명히 본부대까지 가는 데 삼십여 분을 걸어야 한다고 했다. 그늘진 곳이 아니고는 가만히 앉아 있어도 무더운 이곳 기후인데, 삼십여 분을 걸어가는 길을 서로 가겠다고 나선다. 하루 만에 모든 것을 알 수 없는 일이라 아직은 잘 모르지만 어제나 오늘로 봐서 이곳에 있어도 별로 할 일이 없다.

막사에 함께 모여 있다가 보초 교대시간이 되면 나가서 보초를 서거나, 식사조달 조에 편성된 사람은 과일을 따거나 생선을 잡으러 나가는 것이 이곳에서 하는 일의 전부인 것 같다. 생선이나 과일도 보관할 곳이 없어서 많이 잡거나 많이 딸 필요도 없다. 여러 명이 같이 가서 그리 오래지 않아 한 끼 식사 분량을 가져온다. 이곳에 있어도 힘든 일도 없는데 그 먼 길을 서로 가겠다고 나서는 것이 이해가 되지를 않았다.

성규는 자신이 모르는 무슨 일이 있을 것이라고 막연히 짐작하면서, 출발한다는 소리에 자리에서 일어나 그들을 따랐다.

본부대 가는 길은 험하지는 않지만 숲이 우거져 만만한 길은 아니었다. 하지만 자원한 세 사람은 뭐가 그리 좋은지 얼굴에서 웃음이 걷히지 않았다.

막사를 떠난 지 5분 정도 지나서 본부대 가는 것을 자원한 병사 하나가 성규에게 다가왔다.

"올해 몇 살이냐?"

"열세 살인데요."

"그래? 고향에 있는 우리 동생하고 나이가 꼭 같구나. 그 어린 나이에 어쩌다가 이곳에 왔는지 모르지만 참 안 됐다. 어쩐지 어제 너를 처음 보는데 등치만 컸지 영 어린애 보는 것 같더니만 내 짐작이 맞았구나.

힘들지? 하지만 참아라. 오늘 본부대에 다녀오고 나면 그리 힘든 일은 없다.

먹고 자는 것이 다 힘들다면 힘들지만 뭘 먹어도 먹기는 먹으니 굶지 않고, 보초시간 이외에는 잠도 잘 수 있으니 그게 어디냐? 낮에도 식량을 자급하기 위한 일하고, 큰 비가 오고 나면 호를 다시 손보는 일 외에는 크게 할 일도 없으니 그리 힘들지는 않을 거다."

성규는 스스로 다가와서 자신의 동생 이야기를 하며 별로 힘든 것이 없다는 병사를 보자 아까 떠날 때 생각했던 궁금증이 되살아났다.

"참, 그런데 궁금한 게 하나 있는데 여쭤 봐도 되나요?"

"궁금한 거? 그래 물어보렴. 내가 아는 거라면 대답해주마."

"아까 우리가 부대에서 떠날 때 말인데요? 부대에 있어도 별로 힘든 것이 없다면서 왜 서로 본부대에 가겠다고 나서는 건가요?"

"아, 그거? 아직 네가 경험이 없어서 그런데 차츰 알게 될 거다. 하지만 궁금하다니 이야기해주지.

본부대에 가면 위안소가 있거든."

"위안소요? 그게 뭔데요?"

"아직 나이가 어려서 알지 모르는데 위안소라는 것은 남자의 욕구, 즉 남자가 여자를 품고 욕정을 풀고 싶어 하는 욕구를 풀 수 있도록 만들어 놓은 곳이야. 성욕을 푸는 거지."

성규는 아직 경험은 없지만 남자와 여자의 그런 관계를 들어본 적은 있다. 하지만 그건 부부지간에서 행해지는 행위가 아닌가?

"그럼 부인들이 그곳에…?"

"하하하…. 이 친구 말하는 것 좀 봐. 부인이라니? 아니 부인이 이곳이 어디라고 와?"

고참병은 배가 자지러지게 웃으면서 성규에게 손가락질까지 하다가 이내 정색을 하고 말을 이었다.

"부인이 아니라도 남자는 동물적으로 거시기를 여자의 거시기에 넣고 사정을 해야 욕구가 풀리는 거거든. 그래서 중국과 조선에서 돈 벌러 온 여자들, 말하자면 주막거리 작부들처럼 돈 받고 몸 파는 여자들이 그곳에 있다 그 말씀이지."

"돈을 받고 몸을 파는 여자요? 그럼 우리나라에서 여기까지 왔다는 말이에요?"

"내가 알기로는 그렇게 알고 있는데….

여기는 멀어서 그런지 우리나라 여자들이 아니라 중국 여자들
이 와 있어.

그렇다고 문제 될 건 없어. 여자 가슴 만지고 빨고 거시기에 그
거 넣고 하는 데는 하나도 다를 것이 없더라고…."

고참병이 말을 이어가려는데 중간에 스미즈 오장이 끼어들었다.

"주막집 작부라니? 그건 조 일등병이 잘못 알고 하는 말이다.

그 여인들은 주막집 작부가 아니다. 그 여인들 역시 식민으로서
우리 대일본제국이 아시아는 물론 멀리 미국까지 평화를 위해 일
으킨 전쟁을 성공리에 끝마치게 하기 위해 자신의 몸을 불사르러
이곳에 온 것이다.

비단 이곳뿐만이 아니라 전 세계, 우리의 자랑스런 일장기가 휘
날리는 곳이라면 그 여성들이 함께 한다는 것을 알아야 한다."

"아, 그렇습니까?"

조 일등병이라는 그 사람도 대한인임에는 틀림이 없는 것 같은
데 오장의 한 마디에 찍소리 못하고 수그러들었다.

"아직도 그런 사실을 몰랐다는 말인가?

우리 대일본제국의 위대한 장군, 다카키 쇼키치 장군께서 만들
어내신 위대한 전략이라는 것을 모르다니? 이건 우리 부대 정신
교육이 부족한 탓이다."

스미즈 오장은 자신의 휘하에 있는 병사가 위안소가 설치된 것
에 대한 사연을 모르는 것이 무슨 큰일이라도 난 듯이 정신교육
운운하며 자랑스럽게 말을 이어갔다.

일본이 중국을 상대로 전쟁을 일으키자 처음에는 승승장구하며

곧 대륙을 정벌할 것 같았지만 중국이 그리 만만한 상대가 아니다. 전쟁이 장기화되면서 병사들의 사기가 떨어지기 시작하고 특히 젊은 병사들의 성에 대한 욕구로 인해 사고가 빈발하기 시작했다. 방법을 찾던 중 다카키 쇼기치라는 일본 해군 장군이 천인공노할 생각을 해내고 일본군 주요 지휘관 회의시간에 발표한다.

"조선 여자들을 징발해서 위안소를 만들어 우리 대일본 제국군의 성욕을 푸는 도구로 만들자는 겁니다."

"조선 여자들을 징발해? 그럼 조선에서 일어나는 반일 감정은 어쩌고?"

"성 노리개로 보낸다고 하면 누가 가겠습니까?

우리 일본군들이 부상을 당하면 그 부상병을 돌보거나 군인들이 하는 행정업무를 보조하는 일을 한다는 구실로 모집을 하는 겁니다. 그래야 학생층을 대상으로 젊은 여인들을 끌어 모을 수 있을 겁니다.

보수도 상당히 많이 준다는 조건을 달면 훨씬 효과가 높을 것입니다.

어차피 지금 이 전쟁을 승리로 이끌기 위해 정신대(挺身隊)운동을 벌여 조선 여자들의 노력동원을 하고 있습니다. 그 연장선상이라고 하면 되는 일입니다. 군수 공장에서 일을 하던 군인을 보조하고 돌보는 일을 하던, 하기는 해야 할 일이지만 타지에서 일을 하기 때문에 높은 보수를 준다고 하는 겁니다."

"그렇지 않아도 빠듯한 전비를 가지고 전쟁을 수행하는 중인데 높은 보수라니 말이 되오?"

"그렇게 구실만 다는 겁니다. 당연히 안 주는 거지요. 거기다가 위안소에 들리는 우리 병사들의 봉급 역시 위안소에 들리는 횟수만큼 차감하는 겁니다. 병사들의 봉급을 주지 않는 방법도 되는 거지요.

위안소를 차림으로써 병사들에게는 봉급을 지급하지 않고, 성
노리개들에게도 일절 보수를 지급하지 않음으로써 그 돈을 모조
리 우리 일본군의 전비에 보태는 겁니다. 노력 봉사를 강요하는
거지요.

중국만 해도 우리 병사들이 돈을 쓸 곳이 있을지 모르지만 실제
다른 지역에서는 봉급을 지급한다고 해도 쓸 곳도 없습니다. 또
언제 죽을지 모르는 병사들에게는 돈보다 여인네의 그것이 더 마
음에 들 겁니다. 당연히 사기는 올라가는 겁니다."

"그건 나라가 병사들을 상대로 매춘을 하는 거 아니요?"

"얼핏 보기에는 그럴 수도 있습니다만 얻어지는 결과가 만족스
러울 겁니다. 우리 일본이 조선 여자들을 데려다가 병사들을 상대
로 매춘을 해서 전비에 보탬도 주고 병사들의 사기도 진작시킨다
면 못할 것도 없지 않습니까?

위안소에서 얻어지는 수입을 계산해 놓은 이 자료를 보십시오.

병사들이 위안소에 감으로써 차감되는 봉급을 전비로 돌리면
그 돈이 이렇게 엄청납니다. 동원할 수 있는 수단은 다 동원시킨
지금으로서는, 전비를 보충하는 데 이보다 더 좋은 방법은 없습니다.

우리 일본 여인들도 아니고 조선 여자들인데 어떻습니까?

어차피 조선 사내들도 전쟁의 승리를 위해 총알받이를 하고 있
습니다. 또 탄광이나 군수물자 공장에서 노력 봉사를 하고 있습니
다. 위대한 우리 일본의 피를 계승할 일본 여인들의 안녕을 위해
서라도 조선 여자들을 성매매도구로 쓸 때가 되었습니다.

평화전쟁의 승리를 위해서라면 그보다 더한 일인들 못하겠습니
까?"

"그렇게 해서 시작된 일이 바로 위안소다.

다카키 쇼키치 장군의 탁월하신 생각이 결국 우리 제국 군인들의 사기도 높이고 전비에도 보탬이 되게 한 것이다.

우리 남자들이 전장에서 가미가제를 몰고 목숨을 바치듯이, 여인들이 자신의 몸을 전쟁승리를 위해 바치고 있는 것이다.

우리 제국 군인들이야 봉급을 받고 안 받고 문제가 될 게 없지 않는가? 충전하는 사기로 이 성전을 승리로 이끄는 것이 중요하지. 제국 군인들의 사기를 높이기 위한 이 계획에 참여한 것이 얼마나 훌륭한 일인가?

이미 반도는 우리 일본과 하나이니 조국 일본을 위한 성전에 몸 바치는 것이 얼마나 큰 영광인가? 안 그런가?"

"그, 그렇습니다."

조 일등병이라는 자는 마지못해 대답을 하면서도 영 찝찝하다는 표정이다.

그런 조 일등병의 태도를 본 스미즈 오장은 순간적으로 아차 하는 표정이었지만, 자신이 알고 있는 것이 더 많다고 자랑이라도 하고 싶은지 말을 이어갔다.

"그렇다고 위안부가 다 똑 같은 위안부는 아니라는 것도 알아두어야 한다.

반도인들과 중국인이 다르듯이 위안소 위안부 역시 차이를 둘 줄 알아야 한다는 것이다. 반도와 우리는 이미 내선일체를 이뤘지만 중국은 아직 일체를 못 이룬 다른 나라다.

이곳에 있는 위안부들이 중국 여자들인 것처럼 곳곳에 중국 여자들이 상당수 있다. 물론 중국내에서는 중국 여자를 위안소로 보내지 않는다. 중국인의 이목이 있으니까.

그러나 어느 곳에 있든지 간에 대부분의 중국 여자들은 대중국

전쟁에서 승리한 기념으로 데리고 온 전쟁의 소득물이라는 것을 알아야 한다. 그렇다고 전부는 아니지만 대개가 그렇다는 것이다. 물론 이곳에 있는 중국 여자들은 자원한 여자들이다.

어쨌든 반도 여인들은 성전에 참여한 자랑스런 딸들이고 중국 여자들은 대개가 스스로 자원하거나 성전에 참여할 의사와는 전혀 상관없는 전승기념물이라는 것이다."

잘난 척하고 싶어서 아는 대로 말을 하던 스미즈는 아차 싶었다. 주변에 있는 병사들이 모두 대한의 아들들이다. 자신은 일본인이기에 봉급이고 뭐고 생각도 안 하지만 저들은 그렇지 않을지도 모른다는 생각이 들었다. 게다가 일본 여자들은 위안소에 보내지지 않는다는 말까지 했다. 공연히 안 할 말을 한 것 같았다.

어떻게든 이 일을 수습해야겠다 싶어서 중간에 얼른 말을 바꾼 것이다. 중국 여자들을 전승기념물이라고 비하시키고 대한의 딸들은 성전에 참여한 자랑스런 딸들이라는 말까지 섞어가면서 대한의 딸들은 추켜세웠다. 그러나 그 이야기를 듣는 누구의 귀에도 그 말이 자랑스럽게 들리지 않았다.

이야기를 듣던 성규는 멍해졌다.

그 말이 소희에게 사형선고를 내리는 말처럼 들렸다.

누가 언제 이놈의 전쟁에 자원을 했더란 말인가?

이곳에 있는 중국 여자들이 자원한 것이라면 그들도 분명히 소희처럼 개 끌려오듯이 끌려온 여자들일 것이다.

같이 트럭에 탔다가 먼저 내린 누나, 소희의 마지막 모습이 생각났다.

소희는 지금 어디에 있다는 말인가? 부상병을 도와주러 간다는 것이 성노리개가 되는 것이라는 말이었다니 멍하다 못해 어지럽기조차 했다.

성노리개가 뭘 하는 건지 성규도 안다. 아직 눈으로 보지 못해 그 실상은 모르지만 족히 짐작이 가는 일이다. 성규는 순간적인 어지러움에 다리가 휘청했다.

"이 친구 보게? 아니 그것 걸어왔는데 벌써 휘청거려?

아무리 더운 날씨라지만 벌써 그래? 어린 나이에 힘이 들기야 하겠지만 그렇다고 벌써 그러면 앞으로 어찌 버티려고?"

성규가 휘청거리자 속도 모르는 조 일등병이 깜짝 놀라 부축하며 걱정을 했다. 조 일등병의 놀란 목소리에 앞서가던 신학생이 뒤돌아왔다.

"누나 생각이 나서 그런 거니? 나도 저 인간이 하는 소리 듣고 가슴이 다 철렁하니 너야 오죽했겠니?

그럴수록 정신 바짝 차려야 한다. 이 더위에 치료 받을 곳도 없 는 이런 데서 병나면 다시 회복된다는 보장이 없어. 지금 걷잡을 수 없이 힘들어 할 네 심정을 어찌 알겠냐만 마음 굳게 다지고 정신 바짝 차려라.

건강하게 살아서 돌아가야 누나 얼굴을 다시 볼 수 있다는 거 잊지 마. 이 전쟁 그리 오래 못 간다고 했잖아. 어떻게든 살아남는 게 중요하다는 거 잊으면 안 돼."

본부대라는 곳에는 사람이 몇 명 안 돼 보였다.

소위 하나가 대장이라고 있고 나머지 병사들은 주로 일본인들 이었다. 성규가 이 섬에 올 때 배에서 내린, 배가 접안할 수 있는 파견대에는 조장과 오장을 제외하고는 대한 사람들이 병사로 근 무하였는데 이곳에는 일본인들이 주로 있다.

신학생 말대로 총알받이 할 곳에는 대한 사람들을 배치하고 안전한 이곳에는 일본인들이 자리하고 있었다.

"내가 이 섬의 평화를 위해 주둔한 대일본제국 군대의 부대장 다나하시 소위다.

여러분이 어제 이미 하룻밤을 묵은 곳은 우리 부대 최전방 파견대로 미국 놈들이 평화를 파괴하러 이 섬에 상륙하는 것을 막기 위한 곳이고 이곳이 바로 본부다.

이곳에는 나까지 열한 명의 대일본 제국군이 주둔하고 있다. 이곳에서는 주로 이번 전쟁의 승리와 여러분의 안전을 위해 본국과 긴밀히 연락하는 일을 담당한다. 여러분이 적의 상륙을 저지하는 것만큼이나 이곳에서 하는 일도 중요하다. 대일본 제국이 승리하는 그날까지 학도병으로서 자부심을 가지고 열심히 해주기 바란다.

신고식은 이것으로 마치고 기왕 왔으니 위안소에 들릴 병사들은 들렸다 가도록. 이곳에는 다행히 네 명의 위안부가 있다. 그중 하나가 지금 만삭이라 좀 뭐하긴 하지만 알아서들 해라."

다나하시라는 자가 말을 마치자 본부에서 온 병사들이 일제히 한 곳을 향해 달렸다.

그 모습을 보면서 성규는 그제야 저들이 본부대에 가겠다고 서로 지원한 이유를 알았다.

저들이 이 무더운 날씨에 삼십여 분이나 걷는 일을 자원한 것이 바로 이 순간을 위해서였다. 원주민의 기습 어쩌고 해 가면서 세 명이 함께 호위한다는 것도 이곳에 오는 사람을 늘리기 위한 핑계일 뿐이다. 지원자가 넘치자 무언가 적힌 종이를 본 것도 순번을 먹이기 위한 방법이었다.

병사 세 명이 뒤도 돌아보지 않고 달리는 데도, 스미즈 오장이

라는 자는 가지 않고 심각한 표정을 지으며 다나하시 곁으로 다가
갔다.

"만삭이라면 곧 출산을 할 것 아닙니까?"

"그러겠지."

"그럼 어떻게 하죠?"

"며칠 젖 먹이며 돌보라고 하다가 이곳 원주민이 아기 돌보는
곳이 있어서 그곳으로 데려다준다고 핑계를 대고 애는 떼어와야
지."

"정말 그런 곳이 있습니까?"

"있기는 뭐가 있어? 핑계지. 애를 데리고 위안소 일을 못하니까
떼어다가 원주민들 보고 키우라고 던져주는 거지. 그 뒤야 알게
뭐야. 애가 뒤지던 살던 모를 일이지."

"나중에 찾으면 어쩝니까?"

"나중에 언제? 전쟁 끝나면?"

그때 제 힘이 다면 찾든가 말든가 내가 알 바 아니지. 원주민이
키우든 버리든 알 바 아닌데 내가 그걸 어떻게 책임져.

스미즈 오장은 그런 거까지 걱정 안 해도 되니까 위안소에나
들렀다가 가서 바다나 잘 지켜. 이곳은 뒤가 천연요새로 절대로
배가 접안을 못하는 까까 절벽이지만 그곳은 배가 깊숙이 들어올
수 있는 곳이니 잘 지켜야 돼. 이 섬이 중요한 요새라는 거 잘 알잖
아."

"예. 알겠습니다. 그래도 걱정이 돼서."

"그깟 중국년 하나 걱정할 게 뭐있어? 그거 아녀도 셋이면 충분
해."

성규는 갑자기 캄캄해지고 눈에서 별이 반짝이면서 돌아다니는
것 같더니 어지럽다 못해서 옆으로 쓰러질 것 같았다. 반짝이는

별들 사이로 누나 소희의 얼굴이 자꾸만 겹쳐졌다.

신학생과 김형식이 성규에게 다가와 양쪽에서 잡고 나무 그늘로 데리고 가서 앉혀 주었다. 자리에 앉자 어지럼증이 사라지기에 눈을 뜨고 두 사람을 바라봤다.

신학생과 김형식은 성규를 바라보며 걱정스런 표정을 지우지 못하면서도, 두 주먹을 불끈 쥐고 주먹에는 경련이 일며 얼굴까지 뻘겋게 달아오르는 분노를 억제하지 못했다.

"인간도 아니네. 저것들이 뭔 평화 어쩌고 지껄이고 있나?"

김형식이 낮지만 울분으로 가득 찬 목소리로 이를 갈며 한 마디 했다.

"하느님께서 용서하지 않으실 거야.

이건 사람을 사람으로 취급하는 것이 아냐.

엄연히 노예제도가 법으로 존재했던 시대의 노예들도 이렇게까지 심하게 취급당하지는 않았어. 노예제도가 금지된 시대임에도 불구하고 사람을 노예만도 못하게 취급하는 거야.

동물도 새끼를 가진 동물한테는 저렇게 안 해. 아니 설령 새끼를 갖지 않았다고 해도 하루에 수많은 수컷에게 몸을 내던지게 하는 저런 짓은 안한다고!

목숨이 붙어 있는 것이라면 동물이든 식물이든 저렇게 취급할 수 없다고!

이건 사람을 도구로 만들어서 자기들 마음대로 취급하는 거야. 사람을 사람은커녕 동식물만큼도 취급 받지 못하는 하나의 도구로 만든 것일 뿐이라고!

정신대?

위안부?

여성들이 성전에 몸 바치는 것을 영광으로 알라고?

반도 여인들은 내선일체를 이뤘으니 성전에 몸 바치는 거고, 중국 여자들은 전리품이라고?

웃기고 있네.

제 놈들이 붙이고 싶은 대로 이름만 붙인다고 대순가?

이건 왜놈들이 성매매로 전비를 벌어들이기 위해서 벌이는 국제 매춘행위를 위한 기계 같은 성매매도구야. 왜놈들 스스로 인간이기를 포기하고 오로지 전쟁을 위해 맹신하는데 바쳐진, 사람도 동물도 아닌, 그저 기계인 성매매도구라고!

아까 스미즈 오장이라는 인간이 한 말을 잘 생각해봐. 일본 군부가 전비를 벌어들이기 위한 수단으로 내놓은 안이라며?

어떻게 사람을 가지고 그런 끔찍한 짓을 저지를 생각을 했을까?

사람의 노동력을 동원해서 돈벌이를 하는 것도 아니고 인간이라는 그 자체의 존엄성을 짓밟아 전비를 벌겠다는 그런 끔찍한 생각을 어떻게 한 거냐고!

사람을 성매매도구로 쓰는 저것들을 어찌 인간이라 할 수 있겠어?

반드시 이 전쟁의 말미에 저놈들에게 커다란 재앙을 안겨주실 거야."

신학생은 너무 화가 나서 두 주먹을 가슴 앞에 쥐어 올린 채 몸을 부르르 떨며 신음에 가까운 목소리로 울부짖었다.

성규에게는 분에 겨워 제대로 나오지도 않는 그 목소리가 반드시 왜놈들을 심판해 달라는 기도처럼 들렸다.

13. 독립자금을 댄 지주의 아들이 반동?

그날 이후로 성규는 거의 매일 밤 악몽을 꿨다.

누나 소희의 배가 남산만 하게 불러 오르고 누나가 신음을 하다가 이내 자신의 아이를 찾아 헤맨다. 소희의 모습은 비참할 정도로 말라 있다. 얼굴에는 땟국이 흐르고 옷은 찢어져 속살이 훤히 드러나 보이는 모습으로 자신의 애를 내놓으라고 목 놓아 부르며 흐느낀다. 그러다가 어디론가 향해 떠나면 성규가 아무리 빨리 달려가서 잡으려 해도 잡을 수가 없다.

누나를 잡으려고 허우적거리다가 꿈에서 깨며 잠을 깨곤 했다.

그럴 때마다 옆에서 자다가 같이 잠을 깨는 신학생이 마음을 굳게 가지라면서 성규를 위해 기도를 해주었다. 어느새 성규도 그 기도를 배워 잠에서 깨면 누나를 위해 기도했다. 하지만 기도를 해도 마음은 텅 빈 것 같았고 한 번 잠을 깨면 다시 잠을 청해도 누나의 얼굴이 아른거리기만 하고 잠이 오지를 않았다.

하루하루가 그저 악몽의 연속이었지만 세월은 결코 무심히 흘러가기만 하는 것은 아니었다.

신학생이 말한 대로 전쟁은 오래 가지 못했다.
그해 8월 15일 일본은 무조건 항복을 했다. 지긋지긋한 전쟁이
끝난 것이다.
일본의 무조건 항복으로 전쟁이 끝났다는 소식을 접한 일본인
조장과 오장은 교대로 매일 본부대를 다녀왔다. 본부대를 갔다와
서는 땅을 치며 흥분을 감추지 못하고 무엇이 그리 억울한지 엉엉
대며 울었다. 또 어떤 날은 일본 왕의 이름을 불러가면서 통곡을
하기도 했다.
두 사람이 그렇게 슬퍼하는 동안 한국인 병사들 중 조 일등병을
비롯한 두 사람을 제외하고는 눈치만 봤다.
조 일등병과 함께 매일 조장이나 오장을 동행해서 같이 본부대를
다녀오는 사람들은 유난히 일본을 좋아하는 것 같았다. 하루도 거르
지 않고 조장과 오장이 교대로 다녀오는 본부대를 함께 다녀왔다.
다녀와서는 같이 억울해하며 미국 욕을 하면서 같이 울어댔다.
세 사람을 제외한 나머지 사람들은 그저 덤덤한 표정으로 그들
이 통곡하는 모습을 지켜볼 뿐이었다. 엄밀히 말하자면 전쟁이 끝
났으니 기뻐해야 할 일이지만 이 섬에 갇혀 언제 고향으로 돌아갈
수 있을지도 모르는 상황에서 드러내놓고 기뻐할 수도 없는 일이
다. 그저 둘 중 하나가 본부대를 다녀오고 나면 그들의 입에서 무슨
소리가 나오는지 그게 궁금할 뿐이다. 언제 집으로 돌아갈 것인지
그 계획을 듣고 싶은데 그런 말은 일절 없이 그저 통곡만 하는
그들을 붙잡고 물어볼 수도 없어 답답한 시간만 보낼 뿐이었다.
그날은 조장이 항상 동행하던 세 사람과 함께 본부대에 다녀온
날이다.

성규가 혼자 바다를 쳐다보며 앉아 있는데 조 일등병이 다가와서 옆에 앉았다. 전쟁이 끝난 이후로는 보초를 서는 일도 없는 터라 총도 가지지 않고 멍하니 먼 바다를 내다보고 있었다.

"성규야. 드디어 집으로 갈 날이 멀지 않은 모양이다. 앞으로 보름 내로 일본 배가 우리를 실러 온다는구나. 오늘 본부대에 가서 들은 이야기다. 아마 저녁때나 내일이면 조장이 발표할 거다. 뭐 특별히 준비할 것도 없겠지만 떠날 준비를 해라.

그동안 내가 왜놈들 밑에 빌붙어서 함께 울고불고 하면서 슬픈 척 했지만 이제 그럴 필요가 없게 되었구나.

나라고 왜놈들이 좋아서 그랬겠니? 그건 절대 아니다. 왜놈들이 좋은 게 아니라 그놈들이 망한 것이 좋았지만 행여 그놈들 눈 밖으로 났다가는 고향에 돌아갈 때 안 데리고 갈까 봐 그랬던 거다.

오늘 본부대에 가보니 그동안 공연히 자원해서 매일 본부대에 따라다녔다는 생각이 절로 들더라. 전원 데리고 간다는 거야. 심지어는 위안소에 있는 계집들까지. 그게 미국과의 약속이라나 뭐라나. 어이가 없었지만 어떡해? 내가 생각하고 내가 판단한 건데.

그동안 동족 병사들의 눈총을 받으면서 공을 들였는데 그럴 필요가 없었다는 생각을 하니까 억울하기 그지없지를 않겠니? 특히 그 신학생인가 하는 청년은 나를 쳐다보는 눈초리까지 곱지 않고 나를 금수만도 못하게 취급하는 것 같더라만.

하기야 본부대 갈 때면 그나마 위안소에라도 들렸다가 왔으니까 다리는 고생했어도 거시기가 호강을 하기는 했지만⋯."

조 일등병은 자신의 속내를 털어놓으면서 쓸쓸했는지 입맛을 다시며 말을 이었다.

"그 애난 위안소 계집은 안 되긴 안 됐더라. 애기 빼앗기고 나서 거의 실성을 했어. 완전히 미친 것은 아니지만 실성한 거랑 하나도 안 달라.

하기야 그 위안소에 있는 계집들이 전부 정상이 아니라 실성하기는 하지만.

날이면 날마다 한두 남자도 아니고 이놈 저놈 품에 안겨 치부를 들이대야 하니 미치고도 남을 거야.

낮에는 여기서 간 나 같은 인간 품에 안기고 밤에는 본부대에 있는 왜놈들 품에 안겨 가슴을 빨리고 거시기에 각기 다른 사내들의 거시기가 들어와 제 짓거리 할 때까지 요동을 치니 미치고도 남을 일이지.

어쨌든 이제 보름 내로 이 지긋지긋한 섬을 떠난다니 속이 다 후련하지만 고향까지는 또 얼마나 걸려야 갈 건지."

성규는 일단 고향으로 돌아갈 수 있다는 말에 귀가 번쩍 뜨였다. 더 기쁜 소식은 위안소에 있는 여자들까지 데리고 간다는 말에 한편으로는 안심이 되면서도, 한편으로는 거기 있는 여인들이 모두 실성실성 한다는 말을 들으니 가슴이 찢어질 것 같았다. 눈앞을 어른거리는 소희의 모습이 어떤 모습일까 걱정이 되어 자신마저 실성을 할 것 같았다.

일본을 거쳐 부산항에 도착한 것은 일 년 전 성규가 고향을 떠나던 바로 그 즈음이었다. 전쟁이 끝나고도 무려 6개월여가 지나서야 겨우 내 나라 땅을 밟았다.

이제 저 산 언덕길만 넘으면 고향 마을이 보인다.

성규는 걸음을 재촉했다. 어느덧 해도 서쪽 산을 넘어갈 준비를 하고 있다.

산 언덕배기를 올라 막 내리막길로 들어서려는데 언덕길 옆 평평한 땅에 움막이 하나 지어져 있었다. 고향을 떠날 때는 저 움막이 없었는데 누가 저 곳에 움막을 지었을까? 생활이 어려운 사람이 지은 것 같았다. 성규는 마음이 바쁜 와중에도 움막을 지은 이가 궁금해 걸음을 멈추고 움막을 기웃거리는데 인기척이 나더니 사내 하나가 나왔다.

"아이구, 도련님."

움막에서 나온 사내는 성규를 보더니 와락 끌어안으면서 한 마디 하고는 목이 메어 더 이상 말을 잇지 못했다.

행랑할아범이다.

"아니, 할아버지가 여기 웬일이세요?"

성규가 놀라 묻자 행랑할아범은 성규를 안았던 팔을 푸르고 주위를 살피더니 자기가 앞서 움막으로 들어가면서 성규를 움막 안으로 잡아끌었다.

"제가 깜박했습니다. 도련님이 오신 것을 사람들이 보면 안 되기에 제가 이곳에 움막을 짓고 나앉은 것인데…. 어서 움막 안으로 피하세요."

"피하다니 왜요?"

"그건 제가 차츰 설명을 드릴 것이니 어서…."

성규와 소희가 강제로 징집이 되고 난 후 순돌이가 왜놈들을 앞세워 집과 얼마 남지 않은 전답을 접수하고 말았다. 그나마 다행이라면 행랑할아범과 찬모는 그대로 있어도 좋다고 했다.

행랑할아범은 물론 찬모 역시 당장 굶어 죽는 한이 있더라도 순돌이 밑에 얹혀살고 싶지 않고 떠나고 싶었다. 그러나 언젠가는 반드시 살아서 돌아올 것이라고 믿는 소희와 성규가 이 집에 돌아왔을 때 자신들마저 없다면 어떻게 대응할 수 있을까를 생각하면 떠날 수가 없었다.

더더욱 전쟁이 끝나고 일본이 망했을 때는, 순돌이가 은근슬쩍 깔고 앉은 저 재산이라도 찾아줘야 두 남매가 어렵게나마 살아갈 수 있을 것이라는 생각에 순돌이가 보고 싶지 않아도 참고 살아야 했다.

다행히 그리 긴 시간이 지나지 않아서 전쟁은 끝이 났다.

행랑할아범은 일본이 망하고 전쟁이 끝났다는 소식을 듣던 날부터 얼마나 웃고 울었는지 모른다. 입가에서는 웃음이 떠나지 않는데 눈에서는 눈물이 그치지 않았다. 지금 자신이 좋아서 웃는 것인지 억울해서 우는 것인지 자신도 알 수가 없었다.

미친 사람처럼 웃다가 울다가를 얼마나 반복했을까?

그렇게 밉던 순돌이마저 불쌍하게 보이기 시작했다. 정말 자신이 미친 것이 아닌가 하는 생각이 들 정도였다.

일본이 패망한 사실을 알자 안절부절 못하면서도, 제가 태어나 처음 가져본 집과 전답이 아까워 도망도 못가고 안달을 떠는 순돌이가 차라리 가여웠다. 그러나 순돌이가 불쌍해 보이는 것은 그놈이 하는 행태가 불쌍한 것이지 인간 순돌이는 전혀 불쌍하지 않았다. 저 인간이 한 행동을 생각하면 불쌍하기는커녕 돌로 쳐 죽여도 시원치 않다.

몇 날을 그렇게 보내던 행랑할아범이 이제 정신을 차리고 순돌이 녀석이 빼앗은 재산을 찾아야 한다고 생각하며 기회를 엿보고 있을 때였다.

그날도 여느 날처럼 순돌이가 볶아대는 바람에 공연히 이리저리 바쁘기만 하고 한 일은 아무것도 없다는 생각을 하면서 막 잠자리에 들었을 때다. 갑자기 시끌벅적 하는 소리와 함께 방문이 환해졌다. 깜짝 놀라 일어나 방문을 열자 안마당에 횃불을 밝혀든 일행이 들이 닥쳐 있고 순돌이와 그 처는 벌써 잡혀 나와 무릎을 꿇린 채로 앉아 있었다.

대청마루 위에는 이번에 주둔한 공산당인가 하는 집단에서 새로 자리를 맡았다는 읍내 김 대감댁 하인으로 있던 범수 녀석이 당당한 폼으로 서 있었다. 대감댁 하인이라 그런지 글도 알고 꽤 똑똑하다고 소문이 났던 청년이다.

"순돌이 네놈은 왜놈들 앞잡이 짓하며 그렇게 많은 이들을 사지로 몰아넣고도 겁이 안 났나보지? 네놈이 왜놈들 똥구녕 핥아대느라고 죄 없는 인민들을 줄줄이 얽어매서 왜놈들한테 바친 것이 몇 명인지 모른다는 말이냐? 그 인민들의 원성이 들리지도 않더란 말이냐?

인민들에게 진 죄를 생각하면 한시도 마음이 편치 않아 나 같으면 벌써 야반도주라도 했을 텐데, 도망도 안 가고 집구석에서 마누라 끼고 잠이 오드냐 이놈아?

오늘이 네놈이 이 세상 빛을 보는 마지막 날이 될 것이다.

네놈이 지은 죄가 어디 한두 가지냐?

왜놈들이 설쳐대는 동안 그놈들을 믿고 도적질을 하거나 남의 재산에 해를 입힌 것은 수도 없이 많다는 것을 네놈도 알 것이다. 하지만 네놈에게는 그런 시시콜콜한 죄는 일일이 말할 필요도 없다. 네놈은 가장 큰 죄인 인민의 피를 왜놈들에게 헌납한 장본인이기에 다른 죄를 열거하지 않아도 된다.

내가 인정을 베풀어 네놈이 지은 다른 죄는 다 용서한다고 쳐도 네놈이 그들의 피를 흘리게 한 죄는 인민들이 용서하지 못할 것이다. 나 역시 네놈이 인민들의 피를 흘리게 한 죄는 용서할 수 없다.

인민의 정부가 들어서고 이제 죄 지은 놈들은 처단을 받을 때가 왔다는 것을 알려주마. 우리 마을에서 제일 악질인 네놈을 처단해서 인민을 팔아먹는 죄가 얼마나 큰지를 깨우쳐주려는 것이다.

동무들, 이놈의 죄는 어찌 해야 하오?"

"피는 피로 갚게 해야 하오."

"당장 죽여 버립시다."

"더 이상 말할 필요도 없소."

"옳소. 옳소."

범수의 장황한 연설에 무리들은 횃불을 흔들며 손뼉을 치며 당장 죽이라고 소리쳤다.

"좋소. 인민들의 뜻에 따라 죽이는 것으로 마무리 짓겠소. 하지만 아무리 나쁜 놈이라 할지라도 마지막 유언은 들어주는 아량을 베풉시다. 죄인은 말해봐라. 네놈 유언이 뭔가."

범수가 아량을 베푼다고 했지만 순돌이는 사시나무 떨듯이 떨기만 했지 입도 뻥끗 못했다. 잠시 시간이 흐르고 누가 먼저 시작했는지 순돌이와 그 치의 몸에 죽창이 꽂히기 시작하더니 사방에서 죽창이 꽂혔다.

행랑할아범은 순돌이가 그렇게 미웠건만 그 장면을 차마 눈 뜨고 볼 수가 없어서 방문을 닫았다.

'이건 아니다. 아무리 죄가 크다 해도 저렇게 마당에 꿇어앉힌 채 단숨에 죽창세례를 퍼붓는 것은 사람이 할 짓이 아니다.'

그러나 이내 생각이 바뀌었다.

행랑할아범은 지금 자신이 순돌이를 처형하는 모습에 신경을 쓸 때가 아닌 듯싶었다. 순돌이는 제 죄 값을 제가 받은 것이다. 문제는 저들이 순돌이를 처형한 뒤에 어떻게 나올까가 중요하다.

자신이 전 주인이 떠난 뒤 순돌이 편에 붙었다고 매도를 해도 괜찮다. 다만 살아서 돌아올 아가씨와 도련님의 재산만 되찾아놓을 수 있다면 더 바랄 것이 없다.

행랑할아범은 자리에서 일어나 문을 열고 밖으로 나섰다.

순돌이와 그 처는 이미 피범벅이 되어 쓰러져 있었다. 목숨이 이미 끊어졌는지 기척도 없다. 그때 범수가 다시 입을 열었다.

"이제 죄인은 처단했소. 그가 가지고 있던 이 집과 선답은 이제 인민들의 몫이오. 인민의 정부에서 이 집과 전답을 인민의 공동소유로 할 것이오. 다만 이 집에 기거할 사람은 인민의 정부에서 합당한 일을 한 사람에게 그 권한을 줄 것이오."

행랑할아범은 이 시점에서 입을 열어야 한다는 생각이 들었지만 살기등등한 군중들의 기세에 눌려 입이 떨어지지를 않았다. 어떻게든 입을 열어 살아서 돌아올 도련님과 아가씨의 몫을 챙겨야 한다고 마음을 다잡고 다잡았지만 입이 열리지 않아 손을 번쩍 쳐들었다.

"동무. 뭐 할 말이 있는 게요?"

행랑할아범의 손이 번쩍 올라가자 범수가 바라보면서 손을 들어 지적했다.

"그렇소. 이 집 문제요. 이 집과 전답은 대대로 박씨 가문의 것이요.

그 많던 재산을 모두 팔아 독립군들에게 자금을 대고 이제 남은 것이라고는 겨우 이 집과 아주 작은 전답이 전부요. 게다가 이 집 도련님과 아가씨는 바로 저 순돌이가 강제로 일본군에 보냈소.

독립자금을 대느라고 전답을 모두 팔고, 그 죗값을 물어 불쌍하게 강제로 일본군에 징집되어 간 이 집 도련님과 아가씨가 곧 돌아오실 텐데, 이 집마저 없으면 어린 두 분은 어찌 살라고 이 집을 거둔다는 것이요?"

"이 집은 대대로 지주 가문의 집이오. 하지만 이제 세상이 바뀌었소.

독립자금 운운하는 것은 금시초문이오. 내가 알기로는 이 집을 소유했던 지주는 대대로 물려받은 수많은 전답을 소유하고 노동자, 농민들을 소작농으로 거느리면서 착취해 온 전형적인 부르주아였소. 그리고 자신이 가진 재산을 팔아 유흥을 즐긴, 말하자면 부르주아 중에서도 썩어빠진 부르주아였다는 말이오.

이제 부르주아의 시대는 끝나고 새로운 우리 인민의 시대가 왔소. 그런데도 이 집을 인민들의 집으로 만든다는 것이 부당하다는 말이오?

이 집이 인민들의 것이 되어야 한다는 내 말에 대해 동무들의 의견은 어떻소?"

모여 있던 사람들은 범수가 붉은 완장을 찬 손을 번쩍 치켜들면서 내뱉는 소리에 마치 약속이나 한 듯이 횃불을 흔들며 '옳소'를 외쳐댔다.

'무엇이 옳다는 말인가?'

행랑할아범은 기가 막혔다.

지금 횃불을 흔들며 '옳소'를 외쳐대는 저 인간들 중의 적어도 반 이상은 이 집 덕을 보던 인간들이다.

돌아가신 주인은 독립자금을 대기 위해 논을 팔 때에는, 비록 값을 적게 받는 한이 있더라도 그들이 계속 소작하게 해준다는 사람에게 땅을 팔았던 분이다. 어쩌면 인간들이 금수만도 못하게, 하루아침에 저렇게 변할 수 있다는 말인가?

행랑할아범은 천벌을 받을 놈들이라고 소리라도 치고 싶었지만 목소리를 삼키고 말았다. 여기서 나서서, 공연히 죽기라도 한다면 누가 돌아올 아가씨와 도련님을 지킬 수 있을까? 오로지 행랑할아범의 머릿속은 그 생각뿐이었다.

3일 후.

인민위원회인가 뭔가에서 결정된 사항이라고 하면서 범수가 그 집의 새 주인으로 이주를 했다. 제 처와 자식을 데리고 빈 몸으로 당당하게 들어섰다. 박씨 어르신이 쓰던 물건을 모조리 순돌이 너석이 접수를 하더니, 이번에는 범수가 그대로 접수했다.

행랑할아범은 기가 막혀 말도 안 나왔지만 어쩔 수 없이 이번에는 범수의 행랑할아범이 되고 말았다.

범수의 행랑할아범이 되어서도 기다리는 대상은 똑 같았다.

날이면 날마다 틈만 나면 쳐다보는 곳은 동네 입구 산언덕이다. 그것은 찬모도 마찬가지였다.

기다린 보람이 있어서일까?

성규가 돌아오기 한 달쯤 전 해질 무렵, 행랑할아범과 찬모가 그리도 기다리던 두 사람 중 하나인 소희가 돌아왔다.

소희는 얼핏 보기에도 정상인 몸이 아니었다. 심신이 모두 지쳐서 죽기 일보직전의 상태였다. 걸음걸이조차 위태로워 보일 지경이다. 행랑할아범과 찬모는 어찌 할 바를 모르고 일단 의원에게 갔더니 의원은 진맥을 한 후 약을 지어주면서 푹 쉬어야 한다고 했다.

행랑할아범과 찬모는 난감하기 그지없었다. 범수가 알면 난리가 날 텐데 소희를 어디에서 보살핀다는 말인가? 그러나 하는 수 없었다. 일단 집으로 데리고 와서 아무도 모르게 찬모 방에 눕히고 찬모가 간호를 하는 수밖에 없었다.

그런데 어디서 들었는지 소희가 돌아온 것을 안 범수가 그 밤에 들이 닥치더니 차갑게 한 마디 던지고 가버렸다.

"오늘은 어차피 밤이 깊었으니 내가 못 본 것으로 한다. 하지만 너는 지주의 딸로서 노동자들을 착취한 부르주아의 사상에 물들어 살아온 아이다. 엄밀히 말하자면 죽창으로 즉결을 해야 한다.

다만 네가 왜놈들에게 끌려가서 숱한 고생을 하다가 돌아온 것을 감안해 내가 이 밤만 이 집에서 유하는 것을 허락하는 것이다. 날이 밝으면 곧 떠나거라. 안 그러면 나도 네 목숨을 보장 못한다."

심신이 지친 소희였지만 돌아가는 정도를 짐작 못할 것은 아니었다. 이미 찬모에게 들은 이야기도 있던 터라 더 빨리 알아들었다. 게다가 자신의 더럽혀진 몸과 지친 마음으로 죽지 않고 여기까지 찾아온 단 하나의 희망인 동생 성규도 눈에 보이지 않는다.

이미 전쟁이 끝나고 돌아올 사람들은 다 돌아온 판인데 소식도 없다는 것을 보면 성규마저 다시는 못 올 것 같았다.

"결국 그날 밤 아가씨는 동네 뒤쪽에 있는 방죽에 몸을 던져…."

행랑할아범은 말을 잇지 못하고 눈물을 흘리며 숨죽여 흐느끼고 있었다.

"누나가…? 누나가 그렇게…?"

성규도 숨죽여 흐느끼며 행랑할아범을 껴안았다.

둘이 그렇게 안고 얼마나 울었을까? 행랑할아범이 먼저 눈물을 훔치며 입을 열었다.

"아가씨의 시신이 발견되어 부모님 곁에 장례를 치르고 난 다음날 찬모는 동네를 떠났습니다. 남쪽은 이곳과 다르다는 소문을 듣고 남으로 가겠다고 하면서 저보고 함께 가자고 했어요. 하지만 제가 이 나이에 어디를 간들 무엇이 어찌 변하겠습니까?

저는 이곳에 남아 도련님을 기다리겠다고 했더니 도련님만 오신다는 보장이 있다면 자기도 남겠지만 그런 보장도 없이 아가씨가 돌아가신 이 근처에는 남아 있기도 싫다면서 떠났지요.

어차피 범수가 우리 둘 다 예뻐서 데리고 있던 것이 아니라 그저 남들 눈이 있으니까 머물게 한 것이니 더 잡을 이유도 없었구요. 모름지기 제가 이곳에 있는 것이 거스르긴 할 겁니다. 저도 떠나기를 바라겠지요. 하지만 저는 떠날 수가 없었어요.

행여 도련님께서 아무 것도 모르시면서 덜렁 집으로 들어가시는 날에는 보나마나 아가씨처럼 떠나라고 하기도 전에 지주의 자식이라고 죽창을 꽂을 테니 그걸 지켜드려야지요.

아가씨도 심신이 지칠 대로 지쳐서 몸도 제대로 못 가누니까 떠나라고 말로만 했지, 만약 정상이었다면 그놈의 인민재판인가 뭔가 해서 죽창형을 내렸을 게 뻔합니다."

"범수가 우리 집안과 무슨 원한이 있는 것도 아닌데 그리할 까닭이 뭡니까?"

"원한이야 당연히 없지요. 박씨 가문에 신세진 놈은 많아도 원한 있는 놈은 없어요. 그건 이 늙은이가 잘 압니다.

범수 놈이 저리 지랄을 하는 이유는 단 한 가지예요. 제 놈이 박씨 가문의 재산을 먹겠다는 것 아닙니까?

순돌이 녀석과 무엇이 달라요? 다를 것 하나 없습니다.

그저 제 배때기 불리려고 그놈의 완장인가 지랄인가를 차고 설쳐대는 거지요. 나머지 소작 부쳐 먹던 놈들은 그저 떡 고물이라도 얻어먹으려고 권력을 잡은 범수에게 붙은 거구요."

"그럼 나는 어찌해야 합니까?"

"어찌하고 말고 생각할 것도 없습니다. 이 움막에 가만히 계시다가 날이 어두워지면 선산에 가서 부모님과 누나인 아가씨, 조상님들에게 인사를 드리고 여기를 떠나셔야 합니다. 이제 그나마 남은 재산 찾기도 틀렸습니다.

왜놈들보다 더 악을 먹고 도련님의 재산을 가로채 버린 범수 놈이 버티고 있으니 피하시는 게 상책입니다. 목숨 보존은 하셔야지요."

"그래요. 좋아요. 알았습니다."

성규는 눈물도 마르고 이를 악물었다. 남의 재산에 눈이 멀어 모든 것을 던져 버린 순돌이나 범수도 더러운 놈들이지만 결국 왜놈들이 저지른 만행의 연장이다. 언젠가는 반드시 갚아주고 말리라.

그날 밤 성규는 선산에 인사를 올린 후, 아버지가 만약의 경우를 대비해 숨겨두었다고 비밀리에 알려준 자리를 파서 보물을 캐냈다. 그 모습을 본 행랑할아범은 깜짝 놀라며 어서 도망가라고 등을 떠밀었다.

"도련님께 그런 물건이나마 남아 있으니 이제 이 늙은이는 죽어도 여한이 없습니다. 어서 떠나십시오."

"떠나야지요. 하지만 저 혼자는 가지 않습니다. 할아버지와 함께 가야지요. 저 혼자 어디 가서 어떻게 살아나가겠습니까? 이제 세상에 혼자 남은 저입니다. 같이 가주세요."

여기까지 이야기하던 박성규는 갑자기 힘이 빠지는지 술잔을 들어 한 잔 들이켰다. 그리고 마치 남의 이야기하듯이 덤덤하게 말을 이었다.

"우리 둘은 그렇게 남으로 내려왔네. 남으로 내려와서 아버지께서 남기신 보석을 일부만 정리했는데도 꽤나 돈이 되더군. 솔직히 그 보물을 갖고 모든 것을 잊고 편하게 살까 하는 생각도 해봤어.

그런데 묘하지? 그런 생각을 하면 할수록 가슴에 맺힌 응어리는 풀리지 않고 더 자라나데!

일왕을 죽여야 한다. 그놈을 죽이지 못하면 내 눈을 감을 수 없다. 아니 죽어서도 조상님들을 뵐 면목이 없다는 생각뿐이었지.

결국 그 다음해. 어렵게 일본으로 밀항하는 사람들 틈에 섞여 밀항을 했네.

그때 일본으로 밀항하는 사람들은 대개가 친일분자였어. 그렇다고 크게 나서서 무얼 해 본 인간들도 아니고 일본 순사나 헌병 앞잡이하며 악랄하게 살다가 고향에서 도망쳐, 더 이상 조국의 그늘에서 살기가 너무 찔리는 인간들이었지. 그래도 그 인간들은 비록 친일을 했지만 마지막 양심은 살아 있는 인간들이었어.

훗날 보니까 그 사람들은 피라미 친일이고 정말 왜놈들에게 바짝 붙어서 친일한 놈들은 조국의 심장에 남아서 권력도 잘 잡더라만….

하기야 그런 것들이 권력을 잡으니까 나같이 억울한 인생을 쳐다볼 까닭이 없었겠지만…."

박성규는 정말 큰 죄를 짓고도 버젓이 우리나라 한가운데서 요직을 차지하던 친일파들이 생각나는지 잠시 입맛을 다신 후 말을 이었다.

"밀항을 한 다음해, 행랑할아버지는 돌아가시고 나는 왕궁 바로 곁에 자리를 잡았지. 그래야 일왕을 죽일 기회가 올 것 같았는데 시간이 지나도 전혀 기회가 오지를 않더구먼.

나는 차츰 생각을 바꿨네. 왕을 죽이려고 할 것이 아니라 왕에게 개망신을 주자. 차라리 죽는 것이 더 낫다는 소리가 나올 치욕을 안기자. 그것이 정말 복수를 하는 길이다.

그래서 파파라치가 되었지만 파파라치가 된 후에도 이렇다하게 복수다운 복수를 못하고 있으니 답답하기만 하네. 나이는 점점 먹어 이제 팔십을 넘어서려는데 말이야."

박성규의 얼굴이 슬프게 변하는 듯싶더니 갑자기 밝게 변하면서 목소리가 높아졌다.

"참 내가 무얼 하면 되겠나? 그 물음에 답을 안 하고 내 지난 이야기를 물어보는 바람에 너무 장황하게 이야기를 하고 말았구면."

박성규는 자신이 했던 질문을 되새기면서 이야기를 마무리했다.

14. 사무라이의 피를 지배해야 애가 생긴다?

　박성규의 이야기를 듣고 난 태영광과 박종일은 아무 말도 못했다. 어떻게 저런 일이 일어날 수 있다는 말인가?

　역사 속으로 사라진 정부들은 백성들을 위해서 도대체 무슨 일을 했는지 역사 속으로 뛰어들어서 묻고 싶다.

　생각보다 참담한 일본이라는 나라의 국제적인 매춘행위를 위한 성매매도구로 끌려갔던 여인들의 참혹한 삶의 대가와, 총알받이로 징병에 끌려갔던 우리의 젊은 피들의 피 값을 정부는 받아낸 것인지 묻고 싶다. 받기는커녕 절대로 개인들은 소송을 못하게 한다는 엉뚱한 조항을 달아 일본과 수교한 것을 몰라서 하는 말이 아니다. 이렇게 살아 있는 증인의 이야기를 듣고 보니 피가 역류하면서 당장이라도 역사 속으로 뛰어들어 되돌리고 싶다.

　"내가 할 일이 무어냐니까?"

　다시 한 번 당신이 해야 할 일이 무어냐는 박성규의 물음에도 태영광과 박종일은 차마 입을 떼지 못했다.

　그의 가문이 대를 이어 충성한 것에 대한 보답으로 조국이 준 것은 집안이 풍비박산 나는 배신이다. 그런 그에게 어떻게 조국을 위해 일본이 강탈해간 역사서의 존재를 확인할 수 있는 방법을 알려달라고 한다는 말인가?

"아니? 자신의 목숨까지 던져 가며 죽음을 담보로 무언가를 해 보겠다던 젊은이가 왜 갑자기 샌님이 되어 말도 못하나?

내가 한 이야기가 뭐 잘못 됐나?"

"잘못된 것이 아니라 대한민국 백성의 한 사람으로서 어르신에 게 너무나도 큰 죄를 짓고 있다는 생각이 들어서 아무런 말씀도 드릴 수가 없습니다."

"자네들이 죄를 지었다고?

아니지! 나같이 늙은이들이 자네들에게 죄를 짓고 있지.

우리들이 잘 했으면 나라가 이 꼴이 되지는 않았겠지. 왜놈들의 손아귀에서 벗어나자마자 남과 북으로 나뉘어 서로 잡아먹지 못 해 으르렁거리는 동안 왜놈들은 다시 부를 찾았고, 남의 나라 동 족상잔의 비극에 뛰어들어 깨박을 치던 중국 떼놈들도 부와 세가 붙어서 제 살판났다고 지랄들이고. 결국 우리나라만 피해보고 손 해보고 이 모양 아닌가?

다 우리 선배들이 잘못한 것을 자네들이 뒤집어쓰고 사는 꼴이 지."

노인은 진심으로 미안함을 감추지 못하는 표정으로 말하다가 진지한 표정으로 바뀌며 다시 물었다.

"정말 말 안 할 건가? 내가 무엇을 해주기를 바라냐니까?"

"사실은 지난번에 말씀 드렸던 그 책의 존재를 확인할 수 있는 방법을 여쭙고 싶었습니다만 너무 죄송해서 뭐라 드릴 말씀이 없 어서 망설이고 있던 겁니다."

"왕실 지하비밀서고에 있는 역사서의 존재 확인이라…?

어려운 일이지만 잘하면 방법이 생길 수도 있어.

지난번에는 절대 안 되는 일이었는데 그 사이에 변수가 하나 생겼거든. 다른 사람의 불행을 이용하는 것 같아서 미안하기는 하지만 목적을 위해서 수단을 동원하자는 거니까 그 친구도 이해해 줄 걸세.

나와 정보를 상호 교환하는 왕실 보안요원이 한 명 있어. 핫도리라는 친구야.

나와 친해진 동기가 우습게도 그 사람의 몸에 대한의 피가 섞였다는 거야. 나도 몰랐다가 최근에 안 일이지만 그 사람은 내가 대한사람이라는 걸 알고 내게 친밀하게 대했던 거지. 왕실 보안요원에게 대한의 피가 흐른다는 것은 상상도 못했던 일이야. 일본의 순종 혈통 중에서도 믿을 만한 가문이 아니면 절대 채용이 안 되는 곳이 바로 그 직책이거든.

그 친구는 운이 좋았던 거지. 결국 그 보안요원이라는 자리가 자신을 불행으로 몰아넣었기는 했지만…."

방법이 생길 수도 있다는 소리에 눈이 번쩍 뜨인 두 사람을 보며 박성규가 말을 이어갔다.

핫도리 쇼지는 올해 60세로 왕실 보안요원 정년에 해당하는 사람이다.

그가 얼마 전에 박성규를 찾아와 지금 세 사람이 술을 마시는 바로 이 자리에서 술을 마시며 눈물로 자신의 처지를 한탄했다.

아내로부터 당장 이혼을 당하지 않으려면 얌전히 정년을 마치고, 모든 재산을 반씩 나누고 갈라서자는 믿기지 않는 제의를 받았다는 것이다.

핫도리 쇼지의 피에 대한인의 피가 흐르게 된 동기는 아주 순수하고 아름답다.

1942년 당시 대한에 주둔했던 일본 육군 헌병대 준위를 아버지로 둔 핫도리 마사오는 경성제대를 다니면서 이화여전에 다니던 핫도리 쇼지의 어머니인 장영희를 사귀게 된다. 당시 일본이 부르짖던 내선일체를 이루겠다는 생각도 없었고 단지 그녀가 좋아서 사귀었을 뿐이다.

다른 일본인의 집 같았으면 난리가 날 일이지만 핫도리 마사오의 아버지는 아들의 사랑을 존중해주었다. 단, 근무처가 머지않아 일본으로 바뀌게 되어 귀국을 해야 하는데, 아들이 사랑하는 여인이 대한의 여인이니 그가 자신의 가족 모두를 남겨두고 함께 일본으로 갈 것인지가 궁금했다. 또 일본으로 가려면 일단은 창씨개명을 하고 완전한 일본인이 되어야 하는데 그 역시 의문이 아닐 수 없었다.

당시 여전에 다니는 여학생들 사이에는 많은 이들이 창씨개명을 하기는 했지만 대한의 성씨를 일본식으로 바꿔 부르는 이들이 많이 있었기에 일본의 이름과는 무엇이 달라도 달랐다. 핫도리 마사오의 아버지가 바라는 것은 그런 이름이 아니라 완전한 일본식 이름으로 바꿔서 일본인이 되어야 하는 것이다. 자신은 아무래도 상관이 없지만 훗날 아들의 사회생활에 지장이 없게 하려면 며느리가 완전한 일본인이 되어야 한다는 것을 잘 알고 있었다.

말로는 내선일체라고 부르짖으면서 일본과 대한이 하나라고 했지만 실제 내용은 그게 아니다. 식민지인 대한인이 뼛속까지 일본인이 되어야 한다는 것이지 일본인과 대한인이 동격이라는 말은 절대 아니다. 그런 일본인들의 사고방식 아래에서 아들이 사회생활을 하는데 지장이 없으려면 적어도 며느리가 완전한 일본식 이름을 가져야 한다는 것이 핫도리 마사오 아버지의 생각이었다.

핫도리 마사오는 아버지가 원하는 것이 아니라 자신의 앞날을 걱정하는 아버지의 뜻을 잘 알고 있었고 그 사실을 장영희에게 말했다.

장영희는 고민하지 않을 수 없었지만 이미 불붙은 사랑을 누가 끌 수 있다는 말인가? 결국 장영희는 쓰기우라라는 정통 일본이름으로 고쳐 부르게 되고 당시 군에서 준위로 근무하던 핫도리 마사오의 아버지는 쓰기우라의 호적까지 만들어 완전한 일본인으로 변모시켜 두 사람을 결혼시킨 후 일본 임지로 돌아간다. 수기로 호적을 관리하던 그 시절에, 일본군 헌병대 준위로서는 얼마든지 가능한 일이었다. 결국 사람 신분세탁을 완벽하게 했다.

핫도리 쇼지는 핫도리 마사오와 쓰기우라의 네 번째로 아이로 한국에서 6.25동란이 한참이던 1952년 도쿄에서 태어났다.

형제 중 첫째는 1943년생인 누나로 출생지도 도쿄다.

누가 봐도 완벽한 일본인이다. 덕분에 공무원 시험에 합격한 후 일본왕실 보안요원으로 발령을 받아 자랑스럽게 근무하던 중이다.

지난 6월 여자 보안요원인 하나꼬 사건이 나면서 왕실 보안요원들의 신원 재확인 작업이 일제히 시작됐다. 단순한 서류로 하는 것이 아니라 전산화된 서류를 근거로, 전산화되기 전의 사항들은 일일이 주변 탐문까지 하는 대대적인 작업이다. 왕실에 근무하는 사람들의 신원을 재확인하는 의미도 있지만 그들에게 경고성 메시지를 전달하자는 목적도 있었다.

왕실지하에 숨겨 놓은 대한민국의 역사서들을 찾으려는 자들이 나오리라고는 꿈에도 생각 못했다. 더욱이 왕실 보안요원 중에서 그 일에 협조하는 사람이 있을 것이라고는 상상도 할 수 없던 일이니 당황한 것이다. 목숨을 걸고 그 일에 뛰어든 보안요원이 있었으니 경고성을 겸한 작업을 시작한 것이다.

보안요원에 대한 신원 재확인작업을 한다는 말에 핫도리는 마음이 불안했다. 이미 부모님은 물론 형제지간에서도 셋째인 누이를 빼고 모두 세상을 떠나신 뒤다. 그분들이 가슴에 안고 가신 어머니가 대한인이었다는 사실을 아는 사람은 이 지구상에 자신과 누이 단 두 사람뿐이다. 누이에게 전화를 걸어서 이야기할 수도 있는 일이지만 불안한 마음에 누이를 직접 방문해서 이야기했다. 누이는 말도 안 되는 소리 꺼내지 말라고 하면서 단호하게 말했다.
"우리 어머니는 일본 사람 쓰기우라시다. 누가 뭐래도 당연한 일을 굳이 자꾸 입에 올리지 마라."
핫도리는 누이의 대답을 들으면서 한편으로는 좋은데 한편으로는 무언가 허전한 맛이 남는 것을 어쩔 수 없었다. 내 어머니가 대한사람이면 어떻고 일본사람이면 어떻기에 그 사실마저 숨겨가면서 살아야 한다는 말인가?

누이의 집에 들렀다가 늦게 집에 들어간다는 것을 아내에게 미리 통보해놓은 핫도리가 힘없이 고개를 떨군 채 집으로 들어섰다.
"당신 무슨 일 있어요? 왜 그렇게 힘이 없어요."
핫도리와 아내 미찌꼬 사이에는 아이가 없다. 미찌꼬가 아이를 낳지 못했지만 핫도리는 그 문제를 가지고 아내를 탓해본 적이 없다. 그저 자식이 없으라는 팔자인가보다 하면서 지낼 뿐이다. 그런 까닭에 미찌꼬는 핫도리가 퇴근을 할 때는 여느 집안의 자식들이 부모를 맞아들이듯이 더 반갑게 맞아들인다. 그런데 오늘은 핫도리가 영 기운이 없다.

"누이 집에 무슨 일이 있는 거예요? 아니면 당신이 누이에게 뭘 잘못한 거예요? 왜 그렇게 어깨며 고개까지 처져 있어요?"

"별거 아니요. 누이 집에 무슨 일이 있는 것도 아니고 내가 누이에게 무얼 잘못한 것도 아니요. 그저 힘이 없구려."

핫도리가 아무 일도 아니라고 했지만 아내는 영 불안하다는 듯이 얼굴을 편히 갖지 못했다. 핫도리는 아내가 가엾다는 생각이 들었다.

벌써 시집 온 지 삼십 년을 훌쩍 넘기고 머지않아 사십 년이 다가온다. 그런데 그동안 아이를 낳지 못했다는 죄책감 때문인지, 신혼 몇 년 동안을 제외하고는 밝은 웃음 짓는 것을 보지 못했던 것 같다. 그런데 이제 정년을 6개월도 채 안 되게 남겨 놓은 신랑의 얼굴에 수심이 가득하니 아내의 얼굴은 이루 말할 수 없는 불안 그 자체였다.

핫도리는 그런 아내의 얼굴을 보면서 모두 이야기를 할까 하는 생각도 들었지만 아직까지 모르고 산 일이니 그냥 덮어두는 것이 낫다는 생각이 들었다. 일단은 아내도 확실하게 알고 있어야 할 원칙만 이야기하기로 했다.

"여보. 사실은 지금 궁에서 보안요원들을 상대로 대대적인 신원 재확인작업에 들어갔소. 아마 모르면 몰라도 머지않아 우리 집에도 궁에서 나올 거요. 신원 재확인 차원이니 당신에게 어떤 질문을 할지는 나도 모르지만 무언가는 물을 거요. 내가 실제 여기에 거주하는가부터 별 시시콜콜한 문제까지 따지듯 묻겠지."

"그게 무슨 문제예요? 우리는 그런 것 걱정 안 해도 되잖아요. 당신이나 나나 여기서 이렇게 살고 있고 당신 신원 확실하고. 그런데 그것 때문에 그렇게 힘이 빠지신 거예요?"

"그게 아니라, 사실 그 문제 때문에 누이의 집에 갔었던 거요."

"누이 댁도 조사를 하나요?"

"이번에는 아주 광범위하게 조사를 하는 까닭에 누이 댁까지 가서 질문을 할 수도 있소."

"하려면 하라지? 우리야 꺼릴 것 없잖아요. 게다가 이제 당신 정년이 반 년도 채 못 남았는데 뭐가 걱정이에요?

왜요? 누이 집에 무슨 문제꺼리라도 생겼어요? 무슨 일인데요?"

아내는 핫도리가 기운 없이 처진 것이 오히려 누이 집에 무슨 일이 생긴 것으로 오해를 하기 시작하면서 더 불안한 얼굴이 되어 갔다.

"이제 겨우 반 년도 안 남은 정년인데 무슨 일이 있어서 채우지 못하면 연금은 어쩌고…."

아이가 없어서인지 평소에도 우울증 비슷한 증상으로 무슨 일이 일어나면 좌불안석을 못하던 아내가 그 증상에 빠져드는지 연금 타령을 하기 시작했다.

핫도리는 아내에게 진실을 털어 놓는 것이 아내의 마음을 편하게 해줄 것 같았다. 살면 앞으로 얼마나 더 산다고 아내에게까지 숨길 이유가 없다. 게다가 자식이 없으니 아내에게 말해도 더 이상 벌어질 일이 없다. 그렇다고 삼십 년 넘게 말 안 하고 살았던 일을 뭐 자랑스런 일이라고 지금에 와서 한다는 말인가?

핫도리가 다시 한 번 망설이고 있는데 아내가 연이어 푸념 아닌 푸념을 시작했다.

"내가 시집 와서 애를 못 낳는 바람에 당신이 이렇게 쓸쓸하고 외롭게 늙어가는 것만 해도 안타깝고 설운 일인데, 정년 6개월 남겨놓고 누이 집 일로 인해서 당신이 불명예 퇴직을 당해 연금도 못 받는다면 이 일을 어찌해야 한다는 말이에요.

조상님들도 무심하십니다. 도대체 전생에 무슨 죄를 지었기에 아이도 못 낳고 남편 말년에 험한 꼴을 보게 한다는 말입니까?"

아내의 푸념처럼 이어지는 말을 들으면서 핫도리는 은근히 겁마저 났다. 저러다가 아내가 정말 누이의 집에 무슨 일이 있는 것으로 오해를 한다면, 누이와 사이가 나빠지는 것을 떠나 신원탐문을 나왔을 때 헛소리를 할 수도 있다. 아내를 안심시키기 위해서라도 자신의 출생에 관한 이야기를 해주는 것이 옳을 것 같았다. 아니, 굳이 그 이야기까지 하지 않더라도 아내의 마음을 편하게 해줄 수 있다면 더 좋은 일이다.

핫도리는 마음을 굳게 먹고 아내를 불렀다.

"여보, 그런 문제가 아니니 걱정 말아요. 사실 누이의 집에 무슨 일이 있는 것이 아니라 이 문제는 내가 태어나기 이전부터 있던 일이요. 굳이 따지자면 문제랄 것도 없는 일이지만.

그러니 당신은 아무 걱정 말고 혹시 신원 재확인을 위해서 누군가가 집에 방문을 하더라도 솔직히 있는 그대로만 대답하면 돼요."

"당신 지금 저 안심시키려고 그러시는 것 제가 알아요. 당신이 문제가 아니라고 하면서도 당신 얼굴에는 그렇게 쓰여 있지를 않아요."

성심성의껏 이야기를 했지만 아내는 핫도리가 자신을 안심시키려고 그러는 것일 뿐, 무슨 큰 문제가 있다고 믿고 있었다. 아내의 얼굴에 짙은 수심이 들면서 그 기색이 역력했다.

핫도리는 아무래도 이야기를 해야겠다는 판단에 다시 한 번 마음을 굳게 다지고 입을 열었다.

"여보, 사실은 그게 아니오. 굳이 이야기할 것도 아닌 일이지만 공연히 당신이 너무 걱정을 하는 것 같아서 내가 이야기를 하리다.

지금부터 내가 하는 말은 당신의 마음을 편하게 해주려고 하는 말이니 당신이 들은 후 곧 잊구려. 그게 당신 마음도 편하고 나도 편하니까."

핫도리는 아내에게 자신의 어머니와 아버지에 대한 이야기를 숨김없이 해주었다.

핫도리는 아내가 당황할 것이라는 것은 당연히 예상을 하고 있었다. 그리고 어느 정도 놀라움을 표시할 것도 예측했다. 혹시 모르지만 놀라서 눈물을 흘릴 수도 있다. 아니 놀라서라기보다는 그동안 그런 사정을 가슴에 품고 60년의 긴 세월을 살아온 신랑 핫도리가 가여운 생각이 들어서 눈물을 흘릴 수도 있다.

그러나 핫도리의 이야기를 듣던 아내의 표정과 태도는 그가 예상했던 그 어느 것도 맞지 않고 일시에 뒤집히고 말았다.

"뭐라고요? 그럼 당신의 핏속에 조센징의 피가 흐른다는 말 아녜요?

어쩐지 내가 아이를 못 낳을 리가 없는데 아이를 못 낳는다 했지.

우리 집안처럼 정통 사무라이 집안의 피와 조센징의 피가 어떻게 함께 어울릴 수가 있어?"

핫도리는 아내가 하는 말이 맞는 말이고 틀리는 말이고를 떠나, 아내가 그런 태도로 나올 것이라고는 예상도 못 한 터인지라 한마디로 어이가 없었다.

도대체 조센징의 피와 아이를 못 낳는 것이 무슨 상관이란 말인가? 아이를 못 낳는다고 탓한 적도 없는데 삼십 년 넘게 살아놓고 저렇게 팔팔 뛰는 이유가 도대체 무얼까?

그러나 아내를 이해할 수 없는 것도 잠시였다.

오히려 아내가 걱정되었다. 얼마나 충격을 받았으면 저렇게 펄펄 뛰면서 난리를 친다는 말인가? 하기야 충격이 클 수밖에 없으리라.

핫도리는 아내에게 미안한 생각이 들면서 아내의 우울증 비슷한 증상이 다시 돋지나 않을까 걱정이 되었다. 아내에게 슬며시 다가가 어깨를 토닥이려는데 아내가 그의 손을 확 뿌리쳐 버렸다. 핫도리는 뿌리쳐진 자신의 손을 불쌍하다는 듯이 들여다보며 한마디 했다.

"서로 다른 민족끼리 결혼을 해서도 아이를 낳고 잘 사는 사람 많지 않소. 그렇다고 내가 당신에게 아이를 못 낳았다고 뭐라고 말한 적도 없지 않소.

삼십 년 넘게 살아온 지금, 그게 뭐 그리 중요하다고 난리를 피우는 게요. 내가 당신을 속이고 싶어서 속인 것도 아니고 그렇다고….."

"속이고 싶어서 속인 것이 아니면? 왜 사십여 년을 숨겨왔다가 이제 와서 말하는 건데요?

당신 신원 재확인한다니까 당신 누이가 그렇게 말합디까? 네 마누라 입조심이나 시키라고?"

"그게 무슨 소리요? 누이가 당신이 이런 사실을 모르는 줄 아는데 입조심을 시키라고 할 이유가 있겠소?"

"당신 정말 끝끝내 나를 속이려고 드는 거요?

당신이 누이에게 갔더니 누이가 혹 내가 알고 있을지 모르니까 내 입단속 잘 시키라고 하는 바람에 그렇게 기가 죽어서 들어온 것 아니요?

당신이 직접 당신 피에 조센징의 피가 흐른다는 말은 못할 것 같으니까 맥이 축 처져서 들어온 것 아니냐고요?"

핫도리는 아내가 걱정되던 마음이 확 가셨다. 정말 저 여자가 내 아내 맞는가 하는 의구심마저 들었다.

아내는 그런 핫도리의 마음은 괘념치도 않고 쉼 없이 퍼부었다.

"왜? 당신 누이는 아이 낳고 잘만 사는데, 그렇지 못한 내가 진실을 불어 버릴 수도 있으니까 나나 잘 단속하라고 합디까?

하기야, 혹시 계집인 내 핏속에 조센징의 피가 흐르고 사내의 피 안에 우리 집안처럼 정통 사무라이 집안의 피가 흐른다면 그때야 이야기가 다르겠지. 사내가 계집을 지배해야 애도 생기는 법이니까.

사내가 조센징의 피를 갖고 우리 집안처럼 위대한 정통 사무라이 집안을 지배하려 하니 내 피가 지배를 당하겠어? 나야 그 실체를 몰랐으니까 그저 사내라고 받아들여 잠자리를 같이하며 좋다고 흥얼거렸지만 내 피는 조센징의 피를 못 받아들인 거지.

말 못하는 피가 더 정확하고 정직하다는 것 몰라요? 사람은 미처 알지 못해도 피가 먼저 알아차린다는 말도 들어본 적 없어요? 그래서 피는 물보다 진하다고 하잖아요."

아내는 말도 안 되는 말을 이어가면서 자신의 불임과 피를 연관하고 있었다. 그 이유는 오로지 조센징의 피가 흐르는 까닭이었다. 아내가 도를 넘어서고 있다는 생각은 고사하고 자신이 한없이 모멸 당한다는 생각이 들면서 가슴속에서 끓어오르는 분노로 이글거리는 자신을 보기 시작했다.

'삼십 년을 넘게 살을 맞대고 살아온 결과가 이것이란 말인가?

단지 대한인 어머니를 가졌다는 그 이유가 이렇게 큰일이라는 말인가? 아내의 불임에 대해 한 번도 탓한 적이 없건만 지금에 와서 피와 불임을 이렇게 연결하는 것은 도대체 어찌 해석을 하라는 말인가?'

핫도리가 이글거리는 자신의 분노를 억누르며 허무해지는 자신을 돌아보고 있는데도 아내는 막무가내로 퍼붓기만 했다.

"어쩐지? 내가 아이를 못 낳는데도 사십여 년 동안 탓하는 말 한 마디 안 하더라니? 나는 멋도 모르고 내 신랑이 정말 착한 사람이라 그런지 알았더니 이건 또 웬일? 결국 자신이 잘못한 일이 있으니까 찍 소리도 못한 거지. 자신이 애를 못 낳는 원인 제공자라는 것을 알고 있었으니까 그런 거야.

좋아요. 어차피 이제 알 것 다 알았으니 정리를 합시다.

생각 같아서는 당장 이혼이라도 하고 싶지만, 정년 6개월 남기고 그랬다가는 연금이 모조리 날아가 버릴 수도 있으니, 그리할 수 없는 일이라는 건 피차간에 잘 알고 있는 일이니 합리적으로 해결을 하자구요.

당신이 연금을 확실하게 받게 하기 위해서 오늘 일은 나도 못 들은 것으로 할 게요. 만일 당신 신원 확인을 위해서 누가 나오더라도 우리는 전과 아무런 변화 없는 그런 집안으로 대답할 거예요.

그렇다고 모든 것이 다 해결되는 것은 아니죠. 당신과 나 사이에서는 분명하고 확실하게 해야 할 것이 있으니까요. 사십여 년 속아 살아온 내 인생을 보상해줘야죠."

이야기를 들으면서 아내에 대한 사랑과 모든 정이 한꺼번에 사라지는 것 같았다. 아내가 다른 사람으로 보였다. 이제까지 보아온 자신의 아내는 지금 이 순간 없고, 저 여인은 완전히 다른 사람이다. 그동안 아이를 낳지 못해 혼자서 괴로워해 가며 마음고생이 심했던 아내에게 보내던 연민의 정도 모두 사라지는 것 같았다.

마음 같아서는 어떻게 보상하면 되겠느냐고 따져 묻고 싶었다. 그러나 행여 아내가 심한 충격을 받아 그럴 수도 있다는 생각에 일단은 진정시켜 보고 싶었다.

"물론 당신의 지금 심정을 이해는 하오.

이제까지 몰랐던 일을 새로 안 것에 대한 충격이 클 수도 있다는 것을 어찌 모르겠소. 그렇다고 그렇게 화만 낸다고 되는 일도 아니잖소? 내가 당신을 속이고 싶어서 그런 것도 아니라는 것은 당신도 잘 알지 않소.

이게 내 탓도 아니고 우리 아버지와 어머니께서 서로 사랑하신 아름다운 사랑이야기의 한 토막일 뿐인데 그리 흥분할 일도 아니잖소?"

"사랑? 사랑 같은 소리하지 마요.

모름지기 당신 아버지께서는 대일본제국의 자랑스런 군인의 자식으로 경성제대까지 다닌 분이에요. 그렇게 지각이 없는 분은 아니셨을 거예요. 필시 조센징인 당신 어머니의 꾐에 넘어간 거지.

조센징으로 살아가려면 고생만 하고 낙이 없으니까 자랑스런 우리 일본 군인의 후손인 당신 아버지를 꼬였을 거라구요. 그런다고 조센징이 일본인이 될 수 없다는 것을 잘 알면서도 말이죠."

순간 핫도리는 피가 머리끝까지 역류하는 것을 느꼈다. 자신도 모르게 자신의 손이 올라가면서 아내를 후려칠 것만 같았다.

자신은 이제껏 추호의 의심도 없이 어머니와 아버지의 사랑을 아름답다고 생각해 왔었다.

정든 고향 형제부모를 모두 버리고 달랑 아버지 한 사람만 믿고 떠나온 분이다. 일본 생활의 고충과 눈물을 사랑으로 녹이며 자식들과 일생을 사시다가 돌아가셨다. 그런 어머니를 아버지를 꼬인 여인으로 몰아붙이는 아내가 정말 제정신인가 하는 생각마저 들면서 오만정이 다 떨어졌다.

"왜요? 내 말이 틀리나요?"

"여보 제발 정신 좀 차려요. 지금 당신 너무 흥분한 상황이니 마음 좀 진정시키고 내일이라도 다시 이야기합시다."

"내일? 필요 없어요. 지금 끝내요.

우선 당신과 나는 지금부터 각자 방을 쓰는 거예요. 당신은 저 방에서 당신 혼자 자고, 식사 역시 당신 혼자서 알아서 해결해요. 절대 내가 한 음식 먹을 생각 말고.

저 방 이외에 화장실을 제외하고는 당신 공간이 아니라는 것 명심해요. 언제까지 그렇게 살자는 건 아니니까 걱정 말아요. 당신 정년퇴임하는 즉시 이 집을 처분해서 반씩 나눠서 각자 살 작은 집으로 재장만 하면서 아주 갈라서자는 거예요.

정년퇴임할 때 연금은 일시불로 신청해요. 아예 반씩 나눕시다. 이달부터 당신 봉급도 반씩 나누는 거예요. 이 집을 제외하고 나면 그동안 특별하게 모은 재산도 없지만 나머지도 차츰 생각하면서 반씩 나누자고요.

만일 내 제안을 어길 시에는 내가 먼저 왕궁에 고발을 해 버릴 수도 있어요. 차라리 연금을 포기하는 게 낫지 조센징의 피가 흐르는 당신하고 더 이상은 아무런 관계도 지속할 수 없어요."

핫도리는 그제야 아내가 단순히 흥분을 한 것이거나 아니면 그녀의 우울증 비슷한 성격이 살아난 것이 아니라는 것을 피부로 느낄 수 있었다. 그녀는 지금 뼛속까지 대한인을 혐오하고 있다. 왜인지 이유는 모르겠지만 대한인의 존재를 절대 인정하지 않는 여자다. 그녀가 대한인을 사람으로 인정하지 않기에 어머니까지 모욕한 것이다.

"당신 말끝마다 조센징, 조센징 하는데 도대체 대한민국 사람들이 뭐가 어떻다고 그러는 거요? 시내에 나가도 많은 대한사람들이 다니건만 도대체 그들과 우리가 다를 것이 뭐요?"

"당신과는 다를 것이 없겠지요. 하지만 나랑은 달라요. 우리 정통 사무라이의 피와는 근본이 다르다는 거죠. 그들의 피는 동물에 가깝고 우리의 피는….”

“미쳐도 단단히 미쳤군.”

핫도리는 더 들을 필요도 없다는 생각이 들어 자리에서 일어나 집을 나오고 말았다.

이튿날 퇴근하면서 핫도리는 고민하지 않을 수 없었다.

어제 아내가 한 말이 진심이라면 그 여자는 인간이라고 볼 수가 없다. 그렇지만 사람이 흥분하면 무슨 말은 못할까? 순간적인 충동이라고 믿고 싶었다. 그 충동이 풀렸기를 바라며 집으로 가는 길에 꽃다발을 준비했다.

누가 뭐래도 아내는 아내다. 아내 이전에 삼십 년 넘게 동고동락한 친구이자 동반자다. 그녀가 일시 충격을 받고 흥분을 해서 그런 행동을 했기로서니 용서 못할 이유가 없었다.

일주일 내내 같은 생각을 하며 반복해서 꽃다발을 준비해보았지만 자신이 잘못 생각하고 있었다. 아내는 정말 대한인을 사람으로 인정하지 않는 그런 여자였다.

“생각해 보게나? 자네 같으면 얼마나 기가 막힐 노릇이겠어? 아내를 죽이고 싶거나, 자신이 죽고 싶거나 둘 중 하나 아니겠어?

삼십 년 넘게 살을 맞대고 비벼가면서 살아온 여편네가 자신을 금수 취급하는데 나 같으면 그 자리에서 죽여 버렸을지도 모르지.”

박성규가 묵묵히 듣고 있는 태영광과 박종일에게 묻는 것인지, 자신의 의견을 이야기하는 것인지 묘한 어투로 말했다. 이야기를 듣던 두 사람도 어이가 없었다.

도대체 대한인의 피가 섞인 것이 삼십 년 넘게 살아온 뒤에 무슨 문제가 된다는 것인가?

사무라이 집안의 피가 대한인의 피에게 정복되지 않아서 임신을 못했다니? 남자가 사무라이고 여자가 대한인의 피가 섞인 경우라면 임신이 가능하다는 이야기는 도대체 인간의 탄생과정을 알기나 하는지 묻고 싶었다. 핫도리의 아내가 정말 사람인지조차 의심이 들었다.

자신의 말을 듣고 어이없어 하는 두 사람을 보면서 박성규는 이야기를 계속했다.

"그 핫도리가 일주일이 지나고 열흘이 지나도 아내의 태도가 바뀌기는커녕 오히려 점점 기고만장해지자 한 말이 있어.

'나는 조선 역사를 잘 모르지만, 듣기로는 조선 역사가 일본 역사보다 훨씬 우수하다는데 이제는 아내라고 부르기조차 싫은 저 여자는 그걸 아는지나 모르겠어요?

더더욱 일본이 조선을 강점할 때 조선 사람들은 엄청나게 많은 피해를 보고 보상도 받지 못했는데도 일본을 미워하지 않잖아요. 보상을 요구할 뿐이지만 일본은 그 보상조차도 해주지 않고 있다는 것도 잘 알거든요. 조선 사람들은 피해를 본 입장이면서도 일본을 용서했는데, 피해를 준 일본인들은 왜 자기 반성은 하지도 못하고 저러는지 모르겠어요?

지금 심정이라면, 조선의 우수한 역사를 밝히고 일본이 얼마나 큰 잘못을 저질렀는가를 밝히는 일에 참여할 수 있는 기회가 주어진다면 해보고 싶어요.'

바로 그 자리에 앉아서 자신을 개나 돼지처럼 취급하는 여인에 대항해 무언가 바른 일을 해보고 싶다고 눈물을 뚝뚝 흘리면서 한 말이야.

자기 어머니의 숭고한 사랑까지 짓밟는 금수만도 못한 아내라는 여자의, 일본인은 무조건 우수하다는, 말도 안 되는 미치광이 광기가 나이 60먹은 사내의 가슴을 뒤흔든 거지.

물론 핫도리는 내 가슴에 깊은 원한이 있다는 것까지는 모르고 단지 내가 대한인이라는 것을 알기에 한 말이지만."

"그 핫도리라는 분이 도와주실 수 있다는 말이지요?"

"아마도 그럴 걸세.

사실은 지난번에 자네 이야기를 듣고 은근히 비췄었거든. 그랬더니 그 서고에 있는 책들은 잘못 빼면 절대 안 된다고 하더라고. 사실 나는 그게 무슨 말인지 몰라서 그런가보다 하는데 마침 자네도 더 이상 찾아오지 않기에 그냥 묻어뒀었지.

핫도리는 그 이야기를 잊지 않고 있었던 걸세. 자기가 지금도 필요하다면 협조해주고 싶은 심정일 거야. 단순히 아내라고 믿었던 여인에게 당한 모멸감에 대한 복수라고 볼 수는 없겠지. 이 세상 모든 민족이 각자 특성이 있다는 사실은 거부하고 일본만인이 우수하다고 생각하는 많은 일본인들에게 알려주고 싶겠지. 너희보다 더 잘난 민족이 바로 곁에 있고, 그 민족은 너희들 때문에 이렇게 고통을 당했다고 외치고 싶은 마음일 걸세.

그 길만이 조금이나마 섞여 있는 자신의 피에 대한 예의이자, 아름다운 사랑을 위해 자신의 모든 것을 희생하고도 사랑으로 인정받기는커녕 파렴치한 인간이 되어 버린 어머니의 명예회복 방법이라고 생각했을 수도 있고.

돌아가서 며칠 기다려 보게. 내가 다리를 놔보지.

내가 더 살아야 얼마나 살겠나?

일왕을 죽인다고 해놓고 죽이기는커녕 나이만 먹었지. 헛된 세월을 보낸 거지. 그 헛된 세월이 헛되지 않게 하려면 마지막으로 자네들 부탁이라도 들어줘야 하지 않겠나?

일왕을 죽이거나 개망신을 주려던 목적을 달성하지는 못해도 이건 더 큰일이 될 수도 있다는 생각이네. 일왕 개인을 망신 주는 게 아니라 일본인 전체가 우리 역사 안에 들어 있다는 것을 밝히는 일 아닌가? 내 기꺼이 한 번 해볼 것이니 며칠 말미를 주게나.

핫도리는 요즈음에는 이틀에 한 번 쏠은 내게 들리네. 신원 재확인 작업도 끝났으니 더 이상 걱정할 일은 없지만 집에 가도 할 일이 없거든. 더더욱 작은 방 하나만 공간이라고 허용했으니 오죽 답답하겠어. 미친 여자지.

문제는 그렇게 미친 왜인들이 그 여자 하나가 아니라는 걸세. 대부분의 왜인들이 개인은 개인대로 단체는 단체대로 미쳐 날뛴다는 거야.

당장 핫도리가 삼십 년 넘게 살을 비벼대며 산 여자나, 자네들이 겪은 〈새 역사 창조단〉을 생각해보게.

개인은 개인대로 사람의 인연 끝내는 것을 두려워하지 않아. 만약에 핫도리가 여자고 그 아내가 남자였으면 죽인다고 난리가 났었을 수도 있어.

단체는 단체대로 마쳐 날뛰고, 〈새 역사 창조단〉은 역사의 진실을 밝히려고 한다는 이유 하나만으로 대한인은 물론 자국인까지 사람 몇 명 목숨 끊는 것 알기를 우습게 알잖아.

그게 미친 자들이 아니고서는 할 수 있는 일이라고 생각하나? 정신만 미친 것이 아니라 마음까지 미쳤으니까 가능한 일이지."

박성규의 말을 들으면서 태영광과 박종일은 유병권 박사와 하나꼬 생각이 떠올라 마음은 울적했지만, 눈은 희망에 부풀어서 반짝거렸다.

"연락할 곳을 알려주고 가게. 내가 한 번 작업을 해볼 테니까.

60년 넘게 이곳에 몸담고 살아온 늙은이의 노하우가 무엇인지 보여줄 기회가 왔다고 생각하니 기쁘구먼. 왜놈들에게 작은 복수나마 할 수 있으니 좋아.

아니지. 이건 왜놈들에게 복수를 하는 것이 아니라, 자네 말마따나 인류가 평화로 갈 수 있는 진실을 밝힐 기회가 왔다고 생각하니 더 기쁘구먼."

두 사람은 자신들의 처지상 직접 연락은 곤란하니 최기봉을 통해서 연락해 달라는 메모를 남기고 진심으로 기뻐하는 박성규의 모습을 뒤에 남긴 채 자리를 떠났다.

15. 보여도 밝힐 수 없는 진실

열흘이 지난 뒤에 최기봉이 두 사람의 숙소로 찾아왔다.

"박성규라는 노인의 연락이 왔어. 일이 잘 됐다면서 너희 두 사람을 만나고 싶대. 최대한 사람들의 눈을 피해야 할 수 있는 장소라면서 알려주는데 그 노인의 집 같아.

이번에는 제발 좋은 일이 있었으면 좋겠다. 나도 같이 오라는 걸 보니까 뭔가 일이 된 것도 같은데 제발 더 이상 희생 없이 잘 마무리 되었으면 좋으련만."

최기봉도 이미 이 일에 대해서는 잘 알고 있던 터라 더 이상 희생이 따르지 않기 바라는 마음뿐이었다.

"우리와의 연락 상대가 왜 하필 너인가는 지난번에 설명해드렸어. 당장 우리와 연락이 곤란한 점도 있지만 네가 일본에 근무하니까 앞으로도 연락하기가 쉬울 거라고. 그랬더니 박성규라는 노인 말씀이 이제야 내 나라가 정신을 차리는 것이냐고 하는데 얼굴이 화끈 거리더라.

대사관에 근무하는 네가 동참하니까 비공식적이나마 나라 차원에서 이루어지는 일로 아시더라고. 그런 분에게 어떻게 최기봉이 개인적으로 동참하는 것이라고 말씀을 드려?

일본에 의해 열세 살에 강제징병 됐다가 간신히 살아서 돌아간 고향은 공산화되어 반동으로 몰려 도망쳐 나오고. 일가친척 하나 없이 살아온 가슴 깊이 맺힌 한을 풀고 싶은 노인의 마음이 오죽 했겠어?

그 한을 누군가 풀어줄 것이라는 조그만 희망의 끈이나마 잡고 싶은 와중에 경찰신분을 가진 너희들이 개입한다니까 노인은 나라가 개입하기를 간절히 바라는 자신의 소망을 담은 거지.

그런 노인 앞에서 나라가 개입한 것이 아니고 뜻있는 몇몇이 모이다 보니 그중에 경찰도 있더라고 차마 말을 못하겠더라고."

태영광의 말에는 아쉬움이 가득 배어 있었다. 나라가 나서지 않으면 백성이 나서서라도 해야 한다는 유병권 박사의 말이 틀리다는 것이 아니다. 다만 아쉽다는 것이다.

"네 마음 알겠다만 어쩌겠냐? 우리나라가 거기까지가 한계인데. 자 그만 일어나서 가자. 약속된 시간에 가려면 지금은 출발해야 돼."

최기봉은 거기에 있는 누구도 태영광의 아쉬움을 공감하고 있다는 것을 확신시켜 주었다.

세 사람이 도착한 곳은 최기봉의 예상대로 박성규의 집이었다. 전형적인 일본 주택이다. 호화롭지도 누추하지도 않게 꾸며져 있는 박성규의 집에 핫도리는 이미 와 있었다.

"어서들 오게. 80 먹은 늙은이 혼자 사는 집이니, 그러려니 하고 누추하나마 이해해주게."

박성규는 세 사람을 반갑게 맞아들이며 핫도리와 인사를 시켰다.

"지난번에 실패한 가장 큰 이유는 하나꼬 양이 경험이 부족해서입니다.

지난번 그 서고가 가장 뛰어나게 보안장치가 된 곳입니다. 그 서고에서는 책이 틀 안에 딱 맞혀져 있기 때문에 책을 완전히 뽑지 않고 일부만 빼도 감지됩니다. 감지가 되는 순간 눈에 보이지 않는 비밀카메라가 작동하게 되지요. 왕실 지하에 서고가 여러 개지만 그 정도로 보안이 철저하게 설계된 곳은 그곳뿐입니다. 그만큼 그 서고에 있는 책들을 중요시 생각하기 때문일 겁니다.

하나꼬 양이 촬영을 하느라고 책의 모서리를 잡고 책장에서 조금 빼는 순간 이미 그들은 알고 있었고 책을 훔치는 것이 아니라 촬영을 하는 것까지 다 알고 있었던 겁니다. 다 알면서 일부러 놓아둔 것이지요. 어떻게 하는가 보기 위해서입니다. 결국 뒤를 밟혀 하나꼬 양은 몹쓸 일을 당한 거지요."

태영광은 아차 싶었다. 앞뒤 재보지도 않고, 우리의 귀중한 역사서들이 일본왕실 지하비밀서고에서 숨 막히고 있다는 사실을 드러내고 싶어 했던 자신의 욕심이 하나꼬를 죽인 것이다.

"제가 진작 어떤 결심을 했다면 무고한 목숨이 희생되지는 않았을 걸 그랬습니다. 하기야 나이 60 먹어서 이런 추한 꼴을 당할 줄 누가 알았겠습니까?

그 전날 밤만 해도 알몸으로 내 품에 안겨 온갖 아양을 떨며 부부간 사랑행각을 하면서 탄성을 쏟아내던 여자가 그렇게 돌변할 줄이야 누가 알았겠습니까?

하기야 그게 일본인들의 실제 모습이거늘 이제까지 그 실제 모습을 읽지 못하고 눈이 멀어 있던 내 잘못인데 누구를 탓하겠습니까?

기왕지사 이렇게 될 일이었다면 그 여편네가 진작 본 모습을 보였더라면 그런 희생은 없었을 텐데….”

핫도리는 아내에 대한 짙은 배신감에 이를 간다는 표현이 맞을 정도로 증오에 찬 목소리였다.

지금 그에게는 하나꼬의 죽음이 조금은 애석하기도 하겠지만 그보다는 자신의 아내에게 당한 인간적 수모가 더 가슴을 후벼 파고 있음이 역력했다. 삼십 년 넘게 같이 살아온 아내에게 인간 이면서도 금수만도 못한 취급을 받은 그 심정을 정확히는 모르지만 충분히 이해할 수 있을 것 같았다.

“그렇다면 어차피 촬영하는 일은 거의 불가능하다는 이야기 아닙니까?”

태영광은 핫도리의 지금 심정이야말로 심장을 도려내는 아픔을 겪고 있을 것이라고 충분히 이해를 하기에 차마 떨어지지 않는 입을 어렵게 열었다. 그의 말에 의하면 촬영은 엄두도 못 낼 일처럼 들렸다. 가슴을 도려내는 심정의 그를 위로해주기는커녕 이런 질문을 해야 한다는 것이 미안하지만 참을 수가 없었다.

“단독으로 촬영을 한다는 것은 어렵다고 봐야지요. 다만 한 가지 방법이 있기는 있습니다.

왕실 지하비밀서고 중에서 문제의 그 방에 있는 책들은 석 달에 한 번씩 보관 상태를 확인하는 작업을 합니다. 전문가들이 보안요원들의 입회하에 서고에 있는 책들을 일일이 꺼내 표지와 내부에 문제가 없는지 살펴보는 겁니다. 다가오는 조사는 한 달 반 후에 있습니다.

만일 이번 조사를 실시하는 날, 내가 근무를 하게 되어 입회를 한다면 그때 촬영을 할 수 있겠지요. 현재까지 짜인 근무표에 의하면 그날 제가 근무하는 날입니다만 간혹 중간에 바뀌기도 해서 아직 확신은 할 수 없습니다.

다행히 그날 제가 근무를 하고 또 입회를 한다면 한 가지 방법은 있을 겁니다.

제가 어르신의 말씀을 듣고 여러 가지로 생각해 봤는데, 유일한 방법은 제가 착용할 상의 단추를 대신할 수 있는 고성능카메라를 장착한 후 그 카메라에 잡히는 각도에 맡기는 겁니다. 정말 운이 좋아서 제가 좋은 자리를 차지할 수 있으면 여러 권의 표지는 물론 내용까지 찍힐 것이고, 그렇지 않으면 한 권도 건질 수 없을 겁니다. 내가 카메라를 손으로 만지거나 조작하려고 하면 감시팀에 즉각 발견되고 말 겁니다.

필요하다면 시간을 가지고 그 방법을 여러 번 써서라도 만족하게 찍힐 때까지 반복하는 수밖에요.

이렇게 된 인생 더 살고 싶은 미련도 없습니다만 발각되면 죽도 밥도 안 되니 수상한 모습은 보일 수 없죠. 최대한 좋은 위치를 차지하려고 노력해 보고 나머지는 운에 맡기는 수밖에 없다는 겁니다.

하나꼬 양은 운에 맡길 일을 인위적으로 하려다가 목숨만 잃고 아무것도 얻지 못한 겁니다.

중요하고 바쁜 일일수록 인위적으로 하려고 하면 오히려 일을 그르치는 것 아닙니까?"

핫도리는 다시 한 번 얼굴이 일그러지며 말을 이었다.

"박성규 어르신에게서 자세히 이야기를 듣고 보니 정말 많은 것을 후회했습니다.

우리 아버지 같은 일본인들은 아마도 거의 없을 거라는 생각도 해봤습니다. 당장 내 아내라는 여자가 한 행동을 보면 알 수 있으니까요.

개인도 개인이지만 〈새 역사 창조단〉이 자신들이 조작한 동아시아 역사를 정당화시키기 위해 사람 목숨을 파리 목숨만도 못하게 취급한 이야기를 들었을 때는 정말 가슴이 철렁했습니다.

왜 이제야 제가 정신을 차리게 됐는지 하늘이 원망스럽기도 했지요."

핫도리는 고개를 바닥으로 떨구며 한숨을 길게 내쉬었다. 이제까지 자신이 살아온 인생을 한꺼번에 불러내 지워버리려는 것 같았다.

그 한숨 앞에 아무도 무슨 말도 하지 못하고 그의 입에서 나올 다음 말만 기다리고 있었다.

십여 분이 족히 지나서 핫도리 자신도 너무 무거운 분위기라고 느꼈는지 억지웃음을 입가에 띠며 입을 열었다.

"제가 이 일을 해보겠느냐는 어르신의 부탁을 듣는 순간 옳은 일이라고 생각했으니 옳은 일이겠죠?

옳은 일을 하려고 하면 신께서 편을 들어주신다면서요? 저는 종교는 없지만 그 말은 믿습니다. 어느 신이 되든지 정의의 편에서 주신 덕분에 인류가 지금까지 존재할 수 있었다고 믿는다는 말입니다. 만일 신들이 불의의 편에 선다면 인류가 파멸의 길로 갔겠지요.

이번 일도 옳은 일이니 반드시 신께서 편들어주실 겁니다."

억지웃음이나마 웃으면서 핫도리가 해준 말이 금방 자리를 환하게 하는 것 같았다. 그의 억지웃음에 힘을 얻은 최기봉이 입을 열었다.

"우리들이 쓰는 장비 중에 그런 것이 있습니다. 외부케이스는 교환이 가능하니까 보안 요원들이 입는 상의 단추 하나만 주시면 그 단추와 똑같이 외장을 만들 수 있습니다."

"내 그럴 것 같아서 당신도 같이 오라고 한 거요. 지난번에 저 사람들이 하는 말이 당신은 도쿄대사관에 근무하는 경찰이라기에 잘 됐다 싶었거든."

최기봉의 말을 들은 박성규가 자신의 직감이 맞아서 기쁘다는 표현을 하자 핫도리도 맞장구를 쳤다.

"그래요? 정말 잘된 일입니다.

단추 하나 드리는 것은 문제될 것이 없지요.

시작부터 일이 풀리는 것 같아서 성공할 조짐이 보이는 것 같습니다. 단추카메라 문제만 해결되어도 이번 일은 반은 성공한 겁니다. 그걸 어디서 만들어야 하나 고민했었습니다.

제작하는 거야 아키야바라 전자상가에 가면 되겠지만 왕실 보안 요원들의 근무복 단추가 원래 특이해서요. 단추에 문양이 있어서 누가 봐도 왕실과 관계된 것임을 단박에 알 수 있거든요. 공연히 단추와 똑같은 카메라 만드는 것을 의뢰하다가 수상히 여기고 신고라도 하는 날에는 보안이 유출되어 발각될 수도 있다고 걱정을 했었는데 아주 잘된 일입니다.

시작처럼 마침도 좋은 결과가 나왔으면 좋겠습니다."

그 말을 기점으로 좌중의 분위기는 이제까지의 침울하기만 하던 분위기에서 보다 희망적인 분위기로 바뀌고 있었다. 하지만 핫도리의 깊은 상처를 아는 그들이라 그런지 선뜻 누구도 기쁜 표정은 보이지 못했다. 그런 좌중의 심정을 읽기라도 했듯이 핫도리가 말을 이었다.

"군이 제 입장에 서서 같이 힘들어하실 필요는 없습니다.

차라리 잘된 일인지도 모릅니다. 내가 미처 몰랐던 일을 더 늦기 전에 알았다는 것만 해도 감사할 일이지요. 차라리 더 늦기 전에 그녀의 마음을 알았다는 것을 생각하면 후련하기조차 합니다. 더 나이를 먹거나, 내 입이 아닌 다른 경로를 통해서 그녀가 사실을 알았다면 어찌 되었을까를 생각해보면 정말 끔찍합니다. 우리 누나 말대로 머릿속에서 지워야 할 기억을 기억한 게 잘못인지는 모르지만 굳이 잘못이라고 생각하고 싶지 않습니다. 일본인들처럼 그릇된 시각을 가지고 있는 사람들이 잘못이지 그들 속에서 올바른 시각을 가진 사람이 산다는 것이 잘못이라고 할 수는 없지 않습니까?

지금 제 입장에서는 늦게나마 보람 있고 올바른 일에 참여할 기회를 주셨는데 좋은 성과를 얻어낼 수 있을지 그게 걱정일 뿐입니다."

핫도리의 말을 들으면서 태영광은 속으로 기도를 했다.

'정의의 편이신 하느님. 이 일을 올바로 시행할 수 있는 지혜를 주시옵소서.'

"이제 이 이야기는 끝을 내지요. 더 이상 드릴 말씀도 없습니다. 제가 카메라를 넘겨받고 나면 그때부터는 시간이 해결해주는 거지 누구도 무슨 일도 할 수 없으니까요."

박성규를 통해서 카메라를 넘겨주기로 하고 태영광의 일행이 먼저 밖으로 나왔다.

한 달 반이라는 시간이 그렇게 긴 줄은 미처 몰랐다. 기다린다는 것이 사람을 힘들게 한다지만 이번 기다림은 피를 말리는 기다림이었다. 점심을 먹은 지가 한참이나 된 것 같은데도 저녁은 오지를 않는다. 며칠이 지난 것 같은데도 일주일도 지나지 않고 일년이 간 것 같은데도 한 달도 지나지 않았다.

태영광과 박종일은 혹시나 하는 마음에 숙소에서 여간해서는 나가지 않으려고 노력했지만 한 달 반을 숙소에서 보낸다는 것이 너무도 힘이 들어서 나름대로 재미있는 일을 연구도 해보았지만 뾰족한 수가 없었다.

어쨌든 그 지리한 한 달 반이 지나던 날, 계획되었던 예정표대로 핫도리가 근무에 들어갔고 오늘 저녁이면 좋은 소식이 있을 것이라는 박성규의 전갈을 들고 최기봉이 찾아왔다.

그 소식을 전하는 최기봉이 그렇게 고마울 수가 없었다.

그날 저녁 늦은 시각.

도쿄발 마지막 비행기로 귀국한 태영광과 박종일은 대한민국 서울 경찰청장 방에 앉았다. 이미 퇴근시간이 지난 시각이지만 청장은 물론 한지수 경무관도 자리에서 두 사람을 초조하게 기다리던 중이다.

"그동안 두 사람 다 수고 많았어. 보통 용기와 인내심이 아니었다면 힘들었을 텐데.

그러나저러나 박성규라는 그 노인과 핫도리라는 사람에게 인사도 못하고 떠나왔다니 섭섭하기 그지없겠구먼. 박성규라는 분이 보안을 위해 서로 만나는 것을 억제하자고 했다니 당연히 맞는 말이지만 인간이라는 것이 꼭 그렇지만은 않은 것인데.

하지만 어쩌겠나? 그 양반 말씀대로 이렇게 귀한 일을 공연히 정에 얽매이다가 망치는 것보다는 낫겠지. 섭섭하더라도 참아. 내가 최기봉이 시켜서 어떤 방법으로라도 인사는 할 테니까. 사람이 도리는 하고 살아야지.

자, 이제 이 카메라 안에 무엇이 들어 있나 볼 차례인가?"

그동안의 경위를 설명 듣고, 그들이 가지고 있는 단추처럼 생긴 카메라를 본 청장이 입을 열었다.

"야간조에게 미리 준비를 시켜 놓았습니다."

한지수 경무관의 말에 따라 청장이 자리에서 일어섰다.

핫도리가 상의 단추 대신에 달고 들어갔던 카메라에는 사람들
이 책을 꺼내 표지와 내부를 죽 넘겨보면서 보관 상태를 확인하는
장면이 찍혀 있었다. 아쉽다면 그 장면들에 책 표지가 모조리 찍
혀 있는 것이 아니다. 이미 핫도리가 말했던 대로 제각각으로 찍
혀 있었다. 어떤 장면에서는 사람의 손만 나왔고 어떤 장면에서는
바닥이 나오고 어떤 장면은 사람의 몸통만 나오기도 했다. 책이
나오기는 했지만 책 제목이 나오지 않아 안타까운 장면도 있었다.
그런 장면에서는 함께 내용을 보던 두 사람은 물론 청장과 한지수
도 무릎을 치면서 안타까워했다.

다행이라면 다행인 것이 그 장면들 중에 책 제목이 찍힌 장면이
둘이 있었고 그 둘은 바로 '조대기'와 '진역유기'였다.

"음, 정말 왕실 지하비밀서고에 '환단고기'의 근원이 되는 책들
이 있는 게 사실이구먼."

카메라의 내용을 보던 청장이 놀라움을 금치 못하고 입을 열었다.

"정말 안타깝습니다. 손으로 조절만 할 수 있었다면 얼마든지
더 많은 책들을 찍을 수 있었는데요."

"그거야 그렇지만 이 정도에 만족해야 하는 거 아닌가? 지난번
처럼 태 박사가 죽을 고비를 넘기지 않은 것만 해도 얼마나 다행
이야. 지난번에는 목숨과 바꿀 뻔했지만 그때도 몇 개 못 찍었었
다며? 목숨을 담보로 하지 않고도 두 개나 얻었으니 다행이라고
생각하자고.

일단은 저 두 장면은 잘 현상해서 사진으로 뽑도록 하지.

그리고 내일 퇴근 후에는 시간들을 비워주게. 최기봉으로부터

자네들이 비행기를 탔다는 보고를 받고 내가 약속을 해놓은 사람이 있어. 내 후배인데 이쪽에는 아주 식견이 깊은 작가지. 전에 내가 이야기한 바로 그 작가야.

자네들이 가지고 온 것에 대한 결과도 보지 않고 약속을 한 내가 성급하다고 할지 모르지만 나는 자네들이 반드시 좋은 결과를 가지고 올 것이라고 확신했거든.

이 사진들이 나오면 그 후배와 같이 만나서 어떤 방법으로 이 사실을 세상에 알릴 것인가를 논의해보자고. 우리들끼리 생각하는 것보다는 더 좋은 방법이 나올 수 있는 친구니까."

태영광이 안타까움을 금치 못하며 아쉬워하자 청장이 미소를 지으며 주어진 결과에서 더 좋은 방법을 찾자고 했다.

이튿날.

태영광이 청장과 약속된 장소에 나가자, 조용한 곳으로 따로 마련된 방에는 박종일과 한지수가 먼저 와 있었다. 태영광이 들어서자 박종일이 반갑게 맞으며 테이블 위에 있는 봉투를 열어 사진을 꺼내 보여주었다.

"어때? 잘 나왔지? 아주 선명하게 '조대기'와 '진역유기'가 찍혀 있어. 이것만 가지면 우리 역사서들이 일본왕실 지하비밀서고에서 숨 막히고 있다는 것을 증명해줄 수 있을까?"

"그랬으면 좋겠는데 아닌 것 같다."

"그랬으면 좋겠는데 아닌 것 같다니 무슨 소립니까?"

한지수가 놀란 눈을 하면서 태영광을 쳐다봤다.

"어제 밤부터 지금까지 아무리 생각을 해도 이것으로는 부족하다는 생각이에요. 이렇게 찍혀 있는 사진을 가지고 '환단고기'에 묶여 있는 책들의 실체를 인정해줄 거라면 진작 인정하지 않았을까 하는 생각입니다. '환단고기'에 묶여 있는 책들을 부정하는 사람들은 실물이 눈에 들어와야 겨우 인정해줄 것 같아서요. 아니, 최소한 실물은 아니더라도 실물에 가까운 증거여야 하는데 이건 조작한 거라고 해도 반박할 만한 근거가 없잖아요. 예를 들면 우리들이 이런 책을 만들어서 표지만 찍었다고 우겨도 할 말이 없다는 겁니다.

게다가 일본왕실 서고에서 이 사진을 찍었다는 정확한 증거도 없어요. 어제 카메라 영상을 보셨지만 그 영상에서 찾아낼 수도 없고요. 우리야 우리 스스로 한 일이니까 이 책들이 일본왕실 지하비밀서고에 있었고 우리는 그것을 촬영한 것이라고 주장을 하겠지만, 카메라를 조작할 수가 없다 보니 그곳이 왕실서고라고 딱 잘라서 말할 근거가 없다는 겁니다.

이 정도 가지고는 학계에 발표할 수도 없는 일이고 더더욱 일본에 대해서는 아무런 말도 못할 겁니다. 하기야 지금까지 해 온 것으로 본다면 더 정확한 근거가 있다고 해도 우리 정부가 일본에 대고 반환하라는 말은 못하겠지만.

누가 봐도 강탈해간 문화재를 반환하라는 말 한 마디 못하고 지금까지 흘러온 나라 아닙니까?"

"그럼 어떻게 해야 좋다는 말이니?"

이번에는 박종일이 허무한 표정으로 물었다.

"나도 어떻게 해야 할지까지는 생각을 못했어. 다만 이건 아니라는 생각이야. 이 사진을 공개했다가는 공연히 일본애들에게 경계심만 더 심어주고 '환단고기'에 묶인 책들은 영영 찾지 못할 것 같다는 불길한 생각이 들어.

좀 더 확실한 무언가를 손에 넣을 때까지 이 사실을 발설하지 않는 게 낫다는 생각이야."

그때 청장이 후배라고 하는 사내와 같이 들어섰다.

"내가 오면서 후배하고 이야기를 해봤는데 후배 의견은 사진 두 장으로는 부족하지 않겠냐고 하던데? 어떻게들 생각해?"

일행이 서로 인사를 나누고 자리에 앉자 미리 주문했던 음식이 나오고 식사를 시작하면서 청장이 먼저 입을 열자 한지수가 대답했다.

"그렇지 않아도 저희들도 그 이야기를 했었습니다. 태 박사님 역시 이건 차라리 발표를 안 하는 것이 낫겠다고 해서 무척 섭섭해 하고 있던 중입니다."

"그래? 두 사람이 사전에 의논한 것도 아닌데 그렇게 말했다면 정말 그런 거 아닌가? 태 박사님이 다시 한 번 이야기해보지. 왜 그런가?"

"그동안 고생한 걸 생각하면 억울하기도 하고 안타깝지만 이건 아니라는 생각입니다. 공연히 벌집 쑤시는 꼴이 될 것 같아요. 어제 본 영상 자체도 일본왕실 지하비밀서고라고 내세울 만한 증거가 없습니다. 그런데 덜렁 이 사실을 발표해 놓으면 일본의 경계심만 높여 앞으로 그 책들을 찾는데 오히려 지장만 초래하게 될 것 같아서요. 그렇다고 이 사진 두 장 덜렁 드밀면서 일본보고 책 내놓으라고 할 수는 없는 일 아닙니까? 정확한 증거가 있어도 반환요구를 못하는 판인데."

"그래? 두 사람이 같은 말을 하는군.

막상 현장에서 고생한 사람이 그렇게 말하는 것을 들으니 내 마음도 안타깝기 그지없구먼. 그럼 어떻게 해야 그나마 끄나풀이라도 잡을 수 있다는 건가?"

"저도 그걸 생각해봤습니다만 아직 이렇다 할 방법을 생각해내지 못했습니다. 다만 한 가지 확실한 것은 누가 인정을 해주고 해주지 않고를 떠나서, 일본왕실 지하비밀서고에 이런 책이 있다는 것을 안 이상 어떻게든 수단 방법을 가리지 말고 단 한 권이라도 찾아와야 한다는 겁니다.

어차피 정부가 하기에는 틀린 일이고 제가 해야겠지요. 아니 우리가 해야 한다는 표현이 맞을지도 모르죠."

"우리가 해야 한다? 자네 생각은 어때?"

태영광의 의미심장한 말을 듣던 청장이 자신이 후배 작가라고 소개시킨 사람을 지목해서 물었다.

"제 생각에도 태 박사님 말씀이 맞는 것 같습니다.

그 책들을 어떻게 찾아오느냐 하는 방법의 문제는 저도 모릅니다만, 정확한 증거도 될 수 없는 사진 두 장 내놓았다가는 엄청난 음해를 받을 겁니다. 국내 학자들이 인기를 얻기 위한 조작이니 뭐니 해 가면서 비난의 화살을 쏘아댈 겁니다. 일본은 아예 응수도 안 하겠지요.

국내에서 비난을 받는 것이 두렵다는 것은 아닙니다. 태 박사님 말씀처럼 일본애들이 아예 그 책의 자취를 찾기 힘든 곳으로 옮길 수도 있으니까 그게 더 두려운 거지요.

일단 왕실 지하비밀서고에 이런 책들이 있다는 것을 우리는 눈으로 직접 본 것과 진배없이 확인되지 않습니까? 우리가 진실을 확인했다는 것에 만족하고 추후 방법은 추후에 다시 생각하는 것이 낫다는 생각입니다."

"음, 정말 심각한 숙제로군.

이렇게 증거를 가지고 있어도 이 증거의 진위를 드러내 보일 수 있는 방법이 없다? 세상에 이런 일이 다 있나?

내가 경찰생활 몇십 년을 해봤지만 확실한 증거를 손에 넣고도 그 증거의 진위를 설명할 길이 없어 막혀본 것은 처음 같은데? 안타깝구먼."

청장의 말을 듣는 좌중 모두의 심정이 애가 탈 정도로 안타깝기만 했다.

"저는 잘 모르지만 전문가라고 해야 할 두 분의 말씀을 들으니 정말 안타깝기만 하네요. 그렇다고 이렇게 멍청하게 시간만 보낼 일은 아닌 것 같네요. 식사들 하시면서 앞날을 생각해보죠. 만일 오늘 생각이 나지 않는다면 하는 수 없잖아요. 생각이 쥐어짠다고 나오는 것도 아니고.

내일이라도 좋은 의견이 생기면 서로 교환하면서 뭔가 방법을 찾아야지 이렇게 맥 놓고 있을 수는 없는 일이잖아요.

그동안 만나보고 싶었던 작가분도 함께 자리하셨으니 이런저런 이야기를 나누다보면 또 좋은 아이디어가 생각날 수도 있는 거 아닙니까?

당장 무언가 방법을 내놓겠다고 억지로라도 생각해야겠다는 강박관념에 사로잡히다 보면 오히려 더 안 나는 것이 다반사잖아요. 편하지 않은 마음이라도 편하게 먹고 서로 하고 싶은 이야기 또 지난 이야기들을 나누다보면 뭔가 좋은 방법이 생기겠지요.

태 박사님하고 박 경정이 어제 일본에서 돌아와 같이 식사 한번 제대로 못했는데, 안타깝더라도 오늘 이 자리는 무사하게 귀국한 것을 축하해주는 자리로 만든 셈 치지요.

몸 성히 귀국해준 것만 해도 감사할 일이잖아요"
"그래, 맞아. 한 부장 말이 맞아.

세상 억지로 되는 일 없으니까 순리에 맞게 살자고.

지난번처럼 끔찍한 일 안 당하고 무사히, 그것도 빈손이 아니잖아. 비록 내놓기에는 부족할지 모르지만 적어도 우리가 하는 일이 옳은 일이라는 것을 확신할 수 있는 귀중한 자료를 가지고 귀국했으니 축하해야지.

기가 죽을 일이 아니야. 어디 한 숟가락에 배부르겠어? 이번에는 우리들 스스로 확신을 얻을 수 있는 자료를 얻은 것으로 만족하자고. 저 자료를 바탕으로 진실을 우리 손아귀에 넣을 방법만 연구하면 되는 거야.

몸으로라도 치고 들어갈 수만 있다면 그게 빠르겠지만 이야기를 들어보니 그렇게 할 수 없을 정도로 보안이 엄청난 곳이구먼. 그러나 아무리 철저하게 보안이 강화되고 경비가 삼엄해도 분명히 허점은 있고, 그 허점을 뚫을 구멍은 있어. 차츰 그 방법을 연구해보자고.

자, 기분 전환도 할 겸 한 잔씩 하지."

청장은 가라앉을 대로 가라앉은 분위기를 바꿔보려고 일부러 소리를 높이며 잔을 치켜들었다.

"박성규 노인에게 정말 미안하네요. 열세 살 어린 나이에 품기 시작한 한을 가슴 가득 품은 채 팔십 평생을 사시다가 이제 겨우 한을 푸시는가 싶어서 좋아하셨는데….

당신은 진실을 밝힐 수 있는 일을 할 수 있다고 좋아하셨는데 진실을 밝히기에는 역부족이라 쓸모없는 일이 되어 버린 것을 아신다면 얼마나 속상하시겠어요?"

"쓸모가 없는 것은 아니지. 우리가 확신을 할 수 있기에 다음을 모색할 수 있는데 왜 쓸모없는 일이야. 다만 진실을 밝히기에 부족하다는 것뿐이지.

그날 핫도리 씨가 말했잖아. 정 필요하다면 시간을 가지고 반복해야 한다고. 몇 번 반복하다보면 어느 누구도 부정할 수 없는 증거를 손에 넣을 수도 있잖아.

그게 석 달에 한 번 있는 일이고 더더욱 핫도리씨가 근무를 할 날은 이제 4개월 남짓 남았는데 그 중에 다시 그런 기회가 오리라는 보장은 없지만…"

박종일이 잔을 내려놓으면서 힘없이 이야기하자 태영광은 박종일을 위로하는 것인지, 아니면 자신의 각오를 다지려는 것인지 단호하게 쓸모없는 일이 아니라고 했다. 그러나 핫도리 씨가 이제 곧 정년이라는 것이 가슴에 맺히는지 말끝은 힘이 없었다.

"그래. 태 박사 말이 맞아. 쓸모없기는 왜 쓸모가 없어. 반드시 이 일을 이뤄야 한다는 확신을 준 것이야말로 가장 큰 일이 될 수도 있는데.

자네들 이야기만 듣고는 박성규 노인의 한이 얼마나 큰지는 자세히 모르겠지만 대충 짐작은 가. 이 나라 백성들 중 많은 이들이 품고도 남을 한이지. 일제 치하에서 광복이 되면서 남북이 갈라지는 슬픔 속에서 얻은 고통이지. 물론 그분의 경우에는 너무 큰 상처덩어리가 가슴에 남으셨지만.

그래서 우리가 이렇게 진실을 밝히려고 노력하고 있지 않나.

자, 이제 허무하고 안타까운 마음은 모두 묻어 버리고 무얼 해야 하는가를 생각하자고.

태 박사가 이야기한 것처럼 핫도리라는 그분 말대로 얼마나 시간이 걸릴 일인지는 모르지만, 시간을 가지고 천천히 할 것인지, 아니면 다른 방법이 있는지 찾아보자고."

청장이 다시 한 번 목소리를 높이며 잔을 높이 치켜들자 모두 잔을 들기는 했지만 올라가는 것은 술잔뿐, 분위기는 그대로였다.

16. 환단고기의 실상과 허상

술이 몇 순배 돌아가도 분위기는 좀처럼 나아질 기미가 보이지 않았다. 청장이 분위기를 올리기 위해 노력하고 있지만 지금 이 분위기에 그 정도로는 어림도 없다.

이럴 때는 누군가가 중간자 역할을 해야 한다. 단순히 직책이나 나이만 가지고 중간자가 되는 것은 아니다. 일행 모두가 원하는 공통 관심사를 끌어낼 주제를 다룰 수 있어야 한다.

한지수는 분위기를 끌어올리려고 애태우는 청장을 위해서라도 자신이 중간자 역할을 해야 한다고 생각했다. 이 자리에 모인 사람들의 공통관심사는 한 가지다. 그 방면의 지식이라면 자신이 가장 뒤질지 모르지만, 그 부족한 지식이 공통분모를 엮어내는 역할을 할 수도 있다. 한지수는 모르면 모르는 대로 알면 아는 대로 부딪히는 것도 한 가지 방법이라는 생각으로 작가에게 말을 걸었다.

"청장님한테 이야기는 많이 들었습니다.

작가님은 역사소설도 왜곡된 역사를 바로잡자는 얘기를 주로 쓰신다구요. 지금은 만주라고 불리는 땅과 연해주라고 불리는 북방 영토는 물론 대마도도 우리 땅이다. 잃어버린 그 땅들을 찾아야 한다는 것을 소설 속에서 주장하신다면서요?

힘들지 않으세요?"

"힘든 것은 별로 못 느낍니다. 당연한 말을 당연하게 써 내려가고 있으니까요."

"당연한 것을 당연하게 써내려가서 힘이 들지 않다고 하시는데 우리들은 왜 그 당연한 것을 당연하게 받아들이지 못하는 건지 아쉽네요.

나야 청장님 덕분에 눈을 뜨게 되어 이미 당연한 것으로 받아들이기에 이 자리에 나왔지만, 대부분의 우리들은 오히려 생소하게 듣거나 아니면 엉뚱한 주장을 한다고 생각하잖아요."

"아마도 많은 분들이 고조선 역사를 들어는 봤지만 그 영역이나 영토에 대한 의식이 별로 없어서 그럴 겁니다. 아니면 막연한 의식은 있을지라도 그것에 대한 구체적인 지식을 접할 기회가 없어서 모르는 분들도 있을 거구요.

그래도 그런 분들은 나은 편입니다. 문제는 많은 분들이 고조선 역사조차 모르고 단군이 그저 신화 속에 나오는 전설 같은 할아버지 정도로 생각한다는 겁니다."

"사실 저도 며칠 전에야 지금 우리가 이야기하는 '환단고기'라는 책을 겨우 다 읽었습니다. 보통 책처럼 술술 넘어가지 않아서 두 번을 읽었더니 겨우 그 의미를 조금 알겠더라고요. 우리들이 배운 역사 지식하고는 너무 거리가 있어서 그런지는 모르지만 아무튼 어렵게 읽었어요.

비록 재수를 해서 '환단고기' 책거리를 했을지언정 그거 읽으니까 정말 내가 이런 민족의 후예라는 자부심이 가슴에서 확 일어나데요. 그런데 책을 읽으면서 가슴에 일어나는 자부심만큼이나 궁금하고 이해하기 힘든 것들이 늘어나더군요.

아무래도 작가님이 그쪽은 전문가실 테니 만난 김에 궁금했던 것 중 하나만 먼저 물어봅시다.

  그 뭐냐? 그 책에 의하면 치우천왕도 우리 자손이니 중국의 역사도 우리 것이라는 이야기가 되는 것 아닌가 싶은데?"

  "중국이 치우천왕을 자신들의 시조로 생각하고 있으니 관점에 따라서는 그렇게도 볼 수 있겠지요.

  '태백일사' 신시본기에 '대변경'을 근거로 해서 쓴 부분에 의하면 치우천왕은 엄연히 환웅천황께서 다스리시던 신시배달국에 예속된 제후국의 왕으로서 중국 본토를 정복한 정복자가 확실하니까요.

  정복 전쟁을 수없이 치르면서도 한 번도 지지 않고 갑옷과 투구를 만드는가 하면 신무기를 개발하여 중국 본토를 점령해나가는 모습이 가히 전투의 신이라고 해도 과언이 아닐 만큼 용맹한 분이셨지요. 지금도 중국인들이 붉은 색을 좋아하고 명절이나 잔치 때에는 붉은 깃발을 내거는 것이 치우천왕을 제사지낼 때 붉은 깃발 모양의 기운이 뻗은 데서 유래한 것이라고 하지 않습니까?

  '한서' 지리지에 의하면 그분의 능이 산동성에 있다고 되어 있는 것만 보아도 확실하게 중국을 정복하고 그곳을 다스리면서 우리 민족의 기상을 중국에 심은 것은 맞습니다. 더더욱 훗날 역사시대에 중국을 지배해 온 한족은 원래 남방 민족이다 보니 충분히 근거가 있는 이야기입니다. 그분이 우리와 같은 민족이니 굳이 관점을 맞추자면 그렇게 볼 수도 있을 겁니다.

  그렇다고 중국 역사 자체를 우리 역사로 보는 것은 무리라는 게 제 의견입니다.

  어느 민족이 어느 곳을 지배했었느냐 아니냐가 중요한 것이 아니라는 거죠. 그 민족이 그곳에 뿌리를 내리고 정착하면서 문화를 이루고 다스려온 것이냐, 아니면 일시적인 영토 확장의 목적이나 상호간의 대립으로 인한 전쟁의 산물로 지배하게 된 것이냐의 차이를 생각해야 할 겁니다.

그런 구분도 없이 자칫 서로의 고리를 잘못 연결하다 보면 전세계의 영토를 놓고 서로가 자기네 영토라고 우겨대는 자충수에 빠질 수 있거든요. 그렇게 되면 그 영토의 역사가 자기네 것이라고 우기게 되고요.

이해하기 쉽게 시야를 좁혀서 우리나라 역사를 예로 들어보죠. 실제로 우리나라 역사를 보면, 특히 삼국시대의 한강 유역을 서로 뺏고 빼앗기던 시절을 보면 알 수 있을 겁니다.

한강 유역의 백성들은 자신이 고구려 사람이 되든, 신라나 백제 사람이 되든 크게 집착하지 않았을 거라는 생각입니다. 당장 평화롭게 먹고 살 수 있으면 되지 어느 나라 소속이냐는 크게 중요하지 않았다는 거죠. 마을 수장이나 지도자들이 신라·백제·고구려 어느 편을 들고 지배를 당하느냐에 따라서 국적이 바뀌었을 뿐이라는 겁니다. 백성들에게 국적이 바뀐다고 달라지는 것은 없거든요. 언어나 의복이나 기타 어떤 것들도 자신들이 사용하던 그대로 사용하며, 살던 대로 사는 겁니다.

물론 우리나라 삼국은 언어와 인종이 같다는 공통점이 있어서 예로 들기에는 다소 좁은 감이 있지만 범위를 더 넓힌다 해도 마찬가지 개념이라는 겁니다.

굳이 말을 덧붙이자면 지배하고 다스리는 자가 누구인가보다는 그곳에 근간을 이루고 문화를 일구면서 살아온 나라의 기본인 백성들이 누구인가가 더 중요하다는 거죠.

부장님께서 말씀하신 그 시대까지 거슬러 올라가서, 유물이나 기타 확실한 근거 없이, 우리 역사 우리 영토 운운하는 것은 무리가 있다는 것이 제 생각입니다.

예를 들어서 고조선이 뿌리를 내렸던 지금의 요하유역 같으면 그거야 확실하게 우리 민족이 살고 우리민족이 지배하던 땅이며 우리 영토라고 확증할 만한 유물들이 출토되니까 우리가 권리를 주장할 수 있는 겁니다. 그곳에서 발굴되는 유물들이 중국 본토에서 출토되는 유물들과는 확연하게 구분되고, 지금은 만주나 연해주라고 불리는, 우리 선조들이 지배하던 구려벌이나 한반도 안으로 들어오면 확실하게 일치하는 유물들이 발굴되니까요.

그 지역에 뿌리를 내린 민족과 문화가 과연 어느 역사와 부합되는 것인가가 중요하지 지배자가 누구인가는 그렇게 중요한 것이 못된다고 생각합니다. 그런 논리는 결코 인류평화에 도움도 주지 못할 것이고요.

굳이 먼 옛날로 가기보다는 우리들이 쉽게 아는 사실들을 실례로 들자면 몽골민족이 원나라시대에 지배했던 그 광활한 영토와 2차 대전 시기에 독일이 지배한 영토를 생각해보면 그 대답이 나오지요. 잠시 지배했던 땅을 자신들의 땅이라고 우겨낸다면 인류는 영토분쟁으로 평화로운 날을 단 하루도 가질 수 없을 겁니다.

그 가장 좋은 예가 바로 일본 아닙니까? 자신들이 잠시 지배했던 땅들을 마치 모두 자신들의 땅인 양 우기고 나오니까 일본이라는 나라는 끊임없이 영토 분쟁에 휩싸이는 겁니다.

반복되는 이야기지만, 역사와 영토를 이야기하는데 무엇보다 중요한 것은 그 땅을 지배했던 민족의 뿌리인 백성들과 그 영토의 근간을 이루고 있는 문화가 어느 민족문화의 산물이냐를 먼저 생각해야 한다는 겁니다.

그런 의미에서라도 '환단고기'에 실려 있는 '단군세기'·'태백일사' 등을 기술하는데 기조가 되었던 '조대기'나 '진역유기' 등은 물론 이미 치우천왕을 이야기할 때 실례로 들었던 '대변경' 같은 역사서들을 하루 빨리 찾아야 한다는 겁니다.

물론 이미 오래 전부터 그 책들이 일본왕실 지하비밀서고에 있다는 것을 알기는 했지만, 태 박사님과 박 경정님의 노력으로 확실하게 그 존재를 인식하고도 찾아오지 못하니 더 답답한 거죠. 그 책들을 찾아올 수만 있다면 우리 역사시대는 고조선은 물론 신시배달국과 그 이전의 환국까지 연결하는 것은 쉬운 일이거든요.

그렇게만 된다면 선사시대를 가지고 역사라고 우겨대며 지금에 와서 억지로 끼워 맞추기를 하고 있는 중국의 단대공정이나 탐원공정에 쐐기를 박아 동북공정의 야욕을 일거에 깨트려줄 수 있는데 아쉽기만 합니다."

작가는 정말 속이 타는지 술잔을 들어서 단숨에 털어 넣었다.

작가 역시 애타는 모습을 보이자 한지수는 이야기가 다시 분위기를 가라앉히는 쪽으로 가려는 것을 막기라도 하겠다는 듯이 목소리를 조금 높이고 하대까지 섞어가면서 다시 말을 이었다. 분위기를 빨리 파악하고 대처하는 그만의 장점이다.

"솔직히 나도 '환단고기'를 읽기 전까지 단군은 그저 한 명인 줄 알았어요. 그런데 그게 아니더라고.

1대 단군 왕검부터 47대 단군 고열가까지 무려 마흔일곱 분이나 되시면서 그 재위 기간도 다양하더라고. 그런데 우리는 단군이 한 분이고, 환웅천황의 아들이었던 것으로 배웠던 것 같아서 처음에 헷갈리는 거야. 그런데 읽다 보니 단군이라는 뜻이 지금의 대통령이나 수상처럼 국가 최고 권력자를 호칭하는 거지 사람 이름이 아니더라는 거지.

솔직히 단군이 한 분이라면 어떻게 고조선이라는 나라가 무려

2000년 이상을 버텼겠나 싶었는데 그게 아니라는 것을 알고 나니까 이제 이해가 되는 거야.

환웅 역시 사람의 이름이 아니라 천황을 부르는 호칭으로 1대 거발한부터 18대 거불단까지 이어지는 거고.

문제는 내가 인터넷검색을 해보니까, 아직도 우리나라 백과사전에는 단군을 신화적인 존재로 해석하거나 아니면 환인의 손자이자 환웅의 아들로 소개를 하고 있다는 거야. 마치 환인도 한 분, 환웅도 한 분, 단군도 한 분이라고 오해하기 딱 좋게 써놓았더라고.

게다가 모 백과사전에는 단군은 여러분이라는 말을 써 놓은 것까지는 좋은데 단군이 1,000년을 다스리고, 기자가 1,000년을 다스렸다나 어쨌다나 해 가면서 신화적인 인물이라고 단군을 소개하는 거야. 마늘을 먹은 웅녀가 어쩌고 하는 신화 같은 이야기만 부각시키고. 거기다가 한 술 더 떠서 단군사상이 고려 말 여몽항쟁이나 일제강점기에 민족정신을 집결시키기 위해 만들어낸 하나의 방법이자 수단인 것처럼 소개하기도 하고.

정말 어떤 것을 어떻게 먼저 손봐야 할지 모를 정도로 온통 정통성을 부정하는 글들이 대부분이더라고. 이게 왜 이렇게 된 거지? 거기다가 나는 힘들여 읽은 '환단고기'는 완전히 역사를 왜곡한 위서로 취급을 받고 있지를 않나.

나라가 바로 서려면 역사가 바로 서야 하는데, 역사를 바로 세우기 위해서는 백과사전 먼저 바로 써야 하는 거 아닌가?"

한지수는 안타까운 심정을 그대로 드러내고 있었다.

분명히 무언가 잘못된 역사를 기술하고 있기에 바로잡아야 할 텐데 노력을 해도 아무런 성과도 얻지 못하는 현실이 그에게 더 아팠을 것이다.

"한 부장님 말씀 백 번 이해합니다. 저 역시 알면서도 바로잡을 힘이 없는 스스로를 보고 있자면 한심하기조차 해요."

"작가 선생이 스스로를 한심하다고 하면 안 되지요. 하실 만큼 노력하고 있잖습니까?

글로 써서 우리들을 일깨워 역사를 바로 세우는데 동참시키고 있으니까 그러면 된 거지요.

어쨌든 한 가지 더 물어봅시다.

내가 읽어보니까 단군은 그래도 재위기간이 현실성이 있어요. 물론 1대 왕검께서 93년이나 재위했다는 것은 좀 무리가 있다고 생각했지만 시조니까 태어난 날부터 재위로 잡았을 수도 있다고 나름대로 해석했죠. 또 원래 고대사다 보니 우리가 모르는 무엇이 있을 수도 있고.

비슷한 맥락으로 환웅 재위연수까지도 그럭저럭 이해가 되는데 환인 재위연수는 이해가 좀 힘든 것 같거든. 7분이 3,301년을 다스렸다니 너무 이상하다는 거죠. 또 환국본기에 환인이 다스린 나라를 소개해 놓은 것을 보면 통틀어 환국이요 갈라서 말하자면 무려 12국인데 수밀이국까지 너무 광범위한 것이 글자 그대로 믿기가 좀 그렇더라고?

아까 작가 선생께서 말씀하신 그대로 자칫 전 세계가 한민족이 되어 우리가 모두를 다스렸던 것처럼 되겠더라고.

그런 건 어떻게 받아 들여야 좋을지 좀 그런데…? 물론 내 무식의 소치겠지만."

"무슨 말씀을 그렇게 하세요. 무식의 소치라니 공연히 제가 대답하기만 어렵겠네요.

무식한 것이 못 배우거나 모르는 걸 지칭하는 말은 절대 아니라면서요. 정말 무식한 것은 자신이 모르는 것을 누가 알려줘도 들으려 하지 않고 알려하지 않는 것과 자신이 잘못 알고 있는 것을 바르게 고쳐주어도 받아들이지 않고 끝끝내 자신의 잘못된 것이 맞는 거라고 우기는 거라면서요. 마치 식민사관에 젖어 잘못 배운 역사를 강단에서 잘못 가르치면서도, 저같이 전공도 안 한 사람들이 새로운 학설을 제기하면, 전공도 안 하고 박사학위도 없는 사람이 뭘 안다고 떠들어대느냐고 일언지하에 무시해 버리는 사람들처럼 자기가 가장 잘나고 자기 학설만이 맞는다고 우기는 사람이 정말 무식한 거라는데요?

제가 보기에 부장님은 절대 무식의 소치가 아니라 현명하게 판단하신 것 같은데요?

실제 '환단고기' 중에서 '태백일사' 환국본기 제2를 보면 부장님처럼 글자 그대로 받아들이기 어려운 부분이 눈에 들어오죠. 솔직하게 말하자면 환국본기뿐만 아니라 삼신오제본기는 더 황당무계하죠. 천지창조부터 시작해서 환인이 나타나는 모습까지 어떻게 보면 꼭 무슨 종교서적 같은 느낌이 들 겁니다. 그런 의식을 빼고 그저 한 권의 역사책으로 보십시오.

얼마나 장엄합니까?

어느 나라든지 간에 각 나라에는 고유의 건국신화가 있습니다. 그 건국신화는 인간끼리 무얼 만드는 것이 아니라 반드시 절대자인 신하고 연결됩니다. 대개가 우리 손에 닿지 않는 먼 곳에서 우리를 보호해준다고 믿는, 하늘이나 태양같이 절대적인 신이죠. 어느 민족이든지 자신들의 첫 조상이야말로 절대자가 낙점해서 보내주신 힘 있는 사람이기를 열망한 겁니다. 그리고 그 절대자를 낙점해서 보내주신 신을 중심으로 모이다 보니 절대군주를 따르게 되는 거구요.

그 신을 받드는 의식을 행하기 시작하면서 인간들은 집단을 이루고 모이기 시작하죠. 그것이 바로 고대국가를 이루는 바탕이 되는 공동체의 시작이라고 해도 과언이 아닐 겁니다. 그렇게 시작된 작은 공동체는 이웃과의 전쟁이나 결혼을 통해서 영역을 넓히고 그 영역을 넓히는 과정에서 서로의 문화가 교류되고 그러면서 점점 더 넓은 세상으로 나가는 겁니다.

세상이 점점 더 넓어지다 보니 무언가 규율이 있어야 되고, 그래서 법과 질서가 생기죠. 법과 질서를 집행하다 보니 자연히 계급이 생기면서 지배계급과 피지배계급으로 나뉘게 되셨죠. 이런 모습들이 보편적으로 마을에서 국가로 성장해나가는 고대국가들의 모습 아니겠습니까?

각 나라의 건국신화는 인류 모두가 가지고 있는 공통점으로, 건국신화는 건국신화 그 자체로 끝나는 겁니다.

역사책에 건국신화가 일부 기록된 책이라고 해서 역사서냐 아니냐를 논한다면 웃기는 거죠. 그건 맥주병에 담긴 맥주에 소주를 일부 탔다고 이게 맥주냐 소주냐를 가지고 왈가불가하는 것과 하나도 다를 것 없이 무의미한 겁니다.

마찬가지로 고대종교가 건국신화를 이용했고, 그것이 자기 나라의 역사 속으로 스며든 민족사상이 되었다고 해서, 현대에까지 명맥을 이어오는 종교라고 주장하며 건국신화를 종교화시키는 것도 바람직하지는 못한 일이라고 생각합니다. 종교의 자유가 엄연히 존재하는데 누가 뭐랄 수는 없겠지만, 이미 역사 속으로 스며들어 민족사상이 된 것이라면 종교 이전에 민족사상으로 잘 받드는 것이 오히려 더 가치 있는 일이라는 생각입니다.

간혹 우리나라의 시조께서 하늘에서 내려오신 하느님의 아들이셨으니 우리야말로 하느님의 적손으로 선택받은 민족이라는 주장을 펴는 분들을 봅니다. 그런 종교도 있고요.

저는 그런 주장을 들을 때 아주 위험한 발상이라고 생각합니다.

우리 현실을 들여다보면 잘 알지 않습니까?

유대인들이 자신들이야말로 하느님의 선택을 받은 선민이라는 사상을 가지고 이방인들을 배척하면서 몇천 년을 버텼지만 결국 지금도 끊임없는 전쟁의 소용돌이 속에 중심으로 자리 잡고 있지 않습니까?

선민사상 그 자체가 나쁘다고 말할 수는 없습니다. 누구든지 선택받은 민족이 된다는 데 싫다고 할 사람은 없겠지요. 어느 민족이든지 자신들이야말로 선택받은 민족이라고 생각하고 살면 행복하다는데 그걸 막을 수야 있겠습니까?

문제는 내가 선택받았으면 남도 선택받았다는 것을 인정해줘야 하는데 나만 선택받았다고 우기다 보니 인류가 지금처럼 서로의 가슴에 총부리를 겨눈다는 겁니다. 만일 서로를 존중해주고 서로의 역사와 문화를 인정해준다면 지금처럼 서로 총부리를 겨누지는 않죠.

선조들이 결집하고 국가를 형성하는 과정에서 자기 민족의 위대함과 신으로부터 보호받고 있다는 것을 자랑하기 위해서 만들어낸 건국신화를, 훗날 건국신화라는 것을 빤히 알면서도 일부 몰지각한 지도자들이 자신의 세를 떨치는 수단으로 사용하려다 보니 일이 묘하게 돌아가는 겁니다. 그리고 그 후손은 그걸 빤히 알면서도 자신의 전대에서 했던 것을 그대로 답습하는 거지요.

환국에 관한 이야기들은 그 시대에 쓰였다고 보기는 힘든 역사 아닙니까? 엄밀히 말하면 구전되어 오는 것을 훗날 정리했다고 보는 것이 옳지요. 그러다 보니 더 그랬을 겁니다.

조상들은 위대하고 절대적인 신의 보호를 받으면서 살았던 하늘나라 같은 분들이었다는 바람까지 섞여서 쓰였을 것이라는 게 제 의견입니다."

"작가 선생 말씀을 들으니 그런 것 같네요. 하지만 그런 것 때문에 '환단고기'를 역사서로 인정하지 않는 것 아닌가요?"

"글쎄요? 만일 정말로 그런 부분 때문에 '환단고기'를 역사서로 인정하지 않는다면 그건 역사와 신화도 구분 못하는 아주 바보들이 할 행동이겠지요.

장항아리에 구더기가 좀 있다고 장독이 아니라 벌레 키우는 곳이라고 한다면 얼마나 우습겠습니까? 왜 우리 속담에도 '구더기 무서워 장 못 담느냐?'는 말이 있지 않습니까?

그런 정도는 어느 나라 어느 건국신화에도 있는 이야기니까 그러려니 하고 넘어가야 맞는 거죠.

다만 '환단고기'를 역사서로 인정하지 않는 학자들이 주장하는 것 중에서, 한 가지는 그래도 납득이 갈 만한 것도 있기는 있습니다. 물론 평계에 지나지 않는 구실이지만요.

'환단고기'가 1911년 계연수 선생께서 필사하고 1979년 이유립 선생에 의해 세상에 알려진 책이라는 점이죠. 그들이 그 점을 들면서 '환단고기'를 인정하지 않는 가장 큰 이유가 계연수 선생께서 필사하셨다는 그 책이 지금은 존재하지 않는다는 겁니다.

계연수 선생께서 필사하신 책이 어디에 있는지 당연히 짐작이 가지 않습니까? 지금 우리가 아파하는 게 바로 그거 아닙니까?

우리 역사서들을 꼭꼭 숨겨놓은 일본왕실 지하비밀서고에 있겠지요. 그때야말로 일제가 우리 역사를 축소하기 위해서 역사서들, 특히 고조선과 고구려, 대진국에 관한 역사서들을 모조리 거둬들이고 있을 때입니다. 그래서 계연수 선생께서 부랴부랴 '단군세기'·'태백일사' 등을 모아 '환단고기'를 엮으신 겁니다. 당연히 '환단고기'는 1순위로 거둬들였겠지요. 역사를 전공한 분들이 그걸 모를 리가 있겠습니까?

그들이 '환단고기'의 원본이 존재하지 않는다는 이유를 들어서 역사서로 인정하지 않는다는 것은 하나의 평계일 뿐입니다.

우리가 알다시피 성경도 원본이 전하지 않지요. 그렇다고 성경이 위서라고 하는 사람은 아무도 없습니다. 또 공자님의 말씀을 적은 '논어' 역시 공자님이 쓴 것이 아니라 그 제자들에 의해 기술된 것이라는 것은 누구든지 아는 사실입니다. 그렇다고 논어가 공자님의 말씀이 아니라고 하는 사람 있습니까?

저는 '환단고기'의 위서 시비 논란의 근본적 원인은 다른 곳에 있다고 생각합니다.

'환단고기'를 역사서로 인정하는 날 기존 사학의 상당 부분이 무너져 내리게 되죠. 그리 되면 현재 사학자라는 분들의 상당수가 명예와 자리를 한꺼번에 잃을 수도 있어서라는 표현이 지나친 표현인가요?"

"그 말씀을 듣고 나니 그럴 거라는 생각도 드네요. 그거 보면 참 의식 없는 학자들 많아요. 자기가 잘못 알았던 거라면 기꺼이 잘못 알았던 것을 인정하고 새로 연구하는 자세를 가지면 얼마나 좋을까만 그게 쉽지를 않은가 봐요. 그런 점에서도 우리는 정말 선조들에게 배울 것이 많아요.

제가 책을 읽다 보니 '단군세기'를 쓰신 이암 선생님과 '태백일사'를 쓰신 이맥 선생님 사이가 고조부와 고손자라면 그건 대를 이어서 연구를 한 것이잖아요. 이암 선생님은 고려 말 학자시고 이맥 선생님은 중종 때 학자시니 두 분이 가문에서 맥을 이어 연구하시기가 쉽지 않았을 텐데 선비정신이 참 대단하셨다는 생각입니다.

더더욱 두 분의 중간에 조선 세조 때 고조선 역사와 관계된 책들을 한 번 거둬들였던 것으로 알고 있는데 왕명을 거역하면서까지 신념을 지키신 분들 아닙니까? 그렇게 선비정신이 투철하신 분들이 거짓이야기를 꾸며내지는 않았을 것이고, 그 책들에서 언급된 '조대기'나 '진역유기' 등의 책들은 비록 현물을 손에 넣지는 못했지만 이미 존재한다는 것이 확실히 증명되었고….”

한지수는 자신이 처음 의도했던 것처럼 분위기를 바꾸는 것이 아니라 오히려 자신이 더 아쉬워하고 있었다. 그러자 그런 한지수의 기분을 알아차렸는지 작가가 달래듯이 말을 받았다.

“사실은 그런 책들을 찾고 안 찾고는 그렇게 중요한 문제가 아니라고 봅니다. 엄연히 선조들께서 기술해놓으신 역사서들을 자신들의 이해관계에 얽매여 인정하지 않는 우리들의 마음 자세가 더 문제지요.”

“그거야 그렇지만 그럴수록 증거가 있으면 꼭 잡아 버릴 수 있는 거 아닙니까? 이번이 아주 절호의 기회라고 생각했는데 그게 안 되니 안타깝기만 하네요.”

한지수는 정말 안타까워서 견딜 수 없어 입술이 마르는지 손으로 입술을 문지르며 아쉬움을 역력히 드러냈다.

17. 고구려(高句麗)가 지배했던
우리 땅 구려(句麗)벌

한지수마저 아쉬움을 달래려는 듯이 말이 없자 좌중이 조용해졌다. 순간 한지수는 자신이 지금 이 분위기를 바꾸려던 생각이 나서 다시 입을 열었다.

"참, 조금 전에 이야기하던 중에 구려벌이라는 말이 나오던데 그건 무슨 말입니까?"

"아 그거요?

사실 제가 글을 쓰면서 여러 가지가 아쉽지만 그중에 정말 아쉬운 것들 중 하나가 바로 용어정리예요.

요즈음에는 우리나라에서도 저와 같은 주장을 하는 사람들이 꽤 많은데 그 사람들을 하나로 모을 구심점이 없다는 것이 문제지요. 정부가 나서지도 않고 그렇다고 어느 대기업이 나서서 연구소를 차려서 운영하는 것도 아니고, 각자 자신들의 사비로 연구를 하고 발표도 하다 보니 자신들 마음대로 쓰고 싶은 용어를 쓸 수밖에 없습니다.

실례로 가장 큰 문제라면 지금은 중국과 러시아가 무단으로 점유하고 있는 땅에 대한 호칭입니다. 지금은 만주라고 불리고 연해주라고 불리지만 그건 아니거든요. 아시다시피 만주라는 지명은 여진족이 만주족으로 개칭을 하면서 자신들이 살고 있는 지방이라는 의미로 부르기 시작해서 결국은 1932년 일본이 만주국이라는 명칭의 괴뢰정부를 세우고 1945년 멸망하면서 그렇게 불린 것이지 원래 지명은 아니거든요.

우리나라에서는 북방영토라고 부르기도 하는데 북방영토라고 하면 북쪽에 있는 모든 영토를 말하는 거잖아요. 그 역시 좀 그렇다 싶고. 간도라는 명칭을 사용해서 동간도·서간도·북간도로 구분해서 부르는 분들도 있어요. 물론 상당히 신빙성 있는 자료들을 인용해서 부르는 말이니 당연히 틀리는 것은 아닙니다만, 간도를 일일이 지칭하는 것도 만만한 일이 아니거든요. 또 연해주는 별도로 불러야 하고요.

저는 한동안 만주라 불리는 땅과 연해주를 합해서 요동이라는 말로 대신했습니다. 중국과 우리나라 국경이 되던 강인 지금의 난하를 국경을 의미하는 요수라 불렀고, 그 동쪽을 요동이라고 불렀던 기록을 인용한 것이지요. 그런데 요동이라고 하면 흔히 요하 유역에 있는 요동반도만 생각하게 된다는 말씀들을 많이 하시더라고요. 처음에는 별로 귀담아 듣지 않았는데 생각해보니 그럴 수도 있다는 생각이 들었습니다.

만주와 연해주라는 말이 귀에 익은 우리들인데 막상 요동이라고 한다면, 국경을 지칭하는 강을 요수라 하고, 그 동쪽을 일컫는 말이라고 생각할 분이 얼마나 될까 하는 생각이 든거지요.

제가 남들을 무시해서가 아니라 솔직히 요수가 국경을 의미하는 강이라는 것을 아는 분들도 그리 많지 않을 뿐만 아니라 요동반도라는 지명이 있다 보니 자칫 요동이라고 하면 요동반도에서 머물 수 있다는 생각이 든 겁니다.

　그래서 고민하던 중에 생각해낸 것이 구려(句麗)벌이라는 겁니다. 고구려(高句麗)가 지배하던 땅이라는 의미지요. 물론 고구려가 지배하던 땅과 지금 우리들이 주장하는 영토가 반드시 일치하는 것은 아니지만 가장 근접하다는 생각입니다.

　일단 그렇게 정한 후에 인터넷을 통해 의견을 물었더니 많은 분들이 좋다고 하시더라고요. 특히 제 친구이기도 하면서 뜻을 같이하는 조병현 박사가 많은 용기를 주었지요.

　그 친구는「지적학의 접근방법에 의한 북방영토문제에 관한 연구」라는 논문으로 박사학위를 취득하고 교수생활을 하며 지적학 연구를 하는데, 저처럼 역사적인 측면이 아니라 과학적인 지적학적인 측면에서 구려벌을 연구한 거지요. 그 친구가 여러 가지로 불리는 지금의 용어들을 통일할 수 있는 좋은 단어라고 맞장구를 쳐주니까 기분이 좋더라고요. 힘도 나고. 사실 북방영토라고 하면 너무 막연하거든요.

　이야기가 나온 김에 하나 더 할까요? 그 친구가 연구한 논문에서 주장하는 영토가 제가 주장하는 것보다는 조금 작지만 비슷한데 박사학위 논문으로 통과가 됐다는 겁니다.

　게다가 자신의 논문에 간도관리사였던 의병장 이범윤 선생께서 간도 호적부와 지적부를 만드셨고, 그것이 있다는 사실을 명기했어요. 물론 실제 있었던 것이니까 인용을 한 거지요.

　그걸로 박사학위를 받았다는 것은 학계가 인정해준 것 아니겠습니까? 지적학에서는 인정되는 우리 영토가 역사와 현실에서는 인정 안 된다는 것이 얼마나 우습습니까?"

　작가의 구려벌이라는 이야기에 좌중의 분위기가 슬슬 바뀌기 시작했다.

박종일은 '구려벌'이라는 말에 마치 자기가 고구려의 장군이 되어 말을 타고 고구려 평야를 달리는 묘한 기분을 느끼며 이야기에 끼어들었다.

"어차피 정부가 나서야 될 일이겠네요."

"그렇겠죠? 정부가 나서지 않고서는 아마도 힘들 겁니다.

일본은 우리와 독도 문제를 다루면서 정부에서 민간 연구단체에도 엄청난 지원을 한다고 하더라고요. 하시만 아직 우리나라에서는 그런 소리 못 들어본 것 같아요. 우리나라에도 역사를 다루는 관급 단체들이 있다고는 하지만, 우리 역사 바로 세우기나 잃어버린 우리 영토수복을 위해서는 공연히 문제만 더 만들지 도움이 안 되는 것 같아요. 지난번에도 간도문제 교과서 삽입문제로 시끄러웠던 것 같던데요.

아시다시피 우리나라는 학벌과 문벌주의가 팽배하다 보니까 역사를 연구하는 일마저 끼리끼리 끼고 돌게 되고 그러다 보니 자연히 똑같은 시각으로 보는 그릇된 역사관이 반복되는 거죠. 굳이 식민사관 이야기를 들출 것도 없지만 한심해요. 좌우든 간에 정부가 뭐가 무서워서 나서지 않는지 모르지만 궁극적으로는 정부가 나서야 될 일이에요.

정부가 나서고 싶은 의지는 있지만 흔히 말하기 좋은 핑계대로 국제관계를 고려해서 전면에 나설 수 없다면 방법이 아주 없는 것도 아니기는 해요. 정말로 나서고자 하는 의지가 있느냐가 중요하죠."

"의지가 있다면요?"

"뜻이 있는 대기업을 선정해서 그 기업이 주도해서 만든 민간 연구단체로 운영하는 거죠. 중앙에 기구를 만들고 뜻을 갖고 연구하는 사람들의 의견을 수렴해서 용어 정리부터 해나가는 겁니다.

자꾸 모여서 서로 의견을 나누고 연구를 하다 보면 방법이 생기는 거죠."

"작가선생 이야기를 듣다 보니 언젠가는 그런 날이 반드시 올 것 같기는 한데, 만약 그렇게 해서 용어도 정리되고 구려벌의 영역도 설정이 됐다고 칩시다. 그래도 작가 선생 말마따나 우리나라가 힘이 없어서 찾지도 못하는 거 공연히 헛고생만 하는 거 아닌가요?

당장 눈앞에 확실한 증거가 있는데도 불구하고 책 몇 권도 찾아오지 못하는데 말이요."

이번에는 한지수가 지금 자신들이 당하고 있는 어려움보다 더 어려운 일을 어찌 할 수 있겠냐는 듯이 물었다. 이번 일에 얼마나 크게 실망하고 있는지를 자신도 모르게 드러내고 있었다.

"아닙니다. 그건 절대 그렇지 않습니다.

제가 이런 질문을 받을 때마다 하는 대답인데 그나마 정리도 해놓지 않으면 우리가 영영 잃게 되는 것이 바로 구려벌과 대마도입니다.

아까도 말씀드렸다시피 영토라는 것의 정의가 과연 무엇이겠습니까? 잠깐 정복을 하고 머물다 간 것을 의미하는 것은 절대 아니죠. 그 땅에 근본적으로 뿌리를 내리고 사는 백성들이 어떤 문화와 어떤 언어를 사용하고 그들의 역사가 어느 나라의 정통성에 부합되는가 하는 것이 중요한 것 아니겠습니까? 그런 의미에서 볼 때 우리가 수복하고자 하는 두 곳은 모두 우리 영토에 해당한다는 겁니다.

이미 말씀드린 대로 구려벌이 우리 영토라는 사실을 알면서도 지금 우리대에서 정리를 안 하고 지나가보십시오. 우리 후대에서는 당연히 그러려니 하고 아예 잊고 살 겁니다. 그렇다고 잃어버린 우리 영토에 살고 있는 우리 백성들이 자신들을 지배한 나라의 백성이 될 수 있겠습니까?

처음에는 어울리는 듯이 살지 몰라도 언젠가는 반드시 뿌리를 찾게 될 겁니다. 결국 중국이 서남공정이라는 미명 아래 무력으로 강제 지배한 티베트나, 서북공정이라는 이름을 내세워 총칼로 밀고 들어가 사정없이 죽이며 정복한 위구르처럼 독립을 추구하면서 수많은 사람들이 죽어나가고 말 것입니다.

중국이 구려벌에 살고 있는 우리 조선족들의 이주정책을 펴서 그들로 하여금 도시로 나가게 하는 이유가 무엇이겠습니까? 이미 티베트나 위구르에서 각자 독립을 추구하는 것을 경험한 중국이 우리 조선족들의 결집을 막자는 것 아니겠습니까? 응집되어 문화와 역사를 계승하자는 것을 철저하게 막자는 것이지요."

"그래요? 하지만 우리 땅들이 중국으로 넘어간 지가 꽤 오랜 시간이 지난 것 아닌가요? 대마도야 일본 놈들이 강제로 점령한 지가 그리 오래되지 않은 걸로 알고 있지만."

"오히려 일본이 대마도를 강제 점령한 뒤에 구려벌이 넘어간 거지요."

"그렇다면 우리 땅이 확실한 구려벌이 왜, 언제 중국으로 넘어간 거라는 말이요? 그때 우리 조상님들은 도대체 무얼 하셨기에 그 너른 땅을 '여기 있소' 하고 바쳤냐고?"

작가가 대마도가 넘어간 후에 구려벌이 넘어간 것이라고 하자 한지수는 눈이 휘둥그레지면서 정말 놀라서 물었다.

"'여기 있소' 하고 바친 것이 아니라 힘이 없어서 빼앗긴 겁니다. 그것도 아주 억울하게.

우리가 준 것도 아니고 왜놈들이 자기들 마음대로 중국에 넘긴 것이 소위 만주라고 불리는 땅이고, 중국 놈들이 러시아에 넘긴

게 연해주라고 불리는 땅이지요.

　정작 주인은 아무 말도 아무 짓도 하지 않고 있는데 주인이 병석에 누운 사이에 머슴 놈들끼리 주인 몰래 주인 땅덩어리를 가지고 장난을 친 겁니다."

　"아니 그럼 찾아야 할 것 아니오. 우리가 직접 준 것도 아닌데 왜 못 찾는다는 말입니까?"

　"물론 여러 가지 이유가 있습니다만 그 중에서 가장 큰 이유는 광복 당시 우리 영토를 수령할 우리 정부가 없었다는 겁니다. 영토를 바로 찾을 주체가 없었던 겁니다.

　광복 당시 상해 임시정부가 있었지만 국제적으로 우리 공식정부로는 인정을 받지 못했죠. 광복은 되었다지만 남북으로 갈렸습니다. 남쪽에는 미군이 주둔을 하고 북쪽에는 소련이 주둔을 했죠. 남과 북에 주둔한 미국과 소련은 자기들 잇속 채우기 바빴지 우리 영토를 제대로 찾아줄 생각은 하지도 않았어요. 그냥 당장 눈에 보이는 대로 처리한 거죠.

　일본으로부터 광복된 우리나라의 영토문제는 사실 카이로선언과 포츠담선언에 의해 이뤄졌다고 해도 과언이 아닙니다. 그런데 이 선언에 참여한 나라에는 중국과 러시아도 있어요. 이해 당사국들이죠. 그들이 거저로 얻은 땅을 우리에게 내놓을 리가 있겠습니까?

　이승만 초대 대통령께서 취임 3일 만인 1948년 8월 18일 일본에게 대마도를 반환하라고 공식적인 요청을 한 것은 다 아는 사실이지요. 광복 당시에는 우리 땅을 제대로 찾을 주체가 없어서 땅을 찾지 못하고 광복으로부터 3년이 지나서야 겨우 정부수립과 함께 땅을 찾기 시작한 겁니다.

　광복은 되었다지만 구려벌과 대마도를 찾지 못한 1945년의 광복은 미완성된 광복이었던 겁니다."

"아니 도대체 그 땅이 언제 넘어갔기에 광복이 되어도 제대로 못 찾았다는 말이오?"

"일일이 설명하려면 너무 길고요. 간단하게 설명하자면 구려벌 중의 일부인 연해주는 2차 아편전쟁에서 진 청나라가 러시아와 맺은 1860년의 북경조약 때 러시아에 넘겼습니다.

우리가 흔히 만주라고 부르기도 하는 간도, 즉 구려벌 중의 일부는 1909년 일본과 청나라의 만주협약에 의해 넘어갔다고 보면 됩니다. 그때는 우리나라 외교권을 일본이 강탈해 가지고 있던 때지요. 이 협약으로 인해 일본이 우리 땅 간도를 청나라에 넘겨주는 대신 일본은 만주철도 부설권 등의 이권을 챙긴 겁니다. 겉으로는 일본이 우리 땅을 넘겨주면서 이권을 얻은 거지만 사실은 대륙 침략의 발판을 만든 거지요.

어쨌든 중요한 한 가지는 우리나라가 힘이 없어서 나라 구실을 못할 때 제 놈들끼리 우리 땅을 나눠먹은 겁니다. 주인이 몸이 아파서 사경을 헤매고 있는데 머슴 놈들끼리 주인의 땅을 주고받으면서 이권을 챙긴 겁니다.

이렇게 허무하게 잃어버린 우리 영토문제가 거기서 끝나는 것이 아닙니다. 정말 문제는 넘어간 것보다 찾을 수 있었는데도 찾지 못했다는 것에 있습니다.

1952년 중국과 일본이 맺은 중일평화조약에 의하면 '중국과 일본은 1941년 12월 이전에 체결한 모든 조약을 무효화한다.'고 되어 있습니다. 우리 영토가 오고간 만주협약 역시 무효라는 겁니다. 그런데도 우리는 그 영토를 찾지 못하고 있으니 얼마나 안타까운 일입니까?"

"정말 듣고 보니 기도 안 막히는군. 어떻게 그런 일이 있을 수 있다는 말인가?

이건 완전히 사기 아니야?

개인이 개인을 상대로도 땅 사기는 치기 힘든 일인데 나라가 나라를 상대로 그런 사기를 치다니 어떻게 그런 일이?

그렇게 큰 사기를 치는 놈들이니 남의 나라 역사서를 지하에 가둬두고도 눈 하나 깜짝 안 하고 역사를 왜곡하고 지랄들이지.

나라의 국록을 먹고 사는 경찰공무원으로 할 말은 아니지만 도대체 우리나라는 무얼 하고 있는 건가?”

작가의 이야기를 듣던 한지수는 몸을 떨어가면서 흥분을 가라앉히지 못했다.

“그래서 잃어버린 그 역사서를 빨리 찾아야 한다는 겁니다.”

한지수가 흥분을 가라앉히지 못하자 이제껏 말없이 듣고만 있던 태영광이 한 마디 던지며, 자세를 고쳐 앉더니 말을 이어갔다.

“작가님 덕분에 저도 오늘 새로운 것을 많이 알았습니다.

그 말씀을 듣고 나니 하루라도 빨리 잃어버린 역사서들을 찾아서 우리 역사를 바로 세우고 잃어버린 영토를 찾아야 한다는 생각이 거듭 듭니다.”

“태 박사님 말씀대로 그렇게만 된다면 얼마나 좋겠습니까? 그게 쉽지를 않으니 문제지요.

그렇게 어려운 일을 할 수 있다면 좋지만 그보다 더 손쉽게 할 수 있는 것들을 놓치고 있는 게 제가 보기에는 더 안타깝습니다.”

“더 쉬운 거라니 그건 뭡니까?”

이번에는 박종일이 끼어들었다. 좌중은 다시 작가의 말에 힘을 받아 분위기가 살아나고 있었다.

“우선은 손쉽게 할 수 있는 일부터 해야 한다는 겁니다. 그러기 위해서는 우리 자신을 스스로 솔직하게 봐야 되고요.

아까도 말씀드렸지만 지금 우리 국력으로는 설령 역사가 정리

된다고 해도 잃어버린 영토를 찾기 쉽지 않습니다. 우선은 정리를 해서 우리 것이라는 것을 명백히 해놓아야 하는 거지요.

지난 8월 10일 대통령께서 독도를 방문하자 일본은 물론 우리 나라 언론에서도 이 문제를 크게 다뤘습니다. 그럴 필요가 없는 겁니다.

대통령이 독도를 방문한 것은 엄밀히 말하자면 내 나라 땅을 내 나라 대통령이 방문한 겁니다. 더 쉽게 말하자면 대통령께서 해마다 북쪽 전방 초소를 방문해서 장병들을 격려하고 안보 상태를 점검하는데 그것과 다를 것이 하나도 없다는 겁니다. 휴전선이 북쪽 전방이라면 독도는 동쪽 전방이거든요. 대통령께서 동쪽 최전방의 방위태세를 점검한 수준 이상 아무것도 아니라는 겁니다. 차라리 그럴 시간이 있으면 일본이 뭐라고 하든지 간에 우리는 대마도 문제를 다뤄야지요.

지난 6월 1일자 신문에 보면 황백현 박사님께서 '대마종씨는 원래 한국의 송씨'라고 적혀 있는 '동래부지'라는 기록을 찾아냈습니다. 그뿐만이 아니라 대마종씨가 부산 화지산에서 자신들의 조상을 장사지냈다는 구전 기록이 있다는 사실도 밝혀냈습니다. 결국 대마도주 가문인 대마종씨의 근본이 부산이라는 이야기 아니겠습니까? 도주도 우리나라 사람이고 다 아시다시피 1869년의 판적봉환 때 일본으로 강제 접수된 땅이니 당연히 우리 땅이라고 국제적으로 선포를 하고 분쟁 지역 선포를 해야지요. 그런 일들은 인명 희생 없이도 할 수 있는 일인데 안 하잖아요.

중국의 경우도 생각해볼 필요가 있지요.

지난해 중국이 아리랑을 국가 무형문화재에 등재시키자 우리는 펄쩍 뛰었습니다. 당연히 말도 안 되는 소리지요. 하지만 더 중요한 것은 중국이 왜 아리랑을 무형문화재로 등재시켰냐는 것입니다. 자신들의 영토라고 주장하는 우리의 구려벌 안에 살고 있는 조선족들의 뼛속까지 파고 든 문화가 바로 아리랑 아닙니까? 아리랑을 자신들의 무형문화재로 등재시키고 조선족을 자신들의 백성으로 만들려는 음모입니다.

단순히 아리랑이 탐나서 그런 게 아니라는 것을 알아야 한다는 겁니다. 그들의 궁극적인 목적은 바로 아리랑을 통해서 고구려 역사를 자신들의 역사로 하고 고구려 영토를 자신들의 영토로 만들려는 것입니다. 그렇다면 고구려 역사가 중국 역사가 되기 위해서는 무슨 문제가 선결되어야 합니까? 바로 고조선 문제가 선결되어야 합니다.

고조선에서 부여를 거쳐 고구려로 이어지는 역사가 선결되지 않으면 고구려 역사만 잘라낼 수는 없는 거지요.

중국은 이미 탐원공정과 요하문명론을 통해서 고조선 역사를 자신들의 역사로 만들기 위해 안간힘을 쓰고 있습니다. 중국이 어떤 조치를 취하기 전에 우리가 빨리 서둘러서 고조선 역사를 정립하고 실제 교육에도 반영을 해야지요.

이런 문제들은 마음만 먹으면 우리 스스로 얼마든지 해결할 수 있는 일입니다. 누구와 다투지도 않고 그렇다고 희생이 따르지도 않습니다. 우리 스스로 연구하고 정립한다면 얼마든지 가능한 일들입니다. 이미 구려벌에서 발견되는 고조선 유물들이 반도 안에서 발견되는 유물들과 일치하고 중국 본토에서는 발굴되지 않으니 역사적인 근거들은 우리가 더 충분히 소유하고 있습니다.

아울러 고조선에서 고구려로 이어진다면 당연히 대진국 발해의 역사 역시 우리가 손쉽게 찾아올 수 있습니다. 고조선의 근간이 진조선이고 그 진조선의 후예라는 의미로 우리가 흔히 발해라고 부르는 나라의 이름을 진국이라고 한 거니까요.

이 기회에 한 가지 덧붙이자면 통일신라라는 말도 없애고 남북 국시대로 확실하게 정립하는 것도 더불어 해야겠지요."

작가는 아무런 막힘도 없이 줄줄이 읽듯이 말을 이어갔다. 좌중 은 작가의 말을 들으면서 안타깝기도 했지만 저절로 신이 났다. 저 말대로 된다면 그 얼마나 좋은 일인가.

"쉬우면서도 어려운 일이군. 알면서도 못하는 일이기도 하고."

청장은 작가의 말을 들으면서 너무 안타까운지 한숨을 쉬듯이 힘없이 한 마디 했다.

"쉽게 갈 수 있는 길을 어렵게 가는 겁니다.

걸핏하면 외교상의 문제 운운하는 것도 사실은 문제가 있어요.

일본하고 중국은 자신들의 것이 아닌 것도 자기 것이라고 생떼 를 박박 쓰는데 우리는 우리 것을 우리 것이라고 주장하지 못하고 있으니 답답하기 그지없습니다. 말로는 세계 몇째 가는 경제 강국 이라고 하면서 정작 강국의 면모를 보여줘야 할 때는 보여주지 못하는 것이 아쉽기만 하다는 겁니다."

청장보다 더 힘 빠진 목소리로 작가가 말을 마치자 태영광이 밝은 표정을 지며 물었다.

"작가님. 그 모든 것이 일본왕실 지하비밀서고에 있는 책들만 찾으면 저절로 풀리는 문제 아닙니까?"

"그거야 그렇지요. 하지만 무슨 수로 그 책들을 찾겠습니까?"

"무슨 수를 내야지요. 한 번 죽은 목숨 두 번은 못 죽겠습니까?

저는 솔직하게 말하면 이미 지난번에 죽은 목숨이라고 생각하 며 살고 있습니다. 그때 하느님께서 제 목숨을 살려주신 이유가 바로 그 일을 마무리하라고 명령하신 것이라고 받아들입니다. 저 스스로 하느님의 뜻을 외람되게 해석하는지는 모르겠지만 왠지 자꾸 그런 생각이 납니다."

"지금 말씀은…."

"가야지요. 다시 일본으로 가서 무슨 수를 내야지요. 이대로 당하고 있을 수만은 없지 않습니까."

태영광은 단호하게 말을 이었다.

"아까 청장님께서 말씀하실 때 무언가 방법이 있고 무언가 허점이 있을 것이라고 하셨습니다. 저도 그 말씀이 백 번이라도 맞는다는 생각입니다.

제 신앙 이야기지만, 하고자 하는 일이 옳은 일이고 그 일에 뜻이 있고 하고자 한다면 하느님께서는 반드시 이루어주십니다.

정말 중요한 일은 인위적으로 되지 않는다고 하니, 시간이 얼마나 걸릴지 모르지만 반드시 해내고 말 겁니다."

일행은 태영광이 핫도리의 말을 인용해서 말하고 있다는 것을 알고 있다. 아울러 그 것이 무엇을 의미하는지 알고 있기에 놀란 눈으로 그를 바라보았다.

어쩌면 핫도리가 가질 수 있는 기회가 마지막이 될지도 모르고, 아니면 오지 않을 수도 있는데 태영광은 그가 했던 말을 한다. 말은 인위적으로 되지 않는다고 하지만 무리수를 두는 한이 있더라도 인위적으로 만들겠다는 것을 역으로 표현한 것임에 틀림이 없다.

이제껏 태영광이 보여준 모습이 바로 그 모습 아니었던가?

그러나 정작 말을 한 당사자의 표정은 굳은 각오라도 한 듯이 결연하고 아주 편안했다.

그때 박종일의 휴대폰이 벨을 울렸다.

마침은 시작입니다

"나 최기봉이야."

"최기봉? 웬일로?"

"야, 큰일 났어. 핫도리 씨가 돌아가셨어."

"핫도리 씨가 돌아가시다니?"

"조금 전에 내가 보는 앞에서 교통사고로 돌아가셨어."

"도대체 무슨 말이야? 자세히 얘기해봐."

어제 아침.

핫도리는 서고를 점검하는 모습을 촬영하기 위해 단추를 카메라로 바꿔달았다. 그때는 혹시 누가 보면 수상히 여길 것 같아서 근무복을 입은 채 화장실로 가서 대변기에 앉아서 단추와 카메라를 바꿔 달았다.

그러나 무사히 촬영을 끝낸 후 퇴근을 하면서 마음과 시간이 급해서 그냥 단추만 떼어가지고 나왔다.

오늘 출근을 해서 근무복을 입으려고 보니까 단추가 떨어진 채였다. 어제의 일을 기억한 핫도리 씨는 아무 생각 없이 그 자리에 앉아서 주머니에 넣어두었던 단추를 꺼내 다시 달아 입었다.

퇴근 시간이 되어 퇴근을 하려고 하는데 조장이 감사실에서 부른다는 전갈을 가져 왔다.

"핫도리 씨. 핫도리 씨는 근무복 단추가 여유분이 있습니까?"

담당감사관이라는 사람의 방에 들어서자마자 인사 한 마디 없이 다짜고짜 받은 질문이다.

순간 핫도리는 무언가 잘못 되었다는 것을 직감할 수 있었다. 근무복은 1인당 2벌이 지급되고 세탁도 집에 가지고 가거나 외부에서 하는 것이 아니라 그 안에서 해결하는 것이다. 그만큼 보안이 철저하다.

"무슨 말씀이신지?"

"아침에 근무복에 단추를 달았지요?"

"예. 근무복 단추가 떨어져서…."

"그래요? 그런데 이상한 게 있어요.

핫도리 씨의 어저께 근무영상을 보니 근무복의 단추를 떼어서 퇴근할 때 입고 나가는 사복 주머니에 넣던데, 오늘 단추를 달 때는 근무복 주머니에서 꺼내 달데요? 단추가 혼자 옮겨갔나요?"

"그게 아니라…."

핫도리는 자신의 일거수일투족이 감시되고 있다는 것을 알기는 했지만 이 정도일 줄은 꿈에도 몰랐던 터다. 그러나 여기서 멈칫하다가는 정말 큰 봉변을 당할 것 같았다.

"사복을 벗을 때 주머니에서 단추를 꺼내 손에 가지고 있었습니다. 다만 단추를 달기 전에 혹시 주머니에 뭐가 있나 볼 생각으로 주머니에 손을 넣었던 것뿐입니다."

"그래요? 그렇다면 그런 거겠지만 한 가지 더 이상한 것은 어제 단추가 떨어진 것이 아니라 일부러 떼어낸 것 같던데요? 이 영상을 보세요."

그가 핫도리에게 내민 영상은 핫도리가 어제 근무복에서 단추로 위장한 카메라를 떼어내는 장면이 그대로 들어 있었다.

어차피 떼어낼 것이고 또 카메라 단추를 화장실에서 급히 다느라고 튼튼히 달지 않아서 손으로 잡아떼듯이 떼어내는 모습이 고스란히 드러나고 있다. 그렇지 않아도 어제 카메라 단추를 떼어내면서 도구를 사용할까 하다가 그냥 뗀 것이 얼마나 다행인지 모른다는 생각이 들었다.

"일부러 잡아뗀 것이 아니라 단추가 덜렁거리기에 다시 달 목적으로 떼기는 했는데 마침 퇴근시간이라 바늘을 찾기도 번거롭고 해서 그냥 주머니에 넣고 나간 것입니다. 번거롭게 해서 죄송합니다."

"아닙니다. 번거로울 것은 없습니다. 한 가지만 더 묻죠?

핫도리 씨는 화장실에서 큰일을 보실 때 상의를 벗고 보시나봐요?"

그의 말과 동시에 핫도리의 머릿속에 떠오르는 영상이 있었다.

카메라 단추를 근무 대기실에서 달기 쩝쩝해서 화장실에서 달던 일이다. 화장실 대변기에 덮개를 덮은 채 앉아서 단추를 달았다. 그리고 다시 입으려고 하니까 대변실이 좁아서 불편해 밖으로 나와 입었다. 그렇다면 그곳까지 감시를 한단 말인가?

그러나 그때 핫도리의 눈에 보이는 영상은 다행히 대변실 칸칸은 찍히지 않고 화장실 내부 전체가 찍힌 영상이었다. 핫도리가 상의를 입은 채 대변실에 들어갔다가 나올 때는 상의를 벗어 들고 나와서 입는 모습이다.

기도 안 막혔다.

화장실까지 감시를 하고 있다. 자기들 생각에 대변실 안에서 혼자 무슨 꿍꿍이를 할 수는 없을 것이라는 생각에 대변실 칸칸은 감시를 안 할 뿐이다. 만일 두 사람이 같은 대변실로 들어가면 즉시 찍힐 것이니, 그 두 사람을 문책하면 무슨 음모를 꾸몄는지 알 수 있기에 대변실은 감시 안 하는 것뿐인지도 모른다.

결국 자신들의 일거수일투족이 고스란히 영상에 담기고 무언가 의심쩍은 일이 있다 싶으면 전날은 물론 그 전날의 행위까지 다시 검색해서 일일이 알아내고 있다.

등에 식은땀이 흐르면서 온몸에 소름이 쭉 돋았다. 자신이 아는 정도는 지하비밀서고에서 책을 빼내려고 하면 영상이 찍히는 것만 알았는데 이건 아예 모든 행동이 담기지 않는가? 그러니 하나꼬라는 그 아가씨가 헸던 행동이 얼마나 무의미한 행동이었으며 이들에게 죽음을 자초하는 모습으로 보였을까?

"아무래도 상의를 입고 있으면 불편하니까요. 항상 그런 것은 아니지만 가끔 그럴 때가 있더라고요."

핫도리는 저자가 그 이전의 어떤 영상을 보고 자신이 대변실에서 상의를 안 벗고 일을 마친 채 나오는 모습을 이미 확보하고 있을지도 모른다는 생각이 들어서 가끔이라는 말을 덧붙였다. 충분히 그러고도 남을 사람들이다.

"그거야 그럴 수 있죠. 어쨌든 이렇게 조사에 응해주셔서 고맙습니다만 앞으로는 공연히 의심 받을 일은 하지 마십시오. 그렇지 않아도 요즈음 뭔가 뒤숭숭한 것 같은데 오해 받아서 좋을 일은 없겠지요."

감사실을 나오면서 핫도리는 무언가 정말 잘못되어 가고 있다는 기분을 떨쳐낼 수가 없었다.

'다만 한 가지, 다행이라면 어제 퇴근을 하면서 카메라를 넘기는 모습이 잡히지 않은 것 같다. 그들이 그 모습을 포착했다면 이렇게 순순히 보내지 않을 것이다.

만약의 경우를 대비해서 카메라를 손에서 손으로 전달하지 않고 담배를 피우는 척하면서 전달한 것이 너무 다행이었다. 한가치 남은 담배 갑 안에 미리 카메라 단추를 넣은 뒤에 마지막 담배를 꺼내고 그 안에 빈 담배 갑을 버리듯이 재떨이에 넣으면 청소부로 위장한 최기봉이 그 재떨이를 비우는 척하면서 집어가기로 했던 작전이 너무 잘 맞아 떨어진 것이다.

그러나 이제부터는 정말 문제가 아닐 수 없다.

분명히 자신이 오해를 받기 시작한 것에 틀림없다. 저들이 한 번 의심하기 시작하면 집요하게 물고 늘어질 것이다. 아마 지금 이 순간에도 감시를 받고 있는지도 모른다.'

핫도리는 집으로 향하는 버스를 타고 곰곰이 생각하다가 옆 사람에게 부탁해서 휴대폰을 빌려들었다. 자신의 전화는 도청될지도 모른다는 불안에 전화를 가지고 나오지 않았는데 아주 급한 일이라고 하면서 돈을 주고 빌린 것이다.

최기봉에게 전화를 했다. 늦더라도 대사관으로 가서 상의할 일이 있으니 기다려달라고 간단히 말한 후 전화를 끊었다.

핫도리가 집에 들어갔다가 한참을 지나 자신 딴에는 변장을 하고, 주위를 살피며 뒷문으로 살그머니 나와서 대사관에 도착한 것은 한참이 지난 후였다. 혹시 있을 미행을 따돌린다고 이리저리 도는 코스를 택해서 일부러 버스와 지하철을 바꿔 타고 대사관으로 왔다.

"그럼 어떻게 도와드리면 됩니까?"

핫도리에게 전후 사정이야기를 들은 최기봉은 무엇이든지 도울 각오가 되어 있다고 했다.

"혹시 한국으로 비밀리에 망명할 수 있습니까?"

"비밀리에 망명이요? 아직 그런 일은 없었습니다만 할 수 있을 것입니다. 핫도리 씨의 경우는 특이한 경우 아닙니까?

만약 망명을 하실 의사가 있으시다면 제가 나서서 청장님을 통해 적극 주선해드리겠습니다. 걱정하지 마십시오."

최기봉은 이 사건이 사람의 목숨을 오가게 한다는 것을 잘 알고 있는 터라 우선 대답부터 했다.

어떻게든지 이뤄야 할 일이다. 안 그러면 저 사람은 죽은 목숨과 진배없다. 일본애들이 한 번 의심을 시작했는데 어떻게든 밝혀내고 말 것이다.

더더욱 핫도리에게는 커다란 약점까지 있다. 만일 이 일을 가지고 그의 아내에게 찾아가서, 연금 이상의 재물을 약속하는 날에는 그녀가 핫도리의 어머니에 대해서 모조리 이야기하고도 남을 것이다. 그렇게 되면 핫도리가 직장을 잃는 것은 물론이고 목숨까지 잃는 것도 눈에 보이는 일이다.

"기왕지사 망명을 하실 거라면 지금 신청을 하십시오. 제가 절대 비밀로 진행을 해보겠습니다."

"그래요? 하지만 아직 정리할 것들이 남아서 지금 신청하기에는 좀 그렇습니다. 제가 상황을 보고 결정하겠습니다.

저네들도 저를 지켜보고 무슨 결정을 하지, 당장 무슨 일은 내지 않을 테니까요. 지난번 하나꼬 양 때와는 경우가 다르니까요.

저들이 제 단추 다는 모습에서 무언가 낌새를 채긴 했지만 그게 카메라라는 사실은 아직 아무도 모르지 않습니까?

지금부터 제가 행동을 조심하면 그냥 지나갈 수도 있을 겁니다. 다만 한 가지 걱정이라면 저네들이 저를 의심하기 시작했으니 혹시 제 신원을 다시 한 번 재확인하지 않을까 하는 건데….

그렇다고 지레 짐작을 하고 섣불리 행동할 수도 없는 처지니 상황을 지켜보면서 결정하겠습니다.

참, 카메라에서 쓸 만한 물건은 나왔다고 합디까?"

"예. 그렇지 않아도 사진 두 장 정도는 아주 잘 나왔는데 그것 가지고는 무언가 역부족이라는 생각이 든다고 하데요. 제가 궁금해서 태 박사에게 연락을 했었는데 그냥 내부적으로 확신을 갖는 정도지 외부에 공개할 정도는 못 되는 것 같다고 하면서 아주 안타까워했습니다. 제가 태 박사와 통화한 바에 의하면 외부에 그 사진이나 영상이 공개되어 핫도리 씨가 곤란에 처하실 일은 없을 것으로 판단됩니다.

다만 이미 일본애들이 의심을 시작했다니까 핫도리 씨의 신상이 염려되어 망명을 하시려면 지금 하시라는 겁니다."

"배려해주시는 고마운 마음은 저도 알겠지만…."

핫도리는 차마 말은 못했지만 최기봉이 걱정하는 그대로 걱정하고 있으면서도 무언가 아쉬움이 남는 표정이다.

일순간에 배신을 당하고, 말로는 아내를 욕하고 일본 사람들을 욕했지만 육십 평생을 발붙이고 살아온 땅이다. 삼십 년 넘게 살을 맞대고 살아온 아내다. 아무리 미워도 어떻게 일시에 무 자르듯이 자를 수가 있겠는가? 모름지기 지금 그걸 고민하고 있을 것이다.

"잘 알았습니다. 혹시 해서 이렇게 들려서 여쭌 겁니다. 저도 상황을 알아야 대처도 하고 또 어떤 결정도 내릴 수 있으니까요. 전화로 여쭤보고 싶어도 영 개운치가 않아서요. 누가 감시를 하고 도청을 한다고 생각해보십시오. 말이나 제대로 할 수 있겠나?

아무튼 이제 상황도 알고 제가 운신할 수 있는 폭도 알았으니까 상황을 보아 가면서 대처를 해야겠습니다."

핫도리는 고맙다는 말을 몇 번이나 남기고 대사관 사무실을 나섰다.

최기봉은 창문을 통해서 대사관의 작은 마당을 걸어 나가는 핫도리의 뒷모습을 바라보았다. 말로는 자신이 운신할 폭이 있어서 다행이라고 했지만 어깨가 축 처진 모습이다.

속이 상했다.

도대체 왜 저 사람까지 저런 고통을 당해야 하나? 말로는 안심한다고 했지만 여기까지 오는 동안 얼마나 마음고생이 심했단 말인가? 이루지도 못할 왜놈들의 쓸데없는 욕심이 수많은 사람들을 죽음과 고통 속으로 몰아넣고 있는 것 아닌가?

최기봉이 그 생각을 하는 동안 핫도리는 정문을 나선 후, 어깨가 축 처진 뒷모습 그대로 막 횡단보도를 건너려는 순간이었다. 쓸쓸한 그의 뒷모습을 보는 것이 너무 마음이 아파 막 돌아서려고 하던 순간이다.

갑자기 무서운 속도로 달려오던 차량이 핫도리를 들이받는가 싶더니 그의 몸이 공중으로 높이 떴다가 떨어졌다. 아주 순식간의 일이다.

금방 마주 앉아서 차를 마시며 대화를 하던 사내가 자신이 보는 눈앞에서 죽고 말았다.

최기봉은 너무 놀라서 뛰어나가려고 했지만 다리가 떨어지지를 않는다. 다리가 떨어지지 않고 후들거린다. 다리가 후들거려서 걸음을 걸을 수가 없다. 태어나서 이렇게 걸음을 못 걸을 정도로 다리가 후들거려보기는 처음이다.

명색이 대한민국 경찰간부다. 현장에서 근무할 때는 강력계에 근무하면서 살인사건은 물론 온갖 강력범죄를 다 다뤄봤다.

업무에 시달리다 보니 미처 채우지 못한 주린 배를 채우기 위해 썩어 들어가는 시신을 보면서 그 앞에서 햄버거를 먹고 콜라를 마시며 수사를 진두지휘했었다. 조폭소탕작전에 나서서는 코앞을 스쳐지나가는 칼날을 피하면서 맨손으로 그들을 제압하던 베테랑 형사다. 그런 그가 다리가 후들거려 걸음을 옮길 수 없었다.

육십 평생을 사람이 걸어야 하는 바른 길을 걸으면서 살아온 한 남자의 피살이다.

삼십 년 넘게 살아온 아내에게 단지 대한인의 피가 흐른다는 이유 하나만으로 버림받고, 사십여 년 근무했던 직장에서 단추 하나 바꿔다는 것에까지 감시의 잣대를 들이댔건만, 그 아내와 그 나라에 대한 미련으로 망명을 한 번 더 생각해보겠다는 것에 대한 대가다.

자신의 육십 평생이 생각 없이 살아왔다는 것을 뒤늦게나마 느끼고 이 세상을 위해 옳은 일을 해보고 싶어 했던 이유 하나가 죽음의 이유가 된 사내의 이야기다.

지금 다리가 후들거리는 것은 죽음에 대한 두려움이 아니다.

이유가 어쨌건 전후 사정을 듣지도 않고 바른 길을 가려하는 한 사람의 목숨을 무자비하게 없애 버린 그들에 대한 증오다. 그들이 누구든지 간에 두렵지 않다. 갈아 마시고 싶을 정도로 증오스러울 뿐이다.

이건 이 일을 담당하는 일본 정부의 공공기관 이상의 어떤 사조직이 움직이는 일이 분명하다. 공조직은 지휘체계가 있기에 이렇게 빠르고 무조건적으로 대처하지 않는다. 일단 앞뒤 가릴 것 없이 상대가 방해요소라고 생각되면 일단은 제거하고 보자는 식의 양아치적 논리는 보이지 않는 거대한 사조직의 논리다. 아랫선에서 알아서 할 일은 행동으로 옮기고, 윗선에서는 뒷수습을 하는 아주 원초적인 양아치 노름이다.

이게 바로 〈새 역사 창조단〉을 품고 있는 그 겐요샤라는 조직이 하는 짓이란 말인가? 그리고 그 뒤에는 일본왕실이라는 거대한 함대가 도사리고 있다는 말인가?

최기봉은 온몸이 증오로 가득 차 후들거리던 다리가 이번에는 분노까지 더하면서 그 자리에 주저앉고 싶었다.

억지로 걸음을 옮겨 정문에 다다르자 사람들이 모여 들어 있었고 사고를 낸 운전자는 이미 뺑소니를 치고 흔적도 없었다. 언제 누가 연락을 했는지 앰뷸런스가 도착하고 구급요원들이 내리더니 간단한 검사를 마치고 보를 얼굴까지 덮었다.

최기봉은 다리가 계속 후들거리고 눈앞에 별들이 반짝거리면서 어지러워 쓰러질 것 같았다. 눈앞에 반짝이는 별들 속에 박성규 노인의 얼굴이 어른거렸다. 최기봉은 어렵게 사무실로 향했다. 자신의 전화가 아니라 대사관에서 특별히 관리하는 휴대폰을 꺼내 박성규에게 전화를 했다.

최기봉의 전후 사정 설명을 듣고 박성규가 대답했다.

"이렇게 전화를 준 것은 고맙소만 앞으로 당분간은 나를 찾거나 연락할 생각하지 마시오. 우연한 사고인지 저놈들이 일을 벌인 건지는 모르겠지만 어떤 경우라고 해도 내 몸은 내가 알아서 지키리다.

저놈들이 나까지 연관된 것을 알았는지는 모르겠지만 아직은 모르고 있을 거요. 알았다면 내게도 벌써 뭔 짓거리를 했겠지. 저놈들이 어떤 놈들인데 늙은이라고 봐줄 것 같소? 앞으로 알게 되면 뭔 짓을 할지 모르지만 그래도 걱정 마시오.

이제 나이 팔십이니 일에서도 은퇴하고 인생도 은퇴할 시간이 다가왔는데 무슨 걱정이 있겠소? 다만 꼭 해야 할 일을 마무리하지 못하고 현장에서 사라질지도 모른다는 것이 아쉬울 뿐이지.

내가 못하고 사라진다면 누군가 해주기를 바라는 수밖에 더 있겠소.

아무 일도 없으면 내가 다시 연락하리다. 그러니 그때까지는 궁금하더라도 연락하지 마시오. 그게 나를 도와주는 거라는 것쯤은 아실만한 사람이라 하는 말이오.

마지막으로 한 마디만 더 하겠소.

그동안 나는 늘 혼자라고 생각했었소. 조국도 없고 형제도 없고 다만 내 가슴에 응어리진 한을 풀기 위해 일왕을 죽이거나 그놈을 개망신 주는 일이 유일한 희망이었었소. 하지만 태영광이라는 그 사람을 만나면서 인생이 다른 면도 있다는 것을 배웠소.

사람이 자신의 아픔을 되갚아 복수를 해야 속이 시원한 것이 아니라는 것을 뼛속까지 느꼈소. 내가 받은 아픔을 받아들이고, 그 아픔을 근본적으로 치유해서 더 많은 이들이 아프지 않게 해주는 것이 사람의 도리라는 것을 안 거요.

좀 고상하게 표현하자면 내 아픔을 승화시켜서 인류평화에 작게나마 이바지하는 방법을 체득한 거요. 어쨌든 나와는 다시 못 만나는 한이 있더라도 내가 아주 큰 것을 배우고 떠나서 고마워하더라고 전해주시오.

더불어서 태영광은 물론 박종일이라는 사람과 당신 최기봉에게도 고맙소.

조국도 없고 끝까지 혼자라고 생각하는 나에게 조국이 있다는 것을 알려주고 따뜻한 동포애라는 것을 맛보여준 사람들이오. 동포애라는 것이 물질적인 무엇을 주고받기보다 나라와 민족의 앞날을 함께 걱정하고 그 앞날을 위해 무언가 하고자 하는 것임을 일깨워주고 실제 맛보게 해준 사람들이니 고마울 수밖에.

모쪼록 내가 다시 연락할 수 있게 되기를 바라고 그때 다시 만나면 지난번에 대접받은 술 갚아야 하는데….

아무튼 건강하게 지내면서 하고자 하는 큰일 꼭 이루기를 바란다는 말로 인사를 대신하겠소. 그만 끊겠소."

박성규는 그 와중에도 여유로움을 잃지 않고 농담을 섞어가면서 통화를 했다.

"이건 살인이야.

우연을 가장한 뺑소니 사고에 희생된 것같이 꾸민 엄연한 살인이라고.

어쩌면 지난번 태 박사 사건 때와 정황이 그렇게도 같을 수 있지?

내가 현장에 도착했을 때 이미 일본 경찰이 와 있었는데 그들은 뺑소니 사건을 조사할 의지가 전혀 없어 보였어. 뺑소니 사건이라면 무엇보다 주변을 통제하고 증거 수집에 나서야 하는데 그들은 그런 기색은 전혀 없이 앰뷸런스를 타고 온 구급요원에게 피해자가 사망했다는 서명을 받아들고는 그냥 가 버리더라고. 자기들 스스로 피해자의 상태는 볼 생각도 안 하고, 마치 피해자가 사망을 해야 되는 것처럼 아주 덤덤하게 서명을 받더라고.

내가 경찰생활 그리 오래 한 건 아니지만 뺑소니 사건을 이렇게 처리하는 경찰은 처음 봐.

정말이지 이건 인간들이 아니다.

인간이 인간의 목숨을 어떻게 저리 취급한다는 말이야."

"우선 진정 좀 해. 지금 분노하는 것보다 더 중요한 건 너와 박성규 노인의 안전이야.

박 노인은 자신이 알아서 한다고 했다지만 너는 나름대로 조치를 취해야 할 것 아냐. 핫도리 씨가 대사관에 너를 만나러 간 것을 놈들이 아는 날에는 너도 안전하다고만 할 수는 없잖아.

외교적인 문제나 여러 가지를 감안할 때 당장은 놈들이 너한테야 무슨 짓을 못하겠지만 놈들이 하는 짓을 보면 마음 놓을 일이 아니잖아."

"그건 걱정하지 않아도 돼. 핫도리 씨가 나를 만나러 온 것은 아무도 몰라.

나를 만나러 올 때 전화도 자기 것으로 안 했고, 퇴근시간 후라 대사관 직원이 없는 상황에서 나를 만났어.

돌아가신 분도 있는데 다행이라는 표현을 써서 안 됐지만, 다행히 이곳 문화원에서 오늘 행사가 있었거든. 그 바람에 정문에서는 방문자 신원만 확인했지 누구를 만나러 오는지 확인하지 않으니까 기록에 남은 것도 없고. 정문에서도 퇴근시간 이후에 오는 손님이니까 당연히 문화원 행사에 오는 걸로 알았을 거야.

내가 정문기록을 확인했으니까 그건 염려 안 해도 돼."

"그렇다면 다행이지만 그래도 각별히 몸조심해라. 그나저나 박성규 노인의 존재도 드러나지 말았어야 하는데 정말 걱정된다. 도대체 이 일의 끝이 어디라는 말이냐?"

"끝? 끝은 진실을 밝히는 거지.

그동안에는 말로만 듣다가 막상 내 눈앞에서 이런 일이 벌어지니까, 정말이지 용서할 수가 없다. 이 일의 진실을 밝히기 위해서라면 나도 내가 할 수 있는 모든 것을 투자하고 싶다.

설령 그게 목숨일지라도."

"그래. 알았다.

충격이 크겠지만 일단은 진정해. 전화 끊자.

이곳에서 상의를 해보고 대책을 마련해서 내가 연락할게."

박종일이 전화를 끊고 테이블 위에 전화기를 올려놓았다. 일행은 그저 서로의 얼굴만 바라볼 뿐 아무도 말이 없었다.

그나마 남았던 희망이 일시에 무너져 내리는 것 같았다.

핫도리라는 사람이 있었기에 무언가 방법을 찾을 수 있다고 희망을 걸었었다. 그가 정년퇴직을 하기 전에 다시는 기회가 오지 않을 수도 있지만, 어쩌면 최소한 한 번은 더 기회가 올 수도 있다고 기대했었다.

그 바람을 가지고 태영광은 자신이 다시 일본으로 가겠다고 하지 않았던가?

태영광이 무리수를 둘까봐 걱정스럽기는 했지만, 꼭 무리수를 두지 않고도 핫도리의 도움을 받으면 무언가 방법을 만들어 낼 수 있을지도 모른다고 모두가 기대를 했던 것은 틀림없는 사실이다.

그가 유일한 불씨였다고 해도 과언이 아니다.

이제는 그 작은 불씨마저 꺼지고 앞이 캄캄하게만 느껴졌다.

게다가 박성규 노인은 연락도 할 수 없게 되었다. 어쩌면 이 모든 일이 그분이 있었기에 가능했던 일인데 더 이상 기댈 나무가 없어지고 말았다는 생각이 일시에 몰려왔다.

지금까지 함께 머리를 맞대고 이야기를 하면서 혹시나 하는 기대를 걸었던 일이 최기봉의 전화 한 통화에 산산조각이 나고 만 기분이었다.

얼마나 지났을까?

고요한 정적을 깨며 방금 슬프면서도 분통터지는 소식을 접한 사람답지 않게 평화가 가득한 표정으로 태영광이 입을 열었다.

"어차피 이미 각오한 바입니다.

제가 일본으로 다시 가겠습니다.

우리는 상대가 누군지도 알고 무슨 일을 해야 하는지도 알고 있습니다. 알 건 다 알면서 이렇게 무작정 사람들만 희생당하게 할 수는 없는 일입니다. 벌써 우리가 아는 사람만 몇이나 희생된 겁니까?

어쩌면 우리가 모르는 또 다른 사람들이 우리와 같은 뜻을 가지고 일하다가, 우리도 모르는 사이에 희생당했을 수도 있고 앞으로 당할 수도 있습니다.

이제 종지부를 찍어야 합니다.

아까도 말했지만, 제가 믿는 하느님께서는 항상 정의의 편에 서시는 분입니다. 그분께서는 제가 하는 일이 정의롭다는 것을 아시기에 반드시 제 편을 들어주실 것입니다.

제가 가서 마무리 짓고 돌아오겠습니다.

어차피 이 일을 시작할 때에도 특별하게 생각해 놓은 방법이나 세워둔 대책 없이 무작정 뛰어 들었던 일입니다. 뜻이 있는 곳에 길이 있다는 말 한 마디에 희망을 걸고 뛰어들어 하나씩 알아낸 겁니다. 다시 시작한다는 생각으로 처음부터 한 걸음씩 떼어볼 겁니다.

어떤 일이 있어도 놈들의 허점을 알아내 반드시 일을 성사시키겠습니다. 떳떳이 공개할 수 있는 증거자료들을 가지고 돌아오겠습니다.

그 증거자료들을 가지고 돌아오는 그날.

머슴끼리 나눠 가진 우리의 구려벌을 찾아 영토 원부를 만들고, 대마도를 회수하기 위해 대마도 반환청구소송도 내겠습니다.

이어도를 날름거리는 중국과 독도를 핥아대는 일본이 다시는 그런 짓거리를 하지 못하도록 그들의 혀에 쐐기를 박을 겁니다.

우리 후손들이 지금의 우리처럼 역사왜곡으로 인한 아픔을 겪지 않도록 하기위해 반드시 살아서 돌아올 겁니다."

태영광의 말마디는 한 마디 한 마디가 살아 숨 쉬고 있었다.

그러나 그 이야기를 듣는 사람들의 가슴은 태영광의 얼굴처럼 평화롭지 못하고 그저 바삭바삭 타들어갈 뿐이었다.

그때 태영광의 평화로운 표정에 후광을 씌워주려는 것인지, 한여름 가뭄에 밭 타들어가듯이 타들어기는 모두의 마음에 단비를 뿌리려는 것인지 작가가 아주 조용하지만 힘 있는 목소리로 입을 열었다.

"어떤 희생이 닥칠지 알면서 굳이 무의미하게 돌을 던지지 말고, 어차피 확신이 없는 거라면 방향을 틀어보면 안 될까요?

일본왕실 서고에 우리 역사서들이 있는 것을 알면서도 그렇게 문을 열기가 힘이 든다면 잠시 눈을 돌리면 안 될까요?

우리 역사가 살아서 숨 쉬며 통치하고 기록되던 구려벌, 그 어느 곳에는 분명히 그 책들이 존재했었을 텐데…. 그게 언제까지인지는 모르지만.

차라리 실제 역사가 이뤄지고 기록되었던 그곳 어디에 희망을 걸 수 있다면…?"

작가는 조용한 목소리로 말했지만 좌중은 어느 누구도 그 소리를 놓치지 않았다.

아무리 칠흑같이 어두운 방이라도 아주 작은 불씨 하나만 켤 수 있다면 속도는 느릴지언정 어둠은 서서히, 그러나 반드시 걷힌다. 그리고 그때까지 움직이지 못하던 사람들은 각자 제 갈 길을 찾는다.

지금 이 방에서 조용하지만 확신이 밴 작가의 목소리를 귀로 듣는 이는 아무도 없다. 신념에 찬 그 목소리를 칠흑같이 어두운 방에서 아주 작은 불씨를 보듯이 눈으로 듣고 있다.

모두의 눈은 희망으로 반짝이기 시작했다.